JILL KALTENBORN

Königinnen-
Sonntag

IN DER HEIDE BEGRABEN Nach dem Tod eines Patienten flüchtet die junge Chirurgin Nina in ihren Heimatort in der Heide, in den sie nie zurückkehren wollte. Überraschend wird sie dort in Mordermittlungen hineingezogen, die einen 20 Jahre alten Cold Case betreffen. Damals kamen die Dorfschönheit Frederika und die Frau von Lehrer Johanning in derselben Nacht unter rätselhaften Umständen ums Leben. Als man bei den Vorbereitungen zum Heideblütenfest Frederikas verschollenes Tagebuch findet, wird Johanning als Mordverdächtiger verhaftet. Nina, damals eine wichtige Zeugin, ist die Einzige, die zu ihrem ehemaligen Mentor hält. Überzeugt, seine Unschuld beweisen zu können, stürzt sie sich in eigene Ermittlungen in dem verhassten Festtrubel und entdeckt mehr und mehr dunkle Geheimnisse der idealisierten Frederika. Bald wird Nina klar: Um den Fall zu lösen, muss sie sich eingestehen, dass vielleicht nichts so gewesen ist, wie sie dachte, und keiner so unschuldig ist, wie es scheint – sie selbst eingeschlossen.

© Foto- und Bilderwerk

Jill Kaltenborn wuchs in einem kleinen Ort in der Lüneburger Heide auf, der früh ihre Fantasie und die Liebe zu Geheimnissen beflügelte. Sie studierte Medizin in Hannover und Kapstadt, arbeitete anschließend als Ärztin und Medical Writer. Heute lebt sie mit ihrer Familie, Hund und Hühnern auf einem alten Gulfhof in Ostfriesland. »Königinnensonntag« ist ihr Debütroman.

JILL KALTENBORN

Königinnen-Sonntag

HEIDE-KRIMI

GMEINER

Immer informiert

Spannung pur – mit unserem Newsletter informieren wir Sie
regelmäßig über Wissenswertes aus unserer Bücherwelt.

Gefällt mir!

Facebook: @Gmeiner.Verlag
Instagram: @gmeinerverlag

Besuchen Sie uns im Internet:
www.gmeiner-verlag.de

© 2024 – Gmeiner-Verlag GmbH
Im Ehnried 5, 88605 Meßkirch
Telefon 0 75 75 / 20 95 - 0
info@gmeiner-verlag.de
Alle Rechte vorbehalten
1. Auflage 2024

Herstellung: Julia Franze
Umschlaggestaltung: U.O.R.G. Lutz Eberle, Stuttgart
unter Verwendung eines Fotos von: © creatino / stock.adobe.com
Druck: GGP Media GmbH, Pößneck
Printed in Germany
ISBN 978-3-8392-0683-6

Für Emmi

PROLOG

In der Dunkelheit schlugen die Äste der Bäume am Seeufer wie wütende Peitschen nach mir. Als wollten sie mich
bestrafen. Trotzdem rannte ich weiter.

»Hey!«

Mein Herz hämmerte so laut, dass ich das Rufen
zunächst nicht wahrnahm.

»Dich meine ich!«

Erschrocken hielt ich inne. Dann erkannte ich ihre
Stimme, die durch die laue Sommernacht an meine Ohren
getragen wurde, und drehte mich um.

Mondän. Ich hatte ja keine Ahnung gehabt, was dieses
Wort bedeutete. Bis ich sie dort im Mondlicht am Ufer
des Stausees sitzen sah, in diesem weißen Kleid mit nassem Saum, als wäre sie durch das Wasser gewatet. Qualm
stieg von ihrer Zigarette empor, die Haut schneeweiß, die
blonden Haare in sanften Wellen auf der Schulter.

Meine Gedanken waren so wirr, dass ich mir gar nicht
die Frage stellte, wieso sie um diese Uhrzeit allein dort saß.

Das kam erst später.

»Meyer, richtig? So nennen dich doch alle. Guck nicht
wie ein angefahrenes Reh. Komm schon, setz dich zu mir.
Ich kann weiß Gott eine Ablenkung vertragen und du
auch, wie du aussiehst.«

Ich wischte mir über die geschwollenen Augen. Sie
sollte mich nicht weinen sehen. Niemand sollte mich so
sehen.

Sie deutete auf den Platz neben sich im Gras und zündete eine weitere Zigarette an, die sie mir entgegenhielt. Meine zitternden Beine bewegten sich auf das Glimmen zu.

Dankbar nahm ich die Zigarette entgegen. Dabei rauchte ich eigentlich gar nicht. Doch bei dem Gedanken, dass ihre Lippen das Ende berührt hatten, das ich nun an meine führen würde, fühlte ich mich geadelt. Vorsichtig zog ich daran und setzte mich zu ihr.

Einen Moment schwiegen wir. Wie zwei vertraute Fremde.

Die Luft war seltsam warm und legte sich wie ein beschützender, schwerer Mantel um mich. Ich sah mich in der Dunkelheit um. Vor uns der nachtschwarze Stausee, unzählige sanfte Lichter am Himmel. Und ein gruseliges Schattenspiel zwischen den Bäumen am gegenüberliegenden Ufer. Undeutliche Stimmen, die aufgeregten Rufe der anderen in der Ferne.

Sie schien keine Notiz davon zu nehmen. Ein länglicher Gegenstand blitzte im Gras neben ihr auf, als sie an ihrer Zigarette zog. Eine Flasche?

Unbekümmert richtete sie ihren Blick auf den klaren Nachthimmel und brach das Schweigen. »Ich glaube, die Sterne sind bloß dazu da, um uns an unsere Bedeutungslosigkeit zu erinnern. Daher funkeln sie so neckisch. Manchmal fühlt man sich von dieser Schönheit fast verarscht, oder?«

Ich sah ebenfalls in die bezaubernde Unendlichkeit über uns. Verarscht, ja. Verletzt, gedemütigt und hintergangen.

Ich nickte und versuchte, die Worte von mir abzuschütteln, indem ich trotzig an meiner Zigarette zog. Es wollte nicht recht gelingen.

Ich konnte kaum glauben, dass sie tatsächlich mit mir

redete. Die große Frederika mit mir, dem kleinen Mädchen, dessen Vornamen sie vermutlich gar nicht kannte.

»Weißt du, das Wichtige im Leben ist doch eigentlich, sich von niemandem kleinkriegen zu lassen, oder? Geht es nicht bei allem nur darum?«

Ich nickte wieder eifrig, auch wenn ich nicht recht verstand, was sie meinte. Vielleicht verstand ich aber doch ein bisschen.

In der Ferne rief ein Uhu, ein Ast knackte im nahen Gebüsch, aber seltsamerweise fuhr ich nicht zusammen, sondern straffte meine Schultern.

Sie lallte, als sie weitersprach. »Es gibt einfach zu viele Idioten, die über uns bestimmen wollen. Glauben, dass sie alles mit uns machen können …« Sie stieß einen abfälligen Laut aus. »Aber das können sie nicht. Dürfen sie nicht. Okay? Niemand darf das. Und schon gar kein vermeintlicher Freund.«

Diese Worte trafen mich wie ein Schlag. Als meinte sie … Aber das konnte nicht sein. Nur ein Zufall. Sie konnte es nicht wissen. Und ich überlegte, nur für einen kurzen Moment, ob ich es ihr anvertrauen sollte. Nein! Das würde ich nicht. Niemals würde ich es jemandem sagen, das versprach ich mir in diesem Moment. Die Schürfwunden auf meinem Rücken pochten. Beschämt senkte ich den Blick.

Sie schnipste ihren Zigarettenstummel gekonnt in das endlose Schwarz, während ich den meinen unbeholfen auf dem Boden ausdrückte.

Dann sprach sie weiter, schneller nun, unklar, ob zu mir oder zu sich selbst. In dem Moment hätte sie mir alles erzählen können und ich hätte es für die ganze Wahrheit gehalten. »Falsche Versprechungen, falsche Beschützer, falsche Hoffnung … Ach, was ist das doch für ein herrliches Drecksloch hier!« Ein Lachen entfloh ihren Lippen und erzeugte ein unheimliches Echo über dem Wasser.

Ich dachte an die Flasche neben ihr und wollte danach greifen. »Da hilft nur Alkohol«, sagte ich, in der Hoffnung, erwachsen zu klingen.

Aber sie hielt meinen Arm zurück. »Alkohol ist ein Teufelszeug.« Dann ließ sie mich los und legte sich mit dem Rücken ins Gras. Meine Haut kribbelte da, wo sie mich berührt hatte.

»Obwohl der Scheiß auch hilft, die Welt klarer zu sehen. Vielleicht auch nur, die Gedanken endlich klar auszusprechen.« Sie richtete sich auf und schien direkt in meine Seele zu blicken. »Also, pass auf, Meyer, denn das ist wichtig: Du kannst alles sein, was du willst, hörst du?« Umständlich kramte sie in ihrer Rocktasche und zog einen mit Margeriten verzierten Füller hervor. Hielt ihn mir hin.

Ich verstand ihre Anspielung und musste grinsen. »Du kannst ihn gerne behalten«, entgegnete ich und fühlte dabei etwas wie Stolz.

Sie nickte, steckte ihn zurück in ihre Tasche. Dann fuhr sie fort. »Lass dich von niemandem kleinhalten. Du hast nur ein Leben. Und du bestimmst, wie das aussieht, niemand sonst, okay? Egal was passiert. Wenn dir Scheiße passiert, musst du darüberstehen und etwas Besseres draus machen. Sei unantastbar. Das ist nicht bloß ein Ratschlag. Das ist die einzige Möglichkeit, allem hier zu entkommen, diesem gottverdammten Ort.«

Nur wenige Stunden später war Frederika tot.

Und erst langsam dämmerte mir, dass sie mir in jener Nacht eigentlich etwas ganz anderes gesagt hatte. Etwas, was alles veränderte.

KAPITEL 1

Sie fanden ihr Tagebuch kurz vor ihrem zwanzigsten Todestag, und ich konnte das Gefühl nicht abschütteln, dass jemand versuchte, mir damit etwas zu sagen.

Wie eine verloren geglaubte Schatzkarte hatte es am Rande des ausgetrockneten Stausees auf der Theaterbühne darauf gewartet, entdeckt zu werden.

Und wie es der Zufall oder vielleicht sogar ein höhnischer Teufel so wollte, war ich genau heute, an diesem Mittwoch Ende Juli, in mein Auto gestiegen und an diesen Ort, dem ach so idyllischen Dorf meiner Jugend, zurückgekehrt, sodass ich die Neuigkeit brühwarm erfuhr.

Wie viele Male hatte ich dieses Ortsschild schon passiert?

Lopauthal. Wie ein ewiger Sommer.

Das Banner mit den anpreisenden Worten in diesem speziellen Lila der Heideblüte wurde im Rückspiegel langsam kleiner.

Ich hatte einfach rausgemusst aus der Stadt. Aus meinem Leben. Offen darüber nachgedacht, leise oder laut ausgesprochen, wohin ich fahren würde, hatte ich nicht. Und doch war die Entscheidung gefallen. Irgendwo zwischen den Anrufen meiner Kollegen und den besorgten Blicken meines Verlobten Stefan.

Unbezahlter Urlaub, so nannte es mein Chef. Ich nannte es: »Alles-infrage-stellen-wofür-ich-die-letzten-fünfzehn-Jahre-gearbeitet-hatte«.

In meiner Kindheit hatte Lopauthal etwas Magisches umgeben und der Sommer war seit jeher die Zeit gewesen, in der dieser Zauber an die Oberfläche drang. Ich sah durch die Windschutzscheibe. Aus Hunderten lila Blütenstängeln zusammengebundene Heidekronen, groß wie Medizinbälle, baumelten gemächlich von den Laternen entlang der Bundesstraße. Das Heideblütenfest stand kurz bevor.

Man sollte meinen, ich hätte hier eine märchenhafte Kindheit erlebt und würde nach wie vor gerne zurückkehren. Doch seit dieser einen Sache damals hatte ich mich bemüht, der trügerischen Idylle und den tratschenden Dorfbewohnern zu entkommen.

Bis heute.

Der Sommer präsentierte sich in unwirtlicher Höchstform, der heißeste seit Beginn der Wetteraufzeichnungen. Ich schaltete die Klimaanlage meines Minis aus und öffnete Fenster und Schiebedach. Die Hitze drang ein wie eine unerbittliche Masse und erfüllte das Wageninnere.

Wann war ich zuletzt länger als einen Anstandsnachmittag hier gewesen? Ich hatte den Ort gemieden, seit … seit ich zum Studium aufgebrochen war und mich nicht mehr umgesehen hatte.

Aber nun brauchte ich meinen Vater. Dringend. Seinen Optimismus, seinen Moralkodex, seinen Whisky. Vielleicht blieb ein Zuhause, wie verkorkst es auch sein mochte, doch immer noch ein Zuhause.

Ich nahm die geschlängelte Hauptstraße durch den Ort. Augenscheinlich hatte sich nicht viel verändert. Die große Backsteinkirche thronte zu meiner Linken auf ihrem Hügel, wie sie es seit Jahrhunderten tat. Vor dem angrenzenden Rathaus kündigten große Plakate mit einer austauschbaren Schönheit in weißem Kleid, rotem Samtumhang und einer Heidekrone auf dem Kopf das anstehende Blütenfest an. Vor dem kopfsteingepflasterten Hof des *Heidjerkrugs* saßen Besucher in bunter Radmontur und tranken ihr Bier.

Die Menschenschlange vor *Hennies Eisdiele* bestand wie jedes Jahr aus unzähligen Touristen, in ihrer Kluft schwitzenden Motorradfahrern und Dorfkindern, die einen Hocker benötigten, um ihr wässriges Zimteis entgegenzunehmen. Die Sommerluft war geschwängert vom Duft nach frisch geschnittenem Gras und Spiritus, zu jeder Tageszeit wurde ein Grill angefeuert. Die Tauben gurrten gelangweilt von den Dächern und vermittelten einem das Gefühl, als gäbe es nichts Wichtigeres auf der Welt als ebendiesen bedeutungslosen Augenblick.

Gegenüber der Eisdiele bog ich links ab und fuhr den Weg zum Haus meines Vaters entlang, das sich am obersten Punkt der Bergstraße befand. Von dort bot sich ein fantastischer Blick über das Tal, das diesem Ort seinen Namen gegeben hatte. Es wurde von einem kleinen Bach durchzogen, der sich für satte Wiesen und uralte Eichenhaine teilte und anschließend wieder zusammenfloss. In der Mitte wurde er aufgehalten, um den Stausee zu speisen, an dem das Heideblütenfest seit jeher mit Theater und Feuerwerk eröffnet wurde.

Das Fest.

Mir schauderte bei dem Gedanken daran. Samstag in zwei Wochen wäre es so weit und der gesamte Ort würde für eine Woche vergessen, dass eine Realität außerhalb der Festlichkeiten existierte.

Sämtliche Dorfbewohner dürften bereits seit Monaten damit zugange sein, Motivwagen zu bauen, die schwimmende Bühne auf dem Stausee für das plattdeutsche Theaterstück zu renovieren oder Choreografien für die Wahl zum Heidekönig zu perfektionieren.

Hatte Papa nicht neulich erzählt, dass meine Stiefschwester Kitty, gerade achtzehn geworden, für die Königinnenwahl kandidieren wollte? In der Regel schaltete ich auf Durchzug, wenn es um Heideangelegenheiten ging. Aber wundern würde es mich nicht.

Langsam kam das zweistöckige Backsteinhaus in Sicht, in dem mein Vater mit seiner neuen Frau Margitta und deren Tochter Kitty wohnte. »Neu« war in diesem Zusammenhang das falsche Wort. Aber trotz der dreizehn Jahre, die sie inzwischen verheiratet waren, war ich mit Margitta nie warm geworden.

Da das Haus an einem Hang gelegen war, hatte man nur durch den liebevoll angelegten Garten von unten aus Zugang zur Wohnung. Von der Straße aus gelangte man zur *Landarztpraxis Wedemeyer* im Obergeschoss, die Papa vor Jahrzehnten von einem schon damals uralten Mann übernommen hatte, der irgendwann vergreist und dement im Altenheim verstorben war.

Die Fenster der Praxis standen weit offen. Der Parkplatz war bis auf den letzten Platz gefüllt – der Sommer war neben der Grippesaison eine der geschäftigsten Zeiten für den Landarzt. Angelhaken in Füßen, Touristen mit Sonnenstichen, Wespenstiche nach dem Genuss von Stachelbeerbaisertorten.

Ich parkte in der Einfahrt hinter dem kastigen Volvo meines Vaters. Mein Handy hatte ich auf lautlos gestellt und ließ es in meiner Hosentasche, um die verpassten Anrufe nicht zu sehen. Ich hatte Stefan einen Zettel hinterlassen, der erklärte, dass ich Zeit bräuchte. Nicht die feinste Art.

Ein tiefer Atemzug. Um mich zu sammeln. Um, zumindest für einen Moment, die jüngere Vergangenheit abzuschütteln und wieder ein Mädchen zu sein – gerade fühlte ich mich nicht wie die Vierunddreißigjährige, die ich war –, ein Mädchen, das nach Hause kam.

Ich öffnete die Autotür, bereit, mich dem zu stellen, was kommen mochte. Aus dem ersten Stock drang Gemurmel zu mir heraus. Es war anders, als ich es in Erinnerung hatte, aufgeregter, lauter, ein Gewusel fast. Nicht das geordnete Arbeitsgeplänkel mit bekannten Patienten. Dringlichkeit und Anspannung lag in den Stimmen, manche lauter, manche leiser, und ich versuchte, einzelne Worte auszumachen.

Unschlüssig, ob ich einfach hineinmarschieren sollte, näherte ich mich einem der offen stehenden Fenster oberhalb des Gartentors.

Und gerade als meine Hand den schmiedeeisernen Drücker erreichte, drangen die Worte durch das Fenster. Sie krochen zwischen den Mauerfugen hervor. Die Blätter der großen Eichen schienen sie zu wispern. Ja, ich hätte schwören können, selbst aus den Lautsprechern meines ausgeschalteten Autoradios dröhnte ihr Name. Und mit jedem Mal klangen die Worte mehr und mehr wie die Zeilen eines sehnsüchtigen Gebetes, das für immer unerhört bleiben sollte:

Frederika Petersen.

Es war die Stimme meines Vaters, die ich hörte, doch sie klang fremd. »Sie haben ihr Tagebuch gefunden. Der Fall wird wieder aufgerollt.«

Ich zog meine Hand vom Gartentor zurück, als hätte ich mich verbrannt. Das konnte nicht wahr sein! Das Tagebuch? Gerade jetzt?

Vermutlich hatte keiner damit gerechnet, dass es je wieder auftauchen würde. Frederika war Legende. Schon zu Lebzeiten. Das schönste Mädchen, das fast die Heidekrone getragen hätte, wenn sie nicht am Morgen des Königinnensonntags, dem Höhepunkt des Heideblütenfestes, mit eingeschlagenem Schädel im Schwimmbad gefunden worden wäre, mitten im Becken treibend. Dort, wo sich sonst der große, aufblasbare Krake befunden hatte, wenn man Bademeister Schülke glaubte.

Als wäre der Tod einer Provinzschönheit nicht genug gewesen, hatte das Schicksal oder der Mörder – auch das blieb bis heute ungeklärt – für eine zweite Wasserleiche gesorgt, die zur selben Zeit in drei Kilometer Luftlinie Entfernung in ihrem Gartenteich trieb. Ingrid Johanning, die Frau des ehemaligen Schulleiters. Ruhig und unscheinbar, etwas über sechzig, das komplette Gegenteil von Frederika. Und doch waren beide Frauen am gleichen Tag auf ähnliche Weise ums Leben gekommen.

Und da Wasserleichen in Lopauthal bis zu diesem Zeitpunkt sehr selten und zwei auf einmal fast unmöglich erschienen waren, hatte schnell festgestanden, dass beide Taten miteinander verbunden sein müssten. Doch bis heute konnte man sie niemandem nachweisen.

Die Todesfälle vom 15. August 1999 blieben Lopauthals düsterstes und mysteriösestes Kapitel.

Aber nun gab es ein neues Beweisstück. Das Tagebuch. Und ich könnte wetten, dass ich nicht die Einzige war, die bei dem Gedanken daran, welche Geheimnisse es offenbaren würde, ein mulmiges Gefühl hatte.

KAPITEL 2

Ein Schwarm Mücken tanzte über dem Tümpel, als ich das Gartentor öffnete, die Kröten begannen träge ihr knarzendes Konzert. Die Sonne verschwand langsam hinter den hohen Eichen in der Ferne.

Als ich an die Terrassentür klopfte, antwortete keiner. Einen Schlüssel hatte ich nicht. Ich hätte in die Praxis gehen können, aber ich war nicht bereit. Insbesondere nach diesen Neuigkeiten.

Also setzte ich mich an den großen Holztisch unter dem Vordach und öffnete einen Roman, den ich mir vor Ewigkeiten gekauft und aus unerfindlichen Gründen in meine Reisetasche gesteckt hatte, auch wenn ich wusste, dass ich mich jetzt nicht darauf würde konzentrieren können.

Hoffentlich würde Papa bald seinen letzten Patienten verarztet haben, sodass ich ein paar Worte mit ihm wechseln konnte, bevor Margitta oder Kitty nach Hause kämen. In ihrer Gegenwart war er anders. Oder vielleicht war er auch nicht anders, vielleicht war es nur fremd für mich, seine Zuneigung und seine Güte teilen zu müssen.

Papa und Margitta hatten geheiratet, als ich bereits ausgezogen war. Da war Kitty fünf gewesen. Ein aufgewecktes Mädchen, zu dem ich keinen Zugang fand. Es nicht einmal versuchte. Ich hatte nie mit dieser neuen Familie unter einem Dach gelebt, sondern sie nur zu besonderen Anlässen besucht. Ich wusste, dass es mir schwerfallen würde, meinen Platz in ihrem Alltag zu finden. In Papas anderer

Familie. So fühlte es sich an, wenn ich die drei sah. Als gehörte ich nicht dazu.

Schließlich waren es immer nur er und ich gewesen, solange ich denken konnte. Seit meine Mutter von diesem Reitunfall nicht zurückgekommen war.

Ich hörte Schritte näher kommen und wusste, dass aus meinem Wunsch, allein mit Papa zu sein, nichts werden würde.

Eine Woge warmen Lavendeldufts stieg mir in die Nase, als Margitta auf mich zukam. Sie sah aus, als wäre sie einem Film aus den Siebzigerjahren entsprungen: Ihre dunkelbraunen Locken waren zu zwei Zöpfen geflochten, die von einem dezent gemusterten Tuch aus dem Gesicht gehalten wurden. Ein künstlerisch auf ihrem Scheitel gebundener Knoten rundete das Bild ab. Sie trug eine schmutzige Latzhose, darunter lediglich ein Top, sodass ihre naturgebräunten, definierten Arme zum Vorschein kamen. Durch ihre chilenischen Wurzeln wirkte sie jugendlicher, als sie mit ihren siebenundvierzig Jahren war.

Heute wirkten ihre sonst tänzerischen Schritte eher schlurfend. Sie blickte zu Boden und schien mich nicht bemerkt zu haben. Als ich mich räusperte, um behutsam auf mich aufmerksam zu machen, zuckte sie kaum merklich zusammen und setzte ein Lächeln auf, das ungezwungen wirken sollte.

Schnell schlug ich mein Buch irgendwo in der Mitte auf, in der Hoffnung, unsere Unterhaltung auf das Notwendigste zu beschränken.

»Nina, ja richtig! Dein Vater hat gesagt, dass du heute kommst. Schön, dich zu sehen.« Sie ging an mir vorbei, legte mir ihre Hand kurz, aber liebevoll auf die Schulter und verschwand im Haus. Die Tür ließ sie offen.

Ich hörte, wie unsere Promenadenmischung Lisa von ihrem Platz unter der Treppe träge mit dem Schwanz wedelte, ohne sich die Mühe zu machen aufzustehen. Sie war inzwischen sechzehn und fast taub. Mein Vater hatte sie, um nicht allein zu sein, zu sich geholt, kurz bevor ich das Dorf für mein Studium verlassen hatte.

Was war mit Margitta los? Keine überschwängliche Begrüßung? Kein Festmahl und drei Torten, die zur Feier der Rückkehr der »verlorenen Tochter« warteten? Sollte ich ihr hinterhergehen? Aber wir hatten uns noch nie einfach unterhalten können.

Also entschied ich, sitzen zu bleiben. Lisa würde ich später begrüßen, Hundefell war der beste Trost, den die Welt zu bieten hatte. Ich zwang meine Augen, sich auf die tanzenden Buchstaben auf der Seite zu konzentrieren. *Ich muss endlich ...*, stand dort. *Ich muss endlich ...*

Dann wurde mir klar, was Margittas Latzhosenauftritt zu bedeuten hatte. Sie hatte vor einigen Jahren die Leitung des Theaters übernommen. Natürlich war sie heute dabei gewesen, als das Tagebuch bei den Bühnenarbeiten gefunden wurde. Ich klappte mein Buch zu und richtete mich auf. Vielleicht hatte sie etwas aufgeschnappt? Aber sie kannte die ganzen Verstrickungen von damals ja gar nicht. Gerade als ich mich erheben wollte, hörte ich leises Gemurmel im Wohnzimmer, das Klirren von Eiswürfeln, Schritte, die sich der Terrassentür näherten.

Die Fliegentür wurde geöffnet und Margitta kam herausgeschlürft, hinter ihr mein Vater. In den Händen drei Gläser und eine Flasche Single Malt. Eigentlich hielt mein Vater nichts davon, seinen Whisky mit Eis zu verwässern, aber heute schien er eine Ausnahme zu machen.

Nachdem er alles auf dem Tisch abgestellt hatte, trat er mit einem schiefen Lächeln und ausgebreiteten Armen auf mich zu. Seine weißen Bartstoppeln verrieten mir, dass er zu viel arbeitete. Ich stand auf, fast zwei Köpfe kleiner als er, und sank in seine Arme. Der tröstliche Geruch von Limette und Zeder drang mir in die Nase und ich musste meine Tränen wegblinzeln.

»Wie schön, dass du da bist, meine Kleine.« Er gab mir einen Kuss auf den Scheitel, wir lösten uns aus unserer Umarmung und setzten uns an den Tisch.

Margitta seufzte und starrte in ihr Glas, wo das Eis schmolz.

Über den goldenen Rand seiner Brille sah mein Vater mich ernst an. »Nina, entschuldige unsere Stimmung, aber … Also heute wurde …«

»Ich habe es schon gehört. Sie haben es gefunden.« Anscheinend hatte mich niemand bemerkt, als ich sensationslüstern unter dem Praxisfenster gelauscht hatte.

Er nickte, schenkte jedem großzügig ein, reichte uns die Gläser und prostete wortlos in die Runde. Dann trank er einen Schluck. Ich tat es ihm gleich. Margittas Hand zitterte, als sie ihren Whisky an den Mund führte.

Papa setzte sein Glas ab und räusperte sich. »Margitta ist fertig. Der ganze See ist abgeriegelt, Spurensicherung, Spürhunde, Kriminalpolizei. Alle anwesenden Arbeiter wurden befragt, was sie die letzten Tage gesehen hätten, ob sie Frederika kannten, ob jemand gesehen wurde, der das Buch dort deponierte … Es hat sie mitgenommen.« Er legte seine große Hand auf Margittas, die noch zerbrechlicher als sonst wirkte.

Daher wehte der Wind. Wahrscheinlich war der lebensfrohen Margitta in ihrem Leben noch nie etwas Düsteres widerfahren und sie hatte heute lernen müssen, dass selbst dieser Ort nicht davor gefeit war.

»Entschuldige.« Margittas Stimme war ein leises Krächzen. »Ich stelle mich ziemlich an, das Ganze kam einfach so überraschend. Gerade jetzt, wo wir kurz vor der Aufführung stehen. Und auch noch genau von dem Stück, das Ingrid Johanning damals …« Sie brach ab.

Wut kochte in mir auf. Es ging ihr tatsächlich um ein dämliches Theaterstück? Ich erinnerte mich an Plots mit immergleichen Wendungen und Amateurschauspieler, die sich am Plattdeutschen versuchten. Gefolgt von großem Feuerwerk, Tanz und Alkohol. Auch bekannt als »Der Flammensee«.

Und in jenem Sommer, als Ingrid Johanning und Frederika zu Tode gekommen waren, hätte dieses neue Theaterstück seine Uraufführung haben sollen. Es stammte aus Ingrid Johannings Feder. Mit niemand anders als Frederika in der Hauptrolle.

Bloß zur Aufführung war es nie gekommen. In der Nacht zuvor brach ein Feuer aus und verbrannte Bühnenbild samt Requisiten bis auf den Betongrund der Bühne. Die Leute zerrissen sich die Mäuler über interne Intrigen, Kabelbrände, Neider aus anderen Orten bis hin zur Mafia, russisch, italienisch, egal welche. Aber das allgemeine Interesse wurde bald von einem weit größeren Skandal in Anspruch genommen, als ausgerechnet die beiden wichtigsten Personen dieses Stückes eine Woche später tot aufgefunden wurden.

Das Theater. Der anscheinend einzige Berührungspunkt der beiden Toten.

Seitdem hatte das Manuskript in Frau Johannings Schreibtischschublade geruht, bis ihr Mann es nun zwanzig Jahre später herausgeholt hatte, um seiner verstorbenen Frau den ihr gebührenden Ruhm posthum zu ermöglichen. Mein Vater hatte mich diesbezüglich auf dem Laufenden gehalten, ob ich wollte oder nicht.

Margitta hatte ihre Sprache wiedergefunden. »Ich habe solche Angst, dass wir das Stück nicht aufführen können! Ich meine, abgesehen davon, wie schlimm das für die Mutter des armen Mädchens ist. Und für Albert …« Albert Johanning. Mein ehemaliger Lehrer, mein alter Freund. Der Tod seiner Frau würde ebenfalls erneut unter die Lupe genommen werden.

Margitta seufzte. »Wenn das nun alles wieder hochkocht … Es ist, als wäre das Stück verflucht. Schrecklich.« Sie schüttelte betrübt den Kopf.

Ich nahm einen großen Schluck. War sprachlos.

Einen Moment lang hingen wir alle unseren Gedanken nach. An tote Provinzschönheiten, an verfluchte Theaterstücke, an die schwierigsten Jahre eines alleinerziehenden Vaters, schätzte ich. Plötzlich klapperte das Gartentor so laut, das selbst Lisa im Inneren des Hauses träge wuffte, um halbherzig auf den Eindringling aufmerksam zu machen.

Kitty erschien wie eine Naturgewalt, als sie über den Rasen auf uns zufegte. Ihre langen Beine legten die Distanz in Windeseile zurück, die dunklen Haare wehten offen um ihr Gesicht. Sie trug ein gelbes Top und viel zu kurze Jeans. Für eine Sekunde dachte ich verwundert, sie wollte mich überschwänglich begrüßen, aber dann nahm sie Kurs auf ihre Mutter. Wie eine sensationslüsterne Reporterin, die gerade einen wichtigen Kronzeugen erspäht hatte. »Mama, ist das wahr? Das ist ja Wahnsinn. Erzähl, wo war es? Und wie ist das abgelaufen? Was sagt die Polizei?«

Wo immer Kitty sich den ganzen Tag herumgetrieben hatte, auch an ihr war die Nachricht über das gefundene Tagebuch nicht vorbeigezogen. Wie ein kleines Mädchen hüpfte sie vor ihrer Mutter auf und ab, was nicht zuletzt aufgrund ihrer Größe grotesk wirkte. »Hast du es gesehen, Mama, Freds Tagebuch?«

Dass meine Stiefschwester, die noch nicht einmal auf der Welt gewesen war, als Frederika diese verlassen musste, sie bei ihrem Spitznamen nannte, machte die Situation noch absurder.

»Nun sag schon, Mama! Das ist ja so abgefahren! Der Sommer wird echt immer besser! Ein richtiges Mysterium könnte gelöst werden.«

Mein Vater blickte ungläubig zwischen Kitty und mir hin und her und schien zu überlegen, wie er das temperamentvolle Wesen bändigen konnte. »Nun mach mal halblang, Kitty. Denk mal daran, was das für ihre Familie bedeutet. Für die Hansens. Für den ganzen Ort. Für Nina.« Dabei sah er mich nicht an.

Die Hansens. Ich ließ meinen Blick sinken. Auf meine Hand, an der ein glänzender Verlobungsring prangte. Ein großer, unpraktischer Fremdkörper.

Hauke Hansen, Frederikas damaliger Freund. Florian Hansen, mein ehemals bester Freund. Ein Schmerz in meiner Magengrube. Ich schloss die Augen so fest, bis ich Sterne tanzen sah und der Schmerz in ein sanftes Kribbeln überging.

Kitty unterbrach ihr Springen. Nun war sie die Ungläubige, die nicht verstehen konnte, dass keiner ihre Begeisterung teilte. »Ah, Nina!« Sie knuffte mich in die Seite. »Nina ... Ich habe gehört, dass du es warst, die Fred zuletzt gesehen hat damals, nicht wahr? Also lebendig, meine ich. Das wird ja immer abgefahrener.«

Richtig, das war ich. Die wichtigste Zeugin im berühmtesten Mordfall unserer Gegend, die – zumindest in den Augen der anderen – gefälligst eine Antwort auf all die ungelösten Fragen hätte haben sollen. Aber keine hatte.

Ich schwieg.

Margitta hielt sich an ihrem Glas fest und flüsterte fast. »Das sind echte Menschen, Kitty! Das ist wirklich passiert.«

Als müsste Margitta sich der Absurdität ihrer Aussage bewusst sein, runzelte Kitty die Stirn. »Ja, klar, das weiß ich doch. Aber das ist es ja! Sie ist eine Ikone, das geheimnisvollste Mädchen aller Zeiten, das aus unerfindlichen Gründen den Tod fand … Daraus werden Filme gemacht.« Sie drehte sich um die eigene Achse, als würde sie sich bereits in der tragischen Hauptrolle dieser Verfilmung sehen.

Meinem Vater blieb der Mund offen stehen.

»Ja, nun hat der Film eine neue Szene, denn sie werden wieder tausend Leute verdächtigen. Niemand traut mehr irgendwem und es ist, als wäre die Zeit zurückgedreht worden. Nur ist sie das natürlich nicht, denn die ganze Scheiße, mit der man sich inzwischen zusätzlich befassen muss, ist trotzdem noch da!« Ich merkte erst, dass diese Worte meinen Mund verlassen hatten, als ich aufblickte und sah, dass sechs Augen wie gebannt auf mich gerichtet waren.

Mist. Nun wussten alle, dass mit mir etwas nicht stimmte. Wobei sie es sicher schon vorher geahnt hatten. Wieso sonst hätte ich fragen sollen, ob ich auf unbestimmte Zeit hier, in meinem Elternhaus, bleiben könnte?

Selbst der Hund schien trotz der tauben Ohren bemerkt zu haben, dass etwas nicht stimmte, denn er winselte vor der Fliegentür. Ich ertrug die angespannte Stimmung nicht, stand auf und ließ Lisa hinaus.

Sie fiepte. Dann drehte sie umständlich um und folgte mir nach drinnen, während die Fliegentür hinter uns zuschlug. Ich ließ mich aufs Sofa fallen. Zwar konnte ich die drei draußen noch hören, aber sehen wollte ich sie nicht. Also saß ich einfach da.

Lisa stand vor mir mit ihrer grauen Schnauze und den trüben Augen, ihr Schwanz wedelte aufgeregt hin und her. Wie ein alter Mensch, der am Ende seiner Tage wieder einem kleinen Kind glich. Ich knuddelte sie, bis das Halsband klimperte, und merkte erst, dass mir die Tränen kamen, als Lisas schwarze und weiße Flecken ineinander verschwammen und ein schmutziges Grau ergaben.

»Ich denke, unter diesen Umständen sollten wir das Grillen sein lassen. Ich habe absolut keinen Hunger.« Das war die ruhige Stimme meines Vaters von draußen.

Niemand antwortete.

»In Ordnung, Schatz?«, fügte er an Margitta gerichtet hinzu.

»Was?« Margitta klang, als wäre sie aus einer Trance erwacht. »Oh, ja … ich meine, nein, danke. Ich möchte auch nichts essen.«

Kitty nutzte die Gelegenheit, um sich von ihrer informationskargen Familie loszureißen. »Alles klar, macht nichts. Ich wollte eh zu Jonas und beim Wagenbau helfen. Die wollen heute Abend mit dem Gerüst von Emma anfangen. Ihr wisst schon, die Lokomotive aus dem Lummerland mit den Bergen und … Jedenfalls megacool. Aber vielleicht müssen wir nach der Sache heute noch mal brainstormen, ob wir etwas Passenderes finden. Mama, kann ich deine Latzhose haben? Die sieht super aus!«

Ich rollte mit den tränenden Augen, ohne dass mich jemand sehen konnte, und zog mein Handy aus der

Hosentasche. Sieben Anrufe in Abwesenheit. Stefan. Ich schluckte. Wieder das Gewicht des Rings.

Die Fliegentür klapperte, als mein Vater den Raum betrat. Kein Mitleid, kein Ärger über meinen Ausbruch. Keine Frage danach, was mich bedrückte. Dafür liebte ich ihn.

»Übrigens war ich vorhin noch auf Hausbesuch bei Albert Johanning. Hat ihn ganz schön mitgenommen, die Sache, auch wenn er das natürlich nie zugeben würde. Und dann diese Herzgeschichte … Jedenfalls habe ich erwähnt, dass du kommst, und er bat mich, dir zu sagen, dass du zum Scrabblespielen eingeladen bist, egal wann. Ich glaube, er ist einsam.«

Albert Johanning. Ich konnte mir nicht vorstellen, wie es ihm dabei gehen musste, den Tag, an dem er seine Frau verloren hatte, nach all den Jahren erneut zu durchleben. Der arme Mann. Mein Lehrer. Mein alter Freund. Neben meinem Vater die eine Person, der ich keine Lügen würde auftischen können. Wie konnte ich ihm diese Einladung abschlagen?

Ich hörte, wie mein Vater die Gläser in die Spülmaschine räumte, als er leise hinzufügte: »Vielleicht gibt es ja bei dir auch etwas, was du mal loswerden musst.«

KAPITEL 3

In den nächsten Tagen war nichts so verlässlich wie die strahlende Sonne am wolkenlosen Himmel, die Land und Leute verbrannte. Und mein Schweigen. Ich bekam die Worte nicht über die Lippen, die ich so dringend sagen musste: Papa, ich habe ein Menschenleben auf dem Gewissen.

Jedes Mal zwang ich mich erneut, die sich formenden Bilder aus meinem Kopf zu verbannen. Wie er dagelegen hatte, auf dem Operationstisch. Ängstlich, aber optimistisch. Wie ich selbstbewusst auf ihn zutrat und ihm versicherte, dass alles gut werden würde. Dass er seine kleine Tochter gleich wieder in den Armen halten würde. Meine größte Lüge.

Der unerbittliche Sommer führte dazu, dass es überall an Wasser fehlte. Unkontrollierbare, tödliche Feuer loderten in Südeuropa. Die Medien hielten die Menschen dazu an, nicht unnötig Trinkwasser zu verschwenden. In Lopauthal hingegen wurde darüber gefachsimpelt, ob man nicht doch einen Teil der Heideflächen bewässern sollte, damit die Touristen die versprochene lila Farbenpracht statt vertrocknetem Gestrüpp erwarten würde. Die Wagenbauer sagten Probleme bei der Dekoration ihrer Motive voraus, denn es gab nur ein paar schwer umkämpfte schattige Plätze, an denen das Heidekraut in der gewünschten Nuance strahlte, und diese waren bereits für die Kronendekoration an der Hauptstraße abgeerntet worden. Der

27

Stausee hatte den niedrigsten Stand seit Aufzeichnungsbeginn. Die Idylle der schwimmenden Bühne, auf der man plante, das sagenumwobene Theaterstück der ertrunkenen Frau Johanning aufzuführen, hatte sich in einen skurrilen Betonblock in einer Schlickpfütze verwandelt.

Die Luft schien elektrisiert. Ich hatte das Gefühl, die Anspannung in jedem Grashalm zu spüren, der in der erbärmlichen Hitze um sein Überleben kämpfte. Alle warteten auf das erlösende Gewitter.

Der Fall Frederika, wie ihn die Tageszeitungen nun betitelten, rutschte wieder in die Schlagzeilen. Die Medien hatten Wind von dem Tagebuchfund bekommen und schöne tote Mädchen waren immer ein Garant für hohe Auflagen.

Ich versuchte, mich von all dem fernzuhalten. Ich war nicht viel mehr als eine Schaufensterpuppe, die auf einer der vielen Sitzgelegenheit des Hauses drapiert dasaß und alles daransetzte, nicht aufzufallen. Was schwieriger wurde, je fettiger meine Haare und unangenehmer der Geruch wurde, den ich ausströmte. Wann hatte ich eigentlich zuletzt geduscht?

Nicht zuletzt, um mich endlich unter die Dusche zwingen zu können, fragten Margitta und mein Vater abwechselnd in für sie angemessen erscheinenden Abständen, ob ich Herrn Johanning angerufen hätte. Das wollte ich schon, ich wollte es wirklich. Scrabble. Ablenkung. Vermutlich keine schlechte Idee.

Aber ich tat es nicht.

Stattdessen wartete ich weiter. Darauf, dass etwas geschah, oder darauf, dass im besten oder schlimmsten Fall nichts geschah.

Eine knappe Woche nachdem der Schmied Johan Müller Freds Tagebuch unter dem Gerüst auf der Bühne gefunden hatte, war die Arbeit der Spurensicherung beendet. Das rot-weiße Flatterband wurde aufgerollt und eingepackt und der Betonklotz für die Arbeiter freigegeben, die, wenn man Margitta glaubte, ein Wunder vollbringen müssten, um die Bühne pünktlich zur Eröffnungsfeier des Heideblütenfestes in zwölf Tagen vorzubereiten.

Man hatte, wie alle mit Bedauern vernahmen, keine Spuren sichern können, die darauf hinwiesen, wann oder von wem das Beweisstück abgelegt worden war. Das Tagebuch und Frederikas letzte Geheimnisse blieben unter Verschluss.

Auch ich zählte die Tage bis zum Festbeginn, allerdings aus einem anderen Grund.

Am Montag nach der Eröffnungsfeier würde mein Urlaub enden und ich mich wieder in meinem alten Leben einfinden müssen. Das war die Zeit, die mein Chef mir eingeräumt hatte, um »zu mir zu kommen«. Also blieben mir genau zwei Wochen, um herauszufinden, wie ich mit der Schuld auf meinen Schultern je wieder einen Arztkittel anlegen konnte, wo ich mir selbst nicht mehr traute. Obwohl ich meinen Beruf liebte.

Und bisher war ich keinen Deut weitergekommen.

Ich wusste, ich sollte an meine Zukunft denken und endlich zu einem Entschluss kommen, doch meine Gedanken wanderten wieder und wieder zurück zu dem Fall vor zwanzig Jahren.

Die Ermittler gingen davon aus, dass Frederika damals, als ich sie gegen zwei Uhr morgens zuletzt am alten Postschuppen im Ortszentrum gesehen hatte, aus unerklärlichen Gründen auf dem Weg zurück zum Freibad gewesen war. Dort, wo wir noch kurz zuvor die illegale Party zu ihrem Geburtstag gefeiert hatten, bevor die Bürgerwehr sie zerschlug. Im angrenzenden Stausee sollte Frederika dann ihren Tod finden. Am Datum ihrer Geburt, achtzehn Jahre später.

Und doch war ihre Leiche am nächsten Morgen im Freibad gefunden worden, nicht im Stausee, zweihundert Meter Luftlinie entfernt. Eingeschlagener Schädel hin oder her, aber daran war sie nicht gestorben. Sie war ertrunken.

Die Obduktion hatte Stauseewasser in ihren Lungen zutage gefördert. Kein Chlorwasser. Man glaubte, dass der Mörder die Leiche nur ins Schwimmbad geschleppt hatte, um es wie einen Unfall auf ihrer illegalen Party aussehen zu lassen. Und allein diese Tatsache brachte zwei wichtige und zudem beängstigende Fakten mit sich: Der Mörder kannte die Gepflogenheiten der Dorfjugend in jenem Sommer, vor allem die vom Alkohol beflügelten, nächtlichen Einbrüche in das Freibad. Und er war stark genug, Frederikas leblosen Körper über Baumwurzeln und Sandwege zu tragen. Im Dunkeln noch dazu, Böschungen auf und ab, ohne auch nur von einer der zahlreichen in jener Nacht herumgeisternden Gestalten gesehen worden zu sein. Etwa von den Mitgliedern der Bürgerwehr, die uns Jugendliche aus dem Schwimmbad verscheucht hatten. Oder von einem von uns, die wir uns in allen dunklen Ecken der Umgebung versteckt hatten, um nicht erwischt zu werden. Oder von Eisdielenbesitzerin Henriette Hummel, die mit ihrem Mann die dritte Flasche Rotwein am Steg des Bootsverleihs geöffnet hatte, wie ich später erfuhr.

All diesen und noch weiteren Leuten hatte der Mörder während seiner Tat aus dem Weg gehen müssen. Über eine Strecke von zweihundert Metern, wenn sie am Westufer des Sees starb. Fast zwei Kilometer, wenn es das Ostufer war. Denn Spuren ihres Todeskampfes hatte es keine mehr gegeben. Bevor die Obduktion Rückschlüsse auf den Tatort hervorbringen konnte, hatte ein unerbittlicher Dauerregen alle verbliebenen Hinweise zu Frederikas letzten Stunden beseitigt.

So blieb zum Beispiel auch die mysteriöse Tatwaffe verschwunden.

Zwar war Frederika ertrunken, doch war der gebrochene Schädelknochen ihrer linken Schläfe Zeuge, dass jemand enorme Gewalt eingesetzt hatte, um sie zum Schweigen zu bringen. Sie musste ihren Angreifer noch gesehen haben, denn der Wunde nach zu urteilen war der Angriff von vorne gekommen. So wurde es sich damals erzählt. Mit einem schweren, scharfkantigen Gegenstand, der nun vermutlich irgendwo auf dem Boden des Sees lag. Ein Hammer, wurde gemutmaßt, der vielleicht vom Bühnenbau stammte, oder einfach einer der unzähligen anonymen Wackersteine vom Ufer des Sees. Gefunden hatte man die Tatwaffe und somit Rückschlüsse auf den Mörder aber nie.

Keine verwertbaren Spuren.

Genau wie bei Ingrid Johanning. Ihre Leiche hatte nicht einmal Verletzungen aufgewiesen. Sie war, wenn man so wollte, einfach nur ertrunken. Aber der Teich war keinen halben Meter tief. Wer ertrank denn in so einer Pfütze?

Und nun fragte ich mich natürlich, ob Kommissar Harald Ulrich mich erneut zu einem »Gespräch«, wie er es nannte, zitieren würde, um meine Aussage von damals zu überprüfen. Sicher würde er mich fragen, ob ich mich wirklich richtig erinnerte: Hatte Frederika das kleine rote Tagebuch tatsächlich dabeigehabt, als sie zum Postschuppen kam? Ja, das hatte sie, da konnte ich mich nur wiederholen. Das kleine Buch und die pinke Jacke. Beides wurde nicht bei ihrer Leiche geborgen, was seitdem so viele Fragen aufgeworfen hatte.

Kommissar Ulrich. Der musste inzwischen kurz vor der Rente stehen. Bisher hatte er mich in Ruhe gelassen. Nur mit meinem Vater konferierte er regelmäßig, wenn die beiden auf der Anlage beim Campingplatz Tennis spielten. Was eigentlich bedeutete, dass sie sich in der Pizzeria am Spielfeldrand trafen – das wusste das ganze Dorf.

Zwei Tage später kam mein Vater abends von seinem »Tennis-Match« mit Ulrich zurück. Für die dreißig Grad, die selbst jetzt noch herrschten, sah er erstaunlich frisch aus. Er berichtete, dass Ulrich den Fall an zwei Ermittler aus Lüneburg hatte abtreten müssen.

»Es gibt dort eine Cold-Case-Einheit, die die Sache nun übernimmt«, sagte er, während er in seinem Salat herumstocherte. Mein Blick fiel auf einen roten Fleck an seinem Hemdkragen, der verdächtig nach Tomatensauce aussah.

»Kein Opfer ist je vergessen«, warf Kitty schmatzend das Zitat einer Fernsehserie aus den frühen Zweitausendern ein. Woher kannte sie die denn, dazu war sie doch viel zu jung?

»Harald sagt, das sind eingebildete Milchbubis. Waren damals nicht mal alt genug zum Mopedfahren, als sich das alles zutrug. Wie ihr euch denken könnt, ist er nicht gerade erfreut.«

»Aber immerhin sind sie ja spezialisiert. Und manchmal tut es ganz gut, einen frischen Blick von außen auf eine Sache zu bekommen.« Zumindest war es mir im Krankenhaus manchmal so gegangen.

»Was du nicht sagst.« Das warme Lächeln meines Vaters, seine Hand auf meiner.

Er redete nicht mehr über Frederika.

»Martin, ist das da Blut oder Tomatensauce?« Kitty deutete angewidert auf den Hemdkragen meines Vaters und rettete mich so unwissentlich aus der Misere.

Am Freitag, zwei Tage nachdem ich von den Cold-Case-Beamten erfahren hatte und acht Tage vor Festbeginn, fing mich Margitta in der Küche ab.

»Ich mache mir Sorgen um deinen Vater.« Gerade drapierte sie unförmige weiße Blumen in einer zu großen Vase. »Wie er tagtäglich hart schuftet da oben bei der Hitze. All die zusätzlichen Touristen und nun auch noch die Arbeitsunfälle vom Theater. Zerquetschte Daumen, Splitter, Hitzschlag … Meinst du, du könntest ihm vielleicht ein bisschen zur Hand gehen, Nina?« Sie sah mich hoffnungsvoll an.

Ich fühlte mich von ihren Worten angegriffen. Sie stellte mich als faule Tochter dar, während sie selbst nicht einmal einen Führerschein besaß und ständig darauf angewiesen war, dass mein Vater sie hin und her kutschierte. Anstatt einer Antwort machte ich auf der Hacke kehrt und ging in mein Zimmer. Im Moment konnte ich mir beim besten Willen nicht vorstellen, einen Patienten zu behandeln. Die Tür schloss ich unnötig laut. Na toll. Zurück in dem Haus meiner Teenagerjahre, hatte ich offenbar das Gefühl, mich auch wie einer benehmen zu müssen.

Kurze Zeit später tat es mir leid.

Als ich wieder herauskam und beschämt in die Küche schlich, nickte Margitta wortlos über ihren riesigen Lilienstrauß in Richtung Wohnzimmer, wo mein Vater in seinem Ohrensessel saß. Mein schlechtes Gewissen verstärkte sich, als ich ihn über den Laptop gebeugt mit verengten

Augen damit kämpfen sah, seinen Kopf nicht auf die Brust fallen zu lassen. Er schreckte hoch, als er diesen Kampf letztlich verlor.

Ich wusste, dass er die Abrechnungsziffern überprüfte, die eine Bürokraft am Tag notdürftig einpflegte. Dies war eine essenzielle Aufgabe, denn ohne die richtigen Abrechnungsziffern ging der Praxis bares Geld durch die Lappen.

»Papa«, hörte ich mich sagen, »was hältst du davon, wenn ich mich ein bisschen um deine Abrechnungen kümmere?«

Er blinzelte mehrfach, vielleicht, um sich zu vergewissern, dass er nicht träumte, vielleicht auch, um aufzuwachen. »Das wäre mir eine große Erleichterung, vielen Dank, mein Schatz.« Er gähnte, stellte den Laptop auf dem Wohnzimmertisch ab, als er aufstand, mich auf den fettigen Scheitel küsste und zu seiner Frau in die Küche ging. Ich nahm mir den Laptop vor, auf dem das Praxisprogramm noch geöffnet war, und fing einfach an, ohne nachzudenken. R51 für Kopfschmerzen, N30.0 für eine Blasenentzündung. Abrechnung für Abrechnung. Stefan hätte mich sicher für die Verschwendung meines Talentes gerügt.

Stefan. Irgendwann hatte ich mich überwunden, ihm zu texten. Wir hatten in den letzten Tagen einige nichtssagende Nachrichten ausgetauscht, die alle, sobald es etwas tiefer ging, mit einer Abweisung von mir endeten. Er akzeptierte es, aber ich sah an den immer seltener werdenden Emojis, wie enttäuscht er von meinem Verhalten war.

»Ach Nina, fast hätte ich es vergessen«, rief mein Vater mir aus der Küche mit einer Tasse Kaffee in der Hand zu. »Heute hatte Albert Johanning wieder einen Termin. Er lässt dir ausrichten, er erwarte dich am Samstag um drei zum Scrabble.«

KAPITEL 4

Für Samstagnachmittag war endlich das langersehnte Gewitter angekündigt. Ich öffnete die quietschende Wagentür unserer weißen Rostlaube, setzte mich hinter das Lenkrad und sog meine Vergangenheit förmlich ein. In diesem alten Volvo hatte ich Autofahren gelernt. Ich konnte gar nicht fassen, dass er noch immer lebte. Er war wie Lisa, lief und lief, nur eben inzwischen etwas langsamer. Aufgeheizt von der Sonne potenzierte sich der Geruch nach nassem Hund, der sich in den bunten Schonbezügen und vermutlich auch längst in den Tiefen der Sitzpolster festgesetzt hatte. Instinktiv schaltete ich das Radio ein und kurbelte das Fenster herunter, wie ich es früher immer gemacht hatte. Diese liebenswerte, alte Schrottkarre!

Der durch die Sonne eingebrannte Eisfleck auf dem Armaturenbrett, der angeklebte Rückspiegel, der unter dem Gewicht zahlreicher Perlenketten nachgegeben hatte, das Brandloch im Rücksitz, als Viktor Eremin nach der letzten Abiklausur auf der Rückbank geraucht hatte, alles noch da.

Ich hätte meinen Mini nehmen können, aber er schien nicht auf diese Straßen zu gehören. Also zwang ich den Rückwärtsgang ächzend an seinen Platz und steuerte den Wagen aus der Einfahrt die Bergstraße hinunter ins Dorf. An der Backsteinkirche bog ich links ab, vorbei an einer lang gezogenen, mit Jalousien verdunkelten Fensterfront. Früher war hier ein Haushaltswarengeschäft gewesen. *Schönewalds*. Von Schrauben und Gartenartikeln über Schulwaren bis hin zu Spielsachen hatte man dort alles bekommen. Damals war ein Fünf-Mark-Gutschein von *Schönewalds* als Geburtstagsgeschenk gang und gäbe gewesen. Aber wie viele dieser Läden rentierte er sich in Zeiten von Amazon nicht mehr. Wahrscheinlich würden demnächst neue Wohnungen in dem Gebäudekomplex entstehen.

Herr Johanning wohnte hinter einem kleinen Wäldchen am Dorfrand, kurz bevor die Heideflächen begannen. Da ich keine Idee gehabt hatte, was ich meinem alten Lehrer mitbringen sollte, entschied ich mich dazu, einen Stopp bei *Hennies Eisdiele* einzulegen, um zwei Becher Spaghettieis zu besorgen.

Anschließend verließ ich den Ort entlang der Hauptstraße Richtung Westen. Vorbei am *Heidjerkrug*, dem Rathaus, der Kirche. Ich passierte die Ponyweiden des *Nussbaumhofs*, die Forellenfischerei, das Mühlencafé, das Maislabyrinth mit angrenzendem Blumenfeld, auf dem Gladiolen und Sonnenblumen wuchsen.

Als ich den Sandweg erreichte, der zu Albert Johannings Haus führte, wurde ich nervös. Wie begrüßte man seinen alten Freund und Lehrer, von dem man sich entfremdet hatte und zu alldem noch durch eine ungeklärte Mordermittlung mit ihm verbunden war?

Ich stellte den Wagen in der von Pflanzen überwucherten Einfahrt ab, stieg aus und hielt das verpackte Eis wie einen Schutzschild vor mich, trat die beiden Steinstufen hinauf und klopfte.

»Die Tür ist angelehnt«, hörte ich die vertraute Stimme meines Lehrers aus dem Inneren des Hauses.

Mit dem quietschenden Öffnen der Holztür drang mir ein altbekannter Geruch entgegen. Zigarillos, Druckerschwärze und Aftershave. Hatte ich Verfall erwartet, so wurde ich enttäuscht. Zwar war Johannings ohnehin fast kahler Kopf mit Altersflecken übersät und seine Wangen ein wenig eingefallen, sodass seine Ohren noch größer wirkten, doch hatte er das gleiche schiefe Lächeln auf dem Gesicht, das ich in Erinnerung hatte. Er war der einzige Mensch, den ich kannte, der es auch mit diesem Grinsen auf den Lippen schaffte, eine nur ihm bekannte Melodie tonlos zu pfeifen. Es klang, als würde irgendwo ein Wasserkessel zischen. Er trug eine Hose mit akkurater Bügelfalte, nicht grün, aber auch nicht braun, und ein darauf abgestimmtes Hemd, das er in die Hose gesteckt hatte. Die rot gestreiften Hosenträger waren der einzige Farbtupfer. Denn auch seine Haut wirkte fahl.

Mit Blick auf meine Hände sagte er: »Ah, meine Eislieferung. Ich hatte mich schon gefragt, wann die wohl eintreffen würde. Da sie auch noch in so netter Begleitung kommt, scheint heute mein Glückstag zu sein. Komm doch rein!«

Er war charmant, ohne charmant sein zu wollen. Das mochte ich an ihm. Das und so viel mehr.

»Ich hoffe, Sie haben nichts gegen Spaghettieis?«

»Gibt es überhaupt jemanden auf der Welt, der etwas gegen Spaghettieis hat?«, konterte er und schloss die Tür hinter mir.

Durch einen kleinen Windfang gingen wir in den Wohnraum, der durch einen hölzernen, altmodischen Tresen von der Küchenzeile abgegrenzt war. Die Schrägen des Hauses schenkten Gemütlichkeit. Viel sichtbares Holz. Eine große Glasfront, wie man sie sonst nur von modernen Loftwohnungen kannte, ermöglichte einen malerischen Ausblick über den Garten und die angrenzenden Heideflächen. An den Wänden stapelten sich Bücher. Das Ledersofa schien fast neu, während vor der großen Fensterscheibe ein abgegriffener, rissiger Sessel stand.

»Hier hat sich eigentlich kaum etwas verändert, seit du zuletzt hier warst. Wann mag das gewesen sein?«

»Das habe ich auch schon überlegt. Zu lange her, wie man immer so schön sagt.«

»Die Bemerkung trifft wahrlich zu. Und doch ist alles beim Alten. Ich bin kein großer Freund von Veränderungen. Zu viel Arbeit, zu viel Kraft, die man auch dafür benutzen kann, mit dem glücklich zu sein, was man hat.« Wieder pfiff er die Melodie seines Lebens, ohne es zu merken. »Lass uns nach draußen gehen, bevor das Eis schmilzt.« Er deutete auf einen kleinen Tisch auf der Terrasse vor der Fensterfront, auf dem bereits das Scrabblebrett aufgebaut stand. Im Hintergrund konnte ich die Umrisse des nun eingewachsenen Gartenteichs erkennen, in dem seine Frau den Tod gefunden hatte. Wie konnte er diesen Anblick tagtäglich ertragen?

»Gern.«

Wir schritten durch die Glastür auf ein Holzdeck, das durch eine Art Markise beschattet wurde. Moos und Spinnennester verrieten mir, dass sie lange nicht mehr eingefahren worden war.

Ich verteilte die Eisbecher, deren Waffeldeckel sich bereits in Schieflage befanden, und er lächelte wie ein kleiner Junge.

»Danke, ich weiß nicht, wann ich zuletzt etwas so sündhaft Leckeres gegessen habe. Ich sollte mir vornehmen, das häufiger zu machen. Wozu noch auf die gute Linie achten?« Er lachte. Dieses Lachen ging in ein Husten über.

Erst jetzt bemerkte ich, dass er vielleicht gar nicht pfiff, sondern dass es sich bei den Geräuschen um seine schwere

Atmung handelte. War das schon immer so gewesen oder bloß irgendwann der Zeitpunkt gekommen, an dem das lebensfrohe Pfeifen einem überlebenswichtigen Röcheln gewichen war?

»Doch das darf ich dir gegenüber sicher gar nicht sagen. Eine Ärztin weiß es immer besser.«

Ich kannte kaum eine Berufsgruppe, die als Kollektiv betrachtet nachlässiger mit ihrer eigenen Gesundheit umging. »Ach ja, ich glaube, man sollte es einfach nicht übertreiben, egal was man macht. Eine gesunde Mischung aus allem ist noch das Beste.«

»Da hast du wohl recht. Aber wäre die Welt nicht langweilig, wenn wir alles nur durchschnittlich betreiben würden?«

»Langweilig und einfacher.«

Er stimmte mir zu. Wir aßen einige Minuten schweigend weiter.

»Wie geht es Ihnen?« Ich hatte die Worte bewusst frei formuliert, während ich die zerlaufene Sahne am Boden meines Pappbechers betrachtete.

»Tja, mein Herz will nicht so recht und die Zigarillos schmecken mir besser als meinen Lungen. Die Einsamkeit macht mir ein wenig zu schaffen. Weißt du, die Kinder haben wieder Kinder und selbst die haben nun Kinder. Ich bin dreifacher Urgroßvater. Doch mir scheint, je weiter sich die Gene streuen, desto uninteressanter wird der älteste noch lebende Verwandte. Ich kann es niemandem verübeln. Die Jugend ist nun einmal so.« Er stellte seinen Becher beiseite und ich sah, dass er kaum etwas gegessen hatte. »Also nichts, was eine gute Partie Scrabble nicht beheben könnte«, sagte er und fing an, das Spiel vorzubereiten.

Nachdem wir Buchstaben gezogen hatten, begannen wir zu spielen, als hätten wir die letzten zwanzig Jahre nichts anderes gemacht, als zusammen auf dieser Terrasse zu sitzen und schweigend Worte aus Holzbuchstaben zu formen.

Dann und wann schlug der Lehrer den bereitliegenden Duden auf, wenn er meine dem medizinischen Jargon entstammenden Worte nicht akzeptieren wollte. Ich merkte gar nicht, wie sich langsam, aber unaufhaltbar ein Wort am unteren rechten Spielbrettrand formte, zu dem Herr Johanning ein T, ein G und ein U legte und sagte: »Fünfzehn Punkte. *Tagebuch.*«

Ich blickte auf, vergaß, welches Wort ich gerade hatte legen wollen. »Wahnsinn, oder?«, entwich es mir.

»Ja, so ist es. Wahnsinn und vermutlich endlich an der Zeit.« Er sah mich nicht an. »Du bist!«

Ich konnte mich nicht auf das Spiel konzentrieren. »Fragen Sie sich nicht, was es mit Ihnen machen würde, wenn man den Mörder Ihrer Frau nach all den Jahren nun doch finden würde?«

Lange schwieg er. Ich war versucht, meine Frage zurückzuziehen.

»Dein Vater hat mir gesagt, dass du ein Problem mit der Arbeit hast, das dich belastet. Er hat nichts Näheres erwähnt, keine Angst. Aber eine Sache möchte ich dir ans Herz legen: Irren ist menschlich, aber dieses Irren zuzugeben und daraus zu lernen, ist das, was uns wachsen lässt. Anderenfalls wird man zum Schatten seiner selbst, und ehe man sichs versieht, ist kein Licht mehr da, das überhaupt noch einen Schatten werfen kann. Ohne das Licht gibt es nichts, was bleibt. Und wenn ein Schatten verschwindet, nimmt niemand Notiz. Verpass den Zeitpunkt nicht wie ich alter Mann.« Er nahm einen Löffel seiner warm gewordenen Eissauce und blickte in die Ferne.

Bevor ich etwas erwidern konnte, ertönte die Türklingel.

»Ah ja«, sagte Johanning, als erwartete er noch Besuch. Er erhob sich umständlich, indem er sich am Tisch abstützte, sodass sich das Spielbrett verzog und schiefe Worte zurückließ. »Entschuldige die Störung.« Dann straffte er den Rücken. Etwas wackelig auf den Beinen setzte er sich in Bewegung. Kurz bevor er die Terrassentür durchschritt, drehte er sich noch einmal um. »Es ist die Schuld. Sie ist das größte Übel. Sie frisst einen auf. Jeden Tag ein bisschen. Bis sie letztlich gewinnt. Denn das tut sie immer bei halbwegs vernünftigen Menschen. Danke, dass du noch einmal hier warst. Es hat mir sehr geholfen.«

Er ließ mich mit dem unguten Gefühl zurück, dass ich meinen unbeschwerten alten Freund vielleicht nie mehr wiedersehen würde.

FREDERIKA, 08.07.1999

Er sagt, ich soll ihn Jo nennen. So würde er sich jünger fühlen. Ich finde es süß. Als wollte er für mich jemand anders sein.

Es ist nichts Verbotenes, was wir tun. Das weiß ich. Und trotzdem fühlt es sich so an. Vielleicht liegt es an den Nachrichten, die wir einander in dem hohlen Astloch der alten Eiche am See hinterlassen. Und daran, wie ich jedes Mal Angst bekomme, dass mich jemand sieht, wenn ich den schmiedeeisernen Wetterhahn in seinem Garten in die andere Richtung gucken lasse, um eine neue Botschaft anzukündigen. Dieser seltsame Hahn ... So unscheinbar, wie er da eingewachsen am Beetrand steht und von den üppigen Rosenranken in seiner Position gehalten wird, sodass man sich vorsehen muss, wenn man sich ihm nähert. Genau richtig für unsere Zwecke. Mir zumindest ist er vorher noch nie aufgefallen.

Ich weiß gar nicht, wer von uns die Idee mit den geheimen Nachrichten hatte, aber mir gefällt sie. Wie in einem alten Liebesfilm, obwohl das auf uns natürlich gar nicht wirklich zutrifft.

Eigentlich reden wir ja nur. Aber das bedeutet manchmal so viel mehr als alles andere. Ich meine, wer unterhält sich heutzutage noch wirklich? Alles fing mit diesem Gespräch nach der Theaterprobe an, als ich auf der Bank unter der Eiche saß, weil die Johanning mal wieder völlig ungerecht zu mir war und ich nicht nach Hause wollte. Ich konnte einfach nicht mehr. Die Frau hat doch echt einen Schaden!

Er war so nett, so verständnisvoll. Und obwohl das zwischen uns nichts Verbotenes ist, darf niemand je davon erfahren, dass wir uns nun regelmäßig treffen. Das betont er immer wieder. Was es doch verboten macht. Vielleicht ist das auch der Reiz des Ganzen.

Heute am frühen Abend nach der Probe haben wir uns wieder auf der Bank unter der Eiche getroffen. Als alle weg waren. Das ist jetzt unser Platz. Gut geschützt durch die tief hängenden Äste, etwas abseits vom Weg. Wenn man nicht weiß, dass die Bank dort steht, sieht man sie nicht. Aber man selbst sieht alles. Den ganzen See.

Hauke habe ich gesagt, dass die Johanning mal wieder länger mit mir proben wollte. Das kommt in letzter Zeit so oft vor, dass er das nicht hinterfragt. Und wenn er es doch täte, wüsste ich gar nicht, ob er glauben würde, was dort wirklich geschieht. Ich weiß echt nicht, was die Johanning für ein Problem mit mir hat. Es wird immer schlimmer. Vielleicht hat sie einfach eine Schraube locker. Wer sonst ist bitte so launisch? Manchmal weiß ich nicht, wieso ich mir das Ganze eigentlich noch antue.

Nur Jo weiß, wie es wirklich ist. Vielleicht hat er Mitleid und trifft sich daher mit mir, weil er mir die Rolle ja irgendwie organisiert hat. Aber vielleicht genießt er die Gespräche einfach genauso wie ich. Wir reden über Gott und die Welt. Ich glaube, so viele Worte habe ich in dem ganzen Jahr noch nicht mit Hauke gesprochen.

Heute hat Jo mich nach meinen Zukunftsplänen gefragt. Hauke hat er dabei nie erwähnt. Ich auch nicht. Jo meint, ich sollte Schauspielerin werden. Vielleicht hilft er mir deshalb und übt meine Texte mit mir. Ich mag diese Traumwelt mit ihm, in der ich alles sein kann. Zumal er der Einzige ist, der keine Erwartungen an mich hat.

KAPITEL 5

»Albert Johanning?« Eine eiskalte männliche Stimme drang bis zu mir auf die Terrasse.

Instinktiv klaubte ich die Scrabblesteine zusammen und verstaute sie in dem für sie vorgesehenen Samtsäckchen. Der Klang dieser Stimme sagte mir, dass es keine Gelegenheit für eine weitere Partie geben würde.

Die zweite Stimme bestätigte meine Vermutung. Kommissar Ulrich, eindeutig. »Natürlich ist er das, sonst hätte ich euch wohl kaum hierhergeführt.« Der Tonfall wurde sanfter, als er sich an meinen Lehrer wandte. »Entschuldige, Albert, dass wir dich stören. Aber wir müssen dir ein paar Fragen stellen.«

Leise stand ich auf, nahm die Eisbecher und den Spielkarton, wie um die Beweise meiner Anwesenheit zu verschleiern, und ging durch die geöffnete Terrassentür ins Wohnzimmer. Wer war es, den Ulrich da bei sich hatte? Das konnte doch nichts Gutes bedeuten! Lautlos legte ich meine Fracht auf dem Küchentresen ab und versteckte mich hinter der angelehnten Bleiglastür zum Windfang, denn ich war mir sicher, dass ich nichts von diesem Gespräch verpassen wollte.

»Hallo, Harald, meine Herren, wie kann ich weiterhelfen?«

Ich lugte durch den Türspalt. Dort stand mein Lehrer in seinen Hosen, die nun zu groß für seinen Körper schienen. Nicht nur, dass er abgenommen hatte, er wirkte deutlich kleiner als früher. Vielleicht lag es aber auch an dem Vergleich mit den Männern, die ihm gegenüberstanden: Harald Ulrich, der örtliche Polizeichef, der schon immer groß wie ein Bär gewesen war. Nun hatte er sich über die Jahre offenbar das dazugehörige Bäuchlein angelegt, das zu den Pizzeria-Besuchen mit meinem Vater passte. Sein einst rötlicher Bart war nun grau, ebenso die unförmigen Locken, die er früher kurz gehalten hatte, um sie zu Zucht und Anstand zu zwingen. Jetzt hatten sie den Kopf zurückerobert. War er mir als junges Mädchen bedrohlich erschienen, erinnerte er mich heute an ein sprechendes Walross aus einem Kinderfilm, das in einen Lockenwicklereimer gefallen war.

Neben Ulrich sah ich zwei junge Männer stehen, die aufgrund ihrer förmlichen Kleidung – identische Anzüge in Hellgrau und Dunkelblau – und Ulrichs Verhalten nur die Cold-Case-Beamten sein konnten.

Irgendwie wirkten sie grotesk vor der Tür des idyllischen kleinen Hauses meines Lehrers: glattrasiert, eckige, identische Kinnpartien. Sie waren vermutlich nicht älter als ich. Der Mann mit den hellen Haaren sah aus, als würde er die Rolle eines Ermittlers in dem nächsten amerikanischen Streifen spielen, und schien daher besonders finster dreinzublicken. Der Dunklere sah aus, als wäre er die Zweitbesetzung, falls sein Kollege schlappmachte.

»Mein Name ist Mertens«, sagte der Hellere, »das ist mein Kollege Koslowski. Herr Johanning, dürfen wir kurz reinkommen?«

»Wissen Sie, ich habe gerade äußerst wichtigen Besuch, auf den ich mich bereits lange gefreut habe, und würde diesen nur ungern durch Ihre Präsenz verschrecken.«

Nun hörte ich das Pfeifen bei jedem Wort, sein Atem wurde knapper.

Ulrichs Blick wanderte zu dem Volvo meines Vaters, der in der Einfahrt parkte. Er wusste, dass ich hier war.

»Wie Sie wünschen, Herr Johanning. Aber unsere Fragen möchten wir trotzdem loswerden. Wollen Sie Ihren Besuch vorher verabschieden?«

»Das wird nicht nötig sein.« Albert Johanning verkrampfte seinen Griff am Türrahmen. »Es wird wohl nicht allzu lange dauern, oder?«

Die Polizisten wechselten vielsagende Blicke. Mertens holte tief Luft. »Also gut. Herr Johanning, können Sie uns bitte noch einmal genau von ihren Erlebnissen der Nacht vom 14. auf den 15. August 1999 erzählen?«

»Meine Herren, das ist zwanzig Jahre her«, sagte Johanning.

Mertens hatte das Gespräch übernommen. »Vielleicht ist Ihnen inzwischen ja noch etwas eingefallen. Schließlich hatten Sie lange Zeit nachzudenken.«

»Ich bin nicht der Richtige, Ihnen zu erklären, wie das menschliche Gehirn funktioniert, aber zwanzig Jahre später weiß ich nicht mehr als damals.«

»Vielleicht waren wir nicht deutlich genug. Dann drücke ich mich klarer aus: Sie sitzen ganz schön in der Patsche.« Mertens' Stimme klang nun rau. Ungeduldig.

»Albert, du hast es sicher gehört«, sagte Ulrich. »Es gibt neue Beweise. Und … nun ja, wie soll ich das jetzt sagen? Sie scheinen gegen dich zu sprechen. Ich weiß, es klingt verrückt, aber was die kleine Petersen da schreibt …«

Mein Puls beschleunigte sich und auch in Johannings Erwiderung lag ein Zögern. »So?«

Mertens fuhr fort. »Herr Johanning, ich muss Ihnen mitteilen, dass Ihnen ein Anwalt zusteht. Dass Sie uns jetzt

nichts sagen müssen. Wir können das Ganze mit Rechts-
beistand auf dem Revier fortführen.«

»Danke, ich bevorzuge diesen Ort hier.«

Mertens warf seinem Kollegen einen Blick zu, nickte dann
aber. »Na schön, wollen wir mal gucken, wie weit wir hier
kommen. Also … Wie gut kannten Sie die Verstorbene?«

Johannings Antwort kam prompt, das Zittern war verschwunden. »Wenn Sie mit *der Verstorbenen* meine Frau
meinen, dann kannte ich sie ausgesprochen gut. Wenn Sie
Frederika Petersen meinen, dann kannte ich sie so gut, wie
man jemanden kennt, den man als Kind unterrichtet und
anschließend einige Male bei Theaterproben betreut hat.«

»Was würden Sie dazu sagen, wenn ich Ihnen erzähle,
dass Frederika Petersen das offenbar anders sah?«

Herr Johanning schien nun stärker zu schwanken. Ich
überlegte, ob ich nicht alle vier hereinbitten und meinen
Lehrer in seinem Ledersessel platzieren sollte. Kommissar Ulrich schien Johannings Verfassung ebenfalls aufgefallen zu sein. Er blickte an meinem Lehrer vorbei ins
Innere des Hauses. Ich zog meinen Kopf schnell aus dem
Türspalt zurück, aber irgendetwas an Ulrichs Blick sagte
mir, dass er mich gesehen hatte. »Können wir nicht doch
kurz reinkommen, Albert? Willst du dich setzen?«

»Nein, danke, ich genieße lieber die frische Luft.«

»Gehen Sie daher häufiger nachts spazieren?« Mertens
ging nicht auf Ulrichs Einwand ein.

»Unter anderem.«

»Kann das jemand bezeugen?«

»In der Regel sind hier draußen nachts keine Menschen
unterwegs. Mal ein Kauz oder vielleicht ein Reh.«

Mertens kniff die Augen zusammen. Durch das Blei-
glasfenster glich er einer Comicfigur. »Und Sie sagen, dass

47

Sie in der Nacht, in der Frederika und Ihre Frau starben, allein einen Spaziergang gemacht haben, bei dem Sie niemand gesehen hat?«

»Das sage ich.«

»Und Sie meinen, dass man Ihnen das glauben kann?«

»Das kann ich nicht beurteilen, ich kann Ihnen nur sagen, wie es war.«

»Und Sie sind sicher, dass Sie in der Nacht zum 15. August die Verstorbene ... Frederika Petersen ... nicht gesprochen haben?«

Ein kurzes Zögern. »Ja.«

»Ganz sicher?«

»Ganz sicher.«

»Erzählen Sie uns, was Sie getan haben, als Sie nach Ihrem *Spaziergang* wieder zu Hause ankamen.«

»Muss das sein, Leute? Das wisst ihr doch.« Ulrich wollte meinen Lehrer schützen, ich rechnete ihm das hoch an. Vorsichtig steckte ich meinen Kopf erneut durch den Türspalt.

»Ja, natürlich muss das sein, jeder Fakt muss doppelt und dreifach gecheckt werden. Das ist gerade bei einer Cold-Case-Ermittlung enorm wichtig, wie Sie sich sicher denken können.« Ich ahnte, dass Mertens und Koslowski diese Befragung lieber allein und auf einem Revier durchgeführt hätten.

Ulrich ließ die Schultern sinken.

Johannings Ton war sachlich, als er fortfuhr. »Gegen Mitternacht verließ ich das Haus durch die Terrassentür. Unsere Haustür quietscht und ich wollte meine Frau nicht wecken, die auf dem Sofa eingeschlafen war.« Herr Johanning wackelte demonstrativ an der Holztür, die ein ächzendes Geräusch von sich gab, das mir ins Mark fuhr. Auch zwanzig Jahre später hatte er diesen Fehler nicht beheben lassen. Vermutlich hatte er die Tür seit dem Tod seiner Frau nicht mehr sonderlich häufig verwendet.

»Haben Sie das oft gemacht? Ihre Frau nachts allein in einem unabgeschlossenen Haus gelassen?«

»Wir haben keine Nachbarn. Wir lassen ... ließen ... unsere Tür meistens offen.«

»Aha. Und dann? Wo gingen Sie hin?«

»Ein bisschen durch die Gegend.«

Die Beamten warfen sich einen vielsagenden Blick zu. Koslowski zog die Augenbrauen kraus. »Und als Sie wiederkamen?«

»Da suchte ich meine Frau. Als ich ging, lag sie schlafend auf dem Sofa, und als ich wiederkam ...«

»... war sie dort nicht mehr.« Koslowski.

»Richtig.«

»Was taten Sie dann?«

»Ich rief nach ihr. Ich ging nach oben ins Schlafzimmer, weil ich dachte, sie hätte sich hingelegt.«

»Aber das hatte sie nicht. Wo fanden Sie Ihre Frau?«

Herr Johanning machte eine Pause. Sein Atem ging schwer.

»Beschreiben Sie es mir. Wo fanden Sie Ihre Frau?«

»In unserem Gartenteich.«

»In Ihrem gerade neu errichteten Gartenteich.«

Johanning nickte. »Wir hatten ihn seit etwa zwei Wochen.«

»Blöder Zufall«, sagte Koslowski und erntete einen Seitenblick von Mertens, der fortfuhr. »Lebte sie noch?«

»Nein.«

»Wie können Sie sich da sicher sein?«

»Ich sprang hinein, zog sie ans Ufer. Sie war eiskalt und hatte keinen Puls.«

»Versuchten Sie, sie wiederzubeleben?«

»Ja.«

»Aber Sie sagten, Sie wären sicher gewesen, sie sei tot?«

»Finden Sie Ihre Frau leblos auf und sagen Sie mir, was Sie tun würden.«

Koslowski grummelte. »Und dann?«

»Ich rief die Polizei.«

»Gingen Sie von einem Einbruch aus?«

»Ja.«

»Wie kamen Sie darauf?«

»Der Telefonhörer war vom Apparat genommen worden und lag auf dem Boden. Ein Stapel Bücher neben dem Sofa war umgeworfen.«

»Fehlte etwas?«

»Ihr Portemonnaie.«

»Wie seltsam, fiel Ihnen das denn gleich auf?«

Die Art, wie sie meinen Lehrer befragten, gefiel mir gar nicht.

»Nein, das bemerkte ich erst später.«

»Bei Ihrem Notruf sagten Sie, jemand hätte Ihre Frau ermordet. Wie kamen Sie darauf?«

Johanning schien seine Worte mit Bedacht zu wählen. »Ich … ich weiß nicht. Es war so ein Gefühl. Ich kann es nicht beschreiben.«

»Verstehe. War Ihre Frau bekleidet?«

»Sie trug ihr Nachthemd.«

»Sie hatte doch auch einen Verband um den Arm?«

»Sie hatte sich kurz zuvor ihr Schlüsselbein gebrochen, ja.«

»Wobei?«

»Bei einem Fahrradunfall.«

Mertens nickte mit einem Blick auf sein Notizbuch, als hätte Herr Johanning seine Frage richtig beantwortet. »Sagen Sie, was für einen Wagen fuhren Sie damals?«

»Einen Passat, wieso?«

»Wir müssen da nur etwas überprüfen. Welche Farbe hatte dieser Passat?«

»Dunkelblau.« Johannings Stimme war leiser geworden.

Mertens hielt kurz inne, bevor er fragte: »Hatten Sie eine Affäre mit Frederika Petersen?«

Mein Herzschlag beschleunigte und ich fürchtete fast, die Männer könnten ihn draußen hören.

Herr Johanning schwieg.

»Eine Affäre. Das heißt, hatten Sie Sex mit einer damals Minderjährigen?« Koslowski betonte dies überdeutlich, als wäre Johanning schwer von Begriff.

Dieser schwieg weiter, doch ich meinte, die Knöchel an seinen Fingern weiß hervortreten zu sehen, als sich sein Griff am Türrahmen verfestigte.

»Würden Sie doch gerne Ihren Anwalt kontaktieren?« Ein süffisantes Lächeln auf Koslowskis Gesicht.

»Nein, das möchte ich nicht und nein, ich hatte keine Affäre mit Frederika Petersen.«

»Wurden Sie von ihr erpresst?«

»Weswegen?«

»Sagen Sie es mir.«

»Steht das etwa in ihrem Tagebuch?«

»Na ja, irgendwie schon, ja.« Das war Ulrich.

»Ich darf Sie doch bitten«, ermahnte Mertens Kommissar Ulrich ob seiner Antwort. Dieser blickte zu Boden.

»Herr Johanning, seit so vielen Jahren sucht man nach einem Zusammenhang zwischen diesen beiden Todesfällen. Und nun scheint es so, als wären Sie das Bindeglied. Wissen Sie, warum das Tagebuch genau jetzt aufgetaucht ist, oder können sich vorstellen, wo es war?«

»Ich habe eine große Vorstellungskraft, das hat mir bereits meine Mutter immer vorgeworfen, aber das ...«

»Mit Ihren Floskeln werden Sie es nicht weit bringen, denn jetzt komme ich zu dem Punkt, wieso wir eigentlich hier sind. Wenn wir recht informiert sind, haben Sie vor langer Zeit eine Auszeichnung als Ehrenbürger dieses Ortes erhalten.«

Wohin führte diese Unterhaltung denn jetzt?

»Eine sogenannte Ehrenbockstatue, richtig?«

Eine Ehrenbockstatue. Alle fünf Jahre vergab der Ältestenrat des Ortes eine goldene Statue in Form eines Heidebocks mit seinen langen, geschwungenen Hörnern an einen Bürger – bisher keine Bürgerin –, der sich durch besondere Verdienste ausgezeichnet hatte. Ein hässliches und kitschiges Teil. Messing, Marmorsockel. Und unfassbar begehrt.

Ich sah Johannings Hinterkopf zögerlich nicken.

»Könnten wir diese Statue bitte kurz sehen?«

»Das ist leider unmöglich.«

»Und wieso ist das unmöglich?«

»Weil ich sie verloren habe.«

»Wie lange ist das her?«

»Zwanzig Jahre.«

Ich zog die Luft etwas zu laut ein. Ulrichs Blick traf meinen. Er nickte mir aufmunternd zu.

Koslowski straffte die Schultern und setzte ein süffisantes Lächeln auf. »Könnte das etwa an dem Tag gewesen sein, an dem Sie eine Verabredung mit Frederika Petersen am Stausee hatten? Die Nacht, in der sie starb?«

KAPITEL 6

So unvermittelt die Beamten erschienen waren, so schnell waren sie wieder verschwunden. Und Herr Johanning bat mich förmlich, aber höflich, es ihnen gleichzutun. Kein Kommentar zu dem, was da gerade passiert war. Es fühlte sich nicht richtig an, meinen Lehrer allein zurückzulassen. Wir hatten keine Gelegenheit gehabt, über all das zu sprechen. Und als er die Tür hinter mir schloss, spürte ich, dass wir die auch so schnell nicht bekommen würden.

Ich ging zum Volvo, setzte mich hinters Steuer, konnte mich aber nicht überwinden, den Motor zu starten. Gerade als ich versuchte, mir einen Reim auf das alles zu machen, klingelte mein Handy. Papa. Ob ich Margitta von den Bauarbeiten am Stausee abholen könnte, das Gewitter rückte näher und er wollte sie trockenen Fußes nach Hause bekommen.

Ablehnen konnte ich schlecht. Ich sah in den blauen Himmel. Kein Anzeichen für ein Gewitter. Margitta würde vermutlich nicht vom Blitz getroffen werden, wenn sie jetzt losging. Ich seufzte, schaltete die Zündung ein, drehte mich noch einmal zu der verschlossenen Haustür um und machte mich dann widerwillig auf den Weg zum Stausee. Dem Ort, an dem alles vor zwanzig Jahren begonnen hatte.

Ich passierte *Hennies Eisdiele*, vor der die Menschenansammlung offenbar ebenfalls nicht an ein Gewitter glaubte, und rollte mit knarrendem Motor den Hang hinab. Vorbei an meiner alten Grundschule, an Sportanlagen und Campingplätzen, weiter in Richtung Schwimmbad und Stausee. Manchmal duckte ich mich auf den Beifahrersitz, als hätte ich ein Kaugummi verloren, wenn ich befürchtete, ein Passant am Straßenrand würde mich wiedererkennen.

Viele Leute waren zu Fuß unterwegs. Nur Margitta konnte nicht allein laufen. Oder endlich den Führerschein machen!

Alles in mir weigerte sich, unter Leute zu kommen, so zu tun, als freute ich mich, alt gewordene Gesichter wiederzusehen und ihnen zu versichern, dass sie aussähen wie eh und je. Warum eigentlich? Im Grunde hatte ich doch gar nichts gegen sie. Die meisten würde ich wahrscheinlich noch vage kennen. Ich würde allen freundlich zunicken, vielleicht sogar winken, Margitta einsammeln und mich wieder in meinem Zimmer verkriechen. So schlimm konnte das nicht sein! Und doch hatte diese Begegnung mit den Cold-Case-Beamten im Haus meines Lehrers ein ungutes Gefühl hinterlassen. Wie das herannahende Gewitter schien eine Bedrohung über dem Dorf zu liegen.

Ich bremste ab und lenkte nach links auf den Parkplatz des Freibads, der restlos gefüllt war, sodass ich in zweiter Reihe parken musste. Gut, so hätte ich immerhin eine Ausrede, schnell wieder wegzufahren.

Als ich die Tür öffnete, vernahm ich das typische Durcheinander spielender Kinder aus dem Schwimmbad. Es roch nach Pommes, Chlor und warmen Kiefernnadeln. Ich streckte mich und genoss für einen Moment die Sonnenstrahlen auf meinem Gesicht. Dann schlug ich den Waldweg in Richtung See ein, entlang des Flusses, der im Moment nicht mehr als ein trauriges Rinnsal zu meiner Linken war. Mücken schwirrten in Schwärmen über dem

Flussbett, als könnten sie sich gar nicht entscheiden, wo sie zuerst ihre Eier ablegen sollten.

In der Ferne konnte ich bereits das Treiben der Handwerker hören. Ein Hammer schlug auf Metall, laute Rufe wurden durch die Hitze getragen, Bohrmaschinen, Motorengeräusche. Je näher ich dem See kam, desto mehr roch es nach Gegrilltem. Unwillkürlich fragte ich mich, wie hoch die Waldbrandgefahrenstufe war, ich konnte die Luft förmlich knistern hören, als der Nadelboden unter meinen Füßen federte.

Der Stausee erinnerte mich immer an einen idyllischen See in Südschweden. Nierenförmig angelegt, von Bruchwald gesäumt. Der Weg führte am Westufer über eine kleine Brücke nach links über den Fluss, daneben eine Wiese mit Spielplatz, auf der für die Eröffnungsfeier schon Bierbuden und die Tanzfläche aufgebaut wurden. Davor die schwimmende Bühne, die sich nun auf metallenen Stelzen in einer Art Matschbrühe auf modrigem Laub und Entendreck befand. Der idyllische Schwedensee war praktisch verdunstet. Eine bunte Horde Darsteller wuselte in einer nur ihr bekannten Choreografie wie ein Bienenvolk hin und her. Einige Schwäne versteckten sich empört im vertrockneten Schilf am Ufer vor der Sonne.

Wenn man dem Weg weiter Richtung Norden folgte, lag hinter einer Kurve das *Café Seeterrasse*, das Buchweizentorte und geräucherte Forelle servierte. Auf der gegenüberliegenden Seite des Sees dann der Bootsverleih von Ludwig Hummel, dem Mann der Eisdielenbesitzerin, auf dessen Steg die beiden in der Mordnacht ihren Rotwein getrunken hatten. Die Boote blieben heute in ihrer bunten Farbvielfalt am Steg auf dem Grund des Sees verankert. Ich konnte mir lebhaft den Ärger des Bürgermeisters über den Klimawandel vorstellen.

Und am Ende des Sees in Richtung Hauptstraße lag das Wehr, das dem Fluss seinen weiteren Weg durch Wald und Felder ermöglichte, sofern es Wasser gab.

Und hier war Fred gestorben. Irgendwo.

Ich betrachtete die Bühne, das Versteck ihrer letzten Geheimnisse. Schon aus der Ferne konnte ich Margitta erkennen. Gerade schrubbte sie die alten Balken des Bühnengerüstes mit einem großen Besen. Herr Dräger, dem die Bioschlachterei von Lopauthal gehörte, stand hinter einem gigantischen Grill, auf dem Bratwürstchen und Nackensteaks brutzelten.

Es waren vielleicht fünfundzwanzig oder dreißig Leute, die hier in der Nachmittagssonne schufteten. Ich hielt den Kopf gesenkt, als ich mich Margitta näherte.

»Hey, Meyer, bist du das?«, drang es von hinten an mein Ohr und ich fuhr zusammen. Meyer. Die Abkürzung zu Wedemeyer. So hatte mich ewig niemand mehr genannt. So viel zu kurz und unbemerkt. Langsam drehte ich mich zu der Stimme um.

Dann plötzlich Gänsehaut in meinem Nacken. Ich meinte tatsächlich, ihre Stimme hören zu können. Die Stimme einer Toten. *Meyer, richtig? So nennen dich doch alle. Guck nicht wie ein angefahrenes Reh.*

Ich blinzelte die Erinnerung weg. In einiger Entfernung sah ich eine junge, schlanke Frau mit braunen Haaren und rotem Lippenstift, die ich nicht zuordnen konnte. Erst als sie lächelte und die Hand zum Gruß hob, erkannte ich sie: Maria Heuer. Früher war sie blond gewesen. Eine von Frederikas engsten Freundinnen. Später hatte sie Hauke geheiratet, Frederikas damaligen Freund.

Ich zwang mich ebenfalls zu einem Lächeln. »Hallo, Maria, schön, dich zu sehen!«, rief ich ihr über die Geräuschkulisse zu und war froh, als sie sich wieder ihrer Arbeit zuwandte, die darin bestand, etwas, was wie ein Sommerhimmel aussah, auf eine große Holzplatte zu malen.

Auf dem Weg zu Margitta wanderte mein Blick auf das ausgetrocknete Seeufer rechts der Bühne, wo ein Entenpaar unter der großen, alten Eiche im Schatten ruhte. Genau dort drüben hatten wir gesessen, Frederika und ich, in jener Nacht.

Komm schon, setz dich zu mir. Ich kann weiß Gott eine Ablenkung vertragen und du auch, wie du aussiehst.

Vor meinen Augen wich die Nachmittagssonne jener Sommernacht, ohne dass ich etwas dagegen tun konnte. Ihr weißes Kleid. Die Zigarette. Ihre elegante Hand. Die blonden Haare in sanften Wellen auf der Schulter. Mondlicht. Die Sterne.

»Nina, da bist du ja, super!«, sagte Margitta und riss mich aus meinen Gedanken. »Puh, es ist noch viel Arbeit hier.« Sie ließ den skeptischen Blick über die kahle Bühne gleiten.

Ich konnte ihr kaum folgen und antwortete mechanisch. »Sieht so aus.« Ich hatte keine Ahnung, was das Ganze werden sollte, aber so würde die Bühne kaum viele Besucher anziehen. »Brauchst du noch lange?«, fragte ich und blickte mich um, ohne den Kopf zu bewegen. »Ich parke ungünstig.«

»Keine Angst, ich bin fertig. Aber da würde dich jemand ganz gerne sehen.«

Ich drehte mich nervös um. Musterte mir vage bekannte Gesichter. Wie zu erwarten: Bürgermeister Kruse, der

Vater von Kittys Freund Jonas, der Zahnarzt, diverse Theaterschauspieler und Schmied Johan Müller, der den Stein erst wieder ins Rollen gebracht hatte, als er das Tagebuch fand. Mir juckte es in den Fingern, mit ihm zu sprechen, aber was sollte ich schon sagen? Entschuldigung, hast du zufällig in dem Tagebuch des toten Mädchens gelesen, als du es fandest, und weißt vielleicht, wer der Mörder ist?

Und dann, ein etwas jüngerer Mann. Groß, blond. In dem Moment drehte er sich um. Seine eisblauen Augen blickten in meine und sein Lachen erstarb. Ich zuckte zusammen.

Er wandte sich ab, als hätte er mich nicht gesehen. Hauke Hansen.

Plötzlich spürte ich zierliche Arme um meinen Körper. Obwohl ich mit meinen knapp eins siebzig nicht die Größte war, war Susanne Hansen fast einen Kopf kleiner als ich. Als sich ihr Griff löste, hielt sie mich auf eine Armlänge Abstand. »Nina, wie schön, dich zu sehen! Ach, wie gut du aussiehst!«

Diese Reibeisenstimme! Florians Mutter hatte sich tatsächlich nicht verändert. Vielleicht, weil sie mit ihrem dürren Gesicht schon immer älter ausgesehen hatte, als sie war.

»Hauke ist auch da, hast du ihn schon gesehen?« Gerade wollte sie ihren älteren Sohn zu uns holen.

Schnell kam ich ihr zuvor. »Ja, habe ich. Ihr seid ja wirklich fleißig«, sagte ich dann, um das Thema zu wechseln.

»Ja, nicht? Wenn uns eine zu Höchstleistungen treiben kann, dann ist das Margitta.« Sie zwinkerte ihr zu. Wo nahm sie gerade jetzt diese positive Energie her? Nach allem, was ihre Familie damals durchmachen musste. Mit Hauke als Frederikas Freund, der schon aufgrund seiner Beziehung zu ihr lange Zeit verdächtigt worden war. »Aber diese Ermittlungen«, sie spuckte das Wort förmlich aus, »haben uns einige Tage gekostet. Wie geht es dir damit?« Sie strich mir sanft über den Arm.

Wieder diese Gänsehaut.

»Äh, alles in Ordnung, danke. Und Hauke?«

»Tja … Was soll ich sagen? Natürlich liegt es uns allen schwer auf der Seele. Ich meine, wenn sie wieder anfangen, Hauke zu verhören … Klar, er ist jetzt erwachsen und nicht mehr der kleine Junge von damals, aber ich glaube, für solche Anschuldigungen, die er damals erdulden musste – die wir alle erdulden mussten – ist man nie alt genug.«

Wieder blickte ich zu dem großen Mann, der die restlichen Arbeiter überragte. Gerade richtete er einen Eichenbalken für das Bühnengerüst auf. Ich stellte mir vor, welchen kleinen Jungen Susanne da in ihren Erinnerungen vor sich sah. Den hatte ich offenbar nie kennengelernt. Seine Muskeln spannten sich an, als er den Balken stemmte.

»Aber eigentlich hat sich nicht wirklich etwas verändert. Es könnte sich auch um die einfachen Aufzeichnungen eines Schulmädchens über ihren Alltag und ihre neue Frisur handeln.« Susanne zuckte die schmalen Schultern. Die Worte waren sachlich, nicht wertend.

Der Besuch der Polizeibeamten bei Herrn Johanning hatte offensichtlich noch nicht die Runde gemacht. Jedoch ließ er mich Susannes Aussage stark anzweifeln.

Ich blickte in die Runde, sah den Zahnarzt lächeln, die Konditorin summen, den Schmied hämmern. All diese Menschen hier versuchten, eine Idylle auf einer Betonplattform im Sumpf zu errichten. Einen Schein aufrechtzuerhalten gegen alle Widerstände. Und ich konnte nicht umhin zu denken, dass sie das auch mit den Todesfällen von damals getan hatten. Mord war eine Unannehmlichkeit, etwas, was dem Fest und dem Ansehen des Dorfes geschadet hatte, und ich fragte mich bis heute, ob die meisten nicht sogar froh gewesen waren, dass die Sache sich irgendwann im Sand verlaufen hatte.

Das Hämmern dröhnte in meinen Ohren.

Ich bemerkte, dass Susanne mich abwartend anschaute. Hatte sie mich gerade etwas gefragt?

»Wie geht es denn Carli? Genießt er den Ruhestand?«, fragte ich schnell. Es klang komisch, Florians Vater beim Spitznamen zu nennen. Früher war er Bürgermeister gewesen, eine Autoritätsperson, vor der jeder Respekt gehabt hatte. Ich auch. Jeder wusste, dass ihm mehr als einmal die Hand gegen seine pubertierenden Söhne ausgerutscht war.

»Ach, Carli … Du weißt ja, wie er ist. Er sucht sich eben Ablenkung. Nur nicht zu lange zu Hause sein, trotz seiner Krankheit.«

Sie sah mich an, als müsste ich wissen, worum es ging. Daher nickte ich nur. Eine unangenehme Pause entstand.

Margitta kam mir zu Hilfe. »Na ja, wie wir gehört haben, gibt es ja bereits den nächsten großen Skandal.« Sie sprach betont neckisch, um Susanne abzulenken.

Ihre Miene erhellte sich. Dann fing Susanne lauthals an zu lachen. Ein Lachen, das in Husten überging. Sie stieß Margitta mit dem Ellenbogen in die Seite und musste sich dabei auf Zehenspitzen stellen. »Ja, da hast du recht. Oh je. Also Nina, hier das Neuste: Da der See so wenig Wasser hat wie noch nie, kommen seit einigen Tagen alle möglichen Dinge zum Vorschein, die irgendjemand mal verloren hat. Es fing mit Schuhen an, Autoreifen, so was eben. Aber nun hat Ludwig heute Morgen am Steg des Bootsverleihs neben einem Verlobungsring und einigen Angelruten auch noch eine Ehrenbockstatue gefunden.«

»Im See«, sagte ich abwesend. »Jemand hat eine Ehrenbockstatue im Stausee gefunden?« Es lief mir eiskalt über den Rücken. Daher die Frage der Cold-Case-Beamten nach Johannings Statue? Aber warum? Glaubten sie etwa … »Weiß man denn, wem sie gehört?«

Susanne zuckte mit den Achseln. »Die Frage aller Fragen. Die Plakette mit dem Namen war schon sehr verkratzt, hat Ludwig gesagt.«

Margitta fügte mit gespielt ernster Stimme hinzu: »Kommissar Ulrich will ermitteln, wer die Würde des Ortes mit Füßen getreten hat.«

Susanne prustete los. »Also wir haben unseren Bock noch, wir sind nicht die Schande des Ortes.«

Nun konnte selbst ich ein Lachen nicht mehr unterdrücken. Ein fast wahnsinniges Lachen, das die ganze Absurdität dieses Tages zusammenfasste. Doch ich wusste, dass ich es nur tat, um diesen einen Gedanken, der sich in meinem Kopf formte, nicht zuzulassen.

»Florian ist übrigens auch gerade zu Besuch hier«, sagte Susanne, als sie sich wieder gefasst hatte.

Das Lachen blieb mir im Hals stecken.

»Jetzt über die Ferien.« Sie rieb sich einige Tränen aus den Augen. »Alle meine Jungs wieder zu Hause.«

Mein Herz schien einen Moment zu lange stehen zu bleiben.

»Ich sage ihm, dass du auch da bist«, fuhr sie fort. »Er weiß ja, wo er dich finden kann.« Ihre Worte klangen, als wäre ein Wiedersehen das Einfachste auf der Welt.

»Ja, wäre schön«, hörte ich mich sagen, obwohl ich glaubte, dass Florian Hansen mich nicht sehen wollte, selbst wenn er dafür bezahlt würde. Ob es mir anders ging?

»Also, wir müssen dann mal los. Das Gewitter.« Ich packte Margitta am Arm, während Susanne in den blauen Himmel blickte.

Und gerade als wir die kleine Holzbrücke überquerten, um auf den Pfad Richtung Schwimmbad zu gelangen, meinte ich, etwas zwischen den trockenen Gräsern in der Sonne blinken zu sehen. Dort, wo eben noch die Enten und Frederika und ich in jener Nacht gesessen hatten. Ich hielt inne.

»Alles in Ordnung?« Margitta legte mir eine Hand auf den Rücken.

»Ja, ich ... Ich dachte, ich hätte da hinten irgendetwas in der Böschung aufblitzen sehen.«

»Kann gut sein, vielleicht ein Scheinwerfer, die werden gerade zur Beleuchtung ringsum installiert.«

Aber ich wusste, dass es kein Scheinwerfer war, den ich da gesehen hatte.

Es war ein Déjà-vu.

Ich glaube, die Sterne sind bloß dazu da, um uns an unsere Bedeutungslosigkeit zu erinnern. Daher funkeln sie so neckisch.

Unzählige sanfte Lichter über uns, gruselige Schatten zwischen den Bäumen. Undeutliche Stimmen in der Ferne. Das feuchte Gras unter meinen Händen, die glitzernde Flasche neben Frederika. Nach der ich greifen wollte. Ihre Hand, die mich davon abhielt.

Wieso, fragte ich mich plötzlich, was ich noch nie zuvor getan hatte. Weil ich jünger war? Blödsinn. Wir hatten bereits den ganzen Abend zusammen getrunken. Wieso wollte sie mich dann nicht an die Flasche lassen?

Ich blieb stehen und mit mir mein Atem. Meine Augen weiteten sich.

Eine Mordwaffe, die nie gefunden wurde. Ein unbekannter, schwerer Gegenstand. Kantig.

Weil es keine Flasche gewesen war. Deswegen hatte ich nicht danach greifen sollen. Es war eine glänzende Ehrenbockstatue. Die nun im See gefunden worden war. Mit Marmorfuß. Schwer genug, um ein Schläfenbein zu zertrümmern.

Deshalb hatten die Polizeibeamten danach gefragt.

Denn jetzt fiel es mir wie Schuppen von den Augen: Frederika hatte ihre Mordwaffe an jenem Abend selbst dabeigehabt. Und ich hatte sie damit gesehen.

KAPITEL 7

Margitta rümpfte die Nase, als sie die Beifahrertür öffnete und ihr der warme Geruch nach nassem Hund entgegenschlug. »Normalerweise nehmen wir den Skoda. Ich bin gar nicht sicher, wann ich zuletzt hier mitgefahren bin.« Ihr Blick war auf eine Zahnbürste in der Mittelkonsole gerichtet.

Ich musste mir ein Schmunzeln verkneifen, zuckte mit den Schultern, nachdem ich mich angeschnallt hatte, und schaltete das Radio ein. »Noch immer so ein schöner blauer Himmel.« Ich kurbelte demonstrativ das Fenster herunter.

Margitta nahm Platz und schien bemüht, möglichst wenig des Wageninneren zu berühren. »Ich freue mich, dass du mich abholst, auch wenn es nicht nötig gewesen wäre. Dein Vater …« Es klang nicht entschuldigend. »Ich glaube, er wollte uns einfach ein wenig Zeit zu zweit geben. Ich weiß, dass du darauf keinen Wert legst, und das ist in Ordnung. Du hattest kein Mitspracherecht, als du deinen Vater damals plötzlich mit einer neuen Familie teilen musstest. Das ist zwar über zehn Jahre her und du warst zu dem Zeitpunkt bereits erwachsen, trotzdem hätten wir die Sache anders angehen sollen, das ist mir inzwischen klar.«

Ich überlegte, ob wir tatsächlich bisher nie Zeit gehabt hatten, um ein solches Gespräch zu führen, oder was Margitta nun dazu bewegte, das Thema anzusprechen. Konnten wir nicht alles so einfach und oberflächlich belassen wie bisher?

Ich würde nicht zugeben, dass sie recht hatte. Dass ich mich, obwohl ich bereits ausgezogen war, ersetzt gefühlt hatte. Als ob ich meinem Vater nicht gereicht hätte, als ob er meine Mutter vergessen hätte und es noch einmal von vorne hatte versuchen wollen. Besser. Der Motor knatterte, als ich den Schlüssel umdrehte und einen Gang einlegte.

»Ich wollte nur, dass du das weißt. Du musst nichts dazu sagen. Und du kannst weiterhin so tun, als wäre ich die hohle Geliebte deines Vaters, wenn das einfacher für dich ist.« Die Worte klangen ehrlich, lakonisch. Ich meinte, ein Grinsen in ihrer Stimme zu hören, als sie fortfuhr. »Ich muss aber trotzdem loswerden, dass ich Integralrechnung beherrsche und achtundzwanzig Gedichte von Frost kenne und sogar verstehe. Und das, obwohl ich nicht einmal Autofahren kann. Aber soll ich dir noch ein Geheimnis über mich verraten?«

»Klar«, sagte ich, ohne dass mich ihre Geheimnisse im Geringsten interessierten.

Ich lenkte den Wagen auf die Straße an den Campingplätzen vorbei, den Berg hoch in Richtung Ortszentrum.

»Ich kann zwar nicht gut Autofahren, einen Führerschein habe ich aber trotzdem. Du gingst nur davon aus, dass ich keinen hätte. Eine weitere Schwäche an mir. Aber die Sache ist die: Dein Vater findet bloß, dass er besser fährt. Und daher lässt er mich nicht ans Steuer. Zumindest nicht, wenn er dabei ist.« Sie zwinkerte mir zu und sah dann wieder nach vorne. »Diese Annahme deinerseits hat dich nun dazu verdonnert, aus dem Haus zu müssen. Er ist gut, weißt du?«

Was? Ich war zehn Jahre davon ausgegangen, dass Papa sie herumkutschierte, weil sie keinen Führerschein besaß. Wie hatte ich nur so blind sein können? Und sie war mir nicht einmal böse. Im Gegenteil. Sie nutzte meine Vorurteile geschickt zu ihrem Vorteil. Mir blieb der Mund offen stehen. Fliegen hätten leichtes Spiel gehabt, ein und aus zu gehen. Es schien ihr Spaß zu machen, mich auf ihre subtile Art aus der Reserve zu locken. Meine Abneigung bröckelte. Ich ärgerte mich über mich selbst.

Ich schielte zu ihr hinüber. Sie verkniff sich ein Lachen, bis sie es nicht mehr schaffte. Lautstark prustete sie los, kleine Tröpfchen sammelten sich an der Windschutzscheibe.

Erst jetzt bemerkte ich, wie kindisch meine Abneigung überhaupt gewesen war. Nun musste auch ich lachen, ich konnte nicht anders. Und so lachten wir, bis die Tränen die Wangen und der Wagen die Einfahrt erreichten.

Ich schaltete den Motor ab. Keiner machte Anstalten auszusteigen.

Margitta ergriff zuerst das Wort. »Darf ich dich etwas fragen?«

Ich wischte mir die Lachtränen aus den Augen und nickte.

Sie wählte ihre Worte behutsam, als könnten sie durch den falschen Umgang in die Luft gehen. »Die Leute reden so viel. Du kennst das. Und es ist wirklich schwierig, in so einem Ort zu wohnen, wenn man gar keine Ahnung hat, was genau es eigentlich ist, das ihn damals so verkorkst hat.«

Ich war mir sicher gewesen, sie wollte etwas zu dem Grund meines Besuches erfahren. Vielleicht sogar, wann ich endlich wieder ging.

Sie fuhr fort. »Würde es dir etwas ausmachen, mir zu

erzählen, wie es wirklich war damals? Weißt du, gerade jetzt mit diesem Theaterstück tischen die Leute mir die wildesten Geschichten über dieses arme Mädchen und Frau Johanning auf.«

»Aber Papa hat dir sicherlich alles erzählt?«

»Nein, ich schätze, er redet ebenso ungern darüber wie alle, die tatsächlich etwas dazu beitragen können.«

Der Parkplatz war leer, mein Vater offenbar noch nicht zu Hause. Langsam wurde die Luft schwül. Vielleicht würde es doch noch gewittern.

Ich hatte Jahre nicht über diesen Tag gesprochen und daher verlernt, wie ich beginnen sollte. Aber was hatte ich zu verlieren, wenn ich es ihr erzählte?

»Ihr wart alle zusammen im Schwimmbad?«, bot Margitta mir als Einstieg an.

Es war eine allgemeingültige Information. Nach jener Nacht waren die Schwimmbadbesuche weder ein Geheimnis geblieben noch wurden sie irgendjemandem zur Last gelegt. Es hatte Schlimmeres gegeben.

»Ja, genau. Ziemlich dämlich im Nachhinein, aber an dem Abend war es das Schönste auf der Welt.« Ich wunderte mich, dass die Worte frei aus meinem Mund glitten. Als hätten sie nur darauf gewartet, diese Nacht zum Leben zu erwecken.

Sie lächelte. Ich ebenso. Blickte an den vergilbten Fahrzeughimmel und fühlte mich fast wie damals.

»Wie seid ihr da eigentlich reingekommen? Der Zaun ist doch fast drei Meter hoch.«

»Ja, jetzt.«

Sie lachte. »Verstehe.«

»Es war echt ein verrückter Sommer. So heiß wie dieser hier ungefähr.«

Ich schloss die Augen, holte tief Luft, atmete all diese Gerüche meiner Kindheit ein und glaubte, wieder vierzehn zu sein. Und dann erzählte ich ihr von jener Nacht.

»Du alter Schisser, jetzt spring schon, je länger du da in der kalten Luft stehst, desto kleiner wird dein Pimmel. Also hast du nicht mehr lange, bis er ganz verschwunden ist, so wie es von hier aussieht.« Haukes Stimme durchschnitt die Nacht wie ein Messer. Gelächter. Es folgten scharfe Pfiffe und weitere Ermutigungen, die den Jungen auf dem Dach der Schwimmhalle dazu bringen sollten, endlich ins Wasser zu springen. Etwa vier Meter tief, zwei Meter weit, um nicht auf dem Beckenrand aufzuschlagen.

Es war kurz vor elf und ich hoffte inständig, dass Papa den Kissenhaufen in meinem Bett nicht untersuchen würde, den ich vor meiner Flucht aus dem Fenster hinterlassen hatte.

Noch immer konnte ich nicht glauben, dass wir tatsächlich hier waren. Es war laut, mein Kopf benebelt und ich fühlte mich freier als ein Vogel, während ein weiterer dieser nie enden wollenden Sommertage endlich aufgab, um den Platz für eine Nacht voller Verheißungen zu räumen.

Ich sah zu Florian, der neben mir auf den nassen Waschbetonsteinen am Beckenrand saß, sich ein weiteres Bier aus einem Sixpack nahm und ungeschickt versuchte, es zu öffnen.

»Man sollte einfach an jeder Flasche einen Öffner installieren«, sagte er und die Melodie seiner Stimme verriet mir, dass es besser war, wenn er die nächste Flasche nicht aufbekäme. »Ich meine, wer macht so eine Flasche extraglatt, damit man dauernd abrutscht? Nur so eine kleine

Kante an der Seite …« Er versuchte, den Kronkorken an der Öffnung einer leeren Flasche zu verhaken.

Es war nicht das erste Mal, dass wir tranken. Wir waren vierzehn. Aber ich konnte die Male an zwei Händen abzählen und sie hatten bisher immer mit den Alkoholvorräten der Eltern, die ohnehin nicht schmeckten, zu tun gehabt. Oder, wie bei Florian auf dem letzten Straßenfest, versehentlich mit den ausrangierten Früchten einer Maibowle, nach denen er geschworen hatte, das Zeug nie wieder anzurühren.

Aber heute war alles anders.

Ich wusste nicht, woher die Idee überhaupt stammte, nachts baden zu gehen, aber sie war bereits fester Bestandteil des Sommers geworden. Arschbombenwettbewerbe, Saufwettbewerbe, Rülpswettbewerbe. Das war es also, das Leben der Coolen, das mich so fasziniert hatte.

Obwohl Lopauthal klein war, gab es einen Haufen Jugendlicher, die auf den Straßen und Feldern herumlungerten und versuchten, die schier endlose Zeit eines Sommers totzuschlagen. Da war die fünfköpfige Clique um Hauke und Frederika mit ihren beiden Freundinnen Maria und Johanna und deren Freund Jan, die wie die Erwachsenen rauchten und tranken und eine Art Sonderposition als Anführer aller anderen Cliquen hatte. Da waren die Skater, die mit ihren Boards Ollis und Kickflips und weiß der Teufel was machten, nur um von denen, die nicht einmal auf einem Skateboard stehen konnten, beurteilt zu werden. Die Kinder, Nichten und Neffen des ersten jugoslawischen Pizzalieferanten in Lopauthal, ein paar Deutschrussen, die auch nur so genannt wurden und die Kinder der Landwirte, die immer ein bisschen witziger und vernünftiger waren als der Rest, vielleicht, weil sie schon in jungen Jahren mit Realität und harter Arbeit konfrontiert worden waren.

Doch wenn es darum ging, die Jugend gegen die Erwachsenenwelt zu verbünden und verbotene Erinnerungen zu schaffen, dann entstand in der Nacht trotz aller Differenzen eine einzige große Gemeinschaft.

Vermutlich durften wir heute nur deshalb mit. Florian und ich. Denn heute gab es einen besonderen Anlass: Es war die Nacht vor Königinnensonntag, dem Höhepunkt des Heideblütenfestes. Morgen würde Frederika volljährig werden und die Heidekrone bekommen, das stand für alle fest. Zudem war Hauke dieses Jahr zum Heidekönig gekrönt worden, sodass morgen für das Paar alles perfekt sein würde.

Nicht wenige hatten zu Haukes Missgunst gemunkelt, dass er den Titel nur bekommen hatte, um ein Märchen für die Medien zu erschaffen. Denn dass Frederika die schönste Königin sein würde, die es jemals gegeben hatte, stand schon lange fest.

Und am Montag wäre der ganze Zauber dann vorbei. Die Realität würde mit ihren Koffern wieder einziehen und alles, was geschehen war, wie in einem seltsamen Traum erscheinen lassen. So war das schon immer gewesen.

Heute jedenfalls hatte Hauke uns gefragt, ob wir mitwollten. Ganz geheim, verstand sich. Mit klopfendem Herzen und etwas mulmigem Gefühl hatten wir das erste Bier angenommen.

Denn eigentlich gehörten wir nicht dazu. Nicht einmal zu denen, die so alt waren wie wir. Wir blieben gerne für uns, hörten Musik, sahen uns Filme an, insbesondere Stephen King oder alles, was uns neben dem *Dorf der Ver-*

dammten noch die Knochen schlackern ließ. Wir waren eigentlich noch Kinder.

Jeder wusste, dass sich bereits eine Bürgerwehr geformt hatte, um uns von dem Schwimmbad fernzuhalten. Denn Bademeister Schülke war des Öfteren den Resten dieser feuchtfröhlichen Feste begegnet, die die Filteranlage verstopft hatten. Aber vielleicht machte auch gerade die Gefahr, erwischt zu werden, den Reiz aus.

Die Lage des Schwimmbads machte es aber einfach, unentdeckt zu bleiben, wenn man sich nur Mühe gab. Der unendlich scheinende Mischwald hinter der Liegewiese nach Südosten, die stille Weite des Stausees im Norden sowie einer der Campingplätze im Westen, abgetrennt durch das Dach der Schwimmhalle, auf dem noch immer der dickliche Junge stand, boten Schutz. Es sei denn, man stand laut johlend auf ebendiesem Dach.

Der Junge hieß Arthur, einer der Deutschrussen. Er schien zu berechnen, ob er weit genug springen konnte, damit sein Kopf die Steine des Beckenrandes verfehlte. Sein pummeliger Körper wankte vor dem immer dunkler werdenden Himmel.

Das anhaltende Gelächter über Haukes Spruch und die Rufe der anderen holten mich in die Realität zurück. Dann ein lautes Platschen. Wasser spritzte in alle Richtungen.

»Nicht schlecht, nicht schlecht, aber Punktabzug wegen Zeitüberschreitung durch Feigheit!«, rief Hauke, der sich offenbar zum Schiedsrichter ernannt hatte.

Er saß auf der uns gegenüberliegenden Seite des Schwimmbeckens, dort, wo der Beckenrand in die Liegewiese überging, neben Maria Heuer und blickte verstohlen in die Menge, um zu sehen, wie seine Sprüche ankamen.

Immer wieder funkelte er in unsere Richtung und sagte dann einige Worte zu Maria. Doch diese Blicke galten ausnahmsweise nicht Florian und mir, sondern Frederika, die hinter uns saß und still in ihr Tagebuch schrieb. Wie so oft.

Es wunderte mich nicht, dass Hauke und Frederika nicht zusammensaßen. Schließlich war da eben dieser Streit gewesen. Jeder hatte ihn mitbekommen. Na ja, nicht direkt, sie hatten sich an den Rand der Liegewiese zurückgezogen, aber wütende Wortfetzen waren zu uns herübergeschossen und anschließend hatten die beiden demonstrativ auf verschiedenen Seiten des Schwimmbeckens Platz genommen.

»Mann, Scheiße!«, hörte ich plötzlich Frederikas Stimme hinter mir und drehte mich um. Sie klopfte mit ihrem Kugelschreiber auf eine Seite, schüttelte ihn. Ihr Blick traf meinen.

Schnell drehte ich mich zurück. »Was ist?«, fragte sie herausfordernd.

»Nichts, sorry«, sagte ich und fühlte mich kleiner als ein Zwerg mit Zylinder.

»Von euch hat nicht zufällig jemand einen Stift dabei?«

»Um all deine Intrigen darin festzuhalten? Weiß eh bald jeder.« Florians Stimme klang unangenehm laut. Ich hatte keine Ahnung, was er damit meinte. Vermutlich gar nichts. Zurechnungsfähig war er wohl kaum mehr.

»Äh ...«, sagte ich dann etwas zu leise. »Doch, Moment.« Ich kramte in meinem Rucksack, in dem wir Florians inzwischen leere Schultrinkflasche, zuvor befüllt mit Dirty Harry aus der Bar seiner Eltern, transportiert hatten.

Irgendwo musste er sein, der Füller, den Papa mir vor Kurzem geschenkt hatte, als ich etwas zu inbrünstig über meine Ambition, Journalistin zu werden, berichtet hatte. Vielleicht hatte mein Vorhaben sogar mit Frederika zu tun, denn ich fand es unheimlich chic, wie sie zwischen ihren Freunden saß und schrieb und sie glauben ließ, sie wäre wichtiger als alle anderen. Schließlich hatte sie offenbar etwas zu sagen, was für keine Ohren der Welt bestimmt war.

Benutzt hatte ich den Stift jedoch noch nie, aber jetzt war sein Moment gekommen.

Unbeholfen stand ich auf, Florian sah mir skeptisch hinterher. In meinem Kopf ein nicht unangenehmer Schwindel. Als ich vor ihr stand, schien sie verblüfft, sah immer noch zu Florian, der weiter mit seiner Bierflasche klimperte und seine Aussage sicher bereits vergessen hatte.

»Doch nicht alle vollkommen nutzlos hier«, sagte sie, als sie mir den Stift abnahm. Sie beäugte ihn, ein Schmunzeln auf den Lippen. »Ein Füller mit Margeriten? Süß.«

Ich spürte, wie mir die Röte ins Gesicht stieg, dann wandte sich Frederika ihrem Blatt zu. Ich lächelte wie ein Schaf und setzte mich zurück neben Florian.

»Tataaaa!«, rief dieser, als er es endlich geschafft hatte, seine Bierflasche mit einem Feuerzeug zu öffnen. »Möchtest du auch eins?«

Er konnte mich nicht direkt ansehen – oder er sah mich anders an als sonst. Ich zog meine Kapuzenjacke enger um meinen Oberkörper, sowohl BH als auch Unterhose waren vom Schwimmen nass. Ich begann zu frösteln. Seine Hand berührte meinen Oberschenkel, als er sich nach hinten aufstützte, und hinterließ ein merkwürdiges Gefühl.

Ich schüttelte den Kopf und schloss die Augen. Es drehte sich ohnehin alles schon gefährlich und ich fühlte mich fast wie im Paradies. Alles schien möglich zu sein.

Ich genoss die Geräuschkulisse, die einem vorgaukelte, Teil von etwas Großem zu sein. Immer wieder laute Rufe,

Gelächter und das Platschen eines Körpers, der die Wasseroberfläche durchbrach.

Ich hatte keine Ahnung, wie viel Zeit vergangen war, als ich die Augen wieder öffnete. Kurz drehte ich mich um, um nachzusehen, wie Frederika mit meinem Füller schrieb, doch ich musste mit Erstaunen feststellen, dass sie nicht mehr da saß.

Gerade brachte sich Sebastian Klein, der Sohn des Autohausbesitzers, auf dem Dach des Hallenbades in Position, als das homogene Halbdunkel der Nacht durch die hektischen Lichter mehrerer Taschenlampen durchbrochen wurde.

»Scheiße«, rief er aus. »Die Bürgerwehr, Leute, nichts wie weg hier!«

Mit einem ohrenbetäubenden Klatschen landete er im Schwimmbecken, in dem das Wasser durch die Fliehenden in Bewegung geriet, als kämpften Hunderte Fische gegen Angelhaken in ihren Mäulern ums Überleben. Panische Rufe, umherwirbelnde Arme, spritzendes Wasser.

Instinktiv sprang ich auf und versuchte, den stärker werdenden Schwindel unter Kontrolle zu bekommen. Galle drängte aus meinem tiefsten Inneren an die Oberfläche und ich schluckte schwer.

»Los«, ich riss Florian am T-Shirt und nahm wahr, wie das Adrenalin sich in seinem Körper breitmachte und sein Blick klarer wurde. »Wir müssen weg!«

Er sprang auf, griff meinen Rucksack und wir liefen los. Wie Bonny und Clyde. Hektisches Trappeln schwerer Schuhe auf den Waschbetonplatten.

»Halt, stehen bleiben, wir haben euch gleich!«

Ich meinte, die verärgerte Stimme von Bademeister Schülke zu erkennen. »Ihr kleinen Scheißer!«

»Hier lang, komm!« Florian packte meinen Arm und zog mich zurück zu dem Loch im Maschendrahtzaun, durch das wir hereingekommen waren. Die anderen hatten sich in alle Himmelsrichtungen zerstreut.

»Hey, ihr da! Ich kann euch sehen. Halt!«

Eine atemlose Stimme nur wenige Meter hinter uns. Jemand war uns auf den Fersen.

Florian riss mich zu Boden, automatisiert kletterte ich durch das Loch, blieb in der Hektik mit meinem Rücken hängen und merkte, wie warmes Blut aus einem Kratzer mein T-Shirt durchtränkte. Kurz hielt ich inne.

»Los, Nina, nun mach schon.«

Ich spürte durch die Vibration des Bodens, dass unser Verfolger näher kam. Ein Keuchen hallte an mein Ohr. Ich zwängte mich durch den Zaun. Florian huschte hinterher und konnte gerade noch den Rucksack durch den Spalt ziehen, bevor eine Hand danach greifen konnte.

Wir rannten, atemlos, ohne Ziel, bis wir glaubten, weit genug gelaufen zu sein, und erkannten, dass wir in dem Waldstück standen, das direkt zum Stausee führte.

FREDERIKA, 22.07.1999

Sommerferien, endlich! Ich konnte den ganzen Scheiß in der Schule nicht mehr ertragen. Ich wünschte, es wäre schon alles vorbei und wir müssten nach den Ferien nicht mehr wieder hin, für dieses beschissene letzte Jahr, das einen irgendwie dazu qualifizieren soll, seinen Platz in der Welt zu finden. Egal, jetzt nicht daran denken, erst mal den Sommer genießen!

Der Startschuss gestern war jedenfalls prima. Zur Feier des Tages haben wir uns alle im Postschuppen getroffen. Und dann hatten die Jungs diese verrückte Idee, baden zu gehen. Im Schwimmbad. Mitten in der Nacht. Wir waren alle schon angetrunken und sofort begeistert. Und dann der Mondschein und dieser angenehme Schwindel im Kopf. Es war herrlich.

Ein bisschen mulmig war mir schon dabei. Was, wenn uns jemand erwischt hätte? Papa hätte mir die Hölle heißgemacht und mich vermutlich bis zu meinem Geburtstag eingesperrt. Oder länger. Er ist echt schwierig seit der Kündigung. Und dann ständig dieser Korn, den er überall versteckt und denkt, Mama und ich würden das nicht mitbekommen. Dabei kann man seine Fahne schon mittags drei Meter gegen den Wind riechen.

Ich weiß gar nicht, wieso er so in Selbstmitleid versinkt. Er ist doch selbst schuld an dem Ganzen. Immer wenn mich jemand darauf anspricht, tue ich so, als wüsste ich von nichts. Was soll ich denn sagen? Die Stimmung zu Hause ist dementsprechend beschissen. Ich glaube, wir haben große Geldsorgen, jetzt, wo Papa nicht mehr arbeitet, droht, verklagt zu werden, und Mama ja auch nur eine Aushilfsstelle in der Bäckerei hat. Scheißerwachsenenwelt.

Aber zum Glück hat uns keiner im Schwimmbad erwischt und es war echt cool. Nur die Jungs haben sich wie immer aufgespielt. Hauke und Jan. Hauptsache Beachtung, ist das Motto. Dabei hat Hauke ohnehin schon alle Aufmerksamkeit, die er kriegen kann. Maria muss doch fast ein Sabbern unterdrücken, wenn er in Boxershorts ins Wasser springt. Selbst Johanna hat da nicht weggucken können. Vor allem, seit alle wissen, dass er Heidekönig werden will, meint er, jetzt schon Herrscher des Sommers zu sein. Wie nervig!

Und obwohl es trotzdem ein echt schöner Abend war, musste ich die ganze Zeit an Jo denken. Keine Ahnung, wieso. Er hat diese Anziehungskraft. Wenn ich mit ihm rede, dann scheint alles möglich zu sein … Und das, obwohl wir uns noch nie geküsst haben. So ist das irgendwie auch nicht.

Aber schon der Anblick seines blauen Wagens genügt und ich bekomme ein stärkeres Freiheitsgefühl als beim nächtlichen Baden im Schwimmbad, bei dem Hauke halbnackt auf dem Dreimeterbrett steht. Wie kindisch, ich weiß! Mama sagt immer, in mir stecke eine alte Seele. Das habe ich früher nicht verstanden. Aber jetzt macht es langsam Sinn.

KAPITEL 8

Die Luft im Auto war inzwischen schwül und stickig.

»Rufe hallten durch die Dunkelheit von überall her. Freunde, die sich suchten, Männer, die uns jagten. Es war stockfinster. Eulen. Stöcke, die unter Füßen knackten. Ich weiß, jetzt klingt es nicht mehr schlimm, ich kann sogar fast darüber lachen, aber damals … Das war das reinste Gruselkabinett. Und dann haben wir gewartet, bis wir nichts mehr hörten. Wir haben uns nicht aus unserem Versteck getraut. Ich weiß nicht mehr, wie lange.«

Ich dachte daran, wie Florian und ich hinter dieser Eiche gestanden hatten, eng aneinander. Alkoholisiert. Jugendliche, überdimensionierte Angst in den Adern, unzählige Gefühle, die lange unterdrückt worden waren.

Und dann hörte ich auf. Stoppte meine Gedanken und zwang mich, nicht daran zu denken, was als Nächstes passierte. Das, was alles zwischen uns veränderte. Seine Finger um meine Handgelenke, seine Lippen auf meinen. Erst zart, dann gieriger. Fordernder. Aggressiver.

Ich redete schnell weiter. »Und als wir uns trauten, den Wald zu verlassen, war sicherlich eine Stunde vergangen.«

Eine Stunde, an die ich mich nie zurückerinnern wollte. An das dunkle Wesen, das Besitz von meinem Freund ergriffen hatte. An mein hilfloses Ich, das versuchte, sein Gesicht von meinem zu entfernen. Mich loszureißen. Meine schmerzenden Handgelenke. Sein Gewicht, das mich gegen den Baumstamm presste.

Nur kurz hatte ein Geräusch oder ein Schatten seine Aufmerksamkeit gefordert und es mir erlaubt, mich zu befreien. Ihn wegzustoßen. Dann sein eiskalter Blick. Seine wütende Faust, die ich auf mich zurasen sah. Mein Kopf, der instinktiv in Deckung ging. Sein Aufschrei, als er den Baum statt meiner traf. Die splitternde Rinde.

Und dann war es, als wachte Florian aus einer Art Trance auf, schüttelte den Kopf, sah mich fast verwundert an.

Und ich lief.

Durch den Wald, vorbei an nach mir greifenden Büschen und Sträuchern, bis ich auf die Lichtung am Stausee kam.

Zu Frederika.

Unten am Ufer saß sie in aller Seelenruhe, als wäre die Bürgerwehr nicht gerade unterwegs. Und dann war da diese eine Unterhaltung, die nur uns gehörte. Von der ich nie jemandem erzählt hatte, weil ich der Meinung gewesen war, dass sie niemanden etwas anging. Weil sie nichts mit der Sache zu tun hatte. Mit ihrer Sache. Ihrem Tod.

Sie hatte mir Trost gespendet, ohne auch nur gewusst zu haben, wofür.

Und in dieser Sekunde hatte ich mir geschworen, nie wieder an das zu denken, was mit Florian vorgefallen war. Doch damals hatte ich nicht wissen können, dass sich dieser Tag zu einer Nacht entwickeln würde, die niemand jemals würde vergessen dürfen.

Die ersten Regentropfen fielen auf die Windschutzscheibe. Ich fragte mich bis heute, ob Florian und ich diesen Zwischenfall hätten klären können, wenn in jener Nacht kein alles verändernder Mord passiert wäre, doch eine Antwort blieb wie immer aus.

Wie lange standen wir bereits in unserer Einfahrt? Die Sonne war inzwischen hinter das Haus gewandert und hatte Mühe, gegen die dichter werdenden Wolken anzu-kämpfen. Margitta schien sich nicht an meinen Details zu stören.

Ich fuhr fort. »Wir haben uns alle im alten Postschup-pen hinter dem *Heidjerkrug* getroffen.«

»Da, wo heute das Kunsthandwerk verkauft wird?«

»Ja, damals war er so eine Art Treff. Wir hatten dort Musik, Sessel, einen Kicker und so etwas stehen. Wenn man nicht wusste, was man abends tun sollte, ging man einfach hin. Irgendwer war immer da, die Tür immer offen. Daher war klar, dass wir uns nach erfolgreicher Flucht dort versammeln würden.«

Sie nickte und lächelte und ich fragte mich, ob es in ihrer Jugend auch so einen Platz gegeben hatte.

»Als ich eintraf, war schon einiges los. Alle redeten aufgeregt über ihre Flucht, erzählten lauter und lauter. Ein paar fehlten. Manche waren direkt ins Bett gegangen. Einige wenige wurden tatsächlich von der Bürgerwehr erwischt. Darunter Hauke. Das haben wir aber erst am nächsten Morgen erfahren. Nachdem ...«

Kurz zögerte ich und dachte an den Moment, als mein Vater mir erzählt hatte, dass man Frederika gefunden hatte. Nie werde ich vergessen, wie ich mir gerade einen Löf-fel Fruit Loops in den Mund geschoben hatte. Zum bis-her letzten Mal.

»Ich wollte nur noch ins Bett«, fuhr ich fort, »aber ich hatte Florian unterwegs verloren.«

Untertreibung des Jahres. Aber ich hatte ihn sehen wol-len, weil ich glaubte, dass er wieder zur Vernunft gekom-men war. Damit wir die Sache klären könnten. Das betrun-kene Missverständnis, das sich bis zum Morgen in ein überdimensionales Ungeheuer verwandelt hätte.

Hatte.

»Und daher blieb ich am Postschuppen und habe auf ihn gewartet. Irgendwann kam er auch.« Und ignorierte mich, betrank sich fast bis zur Besinnungslosigkeit weiter. Er war nicht er selbst. Er konnte mir nicht in die Augen sehen. Wir sprachen an dem Abend kein Wort mehr miteinander. So wie die nächsten zwanzig Jahre.

»Und dann meinte ich, in einiger Entfernung unter der Straßenlaterne Frederika zu sehen. Sie ging von uns weg, nicht auf uns zu. Ich sah sie nur von hinten. Nur ich, niemand sonst, nur eine Sekunde. Tja, und das ist auch schon alles.«

Die Sonne war nun vollends hinter einer dunklen Wolke verschwunden, die dadurch in einem bedrohlichen Lila leuchtete.

»Hauke konnte also entlastet werden, weil er während der Flucht von der Bürgerwehr verhaftet worden war und in Gewahrsam saß, als sie starb.«

»Genau.«

Der Regen wurde stärker. Große, schwere Tropfen, die die grauen Wolken erleichterten.

»Und dann wurde ihre Leiche ins Schwimmbad gebracht, um die Tat möglicherweise zu vertuschen?«, fragte Margitta. Natürlich wusste sie es. Jeder wusste davon.

Ich nickte.

»Und …«, fuhr sie leiser fort, »… und Ingrid Johanning?«

»Darüber weiß ich kaum etwas. Anscheinend hat Herr Johanning einen Spaziergang gemacht …«

»Mitten in der Nacht?«, unterbrach mich Margitta.

Ich zuckte mit den Schultern. Nach dem, was ich nun glaubte zu wissen, wusste ich gar nichts mehr. »Und als er wiederkam, da lag seine Frau tot im Teich. Er konnte nichts mehr tun.«

Sie atmete hörbar aus. »Echt unfassbar. Eine Nacht aus der Hölle. Seine eigene Frau ...«

»Ja. Und als dann auch noch Frederikas Leiche gefunden wurde, hat die Polizei natürlich nach einem Zusammenhang gesucht. Ich meine, zwei Wasserleichen in einer Nacht? Und dann auch noch der Theaterbrand davor ...«

Margitta entfuhr ein Laut, der Lachen mit Angst vermischte. Donner in der Ferne. »Man hat doch nicht ernsthaft geglaubt, dass die beiden wegen des Theaters hatten sterben müssen?«

Ich zuckte mit den Schultern. »Ich weiß es nicht. Vermutlich hat man einfach eine Gemeinsamkeit gesucht.«

»Wenn wirklich alles mit dem Theater zu tun hat und wir die heutige Zeit auf damals ummünzen, habe ich als Theaterdirektorin die Rolle von Frau Johanning inne und die Hauptrolle, die Frederika hätte spielen sollen, die spielt dieses Jahr Kitty.«

»Das habt ihr ja noch gar nicht erzählt.«

»Na ja, darum ist sie ja auch so besessen von Frederika.« Sie zuckte mit den Achseln, als wäre es das Nebensächlichste der Welt. »Wir wissen eben, dass dich so was nicht interessiert. Niemand will dich belasten. Du hast selbst genug auf deinen Schultern zu tragen, das kann jeder sehen.«

Ein Auto fuhr vor. Die Scheinwerfer erleuchteten den nun stärker werdenden Regen. Der Wagen parkte hinter uns, der Lichtkegel blendete mich im Rückspiegel. Papa.

Margitta bemerkte ihn ebenfalls und ich erwartete, dass sie aufspringen und zu ihm laufen würde. Dass es sich morgen so anfühlen würde, als hätte sich das alles zwi-

schen uns in einem entfernten verregneten Traum zugetragen und Margitta und ich wären wieder Fremde wie eh
und je. Doch keine von uns machte Anstalten, den Wagen
zu verlassen.

Mein Vater stieg aus, setzte sich die lederne Arzttasche
als Schutz auf den Kopf und rannte zur Tür. Er hatte uns
nicht bemerkt. Wir blieben sitzen. Abgeschirmt vom Rest
der Welt in unserer Regenwolke.

Dann spürte ich ihre Hand auf meinem Arm.

»Es kommt alles in Ordnung, Nina.«

Sie schaltete das Radio ein und *California Dreaming*
von den *Mamas and Papas* ertönte. Sie lehnte sich zurück
und sang mit, blickte dabei in das Grau vor unseren Fens-
tern. Offensichtlich hatte sie ihren Ekel gegen die durchgesessenen Autositze überwunden. Ich tat es ihr gleich.
Wenn ich auch glaubte, dass nie wieder alles in Ordnung
kommen würde, dass die Welt nicht so konzipiert war, dass
bei jedem alles in Ordnung sein konnte. Entropie und so.

Vielleicht fragten wir uns beide, was dieser Moment
für unsere Beziehung bedeutete, vielleicht fragten wir uns
auch, was die neuen Erkenntnisse für die Mordermittlung
bedeuteten. Vielleicht sangen wir auch einfach leise und
still in unserer Wolke im Regen.

Wir sahen die Blitze in der Ferne, ich zählte die Sekunden bis zum Donner. Das Gewitter kam näher.

Wieso wir nicht ausstiegen, konnte ich nicht sagen. Als
warteten wir auf ein Zeichen. Und dann kam es.

Mein Vater schien den Regen zu teilen wie Moses einst
das Meer. Er ging langsam auf unseren Wagen zu, das
Gewitter schien ihm nichts mehr auszumachen. Nichts
beschirmte mehr seinen Kopf. An seinem Gang erkannte
ich, dass etwas nicht stimmte, auch wenn ich seinen

Gesichtsausdruck durch die nasse Scheibe nicht ausmachen konnte.

Ich sah Margitta an, sie starrte reglos auf meinen Vater. Ich legte meine Hand an den Türöffner, zögerte. Dann öffnete ich sie.

Der Wind heulte mir ungestüm entgegen, als wollte er mich davor warnen, was ich gleich hören würde. Der Regen prasselte ohrenbetäubend und sprühte mir entgegen. Die Wassermassen hatten bereits Pfützen gebildet, die nicht von dem vertrockneten Boden aufgenommen werden konnten.

Ich sah das ernste Gesicht meines Vaters. Keine zwei Meter trennten uns mehr und trotzdem musste er die Stimme erheben, um gegen das Grollen des Donners anzukommen. Margitta stieg ebenfalls aus. Und so standen wir da, von einer Sekunde zur nächsten nass bis auf die Unterhose.

Die Stimme meines Vaters war ganz ruhig, als er die Worte aussprach, die mein Gehirn nicht zu erreichen schienen. »Es ist Albert Johanning. Sie haben ihn verhaftet. Wegen des Mordes an Frederika.«

Margitta entfuhr ein leiser Schrei.

Ich blieb wie angewurzelt stehen, merkte, wie der Regen in Rinnsalen von meinen Haaren in den Kragen lief.

»Kommt schnell rein, ihr zwei.« Sowohl Margitta als auch ich schienen starr wie Puppen, die mein Vater durch den Regen in Richtung Haus schob. Meine Beine bewegten sich automatisch durch die anschwellenden Pfützen in der Einfahrt, mein Kopf schien mit dieser Information so überfordert, dass er alle weiteren bewussten Funktionen eingestellt hatte.

Das alles war doch einfach unmöglich. Lächerlich war das!

Und dann vernahm ich erneut die Stimme meines Vaters, diesmal dichter an meinem Ohr. »Nina, da ist noch eine Sache. Kommissar Ulrich möchte dich morgen früh auf der Wache sehen. Er sagt, er braucht deine Hilfe. Es sei dringend.«

Und dann war er tatsächlich da. Der Sturm, auf den wir alle so lange gewartet hatten.

KAPITEL 9

Margitta hatte jedem ein Glas Weißwein hingestellt, nachdem wir uns notdürftig abgetrocknet und am Küchentresen versammelt hatten, und bereitete nun ein Abendessen aus Mozzarella, Tomaten und Avocado zu. In einer Schale waren kunstvolle Wassermelonenbällchen aufgetürmt. Wann hatte sie das nur gemacht? Vor unserem Gespräch im Auto hätte ich sie dafür verurteilt, nach dieser Nachricht das perfekte Abendessen zubereiten zu wollen. Jetzt glaubte ich, dass sie an ihrer Routine festhalten wollte, um uns Struktur zu geben.

»Es ist die Statue.« Mein Vater brach das Schweigen, als mein Glas bereits halb leer war. Zwischenzeitig waren mir Tausende Gedanken durch den Kopf geschossen, von denen ich keinen zu einem zusammenhängenden Satz hatte formulieren können. Nach diesen Worten verschluckte ich mich fast. Es stimmte also.

»Statue?« Margitta schien auf dem Schlauch zu stehen, aber ich fühlte mich, als wäre ich ertappt worden.

»Die Ehrenbockstatue aus dem See. Sie denken, es ist die Mordwaffe.« Meine Stimme klang tonlos.

Mein Vater nickte. »Sie gehört Albert.«

»Aber …«, warf ich ein. »Man kann das doch sicher nach all den Jahren im See gar nicht mehr nachweisen. Dass es die Tatwaffe war, meine ich. Wie können sie sich da so sicher sein?«

»Ich weiß es nicht, Nina. Das ist nur das, was Harald mir am Telefon gesagt hat.«

»Hat man ihn ...« Margitta hatte ihre Tätigkeit erneut aufgenommen. Ihre Hand zitterte, als sie eine Tomate in zwei Hälften schnitt. »War er damals auch unter den Verdächtigen?«

»Jeder war damals unter den Verdächtigen. Natürlich wurde er viel befragt, aber ich hatte nie das Gefühl, dass sie ihn als Täter in Erwägung gezogen hatten. Er war ja eigentlich ein Opfer. Oder habe ich das nicht richtig wahrgenommen, Papa?«

»Doch, ich denke, so hätte ich das auch ...«

Es rumpelte laut im Flur, Lisa sprang auf, bellte zweimal kurz, überlegte es sich anders. Schuhe wurden in die Ecke gefeuert, dann drang ihr Rufen zu uns vor. »Was ist das denn für ein Scheißwetter? Oh, hallo Lisa! Mama?« Kittys Stimme kam näher, dann stand sie triefend nass vor uns. »Da seid ihr ja alle. Wein? Es ist nicht einmal Abend. Cool! Krieg ich auch ein Glas?«

Sie nahm ein Handtuch und trocknete sich das Gesicht ab. Margitta stellte ihr ein wenig gefülltes Weinglas auf den Tresen und gab ihr einen Kuss auf die tropfenden Haare.

Kitty setzte sich, hob das Glas und blickte fast atemlos in die Runde. »Nur ein halbes Glas? Na, man kann ja nachschenken. So, worauf trinken wir denn? Dass man endlich einen Mörder gefasst hat? Nina, der war doch dein Lehrer?«

Diese Distanzlosigkeit ließ mich Stellung beziehen. »Er ist kein Mörder!« Meine Stimme blieb ruhig.

»Aber das sieht die Polizei anders, oder?« Sie klang, als redete sie über einen unerwarteten Twist in einer Fernsehserie. »Es ist wichtig, die Sache endlich zu klären. Also finde ich zumindest.«

»Kitty!« Mein Vater schlug mit der flachen Hand auf

den Tisch. Margitta und ich zuckten zusammen. Kitty nicht. Sie schien es gewohnt zu sein, Contra zu bekommen.

»Was denn?« Sie zuckte mit den Schultern und leerte ihr Glas. »Oh, der ist aber lecker. So, dann erzählt mal, was wisst ihr denn darüber?«

Ich stand auf, konnte nicht mehr ruhig sitzen bleiben, ignorierte ihre Frage. »Wieso denkt Ulrich überhaupt, dass ich ihm helfen könnte? Wobei?«

»Das weiß ich nicht, mein Schatz. Das hat er nicht gesagt.« Die Stimme meines Vaters hatte sich beruhigt, während er auf den Boden seines Glases blickte, als würde er dort Antworten vermuten.

»Du sollst der Polizei helfen, den Fall zu lösen?« Kitty wurde wieder aufgeregter. »Aber Moment mal, ich dachte, der Fall ist gelöst?« Sie blickte sich verwirrt in der Runde um.

»Wir wissen auch nichts Genaues, Kitty«, versuchte Margitta, ihre Tochter zu zügeln.

Mein Blick fiel auf mein Handy, das auf dem Wohnzimmertisch lag. Ich hatte es seit dem Morgen nicht angerührt und mir graute davor, was für Nachrichten ich darauf finden würde. Es wurde mir alles zu viel. Stefan, die Sache mit dem Krankenhaus und jetzt auch noch eine Mordermittlung?

»Niemand will dich zu irgendetwas zwingen. Du machst, was du brauchst.« Margitta und ihr warmes Lächeln, das ich nun an mich heranließ.

»Dein Handy …« Mein Vater nickte in meine Richtung, als ich das Gerät in die Hand nahm. »… hat etwa fünfzehn Mal geklingelt, seit ich nach Hause kam. Vielleicht musst du da mal jemanden zurückrufen.«

Stefan. Ich hatte angenommen, wir würden irgendwann am Abend telefonieren. Als ich nichts sagte und Kitty sich

Wein nachschenkte, ergriff Margitta das Wort. »Wie wäre es, wenn ich das Essen fertig mache und du kurz telefonieren gehst? Dann isst es sich freier.«

Das Handy in meiner Hand fühlte sich unwahrscheinlich leicht an. Entweder, weil es kaum noch Akkukapazität hatte oder weil mir der Ausgang des Gesprächs unwichtig erschien. Vielleicht auch erst nach allem, was ich eben erfahren hatte.

Also, Augen zu und durch. Ich steckte das Ladekabel in die Steckdose neben meinem Bett, ließ mich auf die Blümchentagesdecke fallen, die eindeutig Margittas Handschrift trug, und tippte Stefans Namen an.

»Na.« Ich musste nicht lange auf eine Antwort am anderen Ende der Leitung warten. Die kürzeste Begrüßung, die möglich war. Eine Stimmung ließ sich daraus nicht ableiten. Hatte ich irgendeine Regung in mir bei dem Klang seiner Stimme erwartet, tat sich nichts. Vielleicht, wenn er ein paar mehr Silben sprach, dachte ich.

»Entschuldige.« Es war immer gut, mit einer Entschuldigung anzufangen. »Ich hatte mein Handy nicht dabei.«

»Schon gut. Jetzt bist du ja da. Wie geht's?«

Ich zögerte.

»Scheißfrage, sorry.«

»Alles gut. Es geht schon.« Das war nicht gelogen. Es ging. Ich saß nicht den ganzen Tag zu Hause und heulte mir die Seele aus dem Leib. Ich wusste nur nicht, ob ich weiterarbeiten wollte wie bisher. Leben wollte wie bisher.

Zunächst schwieg er. Als ich nichts sagte, platzte aus ihm heraus, was er nach all diesen unbeantworteten Anrufen loswerden wollte.

»Versteh mich nicht falsch, Nina. Es ist eine absolut beschissene Situation, in der du da steckst. Aber du hast ihn nicht umgebracht. Letztlich war es die Blutkonserve und die hat der Köhler ihm gegeben.«

Wenn er versuchen wollte, mich mit diesen Worten aufzuheitern, so bewirkte er das Gegenteil. Fehlte nur noch, dass er sagte: Und daher reiß dich zusammen und beweg deinen Arsch zurück in mein Leben.

»Darum geht es nicht und das weißt du. Es geht darum, dass der Köhler ihm diese Scheißblutkonserve nicht hätte anhängen müssen, wenn ich meinen Job richtig gemacht und diese Scheißarterie nicht durchgeschnitten hätte! Dann hätte er nicht das falsche Blut übertragen bekommen und hätte jetzt mit seiner Tochter für das Seepferdchen üben können, so wie er es geplant hatte. Nur dafür wollte er diesen künstlichen Darmausgang doch loswerden. Nur dafür! Hätte er ihn behalten, wäre er noch am Leben. Hätte ihn jemand außer mir operiert, wäre er noch am Leben. Hätte er keine Transfusion gebraucht, wäre er noch am Leben. Er war gerade Mal vierzig, Stefan!«

Die Antwort kam prompt. »Mann, Nina. Das ist doch so wie: Wenn Hitlers Mutter eine dicke Daunendecke benutzt hätte, wäre er vielleicht am plötzlichen Kindstod gestorben!«

Mir fehlten die Worte.

»Sorry, Scheißvergleich.«

»Meinst du?«

Schweigen.

»Ich darf niemandem sagen, dass ich einen Fehler gemacht habe. Mich nicht bei der Familie entschuldigen. Der Ruf, das Geld, die Operationszahlen. Das letzte bisschen Menschlichkeit, das in diesem Beruf geblieben ist, soll ich beiseitelegen, damit die Zahlen stimmen! Der Chef will das totschweigen.«

»Dann ist jetzt sicher nicht der richtige Zeitpunkt, dir das zu sagen, aber dein Chef will dir nun endlich eine Oberarztstelle geben.«

»Was?« Diese Aussage klang so absurd. Das, was ich immer wollte. Und dann jetzt. Ich fühlte mich verarscht.

»Na ja, er hat angerufen, hier zu Hause, und nach dir gefragt, wann du wiederkommst und wie es dir geht. Und dann ist mir da eventuell etwas rausgerutscht von wegen, dass du zweifelst und daher Zeit brauchst. Stimmt ja auch.«

Wut kochte in mir hoch. Stefan war Rechtsmediziner. Ich hatte ihn immer damit aufgezogen, dass er Angst davor hätte, den Lebenden etwas anzutun. Und nun redete er am Telefon mit meinem Chef über meine angeblichen Selbstzweifel beim Operieren? Ich war sprachlos.

Er fuhr fort. »Na, und dann sagte er, er hätte dir schon einige Mails geschrieben, auf die keine Antwort kam, und er hätte dir eine Oberarztstelle angeboten, da er meinte, es spräche nur für dich, dass du dir die Geschichte so zu Herzen nimmst.«

»Die Geschichte zu Herzen nimmst? Die Geschichte? Mann, ein Patient ist tot.«

»Ich verstehe dich ja. Entschuldige. Ich dachte nur, ich sage es dir, um dir zu zeigen, dass er dich nicht verantwortlich macht.«

Mir wurde übel. Weil er dachte, er würde mich kennen. Weil keine seiner Einschätzungen auch nur im Entferntesten stimmte.

Eine lange Pause, in der mir klar wurde, dass mein Chef sich mit diesem Stellenangebot mein Schweigen erkaufen wollte.

Stefan unterbrach meinen Gedanken mit sanfterer Stimme. »Wie ist es zu Hause? Drehen die Leute schon durch?«

Er wusste, wie komisch man hier zur Heideblüte wurde, zumindest in meinen Augen.

Ich hatte keine Lust, mit ihm darüber zu reden oder überhaupt weiterzureden, aber ich dachte, dass er dann vielleicht besser verstehen würde.

»Kann man sagen. Mein herzkranker Grundschullehrer wird des Mordes beschuldigt.«

»Was?«

»Ja, sie haben ihn gerade verhaftet. Wegen der Sache von damals.« Erst als ich es selbst aussprach, wurde mir bewusst, dass dieser arme Mann gerade irgendwo allein in einer Zelle saß. Oder verhört wurde. Oder Schlimmeres.

»Diese Sache, wo das Mädchen damals starb? Ist ja krass. Und, was meinst du dazu?«

»Ich meine, dass er es niemals gewesen sein kann.«

»Glauben sicherlich die Wenigsten von Leuten, die sie kennen.« Es klang, als würde er sich auf die Lippe beißen.

»Man sagt doch, dass es immer diejenigen sind, von denen man es nicht vermutet.«

»Sagt man so, ja. Im Fernsehen vielleicht. Aber ich kenne diesen Mann. Er kann es nicht gewesen sein.«

»Und jetzt?«

»Was meinst du?«

»Wie geht es jetzt weiter?«

Eine offen formulierte Frage und ich entschied, dass es um den Fall Johanning ging, nicht um den Fall Stefan/Nina.

»Na ja, ich meine, dass man das so nicht stehen lassen kann, und ich glaube, dass man dringend rausfinden sollte, was wirklich Sache war. Wenn sie jetzt schon anfangen, einen armen kranken Mann zu beschuldigen, nur weil der See trocken ist und einen Ehrenbock freigibt ...«

»Einen was?«

»Nicht so wichtig. Also ich glaube, wenn es sonst keiner tut, dann muss ich ihm helfen.« Zunächst meinte ich, diesen Gedanken aus Trotz formuliert zu haben, doch als ich ihn ausgesprochen hatte, wusste ich, dass er stimmte.

»Ich bin mir sicher, wenn er unschuldig ist, dann hilft ihm die Polizei.«

»Ich glaube langsam, dass Schuld und Unschuld nicht schwarz und weiß sind.«

»Ich habe gerade nicht über dich und deine Sache geredet.«

»Ich auch nicht.« Hatte ich doch. Er auch. »Du, mein Vater ruft, das Essen wird kalt.« Kalte Tomaten konnten nicht kälter werden, aber das wusste Stefan nicht.

»Klar.« Aber vielleicht wusste er es doch.

Ich wollte auflegen, mir fiel keine adäquate Verabschiedung ein.

»Nina?«

»Ja?«

»Denkst du über die Stelle nach?«

»Ich glaube nicht.« Nicht unter diesen Umständen.

»Und denkst du über uns nach?«

Pause. »Du?«

FREDERIKA, 27.07.1999

Als wir heute nach den Proben am See saßen, habe ich Jo gefragt, ob seine Frau ihn nicht vermisst, wenn wir uns sehen. Er hat das Ganze mit einem Lachen abgetan und gesagt, sie habe im Moment so viel um die Ohren und würde das gar nicht merken. Außerdem solle ich das mal seine Sorge sein lassen. Wie er das gesagt hat, hat sich irgendwie komisch angefühlt. Er hat schnell das Thema gewechselt.

Also haben wir nicht weiter darüber geredet und einfach dort im Schatten der Äste gesessen und meinen Text geübt. Wenn nur er da ist, ist es so viel einfacher als vor all den anderen bei den Proben. Ich weiß nicht, ob es Lampenfieber ist oder ob es an der alten Johanning liegt, die mich schon mit diesem Blick ansieht, der mir zeigt, wie unzufrieden sie ist, noch bevor ich den Mund aufmache.

Schon interessant, dass ich in letzter Zeit viel mehr über Jo als über Hauke schreibe. Aber der ist ja im Moment auch nur mit sich beschäftigt. Übt seine Choreografie für die Wahl zum König, irgendwas mit Michael Jackson. Nach mir fragt er gar nicht. Niemand eigentlich. Niemand weiß, wie es mir geht.

Auch nicht meine sogenannten Freundinnen, die langärmlige Pullis tragen, obwohl es fast dreißig Grad sind, nur weil ich es tue und ihnen vorgaukele, es wäre der letzte Schrei.

Ich bin echt froh, dass ich Jo habe. Dass er mich wirklich sehen will. Ich hatte solche Angst, dass ich mir das nur einbilde. Aber in letzter Zeit guckt der Hahn in seinem Garten sehr oft in die andere Richtung und ich kann es dann kaum erwarten, mich auf den Weg zum See zu machen, um zu erfahren, wann wir uns wieder treffen. Natürlich achte ich immer darauf, dass mich dabei niemand sieht und mir niemand folgt, so wie er das will. Nicht dass es überhaupt jemanden interessieren würde. Wir können doch reden, mit wem wir wollen! Denn mehr passiert ja nicht. Er stellt sich da ein bisschen zu sehr an. Vielleicht sollte ich mir nächstes Mal ein Kopftuch umbinden und eine Sonnenbrille aufsetzen wie Audrey Hepburn in Charade. Wie er darauf wohl reagieren würde?

Aber heute, als ich den Hahn vor seinem Haus wieder umdrehte, um Jo zu zeigen, dass ich seine Nachricht gefunden hatte, meinte ich, gesehen zu haben, wie sich ein Vorhang im oberen Fenster des Hauses bewegte. Ach, vermutlich steckt er mich nur einfach an mit seiner Paranoia. Denn eigentlich weiß ich, dass niemand zu Hause war.

KAPITEL 10

Die Zeitungen hatten Wind von Herrn Johannings Verhaftung bekommen und zerrissen den »mordenden Schulleiter« in der Luft. Umso mehr fühlte ich mich in meinem Vorhaben, dem Fall auf den Grund zu gehen, bestärkt.

Ich kramte das alte Damenfahrrad aus dem Schuppen, das mich früher überallhin getragen hatte. Der Lenker stand schief, zuckerwatteartige Spinnenweben verpuppten den Sattel, die Reifen waren platt, als hätten sie keinen Sinn darin gesehen, sich weiter anzustrengen, ihre Form zu halten.

Nichts, was sich nicht beheben ließ.

Nach dem gestrigen Gewitter war die Luft angenehm frisch, einige Wolken zierten den blauen Himmel. Ich hatte Kommissar Ulrich nicht angerufen, um einen Termin zu vereinbaren. Ich stellte mir vor, dass ihn nichts anderes beschäftigte als dieser Fall. Vermutlich etwas naiv. Um ihn trotz meines Überfalls positiv zu stimmen, entschied ich mich, auf dem Weg in der Bäckerei anzuhalten und mich mit Kaffee und Franzbrötchen einzudecken.

Zwar kannte ich ihn kaum, aber aufgrund seines Bauchansatzes und der »Tenniseinheiten« in der Pizzeria nahm ich an, mit ein wenig Kulinarik nichts falsch machen zu können.

Er musste jetzt kurz vor der Rente stehen. Wir hatten über die Jahre gelegentlich miteinander gesprochen. Wenn ich in Lopauthal war und er mit meinem Vater verkehrte. Alles nüchterne Kontakte. Eine persönliche Bindung gab es nicht, unsympathisch war er mir jedoch auch nie gewesen.

Franzbrötchen also.

Als ich die Bäckerei betrat, erklang eine Glocke über der Ladentür, mir drang ein Duftschwall aus frisch gebackenem Hefeteig, Brot und Zimt entgegen. Viele der Tische im Nebenraum, der ein kleines Frühstückscafé beherbergte, waren besetzt. Ein munteres Stimmengewirr.

Drei junge Damen standen hinter dem Tresen und versuchten, die Wespen von den Gebäcken in der Auslage wegzuscheuchen, während sie die Kunden bedienten.

Ich reihte mich in der Schlange hinter zwei älteren Frauen ein. Eine klein und gedrungen, die Frau des Metzgers, die andere hochgewachsen und schlank mit akkurat gebundenen graublonden Haaren. Henriette Hummel.

Ich hielt Abstand in der Hoffnung, sie würden mich über ihr Schnattern hinweg nicht bemerken. Zunächst regten sich die beiden Frauen über die Wespen in der Auslage auf, dann über einen dicklichen Mann, der zwei Stück Buchweizentorte zum Frühstück bestellt hatte. Ich versuchte weiter, unseren Abstand zu vergrößern, bis ich Signalwörter aufschnappte, die mich zwangen, genauer hinzuhören.

»Gut, dass sie ihn endlich verhaftet haben«, sagte die Schlachterfrau mit fettigem Gesicht und farblosen Haaren. »Und so jemand hat unsere Kinder unterrichtet. Ich meine, diese ganze Generation von damals ist doch total verkorkst. Was soll auch aus Leuten werden, die so jemanden als Vorbild haben?«

»Zigarillos rauchen in der Schule! Und was er den Kindern für unanständige Bücher zum Lesen gegeben hat …

Gefährliche Liebschaften zum Beispiel. Das ist ja selbst für mich zu unsittlich«, entgegnete Hennie, von der man sagte, dass früher kaum etwas zu unsittlich für sie gewesen wäre.

»Schlimm ist das. Guck, jetzt hat sie die Wespe an der Scheibe zermatscht, so etwas Unhygienisches habe ich aber lange nicht gesehen.« Die Schlachterfrau schaute angewidert zur Seite, als eine Bäckereiangestellte das tote Tier an den Flügeln in den Mülleimer bugsierte, und fuhr fort: »Wurde auch Zeit, dass richtige Polizisten sich der Sache annehmen. Sybille hat sie gesehen, die sollen sehr kompetent gewirkt haben, die jungen Burschen aus Lüneburg, und sie haben schon einige Leute befragt.«

»Ja, das habe ich auch gehört.« Hennies Stimme klang fast lüstern. »Ich wundere mich, dass sie noch nicht bei mir waren.«

»Das wundert mich auch. Wirklich unfassbar.« Wieder die dickere Frau. »Was so alles hinter der netten Fassade des alten Lehrers steckt. Ich habe das ja immer gesagt.« Sie streckte ihren Zeigefinger belehrend in die Luft.

Wut kochte in mir hoch. Ich erinnerte mich noch an die Beerdigung von Frau Johanning, bei der Hennie meinen Lehrer zu lange und zu innig umarmt hatte.

»Weißt du, Ludwig und ich waren doch in der Nacht draußen«, sagte Hennie. »Saßen auf dem Steg und haben ein wenig philosophiert.«

Von wegen. Drei Flaschen Rotwein waren im Spiel gewesen, wie sie damals zu Protokoll gegeben hatten.

»Und dann haben wir nach Mitternacht, es muss gegen halb eins gewesen sein, dieses aufgeregte Platschen im Wasser gehört. Und diese verzweifelten Rufe: ›Nein, nein!‹ Es kam vom Südufer, Richtung Badeanstalt. Einen teuflischen Schreck hat uns das eingejagt. Wir dachten, es wäre einer dieser entlaufenden Jugendlichen gewesen. War es vermutlich auch. Und dann war da noch diese seltsame Glocke ...«

»Glocke?«, fragte die Frau des Schlachters neugierig.

»Ja, als würde jemand seine Kuh über die Alm treiben. Ist natürlich lächerlich. Aber der Klang hallte eindeutig über das Wasser zu uns herüber, vom Seeparkplatz her. Fast schon gespenstisch«, fuhr sie fort. »Jedenfalls sind wir so erschrocken, als dann bekannt wurde, dass die kleine Petersen im See ertrunken war. Wir dachten, wir hätten vielleicht ihren Todeskampf gehört. Mit diesen Rufen, weißt du? Wir haben uns solche Vorwürfe gemacht, dass wir dort saßen und ihr nicht geholfen haben. Aber es war ja eine männliche Stimme.«

Die Schlachterfrau nickte mitleidig, als wäre Hennie selbst das Opfer in dieser Geschichte.

»Da waren wir froh, als wir hörten, dass sie noch einmal am Postschuppen gesehen wurde und daher wohl erst später starb. Nun guck, der Kleine von den Rolfs muss wieder die ganze Großfamilie mit Brötchen versorgen. Das kann ja noch dauern.«

»Weißt du«, fing die Metzgersfrau an, nachdem sie lauthals mitgezählt hatte, wie viele Brötchen der kleine Junge am Tresen in seine großen Tüten gepackt bekam, als hätte sie Bedenken, dass nichts mehr für sie übrig blieb. »Ich kann nicht fassen, dass so jemand damals den Ehrenbock bekommen hat. Der muss ihm doch wieder aberkannt werden. So etwas kann man nicht so stehen lassen. Mein Neffe ist dieses Jahr nominiert und er hat schon gesagt, er will sich nicht hinter so jemandem einreihen. Das nimmt der ganzen Aktion die Wertigkeit.«

»Niemand wird diese Statue je wieder ansehen können, ohne an eine Mordwaffe zu denken. Ich habe damals eh nicht verstanden, wieso sie ihm verliehen wurde. Ich meine, was hat er schon Großes geleistet, außer uns diese Partnerstadt in Estland zu besorgen, für die wir dann alle auch noch ständig stricken mussten?«

Ich ballte meine Hände zu Fäusten, bis die Knöchel weiß hervortraten.

»Siehst du, ich hätte schon gar nicht mehr gewusst, wofür er ihn bekommen hat.«

»Na, dann kann es so großartig ja nicht gewesen sein.«

Beide verfielen in Gelächter. Der kleine Junge war unter strengen Blicken geflüchtet und die Damen des Dorfes hatten letztlich ihre Bestellungen aufgegeben, ohne mich zu bemerken.

KAPITEL 11

Die Polizeiwache bestand aus zwei Räumen im neu errichteten Feuerwehrgebäude. Ein moderner Kasten, der drei prachtvolle Einsatzfahrzeuge der Freiwilligen Feuerwehr in einer Garage beherbergte, dem ein Verwaltungstrakt angeschlossen war.

Ich war noch nie hier gewesen. Zu früheren Zeugenaussagen hatte ich in ein altes Haus am Ortsausgang gehen müssen mit einer verschnörkelten grünen, abgeblätterten Holztür, ein normales Wohnhaus. Kleine Zimmer, Teppichboden auf knarzenden Holzdielen, eine Küche. Doch das hatte sich nicht mehr gelohnt. Die Polizeidienststellen waren überregional zusammengelegt worden.

Harald Ulrich war geblieben. Als einziger Polizist in Lopauthal war er in das für ihn vorgesehene Zimmer der Feuerwehrstation gezogen. Und da war er nun Ansprechpartner für alles: geklaute Mobiltelefone, Verkehrsdelikte, Einbrüche, Nachbarschaftsstreitereien.

Aber ganz hinten in seinem Aktenschrank mussten sie noch immer sein: zwei Akten, eine dicker, die andere etwas dünner – die Todesfälle von Frederika Petersen und Ingrid Johanning.

Ich öffnete die Glastür der Feuerwehrwache mit dem Ellenbogen, balancierte dabei zwei Becher Kaffee aufeinander in einer Hand, die Tüte mit den Franzbrötchen unter den Arm geklemmt. Ah, da war ein Hinweisschild: »zur Polizei nach links«. Ich zwängte mich durch einen dunklen Flur, aus dem mir zischende, gurgelnde Geräusche entgegendrangen. Eine Maschine, die sich weigerte, Kaffee auszuspucken?

»Verdammtes Scheiß...« Die Stimme Kommissar Ulrichs. Dann ertönte ein herzhafter Schlag. Das Geröchel verstummte komplett.

Ich trat fester auf, in der Hoffnung, auf mich aufmerksam zu machen.

Nichts. Unverständliches Fluchen seinerseits. Ich stand nun direkt hinter ihm in einer kleinen Kochnische und musste etwas sagen.

»Ähm«, immer gut. Ein Räuspern hinterher. »Hallo, komme ich ungelegen?«

Er drehte sich um, was anhand seiner Körpergröße und der Quadratmeterzahl der Kaffeeküche nicht einfach schien.

»Nina, hallo!« Seine Augen leuchteten auf. Ein warmes Lächeln unter seinem Walrossschnurrbart, viele tiefe Lachfalten um seine dunklen Augen. Ich wusste, dass diese Freude nicht mir galt, sondern der Ware in meinen Händen. »Sehe ich da etwa Kaffee?«

Ich streckte ihm einen Becher entgegen. »Na klar, ich komme doch nicht mit leeren Händen.«

»Das nenn ich mal gutes Timing. Dieses Gerät hier hat grad offiziell den Geist aufgegeben.« Er deutete auf den schwarzen Koloss von Kaffeemaschine, der die winzige Küchenzeile einnahm. »Neumodischer Scheiß! Es geht doch nichts über einen guten alten Filterkaffee.« Er hielt den Kaffeebecher in die Höhe.

Ich erwähnte nicht, dass ich mich für Cappuccino entschieden hatte.

»Komm, lass uns mal nach nebenan gehen, ich möchte etwas mit dir besprechen.« Er schob mich förmlich aus der Kochnische zurück nach links, gegenüber stand die Tür zu einem Büro offen.

Ein einfacher Raum mit einem großen Fenster, das den Parkplatz der Feuerwehr überblickte. Dahinter konnte ich das Haus ausmachen, das ich fast so gut kannte wie unser eigenes. Das Haus der Hansens. Ich wandte meinen Blick ab.

Bewusst hatte ich mich der Wache auf dem Hinweg von hinten genähert, um einen freien Kopf zu behalten. Und bloß nicht auf Florian zu treffen.

Ein Schreibtisch aus hellem Furnier dominierte den Raum. Es waren die Kleinigkeiten, die einen sympathischen Ein-Mann-Betrieb aus dem Zimmer machten. Ein Wasserkocher, mehrere Kaffeebecher mit verschiedenen Aufdrucken. *Sheriff*, *Bester Ehemann*, ein roter Panda auf einer Zootasse. Fotos von Ulrichs Frau und zwei Männern, die seine Söhne sein mussten. Und das eines weißen Wuschelhundes. Mehrere Auszeichnungen und Ausschnitte von Zeitungsartikeln über seine gelösten Fälle. Niemand anders hätte dieses Büro nutzen können, ohne sich fehl am Platz zu fühlen.

Er ging hinter seinen Schreibtisch und bedeutete mir, ihm gegenüber auf einem Stuhl Platz zu nehmen. Als ich die Backwaren und den Kaffee abstellen wollte, musste er zunächst Platz schaffen und sortierte wirr herumliegende Dokumente nach einer mir unbekannten Ordnung.

Er lehnte sich zurück, prostete mir mit seinem Pappbecher zu und nahm einen großen Schluck.

»Cappuccino.« Feststellend, nicht wertend. »Meine Frau hat mir zwar angeraten, mich an grünem Tee zu versuchen, und mir dafür alles eingerichtet«, er deutete auf den Wasserkocher und ein asiatisches Teeservice, »aber mit dem Zeug kann man mich jagen.«

Ich trank ebenfalls einen Schluck.

Er räusperte sich. Sein Blick wanderte wiederholt zu der Tüte mit den Franzbrötchen, die ich auf seinem Schreibtisch abgelegt hatte. Sicher fragte er sich, was ich mitgebracht hatte. Vielleicht würden wir so schneller warm.

Ich nahm die Tüte, öffnete sie und hielt sie ihm über den großen Schreibtisch entgegen. »Franzbrötchen?«

Beherzt griff er danach, zog eines der Gebäcke heraus, biss hinein und schloss dabei die Augen. Ich wusste nicht, ob er sich sammelte oder einfach bloß genoss.

Ich legte die Tüte zurück und wartete, bis das Schmatzen verebbte.

»Also, Nina«, fing er endlich an. »Darf ich dich überhaupt weiterhin duzen? Ich mein, schließlich bist du jetzt erwachsen und große Chirurgin und so. Dein Vater ist im Übrigen mächtig stolz auf dich.«

Dieses Kompliment hinterließ ein ungutes Gefühl. Er *war* vielleicht stolz auf mich *gewesen*, bevor … Anderes Thema.

»Klar dürfen Sie das.«

»Okay, Nina, also, die Sache ist die: Ich brauche deine Hilfe.«

»Ja, das hat mein Vater mir ausgerichtet. Daher bin ich hier.«

»Du warst gestern bei Albert.«

»War ich.«

»Und hast alles mitgehört, wie ich mir vorstellen kann.«

»Ich … ähm.« Ich nahm einen Schluck Kaffee, um nicht antworten zu müssen. Es war ohnehin klar.

»Also pass auf«, fing er an und legte seine Füße umständlich auf den Tisch, wohl, um seinem Bauchansatz Freiraum zu gönnen. Ich fixierte die Sherifftasse auf dem Regal und musste ein Grinsen unterdrücken. Fehlten nur noch schmutzige Cowboystiefel. »Ich habe noch ein Jahr, bis ich in den Ruhestand gehe. Ein Jahr und dreizehn Tage, wenn man es genau nimmt. Und ich kann nicht in den Ruhestand gehen, bis ich nicht herausgefunden habe, was damals wirklich geschehen ist. Ich weiß nicht, wie viele Leute ich verhört habe. Irgendjemand muss es ja gewesen sein! Obwohl es nicht einfach ist, das zu akzeptieren, wenn man alle schon sein ganzes Leben lang kennt. Verstehst du? Ich meine, ich bin der einzige Cop in diesem Bilderbuchort, in dem ein verdammter Mörder herumläuft! Und ich will nicht derjenige sein, der sich mit so einem Andenken in den Ruhestand verabschiedet.«

Diese Worte drosselten mein hämmerndes Herz. Er fing nicht an mit: Hör mal, du hast uns damals etwas verschwiegen, ein wichtiges Gespräch zwischen dir und der Toten, und daher haben wir all die Jahre im Dunkeln gefischt. Außerdem meinte ich, aus dem Gesagten herausgehört zu haben, dass Ulrich ebenfalls nicht an Herrn Johannings Schuld glaubte. »Das kann ich mir vorstellen«, sagte ich erleichtert. »Dann wird es Zeit, dass wir Herrn Johanning da rausholen und endlich aufklären, wer es wirklich war, was?« Auch ich lehnte mich in meinem Stuhl zurück, fühlte mich wie der Hilfssheriff, der einen hellen Einfall gehabt hatte.

Verdutzt sah mich der Kommissar an. Kippelte seinen Stuhl zurück in die Ausgangsposition, nahm die Füße vom Tisch und setzte sich gerade hin. »Wie meinst du das, den Johanning rausholen? Was glaubst du, wieso du hier bist, Nina?« Er griff in die Tüte auf dem Tisch und biss in das zweite Franzbrötchen.

Wir sahen uns in die Augen. Er blinzelte nicht. Erstmalig kam mir die Idee, dass seine Falten nicht vom Lachen, sondern vom jahrzehntelangen Grübeln herrührten. Er glich nicht mehr dem netten Walross aus einem Kinderfilm, sondern einem echten Seeelefanten, der sein Revier verteidigte.

Vorsichtig richtete ich mich auf. Was hatte er gerade gesagt? Glaubte er etwa tatsächlich … Das konnte nicht sein. Glaubte er etwa nicht an Johannings Unschuld?

»Ich dachte …« Meine Stimme klang trocken, tonlos. »Ich bin hier, weil ich Ihnen helfen will zu beweisen, dass Herr Johanning unschuldig ist. Er kann es nicht gewesen sein.« Ich versuchte, so viel Überzeugung in meine Stimme zu legen, wie ich aufbringen konnte.

Er legte den Kopf schief und sah mich an, als wäre ich wieder vierzehn Jahre alt. Ein kleines Schulmädchen, das die Welt nicht verstand. »Du hast es gestern gehört. Frederika … sie schreibt von einer Affäre mit einem älteren Mann. Sie nennt ihn Jo. Spitzname für Johanning? Zum ersten Mal seit zwanzig Jahren gibt es nun also eine Person mit Verbindungen zu beiden Opfern.«

Er nahm einen Schluck Kaffee, um einen weiteren Bissen meines Franzbrötchens herunterzuspülen.

Ich versuchte zu verstehen, was ich gehört hatte.

»Ein etwas anderes Bild als das, was man von ihr hat, was? Tja, nicht nur von ihr …«

»Aber das ist doch absurd! Nie im Leben hatte er eine Affäre mit ihr. Und irgendwelche Spitznamen in einem Tagebuch können unmöglich für eine Anschuldigung reichen.«

Ulrich zuckte mit Schultern. »Das stimmt. Aber selbst wenn er nicht die Affäre ist, denn die ist nicht das eigentliche Problem … Er hatte definitiv eine Verabredung mit ihr in der Mordnacht, nachdem er von ihr erpresst wurde. Er sagt zwar, er war spazieren, aber … Sie hatte irgendetwas gegen ihn in der Hand, was er um jeden Preis geheim halten wollte. Außerdem kenne ich nicht viele Fälle, in denen die potenzielle Mordwaffe den Namen des Täters graviert trägt.« Er lehnte sich nach vorne, der Stuhl ächzte unter seinem Gewicht. »Gelegenheit und Motiv«, fügte er zufrieden hinzu.

»Er hat sich mit ihr getroffen?« Die Kommissare hatten so etwas angedeutet, aber ich hatte es nicht für möglich gehalten. »Wieso?«

Er zuckte mit den Achseln. »Geldübergabe. Wegen der Erpressung.«

»So ein Blödsinn.«

»So steht es geschrieben.«

»Und seine Frau?«

»Das ist die Frage. Ein blöder Unfall, oder … Sie ist dahintergekommen, was er getan hat. Vielleicht wusste sie von der Erpressung, vielleicht war er voller Blut, als er nach Hause kam. Und weiterhin in Rage, muss er die einzige Zeugin beseitigen und ertränkt seine Frau im Teich. Verunstaltet das Wohnzimmer ein bisschen, lässt es wie einen Einbruch aussehen.« Er lehnte sich erneut zurück und verschränkte die Finger auf seinem Hemd, nicht, ohne Flecken zu hinterlassen.

»Das ist doch absurd!«, platzte es aus mir heraus. »Und dann ausgerechnet wegen dieser dämlichen Statue?«

»Es ist die erste Spur, die wir seit zwanzig Jahren haben. Außerdem … Wer einmal lügt, dem sollte man nicht mehr trauen.«

»Was?«

»Nicht so wichtig. Vielleicht sollte ich eins noch dazu sagen, was all deinen Einwänden den Wind aus den Segeln nimmt: Johanning hat sich schuldig bekannt.«

»Was?« Meine Stimme klang fern. Ich schloss die Augen. Das konnte nicht wahr sein. »Schuldig woran? Er sagt, er hatte eine Affäre? Oder er hat sie beide umgebracht? Das ist einfach nur Quatsch.« Ich sprang auf. Konnte nicht länger sitzen bleiben. Ich ging zum Fenster, machte auf der Hacke kehrt, weil ich das Haus davor nicht sehen wollte, und näherte mich wieder dem Schreibtisch.

»Das ist es eben.« Ulrich schob sich ein weiteres Stück Franzbrötchen in den Mund. »Das ist alles, was er gesagt hat. *Es ist meine Schuld.* Nicht mehr, nicht weniger. Keine Emotion. Keine Details. *Es ist meine Schuld.* Vier Worte. Nun schweigt er.«

»Und der Anwalt?«

»Er hat keinen.«

»Was? Er braucht doch …«

»Ich weiß, aber er will keinen. Ihm wurde natürlich ein Pflichtverteidiger zugewiesen, aber auch zu dem sagt er kein Wort. Aber er sagt, er hätte es dir gegenüber ebenfalls gestanden. Daher bist du hier. Um diese Aussage zu bestätigen.«

Ich dachte an Johannings Worte über die Schuld. Aber waren sie nicht auf mich bezogen gewesen? Mein Problem, von dem er geahnt hatte? Meine Lippen klebten aneinander, sodass ich Schwierigkeiten hatte, die Worte herauszubekommen. »Nein, das stimmt nicht.«

Ulrichs Augen verfinsterten sich. »Was stimmt nicht?«

»Albert Johanning hat mir gegenüber nichts gestanden. Ich kann seine Aussage nicht bestätigen. Er ist unschuldig. Und ich werde es beweisen, wenn Sie Ihren Job nicht machen.«

Mit diesen Worten stand ich auf, ließ meinen Kaffee zurück und bezweifelte nicht, dass Ulrich ihn trinken würde, sobald ich fort war. Hinter mir hörte ich bereits, wie sich sein Stuhl erneut mit einem Ächzen bewegte.

»Oh, sieh mal einer an …« Sein Blick glitt über mich hinweg aus dem Fenster. »Offenbar zieht es diesen Sommer einige von euch wieder nach Hause.«

Mit einem Stich in der Magengrube folgte ich seinem Blick, den er direkt auf das Hansen-Haus lenkte. Dann sah ich ihn, in der Ferne, nur klein, aber eindeutig. Seinen schlurfenden Gang hätte ich überall erkannt, der ihn so eindeutig von seinem Bruder unterschied.

Mein Herz zuckte unangenehm und ich hoffte, dass Ulrich nichts von meiner Reaktion bemerkte.

Florian hielt einen Umzugskarton in den Händen, der zu groß und schwer für ihn schien, und trug ihn in Richtung Haus. Mein Freund Florian.

»Für die Ermittlungen kann das nur von Vorteil sein, so viele Zeugen hierzuhaben.« Eine nüchterne Aussage Ulrichs, die für mich alles bedeutete.

KAPITEL 12

»Na, ziehst du wieder zu Mutti?« Ich versuchte, Witz in meine zittrige Stimme zu legen, und wartete gespannt auf Florians Reaktion. Ich hielt mit meinem Fahrrad zwischen den Beinen vor der gepflasterten Einfahrt und beobachtete ihn dabei, wie er einen Karton, aus dem das Kabel und die Steuerung einer Spielkonsole hingen, aus einem in der Einfahrt geparkten Anhänger lud.

War er überrascht über mein Erscheinen, ließ er es sich nicht anmerken. Er drehte sich gelassen um, lächelte, sodass sich etwas in meiner Brust regte, was ich niederzuringen versuchte.

»Hab gehört, du bist selbst unter die Heimatlosen gegangen. Ich habe zumindest Umzugskartons, was man von dir nicht behaupten kann, wenn man den Gerüchten glaubt.«

Ich atmete erleichtert aus. Touché.

Ohne es zu wollen, musterte ich ihn. So etwas machte die Zeit vielleicht mit einem. Oder ein Dutzend gemischter Gefühle. Vermutlich beides.

Er war noch immer schlank, aber kein Hänfling mehr wie früher. Sein Kinn war markanter geworden, die Muskeln seines Kiefers zeichneten sich unter der Haut ab, auf der rötliche Bartstoppeln zum Vorschein kamen. Ich hatte diesen Mann zuletzt als Kind gesehen. Als unsicheren Teenager, dessen Barthaare er an zwei Händen abzählen konnte. Es sogar getan hatte. Und doch war mir seine Mimik so vertraut.

Erst jetzt vernahm ich das dumpfe Geplapper im Halbdunkel der Garage im Hintergrund. Auf einem Wagengestell aus Holz und Pappmaschee stand etwas gebaut, das am ehesten einen Bären vor einem Bienenstock darstellte. Sicher. Es war Sonntag und die Hansens pflegten seit jeher eine Wagenbaugemeinschaft mit den anderen Nachbarn. Natürlich waren sie alle hier. Ich erkannte den Schmied, Johan Müller, den ich auch schon am See gesehen hatte. Und davor auf einem Stuhl, in der für das Fest typischen Schrift und Farbe auf eine Plakette malend, die schlanke Gestalt von Hennie. Susanne wirbelte im Hintergrund mit einer Zange umher, die sie sinken ließ und mir zuwinkte.

Zögerlich hob ich ebenfalls meine Hand.

»Gut siehst du aus, Meyer.« Meyer. Da war es wieder.

»Was machst du denn mit den Kartons?«, fragte ich Florian, um von mir abzulenken.

»Ich helfe Hauke ein bisschen.«

»Wobei braucht der große Hauke denn deine Hilfe?« Ich biss mir auf die Lippe. Was stand es mir nach all den Jahren zu, einen abfälligen Kommentar zu machen?

»Er hat sich von Maria getrennt. Oder vielmehr sie sich von ihm. Er hat sie betrogen. Und nun zieht er vorübergehend wieder hier ein.«

»Oh«, entfuhr es mir, wobei mir nicht egaler sein konnte, wo Hauke wohnte. Irgendwann vor Jahren hatte ich mitbekommen, dass Hauke und Maria geheiratet hatten. Sie war schon damals in Hauke verknallt gewesen, das hatte jeder gewusst, obwohl sie eine von Frederikas engsten Freundinnen gewesen war. »Nett von dir«, fügte ich hinzu.

»Tja, was soll ich machen? Dafür hat man ja Familie. Außerdem habe ich ohnehin gerade Urlaub.«

»Und den willst du *hier* verbringen?« Ich zog meine Augenbrauen hoch und senkte meine Stimme, damit die anwesenden Heideblütenfestversessenen mich nicht hören konnten.

»Machst du etwas anderes?«

Stimmt. Von außen betrachtet musste es so aussehen. Ich schwieg.

»Ich weiß nicht, ob Hauke glaubt, dass die Trennung nur temporär ist, oder wieso er sich nun hier einquartiert, anstatt sich etwas Eigenes zu suchen. Jedenfalls kommen seine Sachen nun in den Keller, die Garage ist ja belegt.« Er nickte kaum merklich in Richtung der fleißigen Arbeiter und rollte mit den Augen.

Ich musste mir ein Grinsen verkneifen. Auch Florian hatte sich nie viel aus dem Festtrubel gemacht, war nie Mitglied im Verein gewesen, aber dennoch hatten die Leute ihn immer gemocht. Vielleicht, weil er der kleine Bruder des Cliquenanführers Hauke war und man im Ort nicht beiden Söhnen des Bürgermeisters ablehnend begegnen wollte.

Der nette kleine Bruder. Dieses Bild hatte ich von ihm. Auch jetzt, wo ich ihn wiedersah. Hatte ich mich all die Jahre vor diesem Moment gefürchtet, war es nun, als wäre nie etwas geschehen. So vertraut war er mir. Ich erinnerte mich an seinen erschrockenen Blick, als er damals im Wald von mir abgelassen hatte. Im Studium hatte ich über verschiedene Arten von Blackouts gelesen, vielleicht hatte ihn so etwas überkommen?

»Arbeitet Hauke noch bei Schröder?« Ein neutrales Gespräch, erinnerte ich mich. Schröder war der örtliche Heizungsbauer, bei dem viele Jungs in die Lehre gingen, wenn sie nicht ausbrechen wollten, um zu studieren. Und dort blieben sie eben. Auf dem Dorf wurde Loyalität

großgeschrieben. Oder zumindest die Angst vor Veränderung.

»Ja, genau. Manche zieht es halt nicht weg«, griff Florian meinen Gedanken auf. »Trotz allem Scheiß, der passiert ist. Mann, was hatten wir nur für eine Jugend!« Eine
Pause. Er sah in die Ferne, auf den Baum hinter mir, der
als Leinwand für seine Erinnerung diente. »Offenbar gab
es bei Hauke im Gegensatz zu mir nicht so viel, was er
bereut hat ... Vielleicht konnte er deshalb bleiben.« Er
vermied es, mich anzusehen.

Ich nickte, um ihm wortlos zu verstehen zu geben, dass
zwischen uns alles in Ordnung war, auch, wenn ich nicht
wusste, ob das stimmte. »Und wo ist Hauke?«

Seine Lippen verzogen sich zu einem schmalen Lächeln.
Resigniert vielleicht. Ich konnte unmöglich sagen, ob er
die Sache gerne angesprochen hätte. Aber ich fand, er hatte
das Recht dazu verloren. Wenn ich bereit war, würde ich
diejenige sein, die auf ihn zuging. Oder es für immer totschweigen, das sah mir ähnlicher.

»Er ist mit Papa im Krankenhaus.«

»Stimmt, deine Mutter hat etwas von einer Krankheit
erwähnt.«

»Krebs. Prostata. Hat dein Papa nichts gesagt?«

»Nein, das fällt unter die Schweigepflicht.« Trotzdem
fühlte ich mich wie vor den Kopf gestoßen. Carli Hansen,
ehemals mächtigster Mann von Lopauthal, geliebter Bürgermeister und strenger Vater, war krank? Ich wusste, dass
Hauke und Florian es nicht leicht mit ihm gehabt hatten.
Da half auch der verniedlichende Kosename Carli nicht,
diesen Mann weicher zu zeichnen. Aber irgendwann war
er dann da, der Verfall der Macht. So spielte das Leben
nun einmal.

»Ist es schlimm?«

Florian zuckte wieder mit den Schultern. »Chemo, Bestrahlung, aber die Ärzte sagen, dass Prostata nicht so schlimm sei. Also von wegen, wenn man schon einen Krebs haben muss, dann wäre der nicht schlecht. Halt so Sätze, die sie sagen, damit es dem Laien besser geht. Ich hoffe, du bist nicht auch eine von der Sorte. Ist nämlich ein verdammt blöder Spruch, wenn man selbst betroffen ist.«

Ich nickte.

Keiner machte Anstalten, sich vom Fleck zu bewegen. Das Kabel der Spielkonsole baumelte aus dem Karton und ließ das Pendel eines Schattens über die Einfahrt tanzen. Die Wagenbauer beachteten uns nicht weiter, worüber ich froh war.

»Was sagst du zu der Sache mit Johanning?«, fragte ich dann.

Florian blickte sich um, als wollte er eine hitzige Diskussion mit den Anwesenden vermeiden, von denen sicher jeder seine eigene Meinung dazu hatte. Er trat einen Schritt auf mich zu und antwortete mit gesenkter Stimme: »Unfassbar. Ich kann es eigentlich nicht glauben. Du?«

»Genauso.«

»Und Ulrich? Was wollte der wieder von dir?« Er nickte in Richtung Feuerwehrwache. Er hatte mich gesehen.

»Puh, ich weiß nicht, wo ich anfangen soll.«

»Wie ich höre, haben sie die Mordwaffe gefunden und es ist Johannings?«

Es sollte mich nicht wundern, dass der Dorffunk in Zeiten von WhatsApp und Co noch besser funktionierte. »So sieht es erst mal aus.«

»Was sagt er denn dazu? Weißt du mehr?«

»Tja, das gilt es rauszufinden.« Die Worte verließen meinen Mund mit mehr Selbstbewusstsein, als ich mir zugetraut hätte.

Kurz hielt er inne, bis er verstand. »Du? Du willst es herausfinden?«

»Wieso nicht? Irgendjemand muss ja hinter der Wahrheit her sein und nicht nur hinter einem Sündenbock.«

»Moment mal, du meinst, Ulrich denkt auch, Johanning wäre schuldig?« Nun klang er ehrlich verwundert.

»Ich bin nicht sicher, wer hier was glaubt und inwiefern es mit der Wahrheit übereinstimmt.«

»… Ihr Jonathan Frakes«, imitierte Florian die Stimme des Moderators der Lieblingsserie unserer Jugend *X-Factor*, der bekannt für solch mystische Floskeln war.

Ich musste lachen. »Das habe ich ja ewig nicht gehört. Genau, gucken wir mal, wie wir Wahrheit und Fiktion auseinanderkriegen.«

Ich straffte meinen Rücken, setzte mich auf den Sattel. Ich hatte eine Mission, ich hatte mich Florian gestellt, sogar einmal ehrlich gelacht und fand, das war fürs Erste genug.

»Ich bin zumindest bereit dafür.« Ich hob eine Hand zum Gruß und trat in die Pedale. »Man sieht sich!«

»Wenn du dabei Hilfe brauchst, Meyer, dann sag Bescheid!«, rief er mir nach. »Es war schön, dich zu sehen.«

Für die Ermittlungen kann das nur von Vorteil sein. Ulrichs Worte. Ich dachte an die Wagenbauer in Florians Garage, den Kern des Ortes, von dem sicher jeder Einzelne einen kleinen Teil der Informationen bereithielt, die für mich nützlich werden könnten. Vielleicht hatte Ulrich recht. Den ersten Schritt in die richtige Richtung hatte ich gerade getan.

FREDERIKA, 29.07.1999

Ich glaube, Hauke merkt, dass wir uns entfremden. Ich finde es nicht so schlimm. Vermutlich passen wir einfach nicht zusammen. Aber er will das natürlich nicht wahrhaben. Nicht so kurz vor der Blütenfestwoche. Vor seiner möglichen Wahl. Und vor meiner ziemlich sicheren Wahl zur Königin. Zumindest sagen alle, dass ich in jedem Fall zur Königin gewählt werden würde, wenn ich mich nur aufstellen lasse. Vermutlich seit dem Sommer, in dem ich Brüste bekommen habe. Männer. Und in Haukes Augen ist der Ausgang dieser Blütenfestwoche schon lange klar. Er und ich gemeinsam auf dem Thron, unterwegs zu all diesen Veranstaltungen im kommenden Jahr. Bisher fand ich die Vorstellung immer schön. Etwas für das Dorf zu tun, und das zusammen mit Hauke. Aber langsam frage ich mich, ob ich mein nächstes Jahr wirklich so verbringen möchte. Auch mit ihm.

Ob er etwas von Jo ahnt? Nicht von Jo direkt, aber davon, dass mich ein anderer interessiert?

Wir waren gestern Nacht wieder alle im Schwimmbad. Aber irgendwie habe ich das Gefühl, nicht mehr dazuzugehören. Vielleicht tat ich das auch nie. Wenn sie dort alle lachen, trinken und halbnackt im Wasser knutschen, dann sieht es von außen aus wie eine Szene aus einem Film. Aber ich sitze dann dort am Rand, traue mich nicht, mich auszuziehen, aus Angst vor den Fragen, und sehe, wie sauer Hauke ist, dass ich die Stimmung drücke. Aber er sagt nie was. Bestimmt wegen des Festes.

Ich weiß nicht, aus welchem Grund ich die Abende und Nächte eigentlich noch bei ihm verbringe und es nicht einfach beende. Schließlich habe ich eh meist eine Ausrede, wieso kaum etwas zwischen uns laufen kann. Ist es nur, weil ich dann nicht zu Hause sein muss oder weil ich nicht allein sein kann oder vielleicht doch aus einem ganz anderen, viel offensichtlicheren Grund?

Dieses Buch darf niemals in seine Hände geraten! Er macht sich immer über mich lustig, weil ich es überallhin mitnehme. Sogar ins Bad, wenn ich dusche. So wie eben. Aber nur deshalb kann ich aufschreiben, was eben geschehen ist. Gerade sitze ich nur in ein Handtuch gewickelt auf dem Badezimmerboden und ärgere mich immer noch.

Denn als ich eben aus der Dusche kam, ging auf einmal die Badezimmertür auf. Man kann die ja nicht mehr abschließen. Aber dann kam auch noch Haukes kleiner Nervbruder rein und hat mich angestarrt. Was ein Scheiß. Hab natürlich schnell versucht, alles mit einem Handtuch zu verstecken, schließlich war noch nichts überschminkt.

Ich bin nicht sicher, was er gesehen hat. Diese Blicke … Wenn ich Glück habe, dann hat er nur auf meine Brüste gestarrt.

KAPITEL 13

»In nicht einmal einer Woche ist die Premiere und uns fehlen die Kostüme der Hauptdarsteller. *Mir* fehlt *mein* Kostüm, Mama!«

Als ich zur Haustür eintrat, hallte Kittys Stimme durch den Flur. Margitta saß im Wohnzimmer und wühlte in einem großen Karton, aus dem Kleider, Hüte und Perücken quollen. Aus ihrem geflochtenen Zopf hatten sich Strähnen gelöst, die ihr in das gerötete Gesicht fielen. Kittys Anwesenheit war nicht zu sehen, nur zu hören und vor allem zu spüren, denn sie trampelte in Rage in ihrem Zimmer herum. Wildes Schranktürenaufreißen und -schließen.

Ich räusperte mich.

Margitta fuhr herum und wischte sich eine Haarsträhne aus dem Gesicht. »Ah, Nina! Entschuldige das Chaos, aber hier ist gerade ein Kostümnotfall.«

»Das sieht mir ganz so aus.« Ich versuchte es mit einem aufmunternden Lächeln.

»Das Kostüm von Kittys Rolle in der Schlüsselszene fehlt. Unter anderem«, erklärte sie, während ich einen Blick auf schillernde Kleider, Samtumhänge und Schürzen warf, die auf den Fliesen verteilt lagen. »Es gab da ein Missverständnis. Die Schneiderin hatte angenommen, dass wir die Originalkostüme von Herrn Johanning bekommen würden, dachten wir auch, aber nun … Na ja, nun ist Albert verhindert, und selbst wenn nicht, wüssten wir nicht, in welchem Zustand die Kostüme nach zwanzig

Jahren wären. Daher suche ich Ersatz, aber jemand«, sie nickte in die Richtung, in der ich Kitty vermutete, »ist damit nicht zufrieden.«

»Ich kann dich hören, Mama, und nein, mit einem Prinzessinnenumhang bin ich nicht einverstanden. Das ist so was von unauthentisch.«

»Verstehe. Kann ich dir irgendwie …«

»Diese Szene, wenn Sofie sich in die Stadt aufmacht … Davon wird sicher irgendwo ein Foto erscheinen«, fuhr Kitty fort, ohne aus ihrem Zimmer zu kommen.

Margitta zuckte entschuldigend mit den Achseln. »Sie ist aufgeregt.«

Ich nickte.

»Mama!«

»Ja, ich habe dich verstanden, Kitty. Wir werden schon etwas Angemessenes finden«, entgegnete sie ihrer Tochter und wandte sich wieder dem Inhalt der Kiste zu. Dann fuhr sie leiser fort: »Entschuldige … Du warst aber lange weg. Ist alles in Ordnung?«

Mir entfuhr ein sarkastisches Lachen, das Margitta innehalten ließ.

Wir wurden von polternden Schritten aus dem Flur unterbrochen, mit denen Kitty ihren Abgang einleitete. Sie trug ein kurzes weißes Trägerkleid mit Kirschen. »Boah, also ich weiß nicht, wie ich das retten soll. In meinem Schrank ist auch nur Schrott. Ich hoffe, uns fällt noch was ein.« Sie seufzte theatralisch. »Ich würde ja fragen, wie es mit euren Ermittlungen läuft, aber ich muss jetzt echt los zu Jonas. In nicht einmal einer Woche beginnt das Fest und es gibt keine Heide und keine Kostüme und gerade habe ich gehört, dass sich Laura Augustin auch als Königinnenkandidatin aufstellen lassen möchte. Und das, obwohl sie mir versprochen hat, es erst nächstes Jahr zu tun. Ich könnte echt kotzen!« Mit diesen Worten und einem Türknallen war Kitty verschwunden.

»Laura …?«

Margitta winkte ab. »Frag nicht. Es gibt zwischen den Mädchen offenbar bekannte, aber ungeschriebene Gesetze, wer wem nicht die Show stehlen darf oder so. Ich blick da auch nicht mehr durch.« Sie stopfte herumliegende Kleidungsstücke zurück in die Kiste und stand dann auf. »So, immerhin muss ich mich nicht akut weiter hierum kümmern. Klar sollte die Protagonistin keine Lumpen tragen, aber was sie nun genau für einen Umhang trägt … Na ja, darum kann ich mich später kümmern. Eistee?«

»Ja, gern.«

Wir gingen in die Küche. Margitta öffnete den Kühlschrank, nahm einen großen Krug mit Eistee heraus, in dem einige Zitronenscheiben schwammen, und befüllte zwei Gläser, während ich mich an den Tresen setzte.

Dann erzählte ich ihr von meinem Treffen mit Ulrich. Florian klammerte ich aus, ohne zu wissen, wieso.

»Das ist ja wirklich unfassbar. Er glaubt echt, dass Albert …? Ich kann mir das gar nicht vorstellen. Nun gut, ich kenne ihn noch nicht so lange wie ihr, aber …« Sie setzte sich zu mir.

Mein Vater kam zur Terrassentür herein, Lisa im Schlepptau. »Ich denke, Harald braucht endlich einen Schuldigen. Noch eine Ermittlung, die im Sand verläuft, könnten weder Harald noch die Petersens vertragen.« Er schien unsere Unterhaltung mitgehört zu haben und kam an den Tresen, legte mir eine Hand auf die Schulter, gab Margitta einen Kuss auf die Wange und nahm sich eine Tasse Kaffee aus der Thermoskanne.

»Ulrich meint, im Tagebuch gäbe es tatsächlich Hinweise, dass Herr Johanning ...«, sagte ich an Papa gewandt, aber etwas in mir sträubte sich, die Sache weiter auszuführen.

Wir wurden von dem Klingeln des Telefons unterbrochen und Margitta erhob sich, um es zu beantworten.

Papa blickte ihr nach, bis sie den Hörer abgenommen und sich herausgestellt hatte, dass der Anruf für sie bestimmt war. Dann wandte er sich an mich. »Wie geht es dir denn damit, ist alles in Ordnung?«

Ein leises Lachen. Nein, es war nicht alles in Ordnung.

»Ich bin hier, wenn du reden möchtest, das weißt du.«

»Ehrlich gesagt wüsste ich nicht einmal, wo ich anfangen sollte. Ich verstehe es einfach nicht. Er war es nicht. Er kann es nicht gewesen sein.«

»Nein, Liebes, ich bin deiner Meinung. Ich kann es mir auch nicht vorstellen. Aber was auch immer ihn dazu bringt, irgendeine geartete Schuld zu gestehen, vielleicht hat er seine Gründe. Und auch Harald ist ein anständiger Mann. Ganz ohne Beweise würde er nicht ... Also, irgendwas muss da sein.«

»Trotzdem. Ich kann das so nicht stehen lassen. Ich muss herausfinden, was es mit dem Ganzen auf sich hat. Mach dich auf ein paar anstrengende Tennismatches gefasst.« Mein Lächeln war wenig ermutigend.

»Lass Harald mal meine Sorge sein. Du tust, was am besten für dich ist, hörst du?« Er sah mir ernst in die Augen. Wieder diese Weisheiten, die man je nach Interpretation auf sein gesamtes Leben münzen konnte. Ich dachte an die Person, die mir genau das Gleiche zum ersten Mal in meinem Leben gesagt hatte. Sie war jetzt tot.

»Entschuldigt«, sagte Margitta, als sie zurück in die Küche kam. »Aber ich habe ganz vergessen, dass ich zur

Probe muss. Das war Hans Bremer. Sie haben es geschafft, die Bühne zum Schwimmen zu bringen.« Ihre Augen leuchteten, als sie sich suchend umsah, bis sie ihre Handtasche fand.

»Sie haben was?« Mein Vater hob die Augenbrauen.

»Ihr werdet schon sehen«, sagte Margitta geheimnisvoll.

»Hans Bremer? Hätte der nicht auch damals schon mitspielen sollen?« Er war der pensionierte Schornsteinfeger des Ortes, ein Urgestein im Bereich des Theaters.

»Ja genau, er spielt die gleiche Rolle wie damals. Den Vater von Kitty. Er ist so gut. Er kannte fast den ganzen Text noch. Der hat ein Gedächtnis wie ein Elefant.«

Hilfreiche Eigenschaft. Mir kam eine Idee. »Könnte ich mitkommen und mir das Ganze mal ansehen? Oder sind die Proben geheim?«

Jetzt, wo ich mich Florian gestellt hatte, hatte ich das Gefühl, fast alles schaffen zu können.

Margitta und Papa sahen sich verwundert an.

»Natürlich kannst du mitkommen, aber es könnte etwas langweilig für dich werden.«

Möglich, aber unwahrscheinlich.

KAPITEL 14

Das Gras raschelte wie Heu unter unseren Schritten, als wir auf den See zugingen, der einem ausgetrockneten Wasserloch in der Savanne glich. Selbst die Gewitter der letzten Tage hatten daran nichts ändern können. Nun stand die Sonne wieder hoch am Himmel, als wäre nichts gewesen.

Doch mitten in dieser Dürre hatten die Theaterarbeiter eine Oase geschaffen: Dort, wo die schwimmende Bühne noch vor zwei Tagen auf dem Grund des Stausees gestrandet war, war nun ein viel kleinerer See entstanden. Ein aufgeschütteter Deich hielt das Wasser in dem neuen Bassin, dahinter erstreckte sich der Rest des ausgetrockneten Seebodens bis zum stillgelegten Wehr an der Hauptstraße. Auf der Wasseroberfläche schwammen unzählige weiße Seerosen in voller Pracht. Noch war die Bühne zur besseren Begehbarkeit am Ufer befestigt, aber vor der Aufführung würde sie von einem Boot in die Mitte des Bassins gezogen und dort für die Dauer des Blütenfestes verankert werden. Die Sonne spiegelte sich im Wasser und ließ es wie von Feen verzaubert glitzern.

Hatten vorher noch weitere Freiwillige geholfen, den Rückstand des Bühnenbaus aufzuholen, den der Tagebuchfund ausgelöst hatte, waren nun lediglich die Mitglieder des Theaters anwesend. Zumindest konnte ich weder Hauke noch Susanne sehen, auch der Grill des Metzgers war verschwunden. Einige Leute befestigten Platten für das Bühnenbild an einem großen Holzrahmen, andere fuhren mit Tretbooten auf dem Wasser und setzten weitere Seerosen ab.

»Oh, es hat tatsächlich geklappt.« Margitta machte einen Freudensprung.

»Die Landwirte sind mit ihren Treckern in den See gefahren und haben einen Deich aufgeschüttet. Die Feuerwehr hat eine Petition gestartet, Wasser einzusparen. Dieses Wasser wurde nun mit einem Löschzug hier in den See geschüttet. Wenn der ganze Zauber vorbei ist, wollen sie das Wasser den Feldern zukommen lassen.«

»Es ist atemberaubend, Margitta!« Ich meinte es so.

»Ja, nicht?« Sie zwinkerte mir zu.

Wir gingen auf eine kleine Gruppe vor der Bühne zu. Hans Bremer, den Schornsteinfeger, erkannte ich sofort. Ein großer, schlanker Mann mit hängenden Schultern, der wirkte, als wäre er aus Knete geformt.

»Wahnsinn, Leute, das ist ja besser, als ich es mir erträumt habe! Ihr seid großartig!« Margitta tätschelte anerkennend auf verschiedene Schultern. Die Menge strahlte.

»Ohne deinen Einfallsreichtum wäre das nicht möglich gewesen, da musst du dich schon selbst loben«, sagte eine Frau, die ich von der Kasse des Supermarktes kannte und von der ich glaubte, sie in der Garage der Hansens beim Wagenbau gesehen zu haben.

Margitta winkte mit einer Bewegung ab, die zeigte, dass Lob ihr unangenehm war. »Ich habe uns heute eine Zuschauerin mitgebracht.«

Zu viele Augenpaare richteten sich auf mich. Unbeholfen hob ich eine Hand zum Gruß.

»Eine Sache möchte ich noch loswerden.« Margitta hatte die volle Aufmerksamkeit. »Ihr habt sicher alle von Albert Johanning gehört. Für uns, für dieses Stück, hat sich nichts geändert. Wir sind nicht dazu da, über ihn zu urteilen. Wir geben weiter unser Bestes, um die Zuschauer zu begeistern, und das ist die einzige Aufgabe, die wir haben. In Ordnung?«

»Meinst du echt, dass das Festtagskomitee uns das Stück noch aufführen lässt, jetzt, wo alle wissen, dass es von diesem Mörder stammt?« Das war die Frau aus dem Supermarkt.

Ich ballte meine Fäuste, um sie nicht anzuschreien.

Margitta holte tief Luft. »Erstens ist noch gar nicht bewiesen, dass er irgendetwas mit alldem zu tun hat, und zweitens stammt es von seiner Frau. Ich erwarte von jedem, Professionalität zu wahren. Wenn sich jemand damit unwohl fühlt, ist es besser, er sagt es jetzt. Es würde mir leidtun, einen von euch ersetzen zu müssen, aber unmöglich ist es nicht.« Ihre Stimme war ruhig.

Stille. Ich meinte, Käfer über das trockene Gras krabbeln zu hören.

»Also?«

Die Supermarktfrau blickte beschämt zu Boden.

»Gut, dann wollen wir mal starten, bevor wir alle in der Hitze zerlaufen oder uns einen gewaltigen Sonnenbrand holen. Großes Lob an alle, es sieht perfekt aus.«

Margitta hatte die Situation mit Bravour gemeistert. Die Menge setzte sich in Bewegung und ich mich in einiger Entfernung in den Schatten auf das Geländer der Holzbrücke, das über das Flussbett führte. Von dort beobachtete ich, wie das zwanzig Jahre alte Theaterstück einer unter mysteriösen Umständen verstorbenen Urheberin geprobt wurde.

Wie viele der hier Anwesenden hatten das Lesen und Schreiben oder gar die Liebe zum Theaterspiel von Albert Johanning gelernt? Sicher die meisten.

Margitta schlug ein zerlesenes Skript auf, das ich bereits zu Hause hatte herumliegen sehen. In einer kleinen Gruppe besprach sie sich mit einigen Schauspielern, gab den Technikern Anweisungen. Ganz in ihrem Element.

Nach Margittas Ansprache löste sich die Stimmung langsam.

Dann fingen die Proben an. Ich konnte aus der Ferne nicht viel verstehen, schnappte immer mal wieder Worte auf, die der warme Wind an meine Ohren trug. *Schietbüdel*, hörte ich oder *en Hood Heidsnucken in de Mööt*.

Ich ließ mich entführen in eine andere Welt, in der eine ulkige Sprache von Menschen in dazu unpassenden grellen Hosen, Hawaiihemden und Sommerkleidern gesprochen wurde.

Nachdem einige Szenen zu Margittas Zufriedenheit geprobt waren, wechselte das Personal. Aus der Ferne sah ich, wie sich Kitty auf dem Fahrrad näherte. Vielleicht hatte sie den Disput mit ihrer Nebenbuhlerin um den Thron aus der Welt geschafft, denn sie lächelte breit. Ihre langen Haare waren zu zwei dicken Zöpfen geflochten, die zu ihrem Kirschkleid passten. Kurz machte ich mir Sorgen, dass Herr Bremer ebenfalls gehen würde, bevor ich die Gelegenheit gehabt hatte, mit ihm zu sprechen, aber ich erinnerte mich, dass er Kittys Vater spielte.

Die Proben gingen nach kurzer Begrüßung weiter. Kitty hatte mich offenbar nicht bemerkt. Sie blühte förmlich auf, als sie auf die Bühne trat. Sie sprach ihren Text stolz, ihr Plattdeutsch klang einwandfrei, obwohl sie nicht hier aufgewachsen war. Sie hatte eine bemerkenswerte Bühnenpräsenz.

Der Plot schien einfach und bediente einige Klischees.

So wie ich das Stück verstand, fühlte sich Kittys Rolle Sofie in den Konventionen und der Kleinkariertheit der Heide gefangen. Sie wollte ausbrechen und in die große, weite Welt ziehen, in der Hoffnung auf eine bessere Zukunft. Ein kultivierter fremder Mann verführte sie mit seiner Weltgewandtheit und ermöglichte ihr eine Schauspielkarriere, bis sich herausstellte, dass er nur den Hof ihrer Eltern kaufen wollte, um auf diesem Land am Rande der Heide ein Hotel zu bauen.

Von dem Mann verraten und an ihre Wurzeln erinnert, kämpfte sie mit allen Mitteln und schaffte es letztlich, den Hof zu retten. In einem pathetischen Monolog, eine für ihr Schauspiel erhaltene Statue in die Luft reckend, erkannte Sofie, dass sie genau dort war, wo sie hingehörte, und auch die große Welt einem nichts nützte, wenn man kein Zuhause hatte. Sie warf die Statue fort, wurde von ihrer wahren Liebe mit einem Fahrrad abgeholt und fuhr gemeinsam mit ihm durch die Heidelandschaft ins Glück.

Kitschig, aber irgendwo in mir verspürte ich am Ende so etwas wie Zufriedenheit.

Als der Schluss erreicht war und Kitty vom Lenker eines klapprigen Fahrrads sprang, klatschte ich instinktiv. Kitty strahlte über beide Ohren, Margitta ebenso.

»Du bist so gut, dass du kein spektakuläres Kostüm brauchst«, sagte ich zu Kitty, als ich mich der Gruppe näherte, die von allen Seiten gelobt wurde.

Ihre Miene verfinsterte sich. »Mach dich nicht über mich lustig, ich weiß, dass du nur wegen deiner Ermittlung hier bist.«

Vor den Kopf gestoßen sah ich hilfesuchend zu Margitta.

»Ich glaube, sie wollte dir bloß ein Kompliment machen, Kitty. Ich würde es annehmen, wenn ich du wäre, denn Nina verteilt sie in der Regel nicht wahllos.«

Zunächst funkelte Kitty mich weiter an und entschied dann offenbar, dass ich die Mühe nicht wert war. »Na, dann danke«, presste sie aus einem kaum geöffneten Mund, bevor sie sich bückte, ihre Wasserflasche aufhob und einen großen Schluck trank. Margitta stellte sich neben mich, nach und nach kamen Darsteller und Techniker von ihren Positionen und bildeten einen Kreis.

»Was sagst du, Nina?«, fragte Margitta in die Runde, als sich alle versammelt hatten. »Wir haben ja nicht so oft Zuschauer, daher gerne eine unvoreingenommene Meinung.«

»Super. Es war wirklich spitze. Und sicherlich sind alle ganz gespannt auf das Stück.« Der letzte Satz kam mir über die Lippen, bevor ich nachgedacht hatte.

»Ja, das ist es, glaube ich. Genau jetzt ist die Sensationslust wieder groß. Vorhin war schon einer vom *Morgenkurier* da, der ein Interview haben wollte.« Wieder die Frau aus dem Supermarkt, die offensichtlich immer etwas zu sagen hatte.

Kitty wirkte erschrocken. »Ein Interview? Über uns oder über die Sache?« Vielleicht bedauerte sie auch einfach, dass sie nicht diejenige gewesen war, die die Presse befragt hatte.

»Na, was denkst du denn? Über Albert natürlich, seine Frau, Frederika. Alles. Es geht den Leuten nicht mehr ums Stück.« Sie stemmte ihre Hände in die fülligen Hüften.

Natürlich waren sie hier gewesen. Daran hätte ich denken müssen. Für die Medien war die ganze Angelegenheit ein gefundenes Fressen.

»Ihr habt hoffentlich mit niemandem gesprochen.« Es war mehr eine Feststellung als eine Frage.

»Natürlich nicht.« Diesmal meldete sich Hans Bremer zu Wort, der die Supermarktangestellte mit einem Blick zum Schweigen brachte. »Werden wir auch nicht, Margitta.«

»Ich verstehe, dass es eine hochemotionale Zeit für alle ist, aber alles, was wir tun können, ist, das Stück so gut wie möglich über die Bühne zu bringen, um zwei Frauen in der Geschichte Lopauthals ein Denkmal zu setzen, das sie sich selbst nicht mehr setzen konnten. Nun müssen wir am Bühnenbild arbeiten, hoffen, dass das Wetter hält und wir die Kostüme rechtzeitig bekommen. Aber um all eure Leistungen mache ich mir gar keine Sorgen.«

Klatschen aus der Menge, bevor sie sich langsam auflöste.

»Schön, mal eine interessierte Zuschauerin zu haben. Hallo, Nina!« Hans Bremer klopfte mir auf die Schulter und wollte gerade in Richtung der Fahrräder verschwinden.

Jetzt oder nie. »Hallo, Hans, ihr wart klasse. Margitta meinte, du kanntest deinen Text noch, beeindruckend«, fügte ich schnell hinzu, um ihn daran zu hindern.

Um uns Gewusel. Kitty und Margitta redeten über das Skript gebeugt.

»Ach weißt du, Margitta hat es einem sehr leicht gemacht, wieder in die Rolle zu finden. Sie hat zwar genaue Vorstellungen von allem, lässt einem selbst aber ebenso die Freiheit, die Rolle zu interpretieren. Das hat es diesmal angenehmer gemacht.«

Hier sah ich mein Schlupfloch.

»Diesmal? Hatte Frau Johanning genauere Vorstellungen?«

Er lachte. »Man soll ja nicht schlecht von den Toten reden, daher lassen wir das an dieser Stelle vielleicht. Sagen wir einfach, dass die Zusammenarbeit mit Margitta sehr angenehm ist.« Er bückte sich, was mehr dem Zusammensacken einer Knetfigur glich, und räumte Brotdose und Wasserflasche in einen bunten Korb aus Nylon. Bisher war es immer um Frederika gegangen, als wäre Frau Johanning nur ein tragischer Nebenschauplatz. Vielleicht war das ein Fehler gewesen.

»Inwiefern? Hat Frau Johanning … wie soll ich sagen … penibler gearbeitet?«

Er zog die Augenbrauen hoch. »Ermittlungen, wie Kitty gesagt hat?«

Ich wusste nicht, was ich davon halten sollte, dass sich die Nachricht über mein Interesse im Dorf herumgesprochen hatte.

»Hm … Nein. Ja. Keine Ahnung. Eher Vergangenheitsbewältigung?«

»Ich verstehe. Könnten wir alle gebrauchen, aber die meisten hier bevorzugen Verdrängung.«

Ich nickte.

»Also bist du hier, um etwas über Ingrid Johanning zu erfahren?«

»Vielleicht.«

Er lächelte, hielt seinen Korb in beiden Händen und sah mich an. »Tja. Ingrid war … schwierig. Vor allem zum Schluss. Oder es kommt einem im Nachhinein so vor, weil sie so plötzlich von uns gegangen ist. Sind sie ja beide. Sie war launisch, nervös. Nie konnte man sich auf etwas verlassen. Was ihr an einem Tag gefiel, war am nächsten nicht gut genug oder falsch interpretiert. Und am übernächsten Tag war sie dann nicht einmal mehr da und musste sich von ihrem Mann vertreten lassen.«

»Wie meinst du, nicht einmal mehr da?«

»Migräne, hieß es. Und dann hatte sie noch kurz vor der Premiere diesen Fahrradunfall. Kam ein paar Tage später mit aufgeschürftem Gesicht zu den Proben und mit so einem speziellen Verband. Ich glaube, es war ein gebrochenes Schlüsselbein.«

Mertens und Koslowski hatten Herrn Johanning danach gefragt.

»Albert hat sie manchmal als Hans-guck-in-die-Luft bezeichnet. Das war irgendwie passend. Als sie wieder da war, hat sie einfach mit den Proben weitergemacht, als wäre nichts gewesen. In der Zwischenzeit wurde sie von Albert vertreten, der seine Sache unwahrscheinlich gut gemacht hat. Ich schätze, insgeheim hatten wir damals alle gehofft, dass er die Proben bis zum Ende übernehmen würde. Besonders Frederika. Na ja, aber dann kam ja ohnehin alles anders.« Er winkte ab, als ob ich wissen müsste, worüber er sprach.

Mit einem Kribbeln in der Brust hob ich meine Augenbrauen. »Besonders Frederika?«

»Ingrid hatte Frederika ja immer auf dem Kieker. Da konnte man Frederika eigentlich wenig Vorwürfe machen. Die Art und Weise, wie Ingrid mit ihr umging, war nicht in Ordnung.«

»Wie meinst du das?« Ich wurde hellhörig.

»Sie musste öfter länger bleiben und bekam Einzelunterricht, damit sie besser wurde. Aber wirklich geholfen hat es nicht.«

»Hatte Frederika Probleme mit ihrem Text oder wie muss ich mir das vorstellen?«

»Frederika ... sie war nicht sonderlich talentiert, muss man sagen. Nicht so wie Kitty.« Er nickte zu ihr herüber, als sie gerade ihren kurzen Rock richtete.

»Echt? Ich dachte, sie wäre die geborene Schauspielerin gewesen.« Ich war ehrlich verwundert.

»Das dachten alle. Aber, nun ja, es hat sie ja auch keiner zu Gesicht bekommen außer uns. Und vielleicht war das besser so. Nicht, dass ich sagen will, dass es gut ist, dass sie tot ist …«

»Keine Sorge, ich verstehe, was du meinst. Wieso hat man nie davon gehört?«

»Ich weiß nicht, es schien nicht angebracht, kurz nach ihrem Tod schlecht von ihrer Schauspielleistung zu reden. Und es tat nichts zur Sache. Weißt du, Schauspieltalent im plattdeutschen Theater ist nicht das Erste, was einem in den Sinn kommt, wenn man zu einem Mord befragt wird. Und vermutlich ging es den Polizisten auch so.« Er nickte in Richtung einer Gruppe von Fahrrädern, dann setzte er sich langsam in Bewegung. Ich tat es ihm gleich.

»Jedenfalls war Frederika anzusehen, dass sie das Ganze ziemlich belastete«, fuhr er fort. »Ich weiß nicht, ob die Einzelproben oder das ganze Theater. Aber Ingrid und sie standen tatsächlich in keinem guten Verhältnis zueinander.«

»Wieso hat Frau Johanning sie dann nicht ersetzt?«

Er zuckte mit den Schultern. »Es hieß, der Ort wolle sie aus Werbezwecken in der Rolle sehen. Was immer das bedeutete. Ich meine, sie sah natürlich klasse aus auf diesen Plakaten. Außerdem …« Er stellte den Korb auf dem Gepäckträger eines älteren Herrenrads ab, das nicht angeschlossen war und zwinkerte mir zu. »Niemand hinterfragt die Entscheidungen der großen Theaterdirektorin aus Hamburg.«

Ich wollte nicht, dass er schon ging, daher redete ich einfach weiter. »Und du sagtest, Herr Johanning ist häufig zu den Proben gekommen?«

Er hielt inne. »Ja, wenn Ingrid verhindert war, hat er übernommen, was sich etwas schwierig gestaltete, weil sie alles, was er mit uns einstudierte, beim nächsten Mal wieder über den Haufen warf. So sind sie vielleicht, die wahren Künstler.«

»Und ist dir aufgefallen, dass Herr Johanning ... dass er irgendwie ein besonderes Interesse an Frederika hatte?«

»Du meinst wegen der Anschuldigungen?«

So schnell hatte es sich herumgesprochen.

Er fuhr fort. »Ich halte das für absolut lächerlich. Er war geduldig mit ihr im Gegensatz zu seiner Frau, aber das war auch alles. Auf professionelle Art und Weise wie mit jedem von uns. Das ist meine Meinung.«

»Dir ist also nicht zu Ohren gekommen, dass die beiden irgendeinen Streit oder eine Auseinandersetzung hatten, dass Frederika irgendwas ... wie soll ich das sagen ... gegen ihn in der Hand hatte?«

»Wenn du mich fragst, ob ich glaube, dass Albert Johanning für die Todesfälle verantwortlich sein könnte: Nein, das glaube ich nicht.«

Erleichtert atmete ich aus. »Eine Frage noch ...«

Er nahm den Lenker seines Rades und schob es einige Schritte, sah mich erwartungsvoll an.

»Glaubst du, es war tatsächlich ein Unfall, damals, als die Bühne abgebrannt ist?« Ich wusste nicht, woher dieser Einfall kam.

»Tja, das wird man wohl niemals herausfinden. Ich habe zumindest damals gehört, dass man Brandbeschleuniger gefunden hatte. Aber es gab ja so viele Gerüchte.«

»Und Frau Johanning, wie hat sie den Brand verkraftet, wenn das Stück ihr ein und alles war?«

»Sie machte sich Vorwürfe, glaube ich. Lag vielleicht dran, dass sie kurz vorher noch dort gewesen war.«

»Sie war da?«

»Ja. Sie hatte so eine Tradition, schon aus ihrer Zeit in Hamburg: Den Abend vor jeder Premiere kam sie allein auf die Bühne und trank ein Glas Champagner. Als Glücksbringer. Und kurz nachdem sie gegangen war, musste dann das Feuer ausgebrochen sein.« Er stieg auf sein Fahrrad, zögerte. »Schon verrückt, dass wir damals die ganze Zeit mit dieser dämlichen Statue geprobt haben, die dann zur Mordwaffe wurde, oder?«

Meine Kopfhaut zog sich schmerzhaft über meiner Stirn zusammen. »W-was?«

»Dieser goldene Kelch, den Kitty da zum Schluss in die Höhe hebt ... In der ursprünglichen Version haben wir Alberts Ehrenbockstatue dafür genutzt. Das erschien Ingrid dramatischer. Die Fratze dieser Statue werde ich nie vergessen. Wie sie einen die ganze Zeit angestarrt hat, als würde sie einen verhöhnen ... Na ja, ich schätze, nur deshalb war sie überhaupt hier am See und konnte zur Mordwaffe werden, oder?«

KAPITEL 15

Was nur hatte Frederika mit Albert Johannings Ehrenbockstatue am Stausee gewollt und was hatte es mit dieser von Ulrich erwähnten Erpressung auf sich?

Diese und andere Gedanken umkreisten mich, als ich am nächsten Morgen ziellos durch den Ort spazierte, um meinen Kopf freizubekommen. Ich wünschte, Lisa wäre fitter gewesen, so hätte ich wenigstens etwas Sinnvolles getan, aber ich hatte sie einfach nicht überreden können, sich von ihrem Platz unter der Treppe zu erheben.

Ich musste den Ortskern einmal durchqueren, um auf die Seeseite zu gelangen. Etwas zog mich dorthin, auch wenn ich noch nicht wusste, was. Seit ich mich wieder an diese Unterhaltung mit Frederika in jener Nacht erinnert hatte, beschlich mich das Gefühl, etwas übersehen zu haben. Vielleicht war es aber auch nur mein schlechtes Gewissen darüber, dass ich bisher genau darüber geschwiegen hatte.

Bei dem Glasbläser neben *Hennies Eisdiele* waren bereits unzählige Kugeln zur Gartendekoration aufgestellt, bunte, träge Windräder wollten sich nicht bewegen. Touristen standen davor und deckten sich mit überteuerten Souvenirs ein, die in wenigen Jahren ihren Reiz verlieren würden. Ich schlängelte mich durch die überfüllten Bürgersteige an der Hauptstraße, bis ich auf den Weg kam, der mich direkt zu Schwimmbad und Stausee führen würde.

Aus einer Sache wurde ich nicht schlau: Herr Johanning hatte gar keine Gelegenheit gehabt, Frederika zu töten. Als er in der Mordnacht nach Hause gekommen war und seine leblose Frau im Teich gefunden hatte, hatte er die Polizei gerufen. Das war gegen ein Uhr gewesen. Ich wusste nicht genau, wie lange so eine Untersuchung inklusive Spurensicherung, Befragung und Leichenabtransport dauerte, aber ich konnte mir kaum vorstellen, dass er anschließend losgefahren war, Frederika am See getroffen und sie erschlagen hatte. Was irgendwann nach zwei gewesen sein musste, nachdem ich sie am Postschuppen gesehen hatte, bevor sie dann zurück Richtung See gegangen sein musste. Irgendetwas passte da nicht.

Ich beschleunigte meine Schritte, als wollte ich meine Gedanken zwingen, ebenfalls effizienter zu sein. Da hörte ich einen knatternden Automotor hinter mir, der verdächtig langsam fuhr.

»Na, versuchst du vor mir wegzulaufen?«

Ich kniff die Augen zusammen. Darauf hatte ich jetzt gar keine Lust. Ich drehte mich um und sah, wie Kommissar Ulrich seinen Kopf aus dem offenen Fenster seiner Rostlaube steckte.

»Sollte nicht so schwer sein, wenn ich mir Ihre Karre anschaue«, entgegnete ich.

»Kann ich dich irgendwo hinbringen?«

»Nein, danke.« Ich ging weiter, ohne ihn anzusehen, doch er machte keine Anstalten weiterzufahren.

»Okay, dann eben anders: Nina, könntest du vielleicht kurz einsteigen? Ich … ich möchte mich … entschuldigen.« Die Worte kamen gepresst aus seinem Mund, als gehörten sie nicht in sein Vokabular.

»Wofür denn? Dafür, dass Sie Herrn Johanning des

Mordes verdächtigen, obwohl die zeitlichen Abläufe gar nicht stimmen können, oder dafür, dass Sie nicht einmal in Erwägung ziehen, in eine andere Richtung zu gucken?« So schnell wollte ich nicht klein beigeben.

»Steig doch bitte kurz ein, ich kann dich ein Stück mitnehmen, dann erkläre ich es dir.« Er hielt am Straßenrand.

Ich seufzte, ging zur Beifahrertür und stieg widerwillig in den Wagen. Unser Volvo war ein Prachtstück dagegen. Es roch muffig nach Kaffee und Schweiß, obwohl alle Fenster heruntergekurbelt waren. Ein Blick auf die Rückbank verriet mir den Ursprung: überall leere Kaffeebecher auf dem Polster und im Fußraum sowie zusammengeknüllte Tüten des örtlichen Bäckers. Offensichtlich war seine Kaffeemaschine noch nicht wieder am Leben. Dazwischen ein paar dünnere Pappmappen und A4-Umschläge. Transportierte er wichtige Unterlagen zwischen diesem Müll?

Er schien meinen Blick bemerkt zu haben. »Was soll ich sagen? Ich muss einen wachen Kopf bewahren. Koffein ist mein Lebenselixier. Wo darf's hingehen?«

»Ich hatte kein Ziel, war nur spazieren, also egal.« Ich verschränkte meine Arme vor der Brust. Dieser Trotz setzte sich durch, solange ich in Lopauthal war. Keine schöne Eigenschaft. Also zwang ich mich, meine Arme locker in den Schoß zu legen.

»Eine Spazierfahrt durch den Ort. Kommt sofort. Schnallen Sie sich an, meine Damen und Herren.« Er ließ die Kupplung zu schnell kommen, sodass sich der Wagen ruckartig in Bewegung setzte. »Es war nicht richtig von mir, dich so zu überfallen und dich dazu zu drängen, Herrn Johannings Geständnis zu bezeugen.«

»Ach was, meinen Sie wirklich?« Meine Ironie hätte ein Schimpanse verstanden.

»Dafür entschuldige ich mich. Es ist nur … du musst verstehen, dass es enorm wichtig ist, dass wir den Täter kriegen. Gerade jetzt, mit dem Tagebuch, dem Fest vor der Tür. Die Zeitungen rennen uns die Bude ein und diese Jungs aus Lüneburg stellen einen dar, als hätte man keinen Schimmer von der Polizeiarbeit, nur weil man keinen englischsprachigen Abschlusstitel von einer Universität hat.«

Ich musste mir ein Lachen verkneifen. Ulrich war nicht gut auf diese Leute zu sprechen, das machte ihn mir wieder etwas sympathischer. Irgendetwas musste er ja an sich haben, wenn mein Vater sich so gerne mit ihm traf. Ich wollte versuchen, diese Seite in ihm zu sehen.

»Die Statue. Sie war eine Requisite bei dem Theaterstück von damals. Nur deshalb befand sie sich überhaupt am See. Wussten Sie das? Selbst wenn Herr Johanning sich mit Frederika getroffen hätte, kann er sie nicht vorsätzlich mitgebracht haben.« Zumindest glaubte ich seit meiner Unterhaltung mit Hans Bremer, dass Frederika die Statue am See gefunden und sie deshalb bei sich getragen hatte.

Er nahm einen Kaffeebecher aus dem Getränkeständer in der Mittelkonsole und hielt ihn mir entgegen. Dann deutete er auf eine Bäckertüte auf der Handbremse. »Keine Angst, ist frisch. Und ich schulde dir ein Franzbrötchen. Versöhnungsangebot.«

Zögerlich nahm ich den Becher entgegen. »Verfolgen Sie mich?«

»Was?«

»Dass Sie einfach so einen zweiten frischen Kaffee dabeihaben?«

»Ich habe dich die Kreuzung überqueren sehen und dachte, ich versuche mein Glück.«

Ich nickte. »Danke. Trotzdem haben Sie nicht auf meine Frage geantwortet.«

»Ich weiß nicht, ob es so eine gute Idee ist, dass wir den Fall besprechen. Ich wollte mich nur entschuldigen, nicht zuletzt wegen deinem Vater. Und ich muss einsehen, dass meine Herangehensweise nicht richtig war. Aber das heißt nicht, dass ich nicht nach wie vor glaube, dass Albert es gewesen sein könnte.«

»Gewesen sein *könnte*. Das heißt aber eben auch, dass er nicht der Einzige mit einer Gelegenheit war. Da sagen Sie es ja selbst. Wenn Johannings Statue tatsächlich die Mordwaffe ist, wobei ich mir sicher bin, dass man das nach Jahrzehnten im See nicht einmal mehr nachweisen kann und alle Schlüsse, die daraus gezogen wurden, verfrüht sind, dann heißt es trotzdem, dass Johanning nicht der Täter sein muss. Jeder hätte Frederika mit der Statue finden und sie gegen sie einsetzen können. Nicht nur Herr Johanning. Verstehen Sie? Das muss ihn doch entlasten.«

Ich hatte die halbe Nacht wachgelegen und mich gefragt, wie ich Ulrich erzählen könnte, dass ich Frederika in jener Nacht mit der Statue in der Hand gesehen hatte. Ohne dass Herr Johanning irgendwo in der Nähe gewesen war. Sodass jeder dahergelaufen hätte kommen können, um sie einzusetzen – falls es sich tatsächlich um die Tatwaffe handelte. Aber egal wie ich es drehte und wendete, ich wusste, dass er mir nicht glauben würde. Dass er denken würde, ich hätte mir das Ganze nur ausgedacht, um von Herrn Johanning abzulenken. Und wie konnte ich es ihm verübeln? Schließlich hatte ich diese Unterhaltung mit Frederika nie einer Menschenseele gegenüber erwähnt. Etwas, was mir damals unwesentlich und heute unverzeihlich erschien.

Er atmete tief aus und griff dann nach dem anderen Kaffeebecher, während er den Wagen weiter in Richtung Schwimmbadparkplatz lenkte. »Wir wissen, dass Frederika die Statue bei sich trug. Sie schreibt es in ihrem Tagebuch. Keine Ahnung, wieso genau. Aber die Statue scheint Teil der Erpressung gewesen zu sein.«

»Worum ging es bei dieser Erpressung?«

»Frederika wusste wohl etwas über Johanning, was keiner erfahren sollte. Etwas über seine Frau.« Er hob bedeutsam die Augenbrauen. »Sie schreibt nicht, was. Aber irgendetwas, was ihn dazu kriegen sollte, sie in der Mordnacht am See zu treffen und ihr Geld zu geben.«

Ich dachte daran, wie Frederika in jener Nacht an diesem See saß. *Ich warte noch auf jemanden*, kam es mir in den Sinn. *Aber ich bin zu früh. Daher können wir uns gut zusammen die Zeit vertreiben.* Hatte sie das gesagt? Langsam meinte ich, meine Erinnerungen spielten mir Streiche. Konnte es tatsächlich sein, dass sie in aller Seelenruhe am See gesessen und auf eine Geldübergabe gewartet hatte? Aber wieso? Weil sie irgendetwas über Frau Johanning erfahren hatte?

Die letzte Frage hatte ich offenbar laut ausgesprochen.

»Scheiße, ich sollte nicht mehr mit dir darüber reden. Das sind natürlich vertrauliche Informationen.«

Der Schwimmbadparkplatz war wie immer restlos gefüllt. Ulrich lenkte in Richtung Waldrand und trat dann auf die Bremse, sodass der Motor mit einem sterbenden Knattern verstummte. Ausgelassenes Stimmengewirr aus dem Schwimmbad drang an mein Ohr und erinnerte mich an meine eigenen glücklichen Sommer, bevor sich alles verändert hatte.

»Sorry, Nina, ich ... Na, ich muss ja nichts verheimlichen, du bist ja Ärztin, also ich muss mal dringend pinkeln. Der Kaffee …« Entschuldigend hob er die Schultern und stieg dann mit einem Ächzen aus. Ich hätte schwören können, dass das Auto einen halben Meter nachgab, als er sich in Richtung Wald entfernte.

Um etwas zu tun zu haben und Ulrich nicht beim Pinkeln zusehen zu müssen, begutachtete ich die Brötchentüte. Bei dem Durcheinander auf der Rückbank war mir jedoch der Appetit vergangen. Ich sah mich noch einmal danach um und schüttelte den Kopf. Doch dann fiel mir etwas ins Auge. Ein brauner Briefumschlag, adressiert an Kommissar Ulrich, Lopauthal. Absender: Polizeidirektion Lüneburg, Cold-Case-Unit.

Mein Herzschlag beschleunigte sich. Ich vergewisserte mich, dass Ulrich noch nicht zurückkam, und fragte mich, wie voll seine Blase wohl war. Mir blieb nicht viel Zeit.

Schnell zog ich mein Handy aus meiner Hosentasche, ein weiterer Blick in Ulrichs Richtung, dann schnallte ich mich ab, griff den Umschlag und legte ihn auf meinen Schoß.

Ich atmete tief ein, öffnete ihn und zog einen dünnen Stapel Papiere heraus. Und da sah sie mich schon an, die bekannte goldene Statue. Mehrere Fotos von allen Seiten neben einem Maßband. Doch diese glich nicht dem Idealbild. Sie war verwittert, von einem bräunlichen Flaum überzogen, wohl Algen, Schlick und Mist vergangener Jahre. Die Legierung war an einigen Stellen abgeplatzt, die Gestalt war jedoch noch deutlich zu erkennen. Geschwungene Hörner auf einem Kopf mit einer Fratze als Gesicht. Eindeutig etwas Diabolisches. In unnatürlicher Haltung mit den Hinterläufen auf einen Marmorsockel gesetzt, die Vorderläufe ineinander verschränkt. Die Plakette darauf zerkratzt, hier und da einige Linien, die davon zeugten, dass einmal ein Name darauf geprangt hatte.

Ich nahm mein Handy und fotografierte die vier Seiten ab. Ich hatte keine Zeit, sie zu lesen, denn aus dem Augenwinkel nahm ich ein Wackeln der Büsche wahr. Dann trat Ulrich zurück auf den Weg. Wenige Schritte trennten ihn vom Wagen.

Ich klaubte die losen Blätter zusammen, stopfte sie in den Umschlag und warf ihn achtlos auf die Rückbank. Ich drehte mich genau in dem Moment zurück, in dem er die Tür öffnete und sich erneut hinter das Lenkrad quetschte.

»Puh, besser«, sagte er, als sich das Auto aufgrund seines Gewichts wieder in Schieflage bewegte. »Was ist denn mit dir los?«, fragte er dann, als er mein überschwängliches Grinsen sah, das ich aus irgendeinem Grund aufgesetzt hatte.

»Ich … äääh … Ich finde, Sie haben recht und wir sollten unser Kriegsbeil begraben.«

Nun lächelte auch er und ich sah erneut das tollpatschige Walross aus dem Kinderfernsehen vor mir. »Sehr gerne.« Er griff die Brötchentüte, hielt sie mir hin. »Franzbrötchen?«

Nachdem ich abgelehnt und er den Motor angeschaltet hatte, fuhr er zurück ins Dorf. Was eine Spritverschwendung.

Viel Zeit würde mir nicht bleiben.

»Hatten Sie Johanning damals auch schon in Verdacht?«

Ich nahm einen großen Schluck Kaffee, der inzwischen kalt geworden war. Ich wollte sein Friedensangebot immerhin zur Hälfte annehmen.

Er schien lange zu überlegen, obwohl er die Antwort natürlich kannte. »Nein.« Keine weitere Ausführung.

»Sie müssen viele Nächte wach gelegen und sich gefragt haben, wer es war.«

»Sicher. Wenn man einmal in so einem Fall steckt, lässt er einen nicht mehr los. Aber nichts passte je zusammen. Außerdem muss man sich in meiner Position an die Indizien halten und kann nicht fantasieren so wie manch anderer.« Er sah mich schief von der Seite an. »Nichts für ungut.«

»Was sagten denn die Indizien? Sie müssen doch in eine Richtung gezeigt haben. Ich sage es auch keinem. Schweigepflicht und so.«

»Tja, mit der Schweigepflicht ist das ja nicht so einfach. Wir reden ja nicht über etwas Medizinisches. Ich habe dir ohnehin schon viel zu viel verraten.«

Fand ich nicht.

»Und du weißt selbst, wie schnell alles hier an irgendwelche Ohren gelangt, für die es nicht bestimmt ist. Das verstehst du sicherlich.«

Mir kam eine Idee.

»Ich könnte Ihnen sagen, dass ich Ihnen ASS und ein Statin empfehlen würde, Blutverdünnung und Fettsenkung, um einem Herzinfarkt vorzubeugen. Und vermutlich würde ich Ihre Blutdrucktablette erhöhen.« Wofür ein Abrechnungsprogramm nicht so alles gut war. Weitere Vorsorgetermine hatte Ulrich jedes Mal kurzfristig abgesagt. »Das würde die Bedenken Ihrer Frau sicher drosseln und Sie dürften auf den grünen Tee verzichten, den Sie so hassen. Dann könnten Sie mir als Ärztin davon berichten, welche Sorgen Ihren Blutdruck so in die Höhe treiben und schwups, haben wir ein Arzt-Patienten-Verhältnis und ich darf nichts weitersagen, was Sie mir anvertrauen.«

»Du kannst aber gut Dinge gegen einen verwenden. Du hättest auch Ermittlerin werden können.«

Ich lächelte. Wartete.

»Tja, ich bin immer davon ausgegangen, dass Ingrid Johanning tatsächlich Pech gehabt hatte. Ein Einbruch von irgendwelchen Auswärtigen, die eine Chance in einer unabgeschlossenen Tür gesehen haben. Dass sie wegen ihres Armes, den sie nach einem Unfall in einer Schlinge trug, nicht mehr aus dem Wasser gekommen ist. Wegen der vielen Schlaftabletten.«

»Schlaftabletten? Man hat etwas in ihrem Blut gefunden?«

Nun kniff er doch die Augen zusammen, das hatte er mir nicht sagen wollen.

»Na, wie auch immer. Ingrid schien gesundheitliche Probleme gehabt zu haben, bevor sie starb. Migräne, dann der Fahrradunfall.«

Medizinische Probleme … Ich musste meinen Vater fragen. Dringend. Wieso war ich darauf nicht selbst gekommen?

»Ja, das habe ich auch gehört. Und dann auch noch dieser Theaterbrand …«

Ulrich zog die Stirn in Falten. »Dieser Theaterbrand«, murmelte er.

Irgendeinen Nerv hatte ich getroffen und konnte das Gefühl nicht abschütteln, dass er etwas mit dem Ganzen zu tun hatte, aber ich konnte einfach nicht verstehen, was.

»Aber wie mein alter Chef immer gesagt hat, gibt es keine Zufälle. Es handelt sich nur so lange um Zufälle, bis man eine tatsächlich bestehende Verbindung gefunden hat. Oder irgendwie so.«

»Und was dachten Sie all die Jahre, ist mit Frederika geschehen?«

Auf Höhe von *Hennies Eisdiele* hielt Ulrich an der roten Ampel. Eine Familie mit drei kleinen Kindern mit bunten Luftballons in der Hand überquerte die Straße.

»Tja, da war diese eine Sache, die mich nie losgelassen hat ... Die nassen Klamotten von Hauke Hansen, als er der Bürgerwehr in die Arme lief.«

»Er war schwimmen. Wir alle waren schwimmen.«

Ulrich zog eine Augenbraue hoch, als er zu mir sah. »Mit Klamotten? So wie ich das verstanden habe, hattet ihr nicht mehr sonderlich viel an beim Schwimmen. Außerdem hat Heinzi Bruns, der Hauke damals auf dem Pfad zwischen See und Schwimmbad aufgegriffen hat, gesagt, es sei ihm fast vorgekommen, als wäre Hauke ihm absichtlich entgegengekommen.«

Heinzi Bruns. Der Besitzer des *Heidjerkrugs*. Teil der Bürgerwehr. Ich hielt den Atem an.

Offensichtlich bemerkte Ulrich gerade, dass er mir eigentlich keinen Einblick in seine Gedanken hatte gewähren wollen. Daher ruderte er schnell zurück. »Na, wie auch immer. Er hat ein Alibi. Und doch frage ich mich bis heute, was dieser Kerl allein nachts am Stausee gemacht hat. Und wieso seine Klamotten inklusive Schuhe durchgeweicht waren, als er in Gewahrsam genommen wurde. Ah, wenn man vom Teufel spricht ...«

Die Familie hatte die Straße überquert, die Ampel sprang auf Grün. Ich folgte Ulrichs Blick zu einer Bank vor *Hennies Eisdiele*.

Hauke Hansen. Er saß dort mit einem kleinen Jungen von etwa fünf Jahren und aß ein Eis in der Sonne, als könnte er kein Wässerchen trüben.

KAPITEL 16

»Man sagt, Eis zum Mittagessen fördere die Charakter-
bildung.«

Er bemerkte mich erst, als ich bereits neben ihm saß.
Der kleine Junge stand neben der Bank und beobachtete
die bunten Windräder des Glasbläsers. Blondes Haar, ein
Dinosaurier-T-Shirt und strahlend blaue Augen. Ohne
Zweifel Haukes Sohn. Sein Erdbeereis lief ihm geschmol-
zen über die Finger, ohne dass es ihn störte.

»Nina Wedemeyer, immer für einen Ratschlag gut. Ich
habe mich schon gefragt, wann mir die Ehre zuteilwird,
mit dir zu sprechen. Wie man hört, ist das ja derzeit dein
Ding.« Die Verachtung in seiner Stimme war nicht zu überhören.

»Was soll ich sagen? Wenn sich sonst keiner Gedanken darum macht, was mit deiner Jugendliebe passiert ist,
finde ich es okay, ein paar Fragen zu stellen.«

Seine Augen wanderten zu seinem Sohn, der neben uns
auf dem Gehweg stand, aber in einer anderen Welt zu sein
schien. Ich bewunderte diese kleine Gestalt dafür.

»Ich weiß nicht, was du von mir willst. Ich verbringe
gerade Zeit mit meinem Sohn. Und wenn es dir nichts
ausmacht, würde ich das auch wirklich gerne weiter tun,
anstatt mir irgendwelche Anschuldigungen von dir anzu-
hören. Ich ernte schon genug Blicke, seit der ganze Ort
weiß, dass sie ... dass Fred offenbar noch jemand anders
getroffen hat. Weißt du, ein eifersüchtiger Freund ist ein

gern gesehener Sündenbock.« Er flüsterte die Worte, die die Ohren seines Sohnes nicht erreichen sollten.

Hauke hielt sein Eis in der Hand, eine weiße Masse verflüssigte sich in der Sonne und tropfte auf den Boden vor seinen Füßen. Er schien es nicht zu bemerken und beobachtete seinen Sohn, der dabei war, über die Fugen im Gehweg zu springen. Hauke hatte ein markantes Kinn, sein Haar war nach wie vor blond und wellig, kein Anzeichen von Grau. Aber es war der Ausdruck auf seinem Gesicht, der ihn alt wirken ließ. Alt und … verletzt. Das war es.

»Wusstest du etwas von ihrer vermeintlichen Affäre?«

Er sah mich an, als wäre er gerade aus der Vergangenheit zurückgereist, bemerkte sein tropfendes Eis, versuchte, gegen sich ändernde Aggregatzustände anzukämpfen, gab schließlich auf und warf die Masse in den Mülleimer neben ihm und wischte seine Hände an der Shorts ab.

»Papa! Man darf kein Eis wegwerfen.« Ein pinkverschmiertes Gesicht sah ihn entgeistert an.

»Da war eine Wespe drin, Max, die habe ich nicht rausbekommen.«

Max sah auf sein Eis, als hätte er Angst, dass ihn das gleiche Schicksal ereilen würde, und atmete erleichtert aus, als er sah, dass seine Kugel unversehrt geblieben war. »Und wer bist du?«, fragte er mich.

Hauke kam mir zuvor. »Das ist eine alte Freundin von deinem Onkel Florian.«

Max blickte mich prüfend an. »Ich habe dich noch nie gesehen. Wohnst du hier?«

»Ich bin nur zu Besuch. Und da habe ich euch beide hier sitzen sehen und wollte deinem Papa nur eben Hallo sagen.«

»Aha. Papa, können wir gleich los zum Schwimmbad?«

»Gleich, mein Großer. Du, sag mal, könntest du mir vielleicht eine neue Kugel Eis holen, sodass ich mich kurz mit Nina unterhalten kann?«

Max musterte ihn aus zusammengekniffenen Augen, sah dann zu der Schlange, als müsste er abschätzen, wie viel Zeit er dadurch verlieren würde.

»Du darfst dir eine Kugel aussuchen und mitessen.«

Max' Miene erhellte sich und er streckte eine verklebte Hand aus, um Geld zu erhalten. »Möchtest du auch ein Eis, Nina?«

Ich lächelte. »Nein, aber vielen Dank für die Frage, das ist sehr aufmerksam.«

Er stellte sich summend und sein Eis schleckend hinter einigen Menschen in die Schlange, Haukes Blick verfolgte ihn.

»Maria und ich haben uns getrennt. Es ist gerade sehr schwer für ihn.« Hauke sah mitgenommen aus. Wegen Maria? Wegen der neuen Ermittlung? Es war schwer zu sagen.

»Ja, das habe ich gehört. Was sagst du zu den Anschuldigungen gegen Herrn Johanning?«

»Die Affäre oder der Mord?« Er stieß ein Lachen aus, das zeigte, wie abwegig er egal welche Vorstellung davon fand.

»Hast du nicht mitbekommen, dass irgendetwas zwischen den beiden vorgefallen ist? Beim Theater vielleicht?«

»Dieses Theater … Fred hat damals über nicht viel anderes geredet als ihre Schauspielkarriere. Keine Ahnung, Herr Johanning hat ihr manchmal mit ihrem Text geholfen. Sie meinte das ernst, sie wollte Schauspielerin werden. Vielleicht hatte er ein schlechtes Gewissen.«

»Schlechtes Gewissen?«

Er zuckte mit den Schultern. »Wegen seiner Frau. Sie hatten ihre Differenzen. Frederika ist nicht gerne zu den Proben gegangen. Offenbar war Frau Johanning streng und nie zufrieden. Aber richtig darüber geredet hat Fred nicht. Als wäre ihr irgendetwas unangenehm.«

Ich öffnete den Mund, ohne recht zu wissen, was ich sagen wollte. Schloss ihn wieder.

Er strich sich durch die Haare, richtete sich auf. »Manchmal kann ich immer noch nicht glauben, dass sie weg ist. Dann denke ich, dass alles nur ein böser Traum war und sie eines Tages wiederkommt und sagt, dass sie uns allen nur einen Streich spielen wollte. Einfach, damit wir über sie reden.«

»Tja, das ist wohl nicht möglich.«

»Nein.« Ein schmerzverzogenes Lächeln. »Irgendwie habe ich das Gefühl, sie würde darüber schmunzeln, wie geheimnisvoll ihr Tod von allen gesehen wird. Es würde ihr gefallen.« Eine Pause, aber er war noch nicht fertig. »Vielleicht hat Maria mich ja deshalb verlassen. Weil ich die Vergangenheit nicht loslassen kann. Ich kann es ihr nicht verübeln.« Wieder sah er zu Max, der gerade beherzt in seine durchweichte Waffel biss.

»Ich will dir ja nicht zu nahe treten, aber ich habe gehört, dass du sie betrogen hast und sie dich deshalb verlassen hat. Man kann nicht alles auf die Vergangenheit schieben.«

Er lachte auf. »Die kleine Nina Wedemeyer, ehrlich und pragmatisch wie eh und je. Tja, jeder verarbeitet die Dinge wohl auf seine Weise.«

Wir schwiegen eine Weile.

»Und du hast keine Ahnung, wer es gewesen sein könnte? Diese Affäre? Sie nannte ihn Jo. In ihrem Tagebuch«, versuchte ich ihm auf die Sprünge zu helfen.

Er sah mich verwundert an. »Jo? Jo ... Wer soll das sein? Ich kenne keinen Jo.« Er lachte wieder. »Gewünscht hätte es sich wohl jeder. Um ehrlich zu sein, weiß ich gar nicht, wann das alles gewesen sein soll. Sie war beim Theater oder mit uns zusammen. Mit mir. Und eigentlich dachte ich ... Ich dachte, wir hätten uns wirklich geliebt.« Schmerz breitete sich auf seinem Gesicht aus. »Sie hielt sich fast immer bei uns auf. Nie zu Hause. Sie war dort nicht gerne. Sie hat immer gesagt, dass sie sich dort nicht wohlfühlte. Ihr Vater ... Er war schwierig.«

»Wirklich?« Das wusste ich nicht. »Schwierig inwiefern?«

»Na ja, er hatte gerade seinen Job verloren und trank viel. Sie hatten Geldsorgen. Und irgendwie fand ich immer, sie hat sich seitdem sehr seltsam ihm gegenüber verhalten. Keine Ahnung. Sie hat mir nie erzählt, was da los war. Hat immer dicht gemacht, wenn ich sie gefragt habe. Sie konnte es kaum erwarten, achtzehn zu werden, damit sie endlich machen konnte, was sie wollte.«

Ein Auto hupte, als eine Gruppe Menschen über die Straße ging, ohne auf Grün zu warten.

»Aber das sollte sie nicht mehr schaffen«, beendete ich seinen Gedanken.

»Nein. Tja, nun ist auch er tot. Totgesoffen.«

»Echt?« Wieso hatte ich davon nichts gehört?

»Ja, ist aber schon ewig her. Und viele Freunde hatte er nicht, also war das alles ziemlich still und leise. Ich glaube, niemand vermisst ihn.«

Max war an der Reihe. Gerade schien er zu fragen, wie viele Kugeln er für den Fünfeuroschein bekommen könnte, als eine junge Frau aus dem Verkaufsstand sich suchend umblickte, bis Hauke zwei Finger in die Höhe hielt, um ihr zu signalisieren, dass zwei Kugeln in Ordnung wären. Sie erwiderte mit einem Nicken.

Max kam strahlend auf uns zu.

»Olga hat dir sogar Streusel gegeben? Das ist ja fantastisch!« Hauke erhob sich, legte eine Hand um Max' Schultern und wollte sich verabschieden. »Wir gehen dann mal Schwimmen. Sagst du noch tschüss zu Nina, Max?«

»Tschüss, Nina Max«, sagte dieser mit einem kecken Grinsen.

Hauke wuschelte ihm durch die Haare. »Geh schon zum Fahrrad und setz deinen Helm auf, ja?«

Max nickte und schleckte begeistert an den Zuckerstreuseln, während er sich in Bewegung setzte.

Ich sah Hauke eindringlich an.

»Was gibt es noch, Frau Kommissarin?«

Ich überging diesen spöttischen Einwand. »An jenem Abend, als die Bürgerwehr kam … Wo war Frederika? Bist du zusammen mit ihr weggelaufen?« Ich erinnerte mich daran, dass sie plötzlich einfach weg gewesen war.

Er atmete hörbar aus. »Nein. Ich habe sie gesucht, aber sie muss schon losgelaufen sein. Ich habe sie nicht mehr finden können.« Seine Stimme klang belegt. »Ich habe sie einfach nicht finden können, bis …« Er schüttelte den Kopf, als wollte er eine Erinnerung loswerden. »Das letzte Gespräch, das ich mit ihr hatte, war ein Streit. Kannst du dir das vorstellen? Ein banaler Streit.«

»Worum ging es bei dem Streit?«

Nun funkelte er mich an, ging zwei Schritte zurück, winkte ab, drehte sich um. Ich hatte ihn verloren. »Weißt du, Nina, jeder muss seine eigene Wahrheit finden, das verstehe ich. Und ich verstehe auch, dass du mich nicht magst. Ich war ein richtiges Arschloch früher.« Er wandte sich noch einmal zu mir um, steckte seine Hände in die Hosentaschen und hob die Schultern. »Bin ich offenbar immer noch, wenn man Maria fragt, und ich kann es ihr nicht verübeln. Aber eine Sache schwöre ich. Die schwöre ich seit zwanzig Jahren: Ich habe Frederika nicht umgebracht und ich hoffe, dass man das Schwein findet, das es getan hat. Außerdem … Du weißt doch selbst am besten, wie das mit den Streitereien so ist. Fass dir an die eigene Nase. Was ist denn aus dir und Florian geworden, hä? Also … Streitereien passieren.«

Dann ging er weg.

»Wieso warst du noch am See in der Nacht?«

Er hielt abrupt inne, aber drehte sich nicht um.

»Wieso kamst du mit nassen Klamotten mitten in der Nacht vom See?«

Langsam fuhr er herum, seine Kiefer mahlten aufeinander. Er sah zu seinem Sohn, dann zu mir.

»Man sieht sich, Nina! Oder vielleicht auch nicht und auch das wäre okay.«

Diese blöde Kuh! Die Johanning hat mich heute tat-sächlich eingesperrt. Und das ganz bestimmt mit Absicht. Ich kann es gar nicht fassen! Ich dachte, es könnte nicht mehr schlimmer werden. Das bilde ich mir doch nicht ein. Es ist etwas anderes, jemandem ständig an den Kopf zu werfen, dass er nicht genug Leistung bringt, aber das ... das ist Psychoterror!

Ich musste durch das Klofenster aus der Schule flie-hen, weil sie mich in der Umkleidekabine eingeschlos-sen hat! Wir haben heute das erste Mal mit den Kos-tümen geprobt, die alle noch im Theaterfundus in der Schule sind. Und nachdem wir fertig gewesen waren, musste ich – wie immer – länger bleiben. Wir haben geübt und geübt, diesen Scheißmonolog, den ich nicht zu ihrer Zufriedenheit hinbekommen habe, und als ich mich anschließend wieder aus diesem elendigen Gewand rausgequält habe und aus der Umkleideka-bine rauskommen wollte, war sie von außen versperrt. Ich dachte, es wäre ein Scherz, habe gerufen und geru-fen. Aber dann habe ich unter dem Türspalt gesehen, dass alle Lichter vor der Tür ausgeschaltet waren. Sie war weg. Mir blieb nur die Flucht durch das Fenster. Es war so erniedrigend! Wieso hat sie das gemacht? Das ist Misshandlung!

Langsam muss ich das doch jemandem sagen, oder? Aber würde das einen Unterschied machen? Außer-dem ist die Eröffnungsfeier ja schon in zehn Tagen und so lange halte ich das auch noch durch. Ich will ja keine Petze sein. Jeder denkt dann nur, dass ich mir das zusammenfantasiere, weil ich mich dafür rächen will, dass sie mich als unfähig bezeichnet hat. Vor allen anderen. Die kriegt mich nicht klein! Ich werde es allen zeigen und mein Bestes geben! Dann wird sie schon sehen!

KAPITEL 17

Niemand war zu Hause. Die Mittagspause meines Vaters hatte ich verpasst, Margitta und Kitty hatten sich bereits zum Theater aufgemacht.

Ich nahm mir ein Glas Eistee und setzte mich mit dem Laptop auf die Terrasse. Die Zeit konnte ich für die Abrechnung nutzen, um mich abzulenken. Ich klickte mich durch die Patientenlisten der letzten Tage. Hin und wieder blitzten bekannte Namen auf. Scheinbar endlose Listen, die mich erahnen ließen, wie vollgepackt sich die Tage meines Vaters in der Praxis gestalteten. Mich überkam ein schlechtes Gewissen, dass ich ihm nicht aushalf. Und wo ich schon einmal bei dem Gedanken an mein Gewissen war, klingelte da noch etwas. Das Gespräch mit Herrn Johanning.

Schuld. Sie zerfraß alles. Er hatte so recht. Ich drängte das Bild des kleinen Mädchens aus meinen Erinnerungen, das mein Patient Herr Behrens mir gezeigt hatte. Sie war etwa im Alter von Max, Haukes Sohn. Und hatte nun keinen Vater mehr. Wegen mir.

Und dann dachte ich an Ulrichs Worte. Ingrid Johanning hätte Migräne gehabt sowie einen Fahrradunfall. Darüber musste es doch etwas in den Unterlagen geben. Ich klickte mit der Maus auf das Suchfeld der Praxissoftware und tippte Ingrid Johannings Namen ein. Kein Treffer. Es war einfach zu lange her. Die Akte musste irgendwo im Archiv sein. Ich nahm mir vor, meinen Vater danach zu fragen.

Dann griff ich mein Handy vom Tisch und öffnete die Fotogalerie. Der Bericht über die potenzielle Tatwaffe. Eine Fratze mit einem höhnischen Grinsen, hatte Hans Bremer gesagt. Ganz so stechend fand ich den Blick dieser Statue nicht, aber schön war das Ding definitiv nicht.

Nachdem ich meine Lektüre beendet hatte, fühlte ich mich genauso schlau wie vorher. Die Abmessungen der Statue wurden aufgeführt, Gewicht und Größe, wie zu erwarten keine Fingerabdrücke. Die Statue bestand aus einer Zinnlegierung mit Anteilen von Antimon und Kupfer, auch Britanniametall genannt. Die DNA-Analyse stand aus. Aus Erfahrung konnte ich mir vorstellen, dass dabei nichts herauskommen würde. Nicht nach all den Jahren im See. Aber nachdem ich die Informationen mit der Dokumentation zu Frederikas Schädelverletzung abgeglichen hatte, hätte der Marmorsockel als Tatwaffe fungieren können.

Hätte. Könnte. Vielleicht.

Mein Handy vibrierte in meiner Hand und ich zuckte zusammen. Stefan. Wir hatten nicht miteinander gesprochen, seit ich ihm gesagt hatte, dass ich mich auf die Jagd nach einem Mörder machen würde. Nun kam mir das Ganze lächerlich vor. Ich wusste ja nicht einmal, wo ich anfangen sollte.

Und noch etwas wurde mir klar. Heute in einer Woche erwartete mein Chef mich zurück. Oberarztstelle hin oder her.

Ich nahm ab, bevor ich es mir anders überlegen konnte.

»Hey«, sagte Stefan und ich versuchte, die Begrüßung ebenso neutral zu erwidern. Er konnte nichts dafür. Er hatte nur das Pech, mich an all das zu erinnern, was ich gerade vergessen wollte.

»Ich will dich nicht nerven oder drängen, aber ich habe gute Neuigkeiten. Pass auf: Die Altbauwohnung in der List, die Traumwohnung. Hochparterre, eigener Garten, Kachelofen, du weißt schon … Sie haben sich für uns entschieden. Über hundert Bewerber, aber wir können sie haben. Ich habe eben den Anruf bekommen. Ist das nicht fantastisch?«

»Ich … Wow, ich …« Es schien in einem anderen Leben gewesen zu sein, dass wir uns auf die Suche nach einer größeren Wohnung gemacht hatten. Meine gemütliche Zweizimmerwohnung, in die Stefan kurzerhand eingezogen war, hatte ihm nie gereicht.

»Das ist ja super. Da weiß ich gar nicht, was ich sagen soll.« Wusste ich auch nicht.

Er merkte es sofort. »Was ist? Du sagst doch wohl nicht, dass du ernsthaft in Erwägung ziehst, das Angebot auszuschlagen? Beide, wenn du so willst. Nur wegen …«

Er verstummte. Ich sah ihn bereits vor mir, wie er fast unmerklich den Finger an sein Kinn hob, wenn er etwas gesagt hatte, was er bereute.

»Nein, ich … Ach weißt du, es ist diese Sache mit meinem Lehrer hier.« Themenwechsel schienen mir zu liegen. »Es ist alles so verworren … Ich steck da irgendwie mit drin und ich glaube, ich muss das hier erst klären, bevor …«

Er lachte kurz auf. »Erst klären? Den zwanzig Jahre alten Mordfall, den bisher niemand lösen konnte? Klar, ich denke, so lange wartet der Makler, wenn ich ihm das nur so erkläre.«

Die Ironie in seiner Stimme holte mich auf den Boden der Tatsachen zurück. Es war utopisch, diesen Fall zu lösen. Nach so einer langen Zeit. Ohne nur die Spur einer Spur.

»Also, wenn ich dir dabei helfen kann, dann meld dich einfach.« Gerade wollte er auflegen, als mir eine Idee kam. Die Rechtsmedizin in Hannover war für Lüneburg und Umgebung zuständig. Ob das auch damals schon so war?

»Vielleicht könntest du mir tatsächlich helfen.«

Stille.

»Gibt es eine Möglichkeit für dich, an die Obduktionsberichte von damals zu kommen?«

Lisas leises Fiepen drang durch die geöffnete Terrassentür und kündigte meinen Vater an, der aus der Praxis die Treppe herunterkam.

Er wusste, wo er mich finden würde, daher ging er gleich auf die Terrasse, nahm einen großen Schluck aus meinem Eisteeglas und setzte sich zu mir. Die Uhr meines Laptops sagte mir, dass seine Sprechstunde noch lange nicht vorbei war. Er sah erschöpft aus.

»Was machst du hier? Musst du nicht …?«

»Eine kleine Pause hat noch niemandem geschadet. Können die Schnatternasen da oben ihre Zeit im Wartezimmer doch nutzen und sich die neuesten Gerüchte erzählen. Langweilig wird denen schon nicht. Und dann dachte ich, nutze ich die Zeit, um mich mit meiner Tochter zu unterhalten.« Er lächelte mir müde zu. »Wie geht es dir?«

Ich klappte den Laptop zu, lehnte mich in meinem Stuhl zurück und rieb mir die Augen. »Ich habe deinen Freund Kommissar Ulrich gerade wiedergetroffen, wir haben uns versöhnt. Ich glaube, er hat es dir zuliebe getan.«

Papa nickte. »Wegen mir hättest du ihm nicht verzeihen müssen. Es war nicht richtig, dich so mit reinzuziehen.«

»Ja, das hat er auch gesagt. Papa, darf ich dich etwas fragen?«

»Immer.« Er verschränkte die Hände hinter seinem Kopf, streckte die Füße aus, von denen er seine Latschen gestreift hatte.

»Was war mit Ingrid Johanning los damals? War sie bei dir in Behandlung?«

Sofort setzte er sich wieder gerade hin. »Was meinst du?«

»Na, alle sagen, sie wäre so komisch gewesen. Und dann dieser Fahrradunfall und … Ulrich erwähnte Schlaftabletten?«

Mein Vater schloss die Augen. »Ja, ich habe gehört, dass sie sie genommen hatte an jenem Abend. Keine schöne Vorstellung, dass man etwas damit zu tun hatte. Aber Ingrid ging es nicht gut. Ich erzähle dir das nur, weil du meine Kollegin bist. Nicht weil du meine Tochter bist.« Bei dem Wort Kollegin merkte ich, wie sehr er sich dies tatsächlich wünschte. Eine Zusammenarbeit.

»Migräne?«

»Das hörte man so, ja. Mir gegenüber hat sie vor allem Ängste und Unruhezustände beschrieben. Schlafstörungen bis hin zu Schlafwandeln. Ich wollte, dass sie zu einem Neurologen geht und sich untersuchen lässt.«

Ich nickte. »Und, ist sie hingegangen?«

Mein Vater griff nach meinem Glas, drehte es in den Händen, ohne mich anzusehen. »Nein. Sie hat mir versprochen, dass sie sich darum kümmern würde, sobald das Fest vorbei wäre. Und bis dahin wollte sie einfach eine Nacht in Ruhe schlafen. Das war ihr das Wichtigste.«

»Und du hast ihr etwas zum Schlafen verschrieben.«

»Widerwillig, aber ja.«

»Und was?«

Er machte eine Pause. »Diazepam.«

Benzodiazepine. Eine Medikamentengruppe mit hohem Suchtpotenzial. Heutzutage definitiv nicht Mittel der ersten Wahl und schon gar nicht bei älteren Menschen.

»Meinst du, sie ist abhängig geworden und war daher so verändert? Und hatte deshalb den Fahrradunfall?« Es schien zusammenzupassen.

»Das kann nicht sein.«

»Wieso?«

»Ich habe sie ihr erst am Tag vor ihrem Tod verschrieben.« Als er hochblickte, konnte ich es in seinen Augen sehen, die Gefühle, die ich nur allzu gut kannte. Angst, Schuld, Schmerz.

»Das heißt doch noch lange nicht, dass sie wegen der Tabletteneinnahme gestorben ist, Papa.«

»Nein, das heißt es nicht. Aber eine ordentliche Menge Schlaftabletten im Blut hilft einem auch nicht gerade, wieder aus einem Teich zu klettern, in den man reingefallen ist.«

Ich wollte etwas erwidern, wusste aber nicht, was. Bis ich es doch wusste.

Es war Zeit, die Karten auf den Tisch zu legen. Was meine Schuld betraf. Um Papa zu zeigen, dass er nicht allein war. Um mir einzugestehen, dass ich nicht allein war.

Ich führte alles aus, meinen Fehler, die Tatsache, dass ich nichts sagen durfte, mein Chef, der mein Schweigen erkaufen wollte. Alles.

Mein Vater hörte zu, ohne mich zu unterbrechen. Nickte hin und wieder und schwieg eine Weile, als ich fertig war.

»Was ein Arschloch, dein Chef«, sagte er dann.

Ein kurzes Lachen, obwohl mir zum Heulen zumute war. Ich wusste nicht, wann ich meinen Vater zuletzt das Wort Arschloch hatte aussprechen hören.

Dann sagte er etwas davon, dass Fehler menschlich seien und dass dies gerade im Arztberuf so schwierig wäre, dass man nicht begreifen würde, dass man täglich mit dem Leben arbeitete, bis man eines verlor. »Man darf nur nicht damit aufhören zu versuchen, das Richtige zu tun.« Er nahm mich fest in den Arm.

Meine Tränen flossen, weil ich mich das erste Mal seit Ewigkeiten geborgen fühlte. Verstanden.

»Du kannst so lange bei uns bleiben, wie du möchtest. Wenn es nach mir geht für immer. Alles andere kriegen wir geregelt.«

»Danke, Papa. Halt mich nicht für verrückt, aber für den Anfang muss ich tatsächlich versuchen zu beweisen, dass Albert Johanning Frederika und seine Frau nicht getötet hat. Ich weiß einfach, dass es nicht stimmt.«

»Jemand anders von seiner Schuld reinwaschen? Ich verstehe.«

Wir schwiegen eine Weile, genossen die Ruhe in der Sonne.

»Und hast du eine Idee, wie du das Ganze anstellen willst?«

»Vielleicht hilft für den Anfang ein kaltes Bier.«

KAPITEL 18

Als ich mein Fahrrad am späten Nachmittag am Gehweg-
rand im Ortszentrum abstellte, erwartete Florian mich
bereits. Er trug eine dunkle Jeans und ein T-Shirt mit dem
Aufdruck »Thursday«, was mich daran erinnerte, dass
noch immer dieser verflixte Montag war.

Ich ging unbeholfen auf ihn zu, wusste nicht, wie ich
ihn begrüßen sollte. Er schien ebenfalls verlegen, blickte
auf seine Fußspitzen, als ich näher kam. Dann steckte er
die Hände in die Hosentaschen, eine Geste, wie sie auch
Hauke vor wenigen Stunden vollführt hatte. Und doch
erinnerte kaum etwas an Florian an seinen Bruder.

»Schön, dass du Zeit hattest.« Ich hob die Hand zum
Gruß. »Gemeinsam trinkt es sich besser.«

Kurz zögerte er. »Schön, dass du mich angerufen hast.
Zusammen ermittelt es sich besser, das weiß jedes Kind.«

Wir beide schmunzelten und setzten uns gemeinsam
in Bewegung in Richtung Eingangstür zum *Heidjerkrug*.

Im Inneren war es aufgrund der kleinen Fenster dunkel, obwohl es draußen etwa dreißig Grad hatte und die
Sonne noch hoch am Himmel stand. Die Luft war abge-
standen, es roch nach Bier und einer Restfeuchte, die man
trotz der Temperaturen nicht aus dem alten Mauerwerk
bekam. Durch einen Windfang gingen wir in das urige
Lokal. Der imposante Eichentresen zur Linken war sicher
bereits mit dem Fundament des Hofes aufgestellt worden.
Rustikale Tische bevölkerten den saalartigen Raum. An

den Wänden hing rissiges Kutschzeug und antikes landwirtschaftliches Gerät.

Es war nicht einmal Abendbrotzeit, das Lokal war fast leer. Durch eine große Glastür hatte man Ausblick auf die Terrasse auf dem kopfsteingepflasterten Hof, der mit einer efeubewachsenen Pergola überdacht war. Dort herrschte geschäftiges Treiben von bunt gekleideten Menschen mit Bierkrügen in den Händen.

»Sieht so aus, als wären deine alten Männer noch nicht da und du müsstest doch mit mir vorliebnehmen«, scherzte Florian.

»Es ist ja nicht so, dass ich diverse alte Männer suchen würde, viel mehr einen bestimmten. Und offenbar ändern sich manche Dinge nie.«

Mein Blick wanderte zu einer wackelnden Schwingtür hinter dem Tresen, aus der gerade der Wirt des *Heidjerkrugs* hervortrat.

Heinzi Bruns.

Er sah genauso aus, wie ich ihn in Erinnerung hatte. Es war nicht so, dass ich ihn kannte oder mein Vater viel im *Krug* verkehrt hätte, allerdings war der Postschuppen, der Treffpunkt unserer Jugend, Teil des Hofes. Mehr als einmal hatte der alte Bruns nachts um Ruhe geschrien. Aber betrunkene Halbstarke waren kein gewilltes Publikum für solche Bitten.

»Hallo, ihr zwei«, rief er hinter dem Tresen zu uns herüber, als ob wir alte Bekannte wären. »Essen? Trinken? Draußen? Drinnen?«

Florian sah mich ebenfalls erwartungsvoll an.

»Also, um ehrlich zu sein«, antwortete ich und bewegte mich auf den Tresen zu. »Zwei Bier und zwei Minuten Ihrer Zeit, wenn das möglich wäre.«

Ich zog zwei Barhocker hervor und nahm auf einem Platz. Wie sprach man jemanden an, den man kannte, den alle nur beim Spitznamen nannten und der vermutlich keine Ahnung hatte, wer man selbst war?

»Nichts leichter als das.« Er zwinkerte mir zu und nahm zwei Gläser aus einem offenen Regal hinter sich. Er war groß und stämmig, um die siebzig, schätzte ich. Er hätte ebenso gut ein alter Fischer sein können, so wettergegerbt und von Leberflecken übersät war seine kahle Stirn.

»Äh, für mich nur eine Fanta«, warf Florian hinter mir ein und setzte sich neben mich.

Heinzi nickte. »Eine Fanta für den kleinen Hansen und ein Bier für ... lass mich raten ... Martins Tochter.«

So viel zu unbekannt. Er zog an einem Zapfhahn aus Messing und das kalte Bier lief in das Glas. »Du musst noch fahren?«, fragte der Barmann Florian, als ob das der einzige Grund sein könnte, aus dem man ein Bier ablehnte.

»Ich ... ich trinke nicht«, sagte Florian lediglich, während er sich an der kleinen Glasflasche Fanta auf dem Tresen festhielt, die Heinzi bereits auf einen verfärbten Pappuntersetzer gestellt hatte.

»Was? Wie hältst du das nur aus?« Ich konnte ein Lachen nicht verkneifen, als ich an meinen Alkoholkonsum in den letzten Tagen dachte. »Gibt es einen Grund oder bist du einer von diesen Gesundheitsbewussten, die es neuerdings überall gibt?«

»Und die Frage von einer Ärztin.« Er schüttelte den Kopf. »Einen Grund ... Ja, so kann man das auch nennen«, fuhr er fort. »Ein Tag vor genau neunzehn Jahren, einundfünfzig Wochen und ...« Er kniff die Augen zusammen. »... fünf Tagen.«

»Oh«, entfloh es meinen Lippen, als mir klar wurde, auf welchen Tag sich Florians Rechnung bezog. Der Eichenwald, Florians Finger an meinen Handgelenken. Ich griff mein Bier, das Heinzi mir auf den Tresen gestellt hatte, und nahm einen großen Schluck.

»So, was kann ich denn jetzt für euch tun?«, unterbrach Heinzi die unangenehme Situation.

Erleichtert atmete ich aus. »Das klingt jetzt vielleicht komisch, aber wir hätten ein paar Fragen zu …«

»… zu dem Einsatz der Bürgerwehr in der Mordnacht der kleinen Petersen«, beendete er meinen Satz.

Mein Blick muss Verwunderung ausgestrahlt haben.

»Na ja, das war nicht schwer zu erraten. Alle interessieren sich wieder für die Sache und ich habe gehört, insbesondere die kluge Tochter unseres geliebten Docs. Was sonst sollte euch zwei an einem Tag wie diesem in mein Loch bringen? Und Loch meine ich im allerbesten Sinne.« Er lachte laut, wobei sein Bauch wackelte, wie man es vom Weihnachtsmann erwarten würde.

»Äh … Ja, das stimmt. Genau. Könnten Sie uns vielleicht sagen, woran Sie sich erinnern?« Ich dachte an das, was Ulrich zu mir gesagt hatte. Es wäre dem Barmann komisch vorgekommen, wie bereitwillig Hauke sich gestellt hatte. Doch so direkt wollte ich nicht danach fragen. Nicht vor Florian.

»Zuerst einmal würde ich mich freuen, wenn du mich nicht siezt. Das macht niemand.«

Ich nickte verlegen, nahm noch einen Schluck Bier.

»Tja, was wollt ihr hören? Ihr wart ja selbst da.«

Florian sah mich verwundert an.

»Als ob ich euch nicht gesehen hätte.« Der Barmann zwinkerte uns zu. »Egal, Schwamm drüber. Also der

Schülke hatte uns den ganzen Sommer schon genervt, wir sollten euch das Handwerk legen. Ich fand es ja ganz gut, dass ihr mal einen anderen Ort terrorisiert habt als meinen Postschuppen, aber das konnte ich ihm ja nicht so sagen.« Er lachte wieder laut. Er war mir sehr sympathisch.

»Wir waren sicher nicht die nettesten Jugendlichen damals«, räumte ich ein.

Er winkte ab. »Ach, das kann doch fast jede Generation von sich behaupten. Jedenfalls hatten wir keine Lust mehr, auf der Lauer zu liegen. Außer Schülke natürlich. Wir anderen waren eher mentale Unterstützung. Na, jedenfalls in der Nacht hatten wir einen Tipp, dass ihr da sein werdet. Mit Uhrzeit.«

»Einen Tipp? Echt?« Florian drehte sein Fantaglas in seinen Händen.

»Na ja, was glaubt ihr denn, wieso wir euch ausgerechnet in der Nacht erwischt haben?«

»Ich weiß nicht, Zufall?«

»Das wäre vielleicht ein Zufall zu viel«, meinte Heinzi.

»Und ... und von wem stammte dieser Tipp?«, drängte ich.

»Na, von Albert natürlich. Und dann taucht er nicht einmal auf. Na ja, und dann war da auch noch der Streit der beiden ...«

»Der Streit?«, fasste Florian nach. »Welcher Streit?«

»Na, hier draußen vor der Tür. Die kleine Petersen und Albert.«

»Sie war hier?« Ich konnte kaum noch auf meinem Stuhl sitzen bleiben.

»Na hör mal! So schlimm ist es hier nun auch nicht, dass man das anzweifeln sollte. Um die Bratkartoffeln ist noch keiner rumgekommen.«

»Äh, Entschuldigung, ich wollte nicht …«

»Alles gut, Spaß beiseite.« Er lehnte einen massigen Ellenbogen auf den Tresen und beugte sich verschwörerisch zu uns vor. Eine Geste, die, wie ich schätzte, das eine oder andere Geheimnis über die Jahre entlocken konnte. »Kriegt gleich eine andere Bedeutung bei den Gerüchten, was? Aber ich kann nur sagen, so hat es mir nicht ausgesehen.«

»*So?*«, fragte Florian, obwohl wir beide wussten, was der Wirt meinte.

»Wie ein Rendezvous. Vermutlich würde ich mich dazu auch nicht hier treffen. Nicht, wenn ich nicht gesehen werden wollte. Nicht genau an dem Tag mit all diesen Leuten. Also muss ich denken, dass es eher ein spontaner Streit war.«

»Wieso, welcher Tag war das denn?«

Er atmete schwer aus, als müsste er gleich einem Kind erklären, dass seine Großmutter nicht wiederkommen würde. »Es war kurz bevor sie starb. Am *Radelnden Donnerstag*.«

In der Heideblütenfestwoche bekamen die Tage je nach geplanter Veranstaltung ganz eigene Namen. Donnerstag. Zwei Tage vor ihrer Todesnacht.

»Wieso erinnern Sie sich so gut daran?«, fragte Florian. Legitim, nach zwanzig Jahren.

»Weil es nicht alle Tage vorkommt, dass ein so hübsches Mädchen wie die kleine Petersen hier hereinspaziert. Von dir abgesehen«, er zwinkerte mir wieder zu. »Oder mal eine Heidekönigin. Aber die auch nur bei den Veranstaltungen. Ist ja doch eher eine Männerkneipe, das geb ich schon zu. Aber die kleine Petersen wirkte so, als wollte sie gar nicht gesehen werden. Sie waren draußen im Hof. Sie und Albert. Dachten wohl, keiner kann sie hören. Aber ich musste das Bierfass auswechseln, das leere stelle ich dann immer hinten in den Hof. Und da habe ich gehört, wie sie ihm diese Szene macht.«

Florian und ich sahen uns wortlos an.

»Szene? Was ist passiert?«, fragte Florian dann.

»Na ja, vielleicht ist das nicht der richtige Ausdruck. Aber die Stimmung war ... angespannt ... Selbst Albert kam mir nervös vor, was ich all die Jahre nie gesehen habe. Nicht, dass ich ihn oft gesehen hätte. Ingrid hatte die Leinen kurz, er war ja kein Stammkunde oder so.«

»Und dann gab es einen Streit?«, tastete ich mich vorsichtig vor.

»Wenn du mich jetzt fragst, ob ich meine Gäste belausche, dann ist es ein eindeutiges Nein. Würde ich nie. Aber manche Sachen ...« Er lehnte sich wieder auf den Tresen, als er fortfuhr, »... sind einfach nicht zu überhören.«

Die Terrassentür öffnete sich und ein Mann in Fahrradmontur kam herein. Mit ihm drangen Gelächter und Wärme in das dunkle Gemäuer und erinnerten mich daran, dass es noch nicht einmal Abend war. Das Bier schmeckte herrlich, ich nutzte die Zeit, einen großen Schluck zu nehmen.

Ein Streit zwischen Johanning und Frederika. Was hatte das zu bedeuten?

»Kannst du uns noch zwei Bier bringen?«, fragte der Mann an den Wirt gerichtet.

»Dafür bin ich da«, antwortete dieser und drehte sich routiniert zu seinem Regal mit den Gläsern um.

Als er sich erneut dem Zapfhahn zuwendete, sagte er: »Tja, das war also die Sache mit der kleinen Petersen. Jammerschade.«

Er füllte das zweite Glas mit genau der richtigen

Menge an Schaum und ich wusste, dass er gleich weg sein würde.

»Worum ging es denn?« Meine Stimme klang zaghaft. Heinzi kam mir nicht wie jemand vor, der die Geheimnisse seiner Kundschaft bereitwillig preisgab.

Er stellte den Zapfhahn ab, die Biere waren fertig und warteten darauf, nach draußen gebracht zu werden. »Lange habe ich es nicht verstanden, aber jetzt … Und ich sage euch das nicht, um Gerüchte zu verbreiten. Aber es ist ja nun kein Geheimnis mehr.«

Ich bemerkte, wie ich meine Finger in den Eichentresen krallte.

Langsam drehte er sich um, die Bierkrüge in der Hand. »›Wenn Sie nicht kommen …‹, hat sie gesagt, fast geschrien, ›… dann sage ich es allen‹.« Er hob die Augenbrauen.

»Was sagt sie allen?«, fragte Florian.

»Das weiß ich nicht, mein Junge.«

Florian sah mich verwundert an, richtig, er wusste ja noch gar nicht, dass sich Frederika und Johanning anscheinend in der Nacht ihres Todes hatten treffen wollen. Aber ich war mir sicher, dass diese Verabredung sich tatsächlich auf das beziehen musste, was Herrn Johanning unter Mordverdacht gestellt hatte.

Heinzi setzte sich in Bewegung und verließ den Tresen.

»Sagen Sie … Ich meine, du … Weißt du, wer Hauke Hansen damals verhaftet hat?« Ich konnte Florians überraschten Blick von der Seite spüren.

Heinzi drehte sich noch einmal um. »Klar, ich war das. Aber von einer Verhaftung kann eigentlich nicht wirklich die Rede sein. Ich ging vom Schwimmbad in Richtung See, ihr wisst, auf diesem kleinen Waldweg, weil man einige von euch dorthin hatte rennen sehen. Und da lief er mir auf dem Weg entgegen. Quasi direkt in die Arme.«

KAPITEL 19

Das Sonnenlicht blendete, als wir die Kneipe verließen.

»Dann sage ich es allen?« Florian schirmte seine Augen mit den Händen ab. »Was hat das denn zu bedeuten?«

Ziellos setzten wir uns in Bewegung. Vorbei an der Kirche zur Linken, am Pfarrhaus zur Rechten, vor dem mit Blumentöpfen gesäumt ein Rastplatz mit Bänken und einem Tisch für Radfahrer errichtet worden war.

Ich brachte Florian auf den neuesten Stand, erzählte ihm, dass Johanning offensichtlich verhaftet worden war, weil es angeblich ein Treffen mit Frederika in ihrer Mordnacht gegeben hatte.

»Puh … eine Erpressung, eine Affäre … Mann, da war ja einiges los.« Er strich sich durch die Haare. »Aber wieso? Wenn wir davon ausgehen, dass sie – unabhängig von dieser Affäre oder Nicht-Affäre – Johanning an jenem Abend den Tipp mit der Bürgerwehr gegeben hat. Wieso hätte sie das tun sollen?«

Wieder eine Frage, auf die es noch keine Antwort gab. Wir schlenderten an der Hauptstraße entlang, wichen gelegentlich kleineren Menschengrüppchen aus, die sich auf die Suche nach einer Gelegenheit für ein frühes Abendessen machten. Hatte ich zunächst Bedenken gehabt, dass Florian meine Nachforschungen seltsam finden würde, schien das Rätsel um Frederikas Schicksal jetzt auch ihn gefangen genommen zu haben. Er war mit vollem Interesse dabei. Bei dem Mordfall der Freundin seines Bruders.

»Hast du sie eigentlich gesehen an dem Abend?«, fragte ich.

Abrupt blieb Florian stehen. »Wie meinst du das? Wann?«

Ich tat es ihm gleich. »Na, als wir alle weggelaufen sind oder vielmehr vorher. Ich erinnere mich an den Streit, den sie mit Hauke hatte …«

»Daran erinnert sich sicher jeder.«

»Ja, und dann saßen wir doch am Beckenrand. Danach weiß ich nicht, wo sie abgeblieben ist.«

»Na, weggerannt, wie …« Er stockte. »… wie wir alle«, fügte er leiser hinzu.

Ich dachte daran, wie Frederika allein am See gesessen hatte, als ich sie traf. In aller Seelenruhe. Und irgendetwas sagte mir, dass sie tatsächlich von dem Plan der Bürgerwehr gewusst, ja, ihn vielleicht sogar eingefädelt hatte. Dass sie bereits gegangen war, bevor die Bürgerwehr eintraf. Zum See. Allein. Um Johanning zu treffen? War das wirklich der Grund gewesen?

Und wieso erzählte ich Florian nicht davon, dass ich sie getroffen hatte? Weil ich dann ansprechen müsste, was noch geschehen war. Jetzt mitten am Tag in der Sonne vor der Idylle der Vorbereitungen des Festes schien mir der Vorfall fast lächerlich. Zwanzig Jahre später. Konnte ich wirklich mit Sicherheit sagen, dass er nach mir hatte schlagen wollen? Dass er nicht einfach betrunken und wütend über sich selbst gewesen war und seinen Frust an diesem Baum hatte auslassen wollen? Aber wieso hatte er dann aufgehört zu trinken, wenn er es nicht ebenso als eine Übergriffigkeit interpretiert hatte? Nicht nur das: Er hatte mich aus seinem Leben verbannt.

»Hauke meinte, er hätte sie gesucht und ebenfalls nicht gefunden.«

»Du hast Hauke getroffen?« Wir blieben an der roten Ampel vor *Hennies Eisdiele* stehen. An uns knatterte ein altes Mofa vorbei, auf ihm ein Junge und ein Mädchen mit flatternden Haaren und wehenden Kleidern. Diese Unbeschwertheit, wo war sie geblieben?

»Ja, durch Zufall. Er hat mit seinem Sohn ein Eis gegessen.« Ich deutete zu der besetzten Bank hinter uns. »Süßes Kerlchen.«

Die Ampel wechselte auf Grün und wir gingen, ohne uns abzusprechen, über den Parkplatz neben dem Gasthof, auf dem die Buden und Stände für das Fest aufgebaut wurden, in einer Anordnung, die seit meiner Kindheit in Stein gemeißelt zu sein schien. Mein Blick wanderte zum bunt bemalten Autoscooter mit seinen metallisch in der Sonne funkelnden Gefährten, von denen ich bestimmt das eine oder andere bereits selbst gelenkt hatte. Schließlich erreichten wir einen kleinen verwucherten Trampelpfad, den vielleicht niemand mehr als solchen erkannt hätte. Wie selbstverständlich, als wäre das seit Jahren unsere Routine. Keiner sprach. War die Wiese, die den Pfad umgab, am Anfang noch gemäht, verwilderte sie mit jedem Schritt weiter, bis der Weg zwischen knorrigen, wettergegerbten Apfelbäumen an einem verwitterten Schuppen endete, dessen Holztür schief in den Angeln hing.

Ich hätte nicht gedacht, dass der Apfelhain nach all den Jahren noch existierte, keinem großen Wohnprojekt hatte weichen müssen.

»Es ist noch immer schön hier, nicht wahr?«

Das war es. Wir blieben auf einer Art Lichtung stehen. Fünfzig Jahre alte, schiefe Bäume standen wie verzauberte Märchengestalten um uns herum, mitten im Ortszentrum. Die dahinterliegenden Häuser und Gärten waren aufgrund des üppigen Wildwuchses mit Holunder und Brombeeren nur zu erahnen.

Langsam ging ich umher, sah mich um wie in einem alten Wohnzimmer. Wie oft hatten Florian und ich unsere Sommernachmittage hier verbracht, Pläne gegen Haukes Tyrannei geschmiedet, Schatzkarten gemalt und uns vor dem Festtrubel versteckt.

Ich ging zu der Tür des alten Schuppens und öffnete sie behutsam, wodurch sie ein störrisches Quietschen von sich gab. Den Boden bedeckte eine dicke Staubschicht, hier war seit Jahren niemand mehr gewesen. Mäuseköttel und Nester füllten jede Ecke des Raumes aus, der einmal als Geräteschuppen gedient hatte. Einzelne Mistforken und Schaufeln standen noch herum. Fast schien mir, als wären meine und Florians die letzten Fußspuren, die in diesen Staub gesetzt worden waren. Etwas hielt mich davon ab, hineinzugehen. Vielleicht auch nur der Wunsch, diesen uns damals heiligen Ort nicht zu verändern.

Die Bäume ringsum spendeten angenehmen Schatten vor der Abendsonne. Florian setzte sich auf einen umgestürzten Baumstamm.

»Was macht Maria eigentlich?« Ich drehte mich zu ihm um, blieb vor ihm stehen.

Frederika Petersen, Maria Heuer und Johanna Wischmann. Ein Dreiergespann. Unwillkürlich fragte ich mich, ob auch sie heute das Gefühl hatten, ihre Freundin nicht gekannt zu haben.

»Sie hat einen Frisörsalon am Ortsausgang.«

»Verstehst du dich gut mit ihr?«

Er zuckte mit den Schultern. »Schon. Aber ich glaube fast, Papa belastet die Trennung der beiden am meisten.

Irgendwie hatten die beiden immer eine besondere Beziehung zueinander.«

»Maria ist Königin geworden in dem Jahr, oder?«

Florian pfiff abwertend durch seine Zähne. »Zwei Menschen sterben, aber die Königinnenwahl findet statt.«

»Ja. Und dann wird auch noch Frederikas beste Freundin gewählt, wo *sie* doch eigentlich …«

»Stimmt, schon seltsam, oder? Dass Maria das tatsächlich gemacht hat. Darüber habe ich noch gar nicht nachgedacht. Aber als entschieden wurde, dass das Fest trotzdem stattfinden sollte, musste es ja jemand werden. Und dann besser sie als eine Fremde.«

»Tja vielleicht. Trotzdem makaber.« Kurz dachte ich an Maria, dieses ruhige Mädchen von damals, das in die Fußstapfen ihrer Freundin getreten war. Das die Heidekrone und später ihren Freund übernommen hatte.

»Glaubst du wirklich, dass Frederika eine Affäre mit Herrn Johanning hatte?«, fragte Florian und sah mich an.

Ich sah weg. »Nein.« Ich meinte es so. »Aber ich glaube, dass sich irgendetwas zwischen den beiden abgespielt hat und sie verabredet waren, weil Frederika ein Geheimnis über die Johannings kannte. Und daher wollte sie sich in der Nacht ihres Todes – ausgerechnet dann – mit ihm treffen, um Geld von ihm zu bekommen. Wofür, weiß ich nicht. Und deshalb sitzt er jetzt in der Scheiße, weil es um eine Sache geht, über die er selbst heute nicht sprechen will.«

Florian schwieg, richtete seinen Blick in die Ferne. »Ingrid Johanning scheint eine komplizierte Person gewesen zu sein, wie man hört.«

»Kompliziert« schien mir das richtige Wort. »Was hast du gehört?«

»Dass sie manchmal … Wie soll ich sagen? Nicht ganz richtig im Kopf war. Manchmal, wenn ich mein Fenster offen stehen habe, dann bleibt es nicht aus, dass ich die Wagenbauleute höre, Hennie und so, du weißt schon. Sie zumindest ist der Meinung, es wäre vielleicht Selbstmord gewesen.«

»Was?« Ich dachte an die Schlaftabletten. »Aber wieso?«

»Jetzt werd bitte nicht gleich sauer, wir brainstormen ja nur, aber was wäre, wenn Frederika doch eine Affäre mit Herrn Johanning hatte? Und seine Frau davon erfahren hat? Und dann geht sie in der Nacht zum See, nimmt die Statue von ihrem Mann, um ihm die Sache anzuhängen, erschlägt Frederika, wirft die Statue in den See, fährt nach Hause, bringt sich um. Und währenddessen macht der gute Herr Johanning einen Spaziergang und ahnt von all dem nichts.«

»Eine einfache Eifersuchtstat? Unabhängig davon, dass ich es für großen Schwachsinn halte, weil Frederika niemals eine Affäre mit Johanning hatte, wie hätte die kleine, zierliche Frau Johanning mit dem Arm in der Schlinge Frederika ins Schwimmbad bringen sollen und wieso? Wenn sie die Tat ihrem Mann anhängen wollte, hätte sie das Mädchen im See neben der Statue lassen sollen.«

»Na, hat ja auch so geklappt, oder?«

Florian hatte einen Punkt. Trotzdem. »Die Zeiten passen nicht. Herr Johanning hat seine Frau um ein Uhr morgens gefunden und Frederika starb erst nach zwei.«

Er zuckte mit den Schultern. »Stimmt. Nur so eine Idee.«

»Wie lange bist du noch hier?«, fragte ich.

»Drei Wochen.«

»Wo arbeitest du denn, dass du drei Wochen am Stück Urlaub haben kannst in den Sommerferien ohne Kinder?«

»Wer sagt, dass ich keine Kinder habe?«

Erschrocken sah ich ihn an, er musste es bemerkt haben. »Ich habe im Moment etwa fünfundachtzig Kinder. Mathe und Physik. Da ergibt sich das so mit dem Urlaub in den Sommerferien, musst du wissen.« Er lächelte schief.

Ich faltete meine Hände in meinem Schoß. Plötzlich war ich nervös. Wieso war ich nervös? »Ich wusste, dass du Mathe studiert hast, ich hätte nur nicht gedacht, dass du dich für den gemeinnützigen Weg entscheidest. Dachte eher, dass du Berechnungen für die Raumfahrt anstellen möchtest oder so was.«

Ich setzte mich neben ihn und atmete tief ein. Ein Geruch, sein Geruch, nach all den Jahren noch immer vertraut.

»Ich glaube, wir haben irgendwie alle ein bisschen was zurückzugeben, vielleicht nach allem, was wir damals so erlebt haben. Du machst das ja auch.«

Ich zuckte mit den Schultern.

Er lachte. »Aber aus welchem Grund man Gutes tut, ist vielleicht nicht wichtig. Hauptsache, man tut es irgendwann.« Er schwieg eine ganze Weile. Dann begann er stockend. »Du warst meine beste Freundin. Mehr noch. Meine Jugendliebe, auch wenn ich es dir nie offenbaren konnte. Ich hatte Angst, das zu zerstören, was wir hatten. Die Freundschaft. Weißt du, vielleicht hätte ich irgendwann den Mut gefunden, es dir zu sagen. Auf normale Art und Weise. Aber so …« Er war aufgestanden, ging nun vor mir auf und ab. »Na ja und dann war da dieser Abend und ich war so betrunken und … Es ist unverzeihlich, aber alle Gefühle, die ich über die Jahre gehabt hatte, sind mit mir durchgegangen. Ich …«

Seine Worte überwältigten mich. Der Schmerz in seiner Stimme. »Ist schon gut. Ich weiß, dass du mir nichts tun wolltest.« Und irgendwo in mir drin hatte ich tatsächlich das Gefühl, dies zu wissen. »Nur … Dieser ganze Abend war so eine Katastrophe. Von dem, was danach geschah ganz zu schweigen. Und dass du mich all die Jahre einfach ausgeblendet hast, als wäre ich nie da gewesen.« Vielleicht war das der größte Schmerz gewesen.

»Es tut mir wirklich leid. Ich … Ich war so feige.«

»Ich weiß, darum hast du dich ja auch danach so richtig betrunken. Im Postschuppen, nachdem … Ich wollte mit dir reden, ich wollte das klarstellen, aber du hast mich ignoriert, einfach ausradiert. Als wäre ich an allem schuld gewesen. Du hast mich einfach weggegeben. Zwanzig Jahre hast du kein Wort mit mir geredet, obwohl du, es warst, der mir wehgetan hat.« Die Worte sprudelten aus mir heraus. Tag der Wahrheiten. Es tat weh, aber der Schmerz wich Erleichterung.

»Und ich weiß nicht, wie ich es wiedergutmachen kann. Aber ich will.«

Mehr zu mir selbst als zu ihm murmelte ich: »Falls du durch deine mathematischen Fähigkeiten keine Möglichkeit hast, eine Gleichung aufzustellen, die uns zum Täter führt, wüsste ich nicht, wie.«

Schweigen.

Dann prustete ich los. Aufgrund der Absurdität dieser ganzen Situation, vor der Kulisse eines Apfelhains, in dem die Zeit stehen geblieben war, in einem Dorf, in dem die Zeit stehen geblieben war, mit einem alten, fremden Freund, der nun Falten und erste graue Haare hatte und trotzdem noch immer ein kleines Mädchen in mir sah. Und im Moment gefiel es mir deutlich besser, dieses Mädchen zu sein als die erwachsene Nina. Schließlich musste das bedeuten, dass alles noch veränderbar wäre. Dass Frederika irgendwo noch lebte, dass Frau Johanning irgendwo noch lebte und dass ich Herrn Behrens nicht operiert hätte und er stattdessen gerade dabei war, mit seiner Tochter für das Seepferdchen zu üben, so wie er es geplant hatte.

Durch meine Augen, die sich mit Tränen füllten, konnte ich sehen, dass Florian zunächst zögerlich und dann immer lauter in mein Gelächter einstimmte. Bis wir letztlich beide Tränen lachten, die zu echten Tränen wurden, verletzt, erleichtert, müde. Zwei älter gewordene Kinder mit dem vielleicht größtmöglichen Gefühl füreinander.

Einer tragischen Jugendliebe.

FREDERIKA, 31.07.1999

Nach allem, was heute geschehen war, musste ich Jo unbedingt sehen.

Also habe ich eine Nachricht in den Baum gelegt und den Hahn in seinem Vorgarten umgedreht. Wahrscheinlich hab ich es übertrieben. Ich hätte vielleicht nicht schreiben sollen, dass nur er mir helfen könnte, und vor allem nicht, dass mir jetzt erst klar geworden ist, wie viel er mir bedeutet. Vor allem das Herz hätte ich nicht auf den Zettel malen sollen. Das war einfach zu viel. So ein Mist ...

Und dann war die Nachricht schon weg, als ich sie zurückholen wollte. Also hat er sie gelesen. Wie peinlich, so kindisch! Aber vielleicht ist es auch falsch, sich für seine Gefühle zu schämen.

Das dachte ich zumindest.

Bis ich zur vereinbarten Uhrzeit am Nachmittag auf ihn wartete. So wie immer.

Aber er kam nicht. Ich habe ihn verschreckt.

KAPITEL 20

Ich wusste nicht, ob es an allem lag, was ich in den letzten Tagen losgeworden war, aber ich konnte das erste Mal seit Ewigkeiten gut schlafen. Und ich war voller Tatendrang, als ich das Fahrrad vor dem Backsteingebäude am Ortsausgang abstellte.

Die Glocke über der Tür bimmelte und sofort strömte mir ein Duft aus Lavendel und Limette entgegen. Keine Spur dieser typischen beißenden Note von Wasserstoffperoxid und alter Dame.

Die Einrichtung war geschmackvoll. Verzierte hölzerne Spiegel, ebenso Tresen und Tische. Südostasiatisch?

Ein Mädchen empfing mich, wobei sie vermutlich alt genug war, ihre Ausbildung abgeschlossen zu haben. Sie trug die Haare in einem Pastellblau, eine Seite abrasiert. Ich fragte mich, ob solche Leute die Kunden nicht abschreckten, die sich eine dezentere Frisur wünschten.

»Hallo, willkommen bei *Maria*. Hattest du einen Termin?«

Dass sie mich duzte, schmeichelte mir. Vielleicht war ich doch noch nicht so alt.

»Äh, ja ...«

»Stimmt, lass mal, das ist für mich!« Aus einem angrenzenden Raum kam eine gertenschlanke Frau auf mich zu. Die Haare in kurzen braunen Wellen. Sie trug eine dunkelgrüne Seidenbluse und eine kurze beige Hose mit hohem Bund. Zudem dunkelroten Lippenstift, dezent geschminkte Augen. Sie war hübsch, klassisch. Hätte ich sie nicht bereits am See gesehen, hätte ich sie nicht wiedererkannt. Ich hatte sie irgendwie klobiger in Erinnerung. Blondierte Haare, Plateauschuhe, blaue Wimperntusche. Die Neunziger eben.

»Nina?«

»Hallo, Maria. Danke, dass du noch Zeit für mich gefunden hast.«

Sogleich wanderten ihre Augen zu meinen Haaren, vermutlich, um zu inspizieren, mit welchen Voraussetzungen sie zu arbeiten hatte.

»Kein Problem. Komm mit, setz dich dahinten in die Ecke, da sind wir etwas ungestörter.« Sie deutete zu einem kleinen Frisierstuhl am Fenster, mit einem dunklen Paravent abgetrennt. »Was magst du trinken? Kaffee, Tee, Sekt, Wasser?«

»Oh, ein Wasser wäre super, danke.« Ich ging zu dem Tisch und nahm Platz. Ich war die einzige Kundin im Laden, was mich wunderte. Wollten die Leute keine neue Frisur zum Fest?

Maria kam mit einem Wasser zu mir, legte mir einen Umhang um. Ich fragte sie danach.

»Ach, weißt du, das ist es nicht. Um ehrlich zu sein, nehme ich gerade nicht so viele Termine an, wie ich könnte. Ich bin … müde ist wohl das richtige Wort.«

Ich sah sie durch den Spiegel an. Erst jetzt erkannte ich die aufgequollenen Augen, die gut überschminkt waren, die Falte auf der Stirn. Ihre Wangen waren eingefallen, die Farbe in ihrem Gesicht stammte von Rouge.

»Du … Na, du hast sicher gehört. Jedenfalls ertrage ich all die Fragen und das falsche Mitleid gerade nicht.«

»Das verstehe ich.«

»Und du bist auf Heideurlaubsbesuch hier oder länger?«

»Äh, ach, na gucken wir mal.« Ich lächelte schmallippig und sie fragte nicht weiter nach.

Ihre Miene hellte sich auf, als sie in meine Haare griff. Sie hielt eine schulterlange Strähne auf Höhe meines Ohres. »So, was machen wir mit deinen Haaren? Ab?«

»Wieso eigentlich nicht?« Spitzenschneiden hätte uns nur wenige Minuten verschafft.

»Sehr schön! Die meisten sind nicht so experimentierfreudig. Ich meine, wächst doch nach, oder? Zur Not gibt's Farbe und Extensions. Super, dann komm mal mit zum Waschbecken.«

Die Haare fielen in Büscheln zu Boden. Nach einem anfänglichen Schreck entspannte ich mich. Sie hatte recht. Haare waren nun wirklich nichts, worüber man sich Sorgen machen sollte.

Ich wagte mich vor. »Ich habe deinen Sohn gesehen. Max? Der ist ja wirklich süß.«

Ihr Blick verfinsterte sich. »Na, was hat er mit ihm gemacht? Eis? Zuckerwatte? Neues Fahrrad?« Sie schloss die Schere mit einem energischen Handgriff und rollte ihren Stuhl auf meine andere Seite. »Sorry. Nicht professionell. Max ist alles für mich. Er ist ein einziger Sonnenschein. Und sein Vater ... Nun ja, da gibt es gespaltene Meinungen. Aber das muss ich dir, glaube ich, nicht sagen.«

»Ja, Hauke wusste schon immer zu polarisieren.«

»Er war meine große Liebe, weißt du, das schönste und schlimmste Gefühl meines Lebens.«

Sie war zutiefst verletzt, das konnte ich jetzt in jeder Pore ihres mitgenommenen Gesichts erkennen. Ich hatte sie seit zwanzig Jahren nicht gesehen, daher wunderte mich, dass sie so offen sprach. Umso besser.

»Mit wem … also ich meine, es geht mich ja nichts an …
Hm, geht noch ein bisschen kürzer, oder?« Ich nickte zu
meinem Spiegelbild, das bereits bedrohlich kurze Haare trug.

»Kürzer geht immer. Ach, ist schon gut. Du erfährst es
ja eh an jeder Straßenecke, wenn du willst. Du erinnerst
dich sicher an Johanna Wischmann … Na ja, Bruns heißt
sie ja jetzt.«

»Johanna hat Jan vom Postschuppen geheiratet?«

Maria musste lachen. »Jan vom Postschuppen, sag ihm
das bloß nicht. Er ist jetzt im Vorstand von irgendeiner
Windkraftfirma in Hamburg, aber ja … Und er ist in etwa
genauso begeistert wie ich. Aber verlassen wird er sie eh
nicht. Das Image, weißt du?«

»Hauke und Jan waren doch auch so eng befreundet,
oder nicht?« Vor meinem inneren Auge sah ich einen Jungen mit Zahnspange, der immer mit Hauke herumgehan-
gen hatte und nicht weniger bösartig uns Kleinen gegenüber gewesen war.

Sie zuckte mit den Schultern. »Tja, was soll ich sagen …
Hier im Ort trifft man nicht so viele andere. Da liegen die
Affären näher. Ja, wir waren früher alle sehr eng befreundet,
das hat sich dann aber nach der Sache mit Fred verlaufen.
Vermutlich wollten wir nicht täglich daran erinnert werden.
Was Quatsch war, denn man dachte ja sowieso nur daran.
Aber Johanna … Wie soll ich sagen? Sie scheint ihr immer
noch nachzueifern. Fred, meine ich. Eine erwachsene Frau,
die aussehen will wie ein Teenager. Die gleiche Frisur, die
Kleidung ein wenig retro, scheint nichts zu essen … Na,
und da kann ich mir vorstellen, dass Hauke vielleicht ein
Stück von ihr wiederhaben wollte. Von Fred.« Dann kniff
sie die Augen zusammen. »Kürzer … Ich denke an Demi
Moore in Ghost?«

Puh, das war kurz. »Äh … okay.«

Das schneidende Geräusch der Schere neben meinem Ohr nahm erneut Fahrt auf, als ich darüber nachdachte, was Maria gerade gesagt hatte. Hauke hatte eine Affäre mit einer ihrer engsten Freundinnen gehabt, die versuchte, so auszusehen wie seine tote Ex-Freundin?

»Das ist … Ich weiß nicht, makaber?« Oder verständlich? Hauke schien Frederika immer noch zu vermissen.

»Ach, weißt du, ich bin ja selbst schuld. Ich wusste eigentlich immer, dass ich nur zweite oder jetzt eben dritte Wahl war. Und von Johanna habe ich es nicht anders erwartet. Um sie tut es mir nicht leid. Um ihre Kinder vielleicht. So wie um Max. Seinetwegen hätte ich Hauke ja verziehen. Oder anders … habe ich all die Male zuvor. Als er sich jemanden gesucht hat, der nicht von hier kam. Als noch nicht der ganze Ort getuschelt hat. Aber so? So kann ich ja nicht weitermachen. Irgendwann gibt es eben Grenzen. Was denkt Max sonst von mir, wenn er älter ist? Wenn ich alles mit mir machen lasse?«

Ein schmerzverzerrtes Gesicht starrte mich im Spiegel an. Dann wurden Marias Züge weicher. »Aber damals, als er mir den Hof gemacht hat, das war etwa ein Jahr nach all dem … Da habe ich mich gefühlt wie Cinderella. Kindisch, ich weiß. Ich habe ihn immer geliebt. Schon damals. So bescheuert. Er hat mir einmal im Schwimmbad sein Eis gegeben, als meins runtergefallen ist, und mir zugezwinkert. Und dann war es um mich geschehen. Obwohl ich wusste, dass er ja mit Fred zusammen war. Aber dieser Charme …«

Sie setzte die Schere erneut an, es wurde ein Kurzhaarschnitt. Das war entschieden.

»Fred wusste natürlich von meiner Schwärmerei. Jeder wusste es. Aber sie hat nie etwas dazu gesagt. Ihr war klar, dass sie nichts zu befürchten hatte. Wie auch? Aber irgendwie hat mich das wütend gemacht, weil sie es als so selbstverständlich ansah, dass nie etwas zwischen uns sein könnte. Lächerlich, oder?«

»So sind Teenager. Manchmal denke ich, sie tun einander mit Absicht weh, einfach um etwas zu fühlen oder den eigenen Einfluss auf das Leben zu testen.«

»Wahrscheinlich. Sie war wirklich großartig, weißt du? Fred, meine ich. Und so kalt. Und so verletzend. Und nicht nur Johanna, wir alle wollten so sein wie sie. Aber da konnte man viel versuchen. So wird man geboren, so kann man nicht werden.«

»Hat sie euch gegenüber damals je erwähnt, mit wem sie sich getroffen hat? Wer Jo war?« Dieser Spitzname hatte bereits die Runde gemacht und ich fragte mich, wie viele Frauen ihre Männer gerade verdächtigten, Frederikas Liebhaber gewesen zu sein.

Kurz zögerte sie, vielleicht konzentrierte sie sich aber auch nur auf die Haarlinie oberhalb meines Ohres. Dann rollte sie ihren Stuhl ein wenig zurück und sah auf. »Machst du Witze?« Sie lachte. »Fred liebte Geheimnisse. Das hätte sie uns gegenüber vermutlich nie erwähnt.«

»Man sagt, Frederika hatte in der Nacht ihres Todes eine Verabredung mit Albert Johanning. Kannst du dir da einen Reim darauf machen?«

Sie ließ die Schere für einen Moment sinken. »Um ehrlich zu sein, nein. Nicht die Bohne. Wieso ausgerechnet in dieser Nacht? Wir hatten doch ihre Party gefeiert, wieso hätte sie da noch jemand anders treffen sollen?«

»Hast du eigentlich gesehen, wohin sie gegangen ist, nachdem sie sich so mit Hauke gestritten hat?«

Wieder ein Zögern ihrer Hand, die dann eine weitere

Strähne auf ein gefährliches Maß kürzte. »Mein Leben war ja nicht nur dazu da, sie zu beobachten. Also nein. Keine Ahnung. Einen Moment waren wir alle da und im nächsten war keiner mehr da. Ich weiß nicht, worum es bei dem Streit ging. Aber als sie wieder zurückkamen, waren sie sichtlich wütend. Alle beide. Und dann ist dieser Arschbombenwettbewerb vom Dach losgegangen, erinnerst du dich? Danach habe ich sie nicht mehr gesehen. Ich weiß nur, dass Hauke sie gesucht hat. Auch später.« Sie biss sich auf die Lippe.

»Später?«

»Ja, als wir alle schon eine Weile unterwegs waren. Er wollte nicht ohne sie ins Dorf zurückgehen mit der ganzen Bürgerwehr da draußen und da ist er noch einmal zurückgegangen.«

Mir wurde heiß. »Zurück wohin? Und woher weißt du das?«

Es schien, als wählte sie ihre Worte mit Bedacht. »Wir sind zusammen aus dem Schwimmbad weggelaufen. Er hat mich über dieses eingewachsene Tor Richtung Wald, nun ja … getragen.« Ihre Augen glitzerten. »Und dann … Na, dann schien Hauke aufgefallen zu sein, wie blöd ihr Streit war, schätze ich. Er wollte Fred sehen, sich entschuldigen. Schließlich war ja ihr Geburtstag. Und dann ist er in Richtung See gegangen, um sie zu suchen. Bei der alten Eiche. Das war ihr Lieblingsplatz.« Maria verstummte, nur noch das Rieseln der Haare füllte die Stille.

Hauke war allein zum See zurückgegangen, um Frederika zu suchen, nachdem sie gestritten hatten. Kurz bevor sie starb. Und wurde mit nassen Klamotten verhaftet.

»Hast du ihn denn anschließend noch mal gesehen?«

»Was?« Ich hatte Maria aus ihren Gedanken gerissen.

»Hauke. Nachdem er beim See war? Oder was hast du als Nächstes gemacht?«

Sie schob ihren Hocker abrupt zurück, ließ die Schere sinken. »Ist das hier ein Verhör?«

Ich wollte meine Hände beschwichtigend heben, was unter dem Polyesterumhang nicht so einfach war. »Nein, sorry, ich ... Ich versuche nur zu verstehen ...«

»Nein. Ich habe niemanden gesehen, okay? Wenn du es genau wissen musst, ich bin zurück ins Schwimmbad, habe den Kaschmirpulli gesucht, den ich mir an dem Abend von meiner Mutter ausgeliehen hatte, um keinen Anschiss zu kriegen, als die Bürgerwehr weg war. Zwischen all den Dingen, die die Leute während der Flucht zurückgelassen haben. Zwischen Bierflaschen, Jacken, Schuhen. Und dann bin ich zum Postschuppen gegangen. Wie alle.«

Ich atmete etwas zu laut aus.

Schweigen.

Ich sah mein Spiegelbild, das mit gestutzten Haaren einer Vogelscheuche ähnelte, und Maria, die mich aus einiger Entfernung anfunkelte. In meiner Situation mit halb fertiger Frisur vielleicht etwas gewagt, sie weiter herauszufordern. Egal. »Sag mal ... Erinnerst du dich zufällig ... Haukes Hose, sein T-Shirt ... Waren seine Klamotten trocken, als ihr zusammen geflohen seid? Vielleicht ist er vorher doch mit allen Sachen im Schwimmbecken gewesen?«

Sie runzelte die Stirn. »Äh, ja, ich denke trocken. Oder nein, nass. Ähm. Sorry, ich weiß nicht. Wieso?«

»Aber er hat dich über den Zaun getragen. Da müsstest du doch bemerkt haben ...«

»Nina, ich weiß es nicht mehr, okay?« Ihr Angriff kam prompt.

Ich ruderte zurück. »Okay, entschuldige.«

»Sorry, ich … Ich bin im Moment nicht ich selbst«, sagte sie dann und rutschte ihren Hocker zu meiner Erleichterung wieder dichter an mich heran und setzte die Schere an. »Sag mal, du stehst doch in Kontakt mit Kommissar Ulrich. Weißt du, ob das Tagebuch hilft, das Ganze zu lösen?«

Irgendwie war es mir unangenehm, mit dem Kommissar in Verbindung gebracht zu werden, schließlich hatten wir komplett andere Meinungen zu dem Fall. »Leider weiß ich rein gar nichts über dieses Tagebuch. Aber ich würde es zu gerne einmal in die Finger kriegen. Ich glaube, es würde jedem guttun, wenn diese ganze Sache endlich erledigt ist.«

»Ich stimme dir vollkommen zu. Erledigte Sachen sind immer gut.«

Unsere Unterhaltung war beendet. Sie war nun voll in ihrem Element. Ich ließ sie schneiden, war froh, dass ich nicht wie eine Vogelscheuche herumlaufen musste, und dachte über ihre Worte nach.

Dann rollte sie ihren Stuhl zurück, nahm einen Handspiegel von ihrem Wagen. »Das hier wäre zumindest schon einmal erledigt.« Sie hielt den Spiegel in die Höhe, sodass ich meinen Kurzhaarschnitt in voller Pracht betrachten konnte. Ihre Augen leuchteten auf. »Und, was meinst du? Ich finde, es steht dir hervorragend, macht einen ganz neuen Menschen aus dir.«

Wenigstens das.

FREDERIKA, 02.08.1999

Noch immer keine Nachricht von Jo. Die Premiere rückt näher, Hauke ist nur mit sich und seiner Wahl beschäftigt und ich habe meinen Freund verloren. Wieso?

Zumindest eine gute Sache habe ich heute erfahren: Die Johanning hatte einen Fahrradunfall und hat sich das Schlüsselbein gebrochen. So schnell kommt die nicht wieder. Karma, würde ich sagen.

Und dann ist er wie ein Ritter für seine Frau eingesprungen. Ist er ja schon oft, wenn sie ihre Migräne hatte. Aber es ist toll, wenn er da ist. Er ist einfach anders und so hilfreich. Ich wünschte, er könnte die Proben für immer leiten.

Ich bin froh, dass ich nicht auf seine Frau getroffen bin. Ich hätte echt nicht gewusst, wie ich mich ihr gegenüber hätte verhalten sollen. Ich meine, die Alte hat mich schließlich in der Schule eingesperrt! Immer noch unfassbar!

Jedenfalls haben die Proben heute das erste Mal seit Langem Spaß gemacht und ich hatte nicht das Gefühl, dass ich eine völlige Niete bin.

Hoffentlich wird die Johanning zusätzlich zu ihrem Schlüsselbein noch von ordentlichen Migräneattacken geplagt, damit sie so schnell nicht wiederauftaucht.

KAPITEL 21

»Du siehst aus wie ein Junge.« Kittys Worte hallten mir entgegen, kaum, dass ich zur Tür hereingekommen war, und so prompt, wie ihr Urteil mich traf, war sie auch schon wieder in ihrem Zimmer verschwunden.

»Mach dir nichts draus, sie hat einen schlechten Tag.« Margitta stand hinter dem Küchentresen und rührte in einer Teigschüssel. »Stimmt übrigens nicht, deine Haare sehen klasse aus. Maria weiß, wie man etwas aus anderen macht.«

»Danke«, sagte ich und legte meine Tasche auf das Sofa. »Was ist denn los mit ihr?«

»Weiß der Teufel, die Sonne ist zu hell, der Himmel zu blau, ihre Beine zu lang. Irgendwas wird es schon sein.«

Ich hatte Papa nicht bemerkt, der auf dem Sofa saß und die Tageszeitung studierte. Mittagspause.

»Die Zeitungen schreiben so viel über Frederika und ihren Tod und nun auch über das Theaterstück mit dem Brand.« Margitta deutete in Richtung der Zeitung meines Vaters, stellte die große Porzellanschüssel auf dem Küchentresen ab.

»Ja, da hat sie allerdings recht.« Papa hielt die Zeitung in die Luft, auf deren Titelseite ein Foto von der Bühne auf dem Stausee in einem Meer aus Seerosen prangte.

Alles für den Schein – Mordermittlungen können Heideblütenfest nicht aufhalten, stand dort in großen Lettern. Daneben die beiden bekannten Fotos von Ingrid Johanning und Frederika Petersen, altertümliche Portraits, die jeweils strahlende Frauen zeigten. In Frederikas Fall eher ein Mädchen. Es muss eines jener Passfotos gewesen sein, wie sie in der Schule aufgenommen wurden. Schon damals waren die Bilder durch die Presse gegangen. Die blassen Farben und die heute eigenartig scheinende Kleidung unterstrichen, wie viel Zeit inzwischen vergangen war.

»Und alle tun so, als hätten sie die Weisheit mit Löffeln gefressen. Es liest sich wie der Vorspann für einen Kinofilm, den sie anpreisen. Das ›ominöse Theaterstück‹, der Brand, die schöne Frederika, die mysteriöse Frau Johanning. Sie schreiben es so, als wäre alles eine große Verschwörung. Auch Hauke wird genannt. Nicht namentlich, aber jeder weiß natürlich, wer er ist. Selbst du kommst vor, Nina.«

»Wie bitte?«

»Na ja, du weißt ja, wie das ist. Eben dass der damalige Freund der Toten durch eine Augenzeugin entlastet werden konnte, die wieder im Dorf ist und die Polizei unterstützt.«

Ich schluckte.

»Ich glaube, Kitty befürchtet, dass sie in alldem untergehen könnte. Sie ist fasziniert von dieser ganzen Thematik und hat gleichzeitig Bedenken, dass sie den Anforderungen und Erwartungen für die Königinnenkandidatur nicht gerecht werden könnte bei all der Idealisierung dieses Mädchens in den Medien. Vielleicht hat sie auch Lampenfieber. In vier Tagen ist die Eröffnungsfeier und Kitty will unbedingt die Kostüme von damals haben, aber wir finden sie nicht. Vermutlich sind sie ebenfalls dem Brand zum Opfer gefallen. Das hat zumindest Albert gesagt, bevor er ...« Margitta unterbrach sich, nahm die Schüssel wieder in die Hand und rührte weiter. »Also ja, wenn du so willst, zu lange Beine, Sonne, Himmel, aber sag ihr das bloß nicht.«

»Du?« Kitty lag auf ihrem Bett und blickte verwundert auf, als ich ihr Zimmer nach dem Klopfen betrat. Der Raum sah aus wie aus einer Sitcom. Viel Altrosa, sowohl an Wänden als auch auf dem Metallbett, überall Zeitschriften und CDs, ein weißer Schminktisch, ein offen stehender Schrank, aus dem Kleidungsstücke in verschiedensten Formen und Farben quollen, die Wände voller Polaroids.

»Ich hätte nicht gedacht, dass man heutzutage noch CDs hört«, sagte ich und trat ein.

»Weiß auch nicht, die begrenzte Auswahl beruhigt mich irgendwie. Man nimmt eine in die Hand, legt sie ein und muss nicht Stunden durchs Internet scrollen, um zu entscheiden, was einem gerade am besten gefallen würde. Was gibt's?«

»Ich würde dir gern eine Sache erzählen, wenn du Zeit hast.«

Sie setzte sich auf, rutschte an den Rand des Betts. Ich nahm dies als Aufforderung fortzufahren.

»Also, Frederika, sie ... Deine Mutter hat erzählt, dass es dir nicht gut geht mit der ganzen Sache. Ich verstehe, dass diese Geschichte eine Faszination bei dir auslöst. Tut sie bei den meisten. Aber du musst wissen, dass auch sie nicht perfekt war. Ebenso wenig, wie es Kurt Cobain oder Janis Joplin waren oder Amy Winehouse.«

»Jetzt hör schon auf, die Leute aus dem *Klub 27* aufzuzählen.«

»Siehst du, du verstehst, was ich meine. Der Tod ... er verklärt Dinge.«

Sie schwieg. Ich brauchte einen anderen Winkel, schätzte ich.

»Hans Bremer sagt, du spielst besser, als Frederika es je gekonnt hat.«

Kittys Miene hellte sich langsam auf. »Das hat er gesagt?«

»Das hat er gesagt. Weißt du, Frederika war wunderschön, das ja. Aber das bist du auch. So schön, Kitty. Und du kannst spielen und du bist witzig.«

»Aber alle werden mich mit ihr vergleichen. Sie war so faszinierend, so einzigartig. Ich habe alles über sie gelesen, was ich gefunden habe, mir jedes Foto angesehen. Sie sah aus wie Lauren Bacall. Und hat sich so gekleidet, in einer Zeit, in der alle anderen unförmige Baggyhosen trugen, sogar die Mädchen.«

Ich musste grinsen. »Stimmt, jetzt, wo du es sagst. Klamottentechnisch waren die Neunziger ... sagen wir mal mittelmäßig. Aber selbst wenn euch die Leute vergleichen, erstens stehst du ihr in nichts nach und zweitens: Sieh es doch als eine Ehre mit dem berühmtesten Mädchen des Ortes verglichen zu werden. Außerdem, jetzt im Nachhinein kann man sagen, dass Frederika den Stil der Filmdiven perfektioniert hatte, den andere in ihrem Alter nicht einmal kannten. Aber damals ... Sie galt schon als sonderbar. Und wäre sie nicht so schön gewesen, wäre sie vielleicht sogar eine Außenseiterin gewesen.«

»Das klingt einsam.«

Kittys Bemerkung brachte die Sache auf den Punkt. Im Nachhinein betrachtet, musste Frederika sehr einsam gewesen sein, wenn sie ihre Geheimnisse niemandem anvertrauen konnte außer ihrem Tagebuch.

Kitty fuhr fort. »Weißt du, ich will schon immer Heidekönigin werden, seit Mama und ich damals hierher gezogen sind. Die schönen Kleider, die Ehre, ein Hofstaat. Aber es ist nicht nur das, nicht dieses Zur-Schau-Stellen. Ich liebe diesen Ort, diese ganze Region, klar hat alles auch hier seine Macken, aber ich möchte jeden davon überzeugen, wie schön es eigentlich hier ist, weil ich das erste Mal ein richtiges zu Hause gefunden habe.« Ihre Augen glänzten vor Leidenschaft. »Und natürlich kann man das ganze Gehabe belächeln, sich fragen, ob die Leute nichts Wichtigeres in ihrem Leben haben als dieses Fest und die Motivwagen, die sauber gefegten Bürgersteige … Wie viele Lebensstunden manche damit verbringen, kleine Sträußchen zu binden, die eine Woche später vertrocknet sind. Aber ist das nicht genau das Schöne? Dass sie *natürlich* etwas Wichtigeres haben, aber dass sie trotzdem so viel von sich geben, diesem Dorf das gewisse Etwas zu verleihen? Tradition, Zusammenhalt. Du siehst das als selbstverständlich, aber das ist es nicht.«

Ich wunderte mich über die Weisheit, die plötzlich aus Kitty heraussprudelte. »So habe ich das vermutlich lange nicht betrachtet.«

»Aber meine Freundin Laura zum Beispiel, die will sich jetzt auch als Kandidatin zur Wahl stellen lassen, weil sie meint, eine bessere Publicity als den Mord an Frederika würde es nicht geben, um selbst bekannt zu werden. Und ihre Familie wohnt seit Generationen hier. Sie wird doch sicher viel eher gewählt als ich, verstehst du? Und diese Blamage …«

»Pass auf, Kitty, also erstens kann Laura einpacken, wenn du dieses hellgelbe Kleid anziehst, das ist schon mal klar.« Ich deutete auf einen Haufen, der sich den Weg aus dem Kleiderschrank gebahnt hatte, und sah, wie sich ein Lächeln auf Kittys Gesicht ausbreitete. »Und wenn du denen am Sonntag auf dem *Kr*önungshügel dann alles genau so erzählst, wie du es mir gerade erzählt hast, mit deinem Feuer und deiner Überzeugung, dann wirst du sie alle in deinen Bann ziehen, egal wie viele Generationen vor Laura hier gewohnt haben. Ich habe fast mein ganzes Leben hier gewohnt und trotzdem gucken mich alle komisch an, das hat also nichts zu sagen.«

»Tja, du bist ja auch seltsam«, sagte sie und drückte mir neckisch ihren Ellenbogen in die Seite.

»Das kann schon sein.«

»Sorry, ich war ein Arsch vorhin, deine Haare stehen dir megagut.«

»Danke, ich gewöhn mich noch dran.«

»Und was ist mit dir los?«

Ich rechnete es ihr hoch an, dass sie trotz ihrer eigenen Sorgen, die sie tatsächlich als solche ansah, auch an mich dachte.

»Ach, weißt du, Erwachsenenkram, so blöd sich das anhört. Meine Arbeit gefällt mir nicht und mit Stefan … Na, sagen wir, wir finden gerade raus, dass wir etwas verschiedener sind als gedacht, und ich muss mir überlegen, inwieweit das alles noch so zusammenpasst.«

»Von außen betrachtet ist das immer leicht gesagt, aber nimm dir ein Beispiel an deinem *Klub 27* oder Frederika. Das Leben ist viel zu kurz, um Kompromisse einzugehen. Wenn sich etwas nicht richtig anfühlt, dann hat das häufig einen Grund.«

»Und so ein Rat von einem Kind.« Ich strecke ihr die Zunge raus.

»Immer wieder gern.«

»Gleichfalls.«

Plötzlich beugte sie sich zu mir und umarmte mich. Vielleicht sogar das erste Mal in meinem Leben.

FREDERIKA, 03.08.1999

Erst jetzt, wo ich Jo nicht mehr habe, merke ich, wie sehr ich ihn brauche. Das ganze Wochenende keine Nachricht! Hat dieses einfache Herz ihn so verschreckt? Es war doch gar nicht so gemeint. Ich wünschte, ich könnte es zurücknehmen.

Ich muss unbedingt mit ihm reden. Klar sehe ich ihn bei den Proben, aber dann ist er so neutral. Natürlich, wenn alle anderen dabei sind, was soll er auch machen? Aber ich merke eine neue Kälte in seinen Augen. Oder bilde ich mir das nur ein? Ich könnte mich ohrfeigen. Sollte ich ihm eine weitere Nachricht hinterlassen? Damit wir das klären? Mir bleibt kaum etwas anderes übrig, sonst werde ich verrückt. Aber wieso meldet er sich nicht?

Immerhin sind die Theaterproben besser und die ganze Farce nähert sich dem Ende. Ich hoffe, die Johanning kommt bis zur Premiere echt nicht wieder. Aber selbst wenn, mit einem Arm in der Schlinge kommt sie mir sicher nicht mehr so bedrohlich vor. Außerdem habe ich mir vorgenommen, einfach darüberzustehen. So würde es sicher eine professionelle Schauspielerin machen. Und schließlich meint Jo, ich hätte das Zeug dazu.

Vielleicht wäre das ja wirklich was für mich. Und immerhin wohnt Tante Mimi in Los Angeles. Die werde ich einfach mal besuchen fahren. Sie und mein Onkel haben mich schon vor längerer Zeit eingeladen. Und wer weiß, vielleicht entdeckt mich dort jemand? Ein bisschen Abstand von allem hier würde mir gut-

tun. Aber Geld für so eine Reise ist bestimmt eh nicht da. Mir ist schon aufgefallen, wie oft Mama die harten Brotreste von vor zwei Tagen aus der Bäckerei mitbringt, die sonst sicher nur für Schweinefutter hergenommen werden. Wenn sie von ihren immer häufigeren Arbeitseinsätzen kommt. Und Papa, wie er mit gesenktem Kopf vermeidet, uns anzusehen, wenn wir uns trotzdem hungrig darüber hermachen.

KAPITEL 22

An der Bienenweide hieß die Straße, die von der Ortsmitte zwischen endlos scheinenden Raps- und von Kornblumen durchzogenen Getreidefeldern in Richtung Ortsausgang führte. Heute asphaltiert und eine der besten Wohngegenden der Region mit Fachwerkneubauten. Früher ein Feldweg, an dessen Rand wir im Sommer gezeltet hatten.

Ich hatte mein Fahrrad an den Staketenzaun gelehnt und war den Weg zwischen den üppigen Staudenbeeten bis zu einer verzierten Holztür gegangen. Hier stand ich nun.

Es war Mittwochvormittag und ich hoffte, dass ich so weder den Mann noch eines der drei Kinder antreffen würde, sodass Johanna so frei wie möglich reden konnte. Maria hatte mich über Johannas Umstände, wie sie es nannte, informiert. Reich geheiratet, drei Kinder, Hausfrau. Und so, wie sich das Anwesen darstellte, verdiente Jan genug für beide. Umso mutiger, dass Johanna sich auf die Affäre mit Hauke eingelassen und damit alles aufs Spiel gesetzt hatte.

Als ich in dem perfekten Vorgarten stand, fühlte ich mich töricht. Wie kam ich nur darauf, dass sie mir irgendetwas anvertrauen würde?

Ich seufzte und ließ die Schultern hängen. Wie auf ein Zeichen öffnete sich die Tür und ließ mich zusammenfahren.

»Ach, ich dachte, das wäre die Post, ich hatte ein Paket … Moment mal. Nina, bist du das?«

Nach zwanzig Jahren trotz Kurzhaarschnitt erkannt? Entweder ich hatte mich gut gehalten oder ich war damals nicht so unscheinbar gewesen, wie ich vermutet hatte. »Ja, ich … äh … entschuldige den Überfall, aber ich …«

»Ach was, möchtest du reinkommen?« Johanna, nun Bruns, war mehr als schlank, dürr fast, ich hätte ihr gerne ein mit Butter beschmiertes Croissant in die Hand gedrückt. Sie musste Ende dreißig sein, dank ihrer Statur wirkte sie jünger. Bis auf ihr Gesicht. Da hatte der Nikotinkonsum in frühen Jahren seine Spuren hinterlassen.

Sie hielt mir die Tür auf und wies mit ihrem grazilen Arm ins Innere des Hauses. Mit eleganten Schritten führte sie mich durch ein Entree mit gemusterten Zementfliesen in den lichtdurchfluteten Wohnbereich. Während ich sie da so gehen sah, konnte ich nicht umhin, die Ähnlichkeit mit Frederika zu erkennen. Zumindest von hinten. Modelmaße, elegante Kleidung und schulterlange, blonde Haare mit Wasserwelle.

»Ich habe dich ja ewig nicht gesehen.« Johanna öffnete eine Schiebetür zu einer hölzernen Terrasse, die über den angrenzenden Wiesen thronte, und bedeutete mir, im Schatten auf einem der Korbsessel Platz zu nehmen. »Ich habe gerade frischen Kaffee gemacht. Milch, Zucker?«

»Danke, schwarz.«

Sie verschwand, um das Getränk zu holen, und ich genoss für einen Moment den Blick in die Ferne, der mich an früher erinnerte. Der Geruch von langsam trocknenden Getreidefeldern, weiter entfernt hörte ich das dumpfe Tuckern eines Mähdreschers. Einmalig, wie das Licht auf den im seichten Wind wippenden Ähren changierte. Kinder, die in der Stadt aufwuchsen, taten mir plötzlich leid. Erwachsene ebenfalls.

Die Schiebetür öffnete sich wieder und Johanna trat mit zwei Tassen heraus, die entweder selbst getöpfert waren oder nur so aussehen sollten, dabei aber ein Vermögen kosteten.

»So, Nina, was machst du hier?« Sie wusste, dass ich nicht auf Smalltalk aus war. Warum sollte ich auch? »Es geht um Frederika, oder?«

Ich nickte leicht beschämt.

»Ich habe keine Geheimnisse mehr, der ganz Ort meint ohnehin, nun alles über mich zu wissen. Also frag nur.« Sie setzte sich mir gegenüber auf einen Loungestuhl und reichte mir eine der beiden Tassen. Dann begann sie selbst, ohne dass ich die Gelegenheit gehabt hätte, eine Frage zu stellen. »Sie wollte weg, wusstest du das?«

Ich merkte, wie sich meine Augenbrauen kräuselten. »Weg? Wie weg?«

»Sie hat Hauke gesagt, dass sie am nächsten Tag nicht um die Wahl der Heidekönigin kandidieren würde, weil sie plante, Lopauthal zu verlassen. Darüber haben die beiden gestritten.«

Ich traute meinen Ohren kaum. »Sie wollte abhauen? Glaubst du, sie meinte es ernst? Woher …?«

Johanna zuckte mit den Schultern. »Ich habe den Streit an dem Abend gehört. Ja, es klang ziemlich ernst. Und es hätte auch die Sache mit Maria erklärt.« Johanna kniff die Augen zusammen, als sie den Namen ihrer ehemaligen Freundin aussprach. Da war es, ihr schlechtes Gewissen. Vielleicht empfing sie mich daher so bereitwillig, weil sie gerade niemand anders hatte.

»Die Sache mit Maria?«

»Ja, es war etwas seltsam. Kurz vorher hat Fred sie beiseite genommen und ihr gesagt, sie solle sich am nächsten Tag zur Wahl aufstellen lassen. So hat es Maria zumindest erzählt. Alle wussten natürlich, dass sie schon immer die Krone tragen wollte, aber nie eine Chance gegen Fred gehabt hätte.«

Ich nahm meine Kaffeetasse und trank einen geschmacklosen Schluck, während wir beide unseren Gedanken nachhingen. Nach all diesen Jahren erfuhr ich also endlich von dem Grund für den berühmten Streit zwischen Hauke und Frederika in der Mordnacht. Sie hatte weggewollt.

Du kannst alles sein, was du willst, hörst du? Lass dich von niemandem kleinhalten. Du hast nur ein Leben. Und du bestimmst, wie das aussieht, niemand sonst, okay? Egal was passiert. Wenn dir Scheiße passiert, musst du darüberstehen und etwas Besseres draus machen. Sei unantastbar. Das ist nicht bloß ein Ratschlag. Das ist die einzige Möglichkeit, allem hier zu entkommen, diesem gottverdammten Ort.

Sie hatte es mir gesagt, doch ich hatte es nicht verstehen können. Bis jetzt.

»Wohin wollte sie nur?«

»Keine Ahnung.«

»Und Hauke … Hat er das gegenüber euch danach je erwähnt?«

»Nein. Ich denke, er war einfach zu verletzt.« Sie musterte mich und kniff dabei die Augen zusammen. »Ich weiß nicht, was Maria dir über mich erzählt hat, aber ich bin sicher, es war nicht sonderlich gut. Natürlich verstehe ich das. Es war nicht richtig, die Affäre mit Hauke. Aber irgendwie … Ich habe das Gefühl, dass wir beide Fred am meisten vermissen. Dass niemand die Trauer um sie, um das, was ihr und auch uns damals genommen wurde, so tief fühlt. Maria nicht und Jan nicht. Jan hat mir verziehen, nicht zuletzt der Kinder wegen. Uns beiden geht es gut, zum Glück wieder. Um Maria und Hauke tut es mir leid, aber sie hatte es mit ihm auch wirklich nicht leicht. Er ist eben schwierig. War er schon immer.« Sie sah in die Ferne, dann auf ihre goldene Armbanduhr. »Oh, Nina, es tut mir leid, aber ich muss jetzt leider los, wir organisieren die Spendenrunde für den Königinnenlauf.«

Natürlich war auch Johanna im Blütenfestverein, wie hätte es anders sein können.

Ich nickte, stand auf, bedankte mich für den Kaffee und folgte ihr zurück durch den Wohnbereich.

Auf einem riesigen hölzernen Esstisch lagen ausgebreitet Zeitungsartikel und Fotos, die ich auf dem Hinweg übersehen haben musste. Ich erkannte heidebesteckte Motivwagen, Heideköniginnen im Wandel der Zeit, den *Flammensee*. Dann stach mir dieses eine Bild ins Auge.

»Oh, recherchierst du für das Fest? Das sieht ja spannend aus.«

Sie blieb stehen, drehte sich um, ihre Miene verfinsterte sich. »Ja, genau, eigentlich sollte ich Sonntag in der Jury für die Königinnenwahl sitzen, aber ... Nun ja, Ehebrecherinnen waren noch nie gerne in der Öffentlichkeit gesehen. Stattdessen mache ich nun diese Fotocollage, die dann in der Eisdiele aufgehängt wird. Was soll's ... So kam ich immerhin dazu, meine alten Fotos durchzusehen.« Ihr Gesichtsausdruck wurde weicher. »Wir hatten schon eine tolle Jugend.« Sie ruderte schnell zurück. »Also bevor das alles ...«

»Ich weiß, was du meinst. Darf ich?«

Sie nickte und ich trat näher an den Tisch, beugte mich über das Foto, das mir aufgefallen war. Drei blonde Mädchen auf Klappstühlen in einer Garage, die ich als die der Hansens erkannte. Frederika in der Mitte, Maria und Johanna zu ihren Seiten. Berge von Heideblüten auf dem Schoß und um sie herum, im Hintergrund ein großer Löwe aus Draht, der gerade mit den Sträußen bestückt wurde. Weitere Helfer, die die Sträuße anbrachten, ein junger Johan Müller, Hennie, Susanne, wenn man so wollte, die gleiche Crew, die jetzt dabei war.

Und dann bemerkte ich etwas. Die drei Mädchen hoben sich nicht nur aufgrund ihres gleichen Aussehens und jugendlichen Alters von den anderen ab, sondern auch durch ihre Kleidung: Langärmlige Shirts mit Rollkragen, während die anderen Arbeiter in kurzer Sommerbekleidung unterwegs waren.

»Das sieht ja warm aus. Was war denn da bei euch los? Wintereinbruch?«

»Ach das, ja, manchmal kann Mode wehtun. Ich weiß auch nicht, in dem Sommer trug Fred oft lang und sie sah dadurch so adrett aus. Meinte, die Jungs fänden es besser, wenn man nicht zu viel zeigen würde. Und wir Trottel haben einfach mitgemacht.« Sie lachte.

Sie sahen wirklich gleich aus. Nur, dass Frederika selbst auf diesem verpixelten Foto alle überstrahlte. Obwohl sie nicht lächelte. Sie sah verträumt auf etwas, was sich hinter dem Fotografen befunden haben musste, während die anderen beiden direkt in die Kamera blickten. Eine wahre Schönheit.

»Weißt du noch, wer das Foto aufgenommen hat?«

»Ja, Hauke. Er wollte seine drei Mädels, wie er es sagte, für die Ewigkeit festhalten. Erst jetzt wird mir bewusst, dass er das später auch tatsächlich getan hat.«

Ich überging ihre Aussage. Etwas schien hinter Hauke zu sein, das Frederikas Aufmerksamkeit mehr forderte als ihr Freund.

»Frederika scheint abgelenkt. Weißt du, wohin sie da guckt?«

Johanna nahm das Foto in die Hand, betrachtete es, ein Lächeln umspielte ihre Lippen. »Nein, das kann ich dir nun wirklich nicht sagen.«

Einen Versuch war es wert gewesen. »Schön, dass du das machst, das freut die Touristen sicher.«

»Danke.« Wir gingen weiter zur Tür. »Weißt du, Nina, ich finde es gut, dass du selbst nachforschst. Manchmal muss man eine Sache einfach selbst in die Hand nehmen.« Sie lachte. »Vielleicht findest du ja sogar den Besitzer von diesem merkwürdigen Fahrrad damals.«

»Fahrrad? Welches Fahrrad?«

»Die Polizei will alles von einem wissen, aber ob man damit weitergeholfen hat, erfährt man nie.« Sie schüttelte den Kopf. »Als alles vorbei war, sind Jan und ich durch den Wald wieder zurück zur Straße gekommen. Und da stand neben dem Parkplatz am See dieses Damenrad. Das einzige Fahrrad weit und breit. Lila war es. Heidelila und die Klingel war eine große Glocke. Und niemand schien damals zu wissen, wem es gehörte. Jan hat sogar die Glocke geläutet, so ein Idiot, wo doch die ganze Bürgerwehr noch unterwegs war. Ich weiß noch, dass ich ihn angemeckert habe, dass er leise sein soll, weil ich es so gruselig fand in der Stille. Es hörte sich so unpassend an, als ...«

Wieder stiegen mir meine Haare zu Berge, ich hatte das Gefühl, selbst die auf dem Kopf, als ich Hennies Worte wiederholte, die ich in der Bäckerei gehört hatte. »... als liefe eine Kuh über die Alm.«

Johanna wurde kreidebleich. »Woher ...?«

Als ich zu Hause ankam, hatte sich der Praxisparkplatz bereits geleert. Bis auf diese Menschentraube dahinten. Was war da los? Aufgeregtes Murmeln einiger Patienten, ich erkannte die Frau des Schlachters. Sie drehte sich um, als sie mein Fahrrad aus dem Augenwinkel wahrnahm, und rief: »Da ist sie ja, Nina, komm schnell, sieh dir das an!«

Hatte sich mein Puls gerade beruhigt, reagierte er sofort auf den erneuten Adrenalinausstoß. Was war passiert? Ein Patient? Ich stellte mein Fahrrad ab und beschleunigte meinen Schritt auf die Menschentraube zu. Doch als sie sich teilte, sah ich, dass niemand meine Hilfe brauchte. Sie alle standen um meinen Mini versammelt.

Das Banner war quer über meine Windschutzscheibe geklebt. Ich erkannte die altertümliche Schrift und die Farbe sofort. In weniger als einer Woche würde diese Art Schild an jeder angeblichen Sehenswürdigkeit und an jedem Wegweiser im Ort erscheinen. Schrift und Farbe des Heideblütenfestes. Nur der Inhalt grenzte sich völlig davon ab.

Hau endlich ab, Meyer!

FREDERIKA, 05.08.1999

Von wegen. Da war sie wieder, die alte Hexe. Hat es sich nicht nehmen lassen, zur Generalprobe noch einmal alle zu verunsichern. Ich fasse es nicht. Migräne offensichtlich überwunden.

Aber irgendetwas an ihr war heute anders. Und zwar nicht nur der Arm in der Schlinge. Sie hatte so einen seltsamen Gesichtsausdruck, wirkte irgendwie weicher. Sie kommentierte kaum etwas. Ich bin nicht sicher, ob sie überhaupt etwas wahrgenommen hat oder irgendwo in einer anderen Welt schwebte.

Denn selbst bei diesem Monolog, bei dem sie mich bisher jedes Mal fertiggemacht hat, hat sie nur genickt und wir haben weitergemacht. Einfach so. Und ich weiß, es war nicht meine beste Performance, weil sie mich mit ihrer Art so verunsichert hat. Hat sie etwa ein schlechtes Gewissen? Hat jemand mit ihr geredet? Oder war sie ... Ich mag es kaum glauben ... tatsächlich zufrieden?

Jedenfalls war es schön, das Ganze heute einmal komplett durchzuspielen mit Kostümen und Requisiten. Und am Ende hat sie sogar gelächelt und geklatscht. Das hat mich verwirrt.

Egal. Was es aber eigentlich heißt: Das war's! Finito, Schluss, aus. Keine Proben mehr. Keine Stunden allein mehr mit der alten Schreckschraube. Morgen ist frei und dann ist Premiere. Ach, ich bin ja so erleichtert!

Aber die letzten Worte der Johanning lassen mich irgendwie nicht los: »Besser als heute kann es nicht werden. Danke. Ich werde diese Erinnerung mitnehmen.«

Sehr theatralisch! Und nächstes Mal rastet sie dann sicher wieder aus.

Anschließend waren wir wieder im Schwimmbad. Ist schon zu einem festen Ritual geworden. Auch wenn der Bademeister außer sich sein wird, wenn es am nächsten Morgen wieder wie Sau aussieht. Ich verstehe auch nicht, wieso die anderen ihren ganzen Scheiß nicht einfach wieder mitnehmen können, wenn wir gehen. Bierflaschen, Chipstüten und so Zeug. Anscheinend hat letztens sogar Arthur ins Wasser gekotzt. Megaekelig. Da war ich zum Glück schon weg. Die müssen halt immer alle übertreiben.

Aber heute konnte ich das erste Mal seit Langem wieder mit ins Wasser, denn alles ist verblasst, und es war richtig schön! Aber als ich da so mit den anderen geschwommen bin, hatte ich das Gefühl, dass bereits eine neue Choreografie ohne mich entstanden war. Hauke, der nach seinen Witzen nicht mehr auf meine, sondern auf Marias Reaktion schaute. Und sie, die ihm die gewünschte Reaktion so bereitwillig lieferte, zu der ich mich in den letzten Wochen kaum mehr in der Lage gesehen habe.

Aber ich fand es nicht schlimm. Vielleicht wäre es doch besser, sie würde seine Königin. Denn sie will es wirklich.

Ich bin früher gegangen. Habe gesagt, ich müsste mich noch auf die Premiere vorbereiten. Keine Ahnung, ob es jemand geglaubt hat. Ich bin zum See, habe Jo eine letzte Nachricht hinterlassen. Gesagt, dass ich ihn dringend morgen Abend sehen muss, damit wir alles klären. Noch vor der Premiere. Dann habe ich den Hahn vor seinem Haus umgedreht. Ich wusste ja, wo alle waren, daher hatte ich keine Angst, dass mich jemand dabei beobachtet.

KAPITEL 23

Ich riss das Papier von der Scheibe, was von den Schaulustigen mit Ahs und Ohs kommentiert wurde, knüllte es zusammen und ignorierte die fragenden und verwunderten Ausrufe der Umstehenden.

Mein Vater erschien hinter einem der geöffneten Fenster der Praxis, angezogen von dem Tumult vor seinem Behandlungszimmer, und sah mich mit hochgezogenen Augenbrauen an. Ich winkte ihm wortlos mit der freien Hand zu, ging, den Papierklumpen unter dem anderen Arm, durch lautstarkes Getuschel zur Mülltonne, stopfte das Papier und meinen Ärger, so gut es ging, hinein, um anschließend auf mein Fahrrad zu steigen und mich zügig vom Hof zu machen.

Erst, als ich kurze Zeit später in die Einfahrt einbog, bemerkte ich, wohin ich gefahren war. Ich stellte mein Fahrrad neben der Haustür ab und ging automatisch an der offen stehenden Garage vorbei zur Hintertür.

Aus dem Dunkel sah mich ein fleckig besteckter lila Bär an, der mich an das Phantom der Oper mit Vitiligo erinnerte. Die Klappstühle waren leer, die vertrockneten Blüten vom Bau der letzten Tage zu einem Berg der Verwesung in eine Ecke gekehrt. Ein Wasserschlauch lag in einer Pfütze, der Boden unter dem Wagen war feucht. Er musste bis zum Festumzug regelmäßig gewässert werden. Ich sah auf die Uhr. Mittagszeit. Die Wagenbauer würden erst später eintreffen.

Mein Blick fiel auf eine Farbdose auf dem aufgestellten Tisch der Bierzeltgarnitur. Lila. Diese eine spezielle Nuance, die man überall auf der Welt wiedererkannte, wenn man hier aufgewachsen war. Daneben die Schablone mit dem Alphabet in dieser altertümlichen Schrift mit ihren dicker und dünner werdenden Linien, dem altdeutschen S. Zu dieser Jahreszeit hatte vermutlich jeder Zugang zu diesen Utensilien. Es könnte folglich schwierig werden herauszufinden, wer für die Nachricht verantwortlich war.

Ich wusste weder, ob Florian da sein würde, noch, ob ich nach all den Jahren das Recht behalten hatte, das Haus zu betreten, ohne zu klingeln.

Durch das rautenförmige Fenster der Hintertür konnte ich die Garderobe sehen, an der meine Jacke unzählige Male gehangen hatte. Wenn sich die Garderobe nicht geändert hatte, dann vielleicht auch nicht die Regeln.

Meine Hand am Türknauf setzte zu einer vertrauten Bewegung an. Und hielt inne.

»Siehst du, ich meinte doch, dich gesehen zu haben.« Florian hatte die Tür geöffnet, ein weißes T-Shirt und eine ausgewaschene Jeans am schmalen Körper.

»Kann ich reinkommen?«

Er wich einen Schritt zurück, schien an meinem Gesichtsausdruck bemerkt zu haben, dass etwas nicht in Ordnung war. »Klar, stimmt was nicht?«

Ich atmete aus, streifte mir die Turnschuhe von den Füßen und zuckte mit den Schultern. »Ich habe neue Informationen, vielleicht eine Spur und auf jeden Fall eine Nachricht erhalten.«

»Was? Äh, komm doch erst mal rein. Mama hat sich hingelegt, sonst ist keiner da.«

Es fühlte sich seltsam an, in diesem Haus zu sein. Alles war so vertraut, der Geruch, die Türen. Die Möbel hatten sich geändert, waren an den modernen Landhausstil angepasst worden, die Tapeten hatten eine andere Farbe als das verwischte Gelb von damals. Und doch wusste ich, dass die vierte Stufe von unten quietschen würde, als wir die geschwungene Holztreppe nach oben gingen.

»Ich hätte schwören können, dass aus deinem Zimmer ein Yogastudio wird.« Ich betrat den hellen Raum, der zur Einfahrt ausgerichtet war mit seiner großen Gaube und der breiten Fensterbank, auf der wir früher oft am offenen Fenster gesessen hatten.

»Tja, ich schätze, Mama wollte uns noch nicht loslassen. Das Haus ist groß genug und da hat sie unsere Zimmer so belassen.«

Es war merkwürdig zu wissen, dass Hauke ebenfalls wieder in dem Zimmer schlief, das nur durch eine Wand von uns getrennt war, die andere Hälfte der Gaube nach vorne heraus.

Florian nahm auf der durchgesessenen Ledercouch Platz, die sein Bett vom Rest des Zimmers abgrenzte, auf der wir den Grusel eines guten Horrorfilms kennengelernt hatten, und musterte mich. Ich setzte mich auf den Schreibtischstuhl ihm gegenüber.

»Du warst also bei Maria.« Mit einem Schmunzeln deutete er auf meine Haare. »Steht dir. Wie sagt man … adrett.«

»Was?« Meine Hand wollte die Haare hinter die Ohren streichen, was natürlich nicht gelang. »Ach so, das, ja … Aber das tut jetzt erst einmal nichts zur Sache. Es ist … Jemand scheint nicht zu wollen, dass ich weiter nachfrage. Ich hatte eine Nachricht auf dem Auto.«

»Was für eine Nachricht?« Er saß mit übereinandergeschlagenen Beinen auf dem Sofa. Ich kannte nicht viele Männer, die so saßen.

»Ein Plakat. Ein Heideplakat, das mir sagt, ich soll lieber wieder dahin zurückgehen, woher ich gekommen bin.« Ich zuckte mit den Schultern und merkte erst jetzt, dass meine Wut langsam weniger wurde. Schließlich sprach das Plakat nur aus, was ich selbst die ganze Zeit dachte. Was stand es mir zu, in der Vergangenheit all dieser Leute herumzuschnüffeln?

»Verstehe.«

»Verstehe? Das ist alles?« Reagierte ich über oder wieso blieb er so ruhig?

»Na ja, nach dem Artikel …«

Offensichtlich sprachen die Fragezeichen in meinen Augen Bände, denn er stand wortlos auf, verließ kurz das Zimmer, ich hörte die Treppenstufe quietschen. Kurze Zeit später kam er mit einer Ausgabe des *Morgenkuriers* wieder und legte sie vor mich auf den Schreibtisch.

Junge Ärztin nimmt sich alten Mordfalls an – Polizei überfordert?

Die Überschrift sprang mir von der Titelseite entgegen, daneben ein Foto von mir in weißem Kittel mit Stethoskop um den Hals, das von der Internetseite meines Krankenhauses stammte.

Ich überflog den kurzen Text, der meine Herkunft und meine Rolle in den damaligen Ermittlungen beleuchtete und anschließend unzählige Mutmaßungen darüber anstellte, was meine Beziehung zur Polizei betraf.

»Was zur Hölle …?«, sagte ich, als ich fertig war, nahm die Zeitung und drehte sie um, damit ich mich nicht mehr selbst anstarrte.

»Du hast es noch gar nicht gesehen?«

»Bisher nicht.«

»Na ja, das erklärt vielleicht die Nachricht, oder?«

»Was ein Scheiß, wer kommt denn auf so etwas?«

»Weiß es nicht jeder irgendwie?«

»Ich wette, es war diese Frau aus dem Supermarkt, die schon beim Theater …« Ich schüttelte den Kopf. »Was soll's! Immerhin verstehe ich jetzt, worauf sich das Ganze bezieht.« Neue Entschlossenheit keimte in mir auf, wenn auch aus Trotz. »Dann muss man jetzt eben auch Ergebnisse liefern. Also, pass auf …«

Und so berichtete ich Florian meine Neuigkeiten. Dass Frederika Lopauthal hatte verlassen wollen, der Grund für Streit zwischen ihr und Hauke. Und von dem Fahrrad, das bis heute anscheinend niemandem zugeordnet werden konnte.

Als ich fertig war, lehnte sich Florian quietschend in dem altersschwachen Sofa zurück.

»Sie wollte weg?« Er wirkte fast schockiert. Ich hatte unterschätzt, wie viel Zeit Frederika mit seiner Familie verbracht hatte. Selbst die Feiertage. »Puh, da kann ich mir gut vorstellen, dass Hauke sauer geworden ist. Meine Güte«, fügte er dann hinzu. »Wohin wollte sie?«

»Eine weitere Frage.« Ich drehte mich auf dem Schreibtischstuhl hin und her, wobei mein Blick auf eine kleine hölzerne Kiste auf dem Schreibtisch fiel. Ein Lächeln breitete sich auf meinem Gesicht aus, ich hielt inne. Im Deckel waren Spielkarten eingefräst und bunt bemalt. Ich fuhr mit einer Hand über das Relief und zog sie schnell zurück, als Florian verstummte und ich seinen Blick in meinem Nacken zu spüren meinte.

Ich wandte mich mit dem Drehstuhl um. »Entschuldige … Ich …«

»Alles gut.« Er lachte auf. »Ist ja irgendwie auch deine Kiste.«

»Sind sie immer noch darin?«

Er stand vom Sofa auf, kam zu mir herüber und griff an mir vorbei nach der Kiste. Ein Hauch seines Parfums erreichte meine Nase.

»Wenn sie sich inzwischen nicht selbst zersetzt haben.«

Etwas darin kam in Bewegung und klopfte von innen gegen das Holz, als er die Kiste schüttelte. »Hört sich so an. Aber ich schätze, wir sollten sie zulassen, ansonsten zerfallen die Bänder noch zu Staub wie irgendwelche mumifizierten Leichen, die man dem Sauerstoff aussetzt.«

Auch ich schmunzelte nun und zwang mich, ihm nicht zu sagen, dass man zur Mumifikation ohnehin Sauerstoff benötigte und ein Luftzug den mit Blut getränkten Freundschaftsarmbändern folglich nichts anhaben konnte.

Er stellte die Kiste behutsam auf eine Kommode am Fuße seines Bettes, auf der eine alte Lavalampe verstaubte. »Wir waren schon seltsam, oder? Wieso haben wir das noch mal gemacht?«

Ich erinnerte mich an den Tag im Apfelhain, an dem wir zwei hässliche Freundschaftsbänder aus Nylon aus dem Kaugummiautomaten ergattert und beschlossen hatten, uns mit der rostigen Säge aus dem Schuppen in den Finger zu ritzen. Das Band des jeweils anderen hatten wir in Blut gebadet, um unsere ewige Freundschaft zu beschwören. Dass wir nicht an Tetanus gestorben waren, war allein unserem Impfstatus geschuldet gewesen.

»Und du hast sie tatsächlich aufgehoben.«

Verlegen hob er die Schultern. »Vielleicht dachte ich, dass unsere Freundschaft dann doch irgendwo weiterexistiert.«

Dieser Gedanke war schön und ekelig zugleich. Ein Teil von uns beiden für immer zusammen konserviert. Unsere Zellen, unsere DNA zusammen in dieser Holzkiste.

»Oder ich war einfach zu faul auszumisten, so wie bei allem anderen hier, wie du siehst.« Er streckte mir die Zunge heraus und zwinkerte mir zu. Er war genauso unsicher wie ich selbst, wenn es darum ging, über unsere Freundschaft zu sprechen.

Florian ging zum Fenster und blickte nach draußen, ich drehte mich auf seinem Schreibtischstuhl im Kreis, weil ich glaubte, dass das Denken dann besser funktionierte. Oder weil es einfach Spaß machte und man so etwas als Erwachsener viel zu selten tat. Meine Wangen schlackerten im Fahrtwind.

Meine Gedanken kreisten laut weiter, so wie mein Körper auf dem Stuhl. »Sie wurde achtzehn um Mitternacht. Sie war volljährig und konnte tun und lassen, was sie wollte. Sie hat sich nicht wohlgefühlt zu Hause, irgendetwas mit ihrem Vater, das hat Hauke gesagt. Vielleicht wollte sie sich ja wirklich ein neues Leben aufbauen. Daher wollte sie nicht zur Königinnenwahl antreten. Und dafür brauchte sie Geld. Von Johanning, weil sie irgendetwas wusste, womit sie ihn erpressen konnte. Also wollte sie ihn treffen. Und dann musste sie nur die ganzen Leute irgendwie ablenken, die ihr an ihrem Ehrentag nicht von der Seite weichen würden. Sie braucht also ein Ablenkungsmanöver und da kommt der Tumult gerade recht und sie macht sich auf an den See, um Johanning zu treffen. Aber irgendwas kommt dazwischen.«

»Irgendwas.« Florian hob eine Augenbraue, wie ich verschwommen wahrnehmen konnte. »Wieso damit nicht bis zum nächsten Morgen warten? Und offensichtlich ist

Johanning ja nicht hingegangen. Zu dem vermeintlichen Treffen. Schließlich ist seine Frau vorher gestorben. Als Frederika noch lebte. Und wem gehörte das Fahrrad? Wer war stattdessen da? Und was hat die Polizei noch gegen Johanning in der Hand, wenn die Zeiten nicht stimmen können?«

»Sein angebliches Geständnis.« In meinem Kopf drehte es sich. Das passte alles nicht zusammen.

Ich dachte an das Foto vom Wagenbau, das ich bei Johanna auf dem Tisch gesehen hatte. Es appellierte an einen Gedanken, den ich einmal gehabt hatte, aber einfach nicht zu fassen bekommen konnte. Wie ein Stern, den man aus dem Augenwinkel am Nachthimmel entdeckt. Doch wenn man ihn näher betrachten möchte und seinen Blick darauf richtet, ist er fort. »Weißt du, ob irgendjemand von den Wagenbauern damals unser Jo sein könnte?«

»Jo ... Johan Müller?«

Ich hielt inne, dachte an den korpulenten Schmied und stellte mir vor, wie er ihr Tagebuch in seinen riesigen Pranken gehalten hatte, als er es fand. Als wir uns ansahen, mussten wir ein Lachen unterdrücken.

»Nie im Leben«, sagten wir gleichzeitig.

Wen also hatte Frederika so angesehen? Oder hatte sie niemanden angesehen und einfach nur von ihrer Zukunft weit weg von allem geträumt?

Ich schlich mich vorbei an den inzwischen eingetroffenen Arbeitern in der Garage zu meinem Fahrrad, weil ich keine Lust auf weitere Kommentare zu dem Artikel über mich hatte. Ein Auto fuhr in die Einfahrt. Hauke stieg aus dem BMW und öffnete die Beifahrertür. Gerade wollte er seinem Vater heraushelfen, als dieser Haukes Hand unwirsch abwies. Ich blickte schnell zu Boden.

Aus dem Augenwinkel sah ich, wie Carli Hansen sich schwerfällig aus dem Auto hievte, am Türrahmen festhielt und den Rücken straffte. Dann setzte er ein Lächeln auf und ging langsam und bedacht auf uns zu. Trotz der eingefallenen Wangen und dem Damoklesschwert einer schweren Krankheit war ihm der Stolz in den Augen anzusehen. Er war unverkennbar einmal ein attraktiver Mann gewesen.

Hauke schloss die Tür hinter ihm und folgte in einigen Schritten Entfernung.

Als ich auf mein Fahrrad zuging, passierte ich Carli Hansen, dessen schmerzverzerrtes Gesicht ich nun deutlich sehen konnte. »Hallo, Herr Hansen, lange nicht gesehen.« Ein »Geht es Ihnen gut« verkniff ich mir.

»Bist du gekommen, um meinem Sohn erneut das Herz zu brechen, oder schnüffelst du nur rum?«, raunte er mir zu, ohne mich anzublicken, und setzte seinen Weg fort.

Ich hielt perplex inne, fragte mich kurz, ob das gerade wirklich geschehen war, dann hörte ich, wie er hinter mir sagte: »Na, Leute, worüber reden wir? Ich hoffe, nicht das übliche Thema?«

Schnell ging ich auf mein Fahrrad zu, nahm es von der Wand.

»Und du suchst jetzt alle Frauen auf, mit denen ich je in Kontakt stand, oder was stimmt mit dir nicht?« Ich spürte Haukes große Gestalt in meinem Rücken, sein Atem streifte mein Ohr. Roch ich da Alkohol? War er nicht eben Auto gefahren? Ich drehte mich um. Er sah mitgenommen aus, seine Haare wirr, seine Augen fiebrig. Was war mit ihm passiert, seit ich ihn das letzte Mal gesehen hatte?

Ich war so überrascht von all den Wendungen, dass mir nichts einfiel.

»Kümmere dich um deine eigenen Angelegenheiten, Meyer. Schlafende Hunde schlafen gerne weiter, oder wie sagt man? Jedenfalls lass einfach gut sein oder noch besser, tu uns den Gefallen und geh wieder zurück in dein eigenes Königreich.«

Das zweite Mal an diesem Tag, dass diese Worte an mich gerichtet wurden. In diesem Fall wollte ich ihnen gerne nachkommen.

Ich schwang mich auf mein Fahrrad.

Als ich mich noch einmal umdrehte und zu Florians Fenster hinaufsah, konnte ich sehen, wie sich der Vorhang einen Moment vor dem gekippten Fenster bewegte. Vielleicht war es aber auch nur ein Windhauch gewesen.

FREDERIKA, 06.08.1999

Ich war natürlich viel zu früh. Saß da und habe gebangt.

Ich dachte schon, dass er nicht kommen würde, aber dann sah ich ihn durch die Büsche und fühlte mich so erleichtert. Ich hätte hinlaufen und ihn umarmen wollen, aber das haben wir noch nie gemacht und irgendetwas an seinem Gesichtsausdruck sagte mir, dass etwas nicht stimmte.

»Spielst du mit mir?«, waren seine ersten Worte. Eine Wut lag in seiner Stimme, die ich noch nie gehört hatte.

»Wie meinst du das?«

»Wieso hast du dich so lange nicht gemeldet?«

Ich war perplex, schließlich wollte ich ihn das Gleiche fragen. Außerdem hatte ich mich gemeldet, er hatte nur nicht darauf reagiert. Aber sein seltsames Auftreten ließ mich zum Gegenangriff übergehen, statt ihm alles zu erklären. »Weil du nicht gekommen bist und mich im Stich gelassen hast.«

»Wann?« Nun wirkte er verwundert.

»Als ich dich so dringend gebraucht hätte.« Jetzt, wo die Johanning wie verändert war, kam mir meine verzweifelte Nachricht an ihn noch lächerlicher vor.

»Und deshalb hast du mich ignoriert? Weil du sauer warst? Du bist eben doch ein kleines Schulmädchen. Das hier ist aber kein Spiel, Frederika! Außerdem bist du nicht aufgetaucht. Ich habe auf dich gewartet. Mehr als einmal.« Er griff nach meiner Hand. Das allererste Mal. Sie war warm und rau. Hoffnung keimte in mir auf. Hoffnung auf mehr.

»Was? Das ist Quatsch!« Wovon redete er? Daher sprang ich auf, ganz empört. »Ich wäre immer und überall hingekommen für dich. Jeden Tag habe ich nach einer Nachricht Ausschau gehalten, aber der Hahn, er war nie …«

Sein Gesichtsausdruck veränderte sich so schlagartig, dass mir die Worte im Hals stecken blieben. Plötzlich war da Kälte. Finsternis. Schnell zog er seine Hand von meiner zurück. Mit ihr wich alle Wärme aus meinem Körper.

»Jemand anders muss die Nachrichten gefunden haben. Das ist die einzige Erklärung. Jemand weiß von uns.« Er ließ sein Gesicht in die Hände sinken.

Es dauerte eine Weile, bis ich begriff. »Aber selbst wenn …«, sagte ich dann. »Es ist doch nicht verboten, sich zu treffen!«

»Wieso fühlt es sich dann so an? Sie könnten es gegen mich verwenden, verstehst du das nicht? Vielleicht ist gerade jetzt jemand hier und beobachtet uns. Er sah auf seine Hand, die noch eben meine gehalten hatte, als bereute er es zutiefst. Er erhob sich, strich seine Stoffhose glatt und ich wusste, was er sagen würde, noch bevor er es tat.

»Wir können uns nicht mehr sehen. Es ist vorbei.«

Und dann ließ er mich zurück. Allein auf der Bank am See und ich fühlte mich schrecklicher und verratener denn je. Ich hatte niemanden mehr.

Ich weiß nicht, wie lange ich dort gesessen oder was ich gedacht habe. Aber ich konnte nicht nach Hause gehen, diese Bank nicht verlassen, denn das hätte das Ende von etwas Wunderbarem bedeutet. Nie wieder würde er zu dieser Bank kommen.

Jemand wusste von uns, na und? Was wusste derjenige denn? Dass wir uns unterhielten? Und dafür verließ Jo mich, jetzt, vor dem wichtigsten Tag für mich?

Und als ich dann doch endlich aufstehen konnte, sah ich in einiger Entfernung, wie die Johanning die Bühne am Rande des Sees betrat. Ganz allein, ganz ruhig. Sie hatte eine Flasche in der Hand und ich erinnerte mich, dass man sich erzählte, dass sie vor der Premiere immer ein Glas Sekt auf der Bühne trank.

Sie sah so traurig und verzweifelt aus, wie ich mich fühlte. So hatte ich sie noch nie gesehen. Ich wollte nicht, dass sie mich entdeckte. Daher schlich ich mich in die andere Richtung davon. Die konnte ich jetzt nicht auch noch ertragen. Aus dem Augenwinkel sah ich, wie sie den Flascheninhalt einfach auf der Bühne auskippte, anstatt ihn zu trinken. Machte man das so im Theater? Wie eine Schiffstaufe?

Vielleicht aber hatte auch sie alle Hoffnung verloren. So wie ich. Plötzlich konnte ich ihren unaushaltbaren Schmerz verstehen und hatte das Gefühl, etwas tun zu müssen. Irgendetwas.

KAPITEL 24

Margitta sah die Nachricht auf meinem Auto als öffentliche Drohung, mein Vater als blöden Streich und Kitty schien lediglich empört darüber zu sein, dass mir mehr Aufmerksamkeit galt als ihr.

»Was bringt dir das Ganze eigentlich, Nina? Ich habe ja verstanden, dass du mal etwas Neues brauchtest, und da haben wir uns auch drüber gefreut, aber das war doch, als du dachtest, dass Kommissar Ulrich deine Meinung vertritt. Nun ist aber die gesamte Polizei der Meinung, dass der Mörder bereits verhaftet worden ist. Solltest du dann nicht vielleicht überlegen, die Sache ruhen zu lassen, sodass sich alle trotzdem noch auf das Fest freuen können? Du machst doch alles kaputt.«

Margitta und mein Vater zogen synchron die Köpfe über ihrem Teller ein in Erwartung meiner Reaktion.

Ich hatte keine Ahnung, wieso Kitty meine Nachforschungen so gegen den Strich gingen. Noch vor Kurzem wollte sie alles über Frederika wissen. Ich hatte sogar das Gefühl gehabt, dass ein Knoten zwischen uns geplatzt war. Und nun: Pustekuchen.

Ich schnaufte, sodass mir kleine Teile des gedünsteten Brokkoli in der Nase hängen blieben. Mein Schnaufen ging unbemerkt in Husten über und verhinderte so einen größeren Streit. Als ich meinen Atem wiedererlangt hatte, ließ die inzwischen verstrichene Zeit meine Stimme milder klingen. »Ich würde eher sagen, dass ich vielleicht auf genau der richtigen Spur bin, wenn es irgendjemandem nicht passt, was ich tue.«

»Schon mal darüber nachgedacht, dass die Leute einfach genervt sind?«

»Kitty!« Margitta sah mich beschämt über den Tisch hinweg an. »Sie meint es nicht so, Nina, sie ist aufgeregt.«

»Ich sitze hier, Mama, ich kann selbst für mich sprechen und nein, es liegt nicht an meiner Aufregung. Manche Leute finden es eben peinlich, wenn eine junge Frau, die mitten in einer Lebenskrise steckt, plötzlich versucht, die große Heldin zu markieren.« Kitty schob ihren Teller von sich weg, verschränkte die Arme und funkelte mich provokativ an.

»Du hast ja keine Ahnung«, murmelte ich. Auch mir war der Appetit auf ein Essen vergangen, das mir nie geschmeckt hatte. Seit mehreren Tagen nun gab es keine Sahnetorten mehr, das Abendbrot war von Fisch und gedünstetem Allerlei dominiert, weil Kitty so kurz vor ihrem großen Auftritt Wert auf eine gesunde Ernährung legte. Nicht, dass sie es nötig gehabt hätte.

Bisher hatte mein Vater sich einen Kommentar verkniffen und auf sein Essen geblickt, in dem er lustlos herumstocherte. »Ich war heute bei Albert.«

Sofort hatte er meine Aufmerksamkeit. »Ist alles in Ordnung? Was hat er gesagt?«

»Der Gefängnisarzt hat mich angerufen und wollte seine Vorbefunde haben. Offenbar ist sein Herz durch all den Stress noch schwacher. Er ist gestern kollabiert.«

»Scheiße, die Haft zerstört ihn.«

Ich hatte mehrmals versucht, Kontakt mit Herrn Johanning aufzunehmen, um ihn zu besuchen, aber er hatte mich nicht sehen wollen.

»Ich glaube nicht, dass es nur die Umgebung ist. Irgend-etwas macht ihn kaputt. Und selbst wenn er zu Hause wäre … Ich weiß nicht, wie lange das sein Herz noch mit-macht. Es hat schon angefangen, bevor er verhaftet wurde. Eigentlich geht es seit zwanzig Jahren bergab mit ihm.«

»Ja, weil die Schuld ihn auffrisst, ist doch klar.«

»Kitty, es reicht langsam. Du hast keine Ahnung, du warst damals noch nicht einmal auf der Welt. Jeder kann Albert Johanning runtermachen, wie er will, aber das Thea-terstück seiner Frau ist noch gut genug, um die Besucher-zahlen des Festes anzuheizen. Langsam würde es mich nicht wundern, wenn jemand der Festorganisation etwas mit der Sache zu tun hätte. Wie praktisch, dass der Fall genau jetzt wieder aufgerollt wird zum zwanzigsten Jubi-läum mit diesem Theaterstück. Und so wie die Zeitungen berichten, werden die Besucherzahlen durch irgendwel-che makabren Schaulustigen höher sein als je zuvor. Ich hätte nicht schlecht Lust, das ganze Fest zu sabotieren.«

Margitta zog die Luft etwas zu laut ein.

Die Worte waren mir herausgerutscht und ich wusste, dass ich ihr damit auf die Füße getreten war. »Entschul-dige, ich … ich meine ja nur, dass …« Mir blieb nichts mehr zu sagen. Ich sah von der mich noch immer anfun-kelnden Kitty zu dem zusammengeklatschten Brokkoli auf jedermanns Teller, über Margitta zu meinem Vater. Dann erhob ich mich mit einem Knarren des Stuhls. »Ich muss noch einmal weg, entschuldigt.«

Mein Vater nickte mir zu, als hätte er tatsächlich einen Schimmer davon, was ich nun tun würde. Musste. Als ich in die Küche ging, um meinen Teller abzustellen, hatte die Unterhaltung ganz natürlich einen neuen Verlauf gefunden.

»Ich kann es noch gar nicht fassen«, hörte ich Kitty aufgeregt sagen. »Nun kann ich doch das Originalkostüm anziehen. Und all die Aufregung war umsonst.«

»Wie meistens«, murmelte ich vor mich hin.

»Wo war es denn?« Die warme Stimme meines Vaters, der nun auch losgelöster redete, da ich vom Tisch aufgestanden war. Ich hatte die Stimmung eindeutig gedrückt und fühlte mich wieder wie ein erwachsenes Kuckuckskind.

»Im Theaterfundus in der Schule, ganz hinten unter einem Haufen kitschiger Prinzessinnenkleider war noch eine Truhe, da waren die für damals angefertigten Kostüme drin. Sie sind so gut in Schuss, ein bisschen muffig, aber wir werden sie nutzen können, nicht wahr, Kitty?« Ich hörte Margittas Strahlen in der Stimme.

»Ja, komisch, dass Albert Johanning sich da nicht mehr dran erinnern konnte, und gut, dass wir noch einmal geguckt haben. Schließlich gab es da noch den einen oder anderen weiteren Schatz. Na, aber ich will nicht zu viel verraten, schließlich soll es ja eine Überraschung werden. Wenn man bedenkt, dass tatsächlich alles vintage ist ... Einfach super.«

Ich rollte mit den Augen ob der Friede-Freude-Eierkuchen-Unterhaltung, steckte mein Handy, das seit dem letzten Gespräch mit Stefan schwieg, in die Hosentasche und nahm den Schlüssel, den ich inzwischen erhalten hatte, aus der Schale auf der Kommode im Flur.

»Nina«, hörte ich die Stimme meines Vaters mir hinterherrufen. »Wenn du durch irgendeine himmlische Fügung noch ein Ass im Ärmel haben solltest, wie es meistens der Fall bei dir ist, dann wäre jetzt, denke ich, die Zeit, es auszuspielen.«

»Ich hoffe, zwanzig Jahre verspätet wird der Spielzug noch anerkannt«, entgegnete ich und ließ die Tür hinter mir ins Schloss fallen.

KAPITEL 25

Ich schwang mich auf mein Fahrrad und es schien, als würden sich selbst die Gerüche erst in den kühleren Abendstunden nach draußen trauen: die der Hitze trotzenden Rosen entlang des Bürgersteiges, das vertrocknete Gras des Spielplatzes, das mich an Heuernte erinnerte, Lavendel in den Vorgärten.

Mich überkam ein schlechtes Gewissen. Immer wieder dachte ich nur daran, den Fall zu lösen. *Den Fall.* Doch war der Fall in Wirklichkeit eine geliebte Tochter. Eine geliebte Tochter, deren Mutter aus der Zeitung von der Amateurermittlung einer zurückgekehrten Ärztin erfahren musste und sich sicher fragte, was diese Ärztin mit ihrer Tochter verband. Ich konnte nur hoffen, dass sie den Ort vorübergehend verlassen hatte, obwohl ich so viele Fragen an sie gehabt hätte. Aber das konnte ich einfach nicht bringen. Eine trauernde Mutter aufsuchen.

Ich blieb vor einem rot verklinkerten Häuschen stehen, lehnte mein Fahrrad an den Metallzaun und ging durch das Tor in den schlichten Vorgarten. Durch ein Fenster konnte ich das künstliche Flimmern eines Fernsehers erkennen.

Ich straffte meine Schultern, dann klingelte ich.

Im Inneren bellte etwas Kleines, ich erinnerte mich an den weißen Wuschelhund auf einem der Fotos in Ulrichs Büro.

Schwere Schritte, ein paar halbherzige, verbale Versuche, den Kläffer zu bändigen, dann öffnete sich die Tür.

Ulrich stand in alter Walrossmanier vor mir, ein kurz-ärmliges, gestreiftes Hemd mit einem Saucenfleck auf dem dicken Bauch. Die Chinohose hatte er gegen eine kurze Sporthose eingetauscht, die wohl nicht zu diesem Zweck, sondern aufgrund des elastischen Gummibundes gewählt worden war.

Im ersten Moment wirkte er verärgert über meinen Besuch, dann blickte er an sich herunter und schien lediglich verärgert über sich selbst. Ein Lächeln, eher abfällig als freundlich. »Was verschafft mir die Ehre zu dieser Stunde? Gekommen, um der Polizei zu zeigen, wie es wirklich läuft?«

Ich überging seine Begrüßung und polterte einfach drauflos. Jetzt oder nie. Die Worte waren endlich da.

»Frederika hatte die Statue in der Nacht bei sich. Sie saß damit am See, ich habe sie gesehen. Es war nicht der Mörder, der sie mitbrachte. Schon gar nicht Herr Johanning. Sie hatte sie selbst dabei. Man kann Herrn Johanning nicht des vorsätzlichen Mordes beschuldigen.«

Kurz schien er sich an einem imaginären Krümel zu verschlucken, dann räusperte er sich. Nach dem Klang meiner Stimme setzte das helle Bellen im Flur hinter Ulrich wieder ein.

»Ich habe sie gesehen«, fügte ich mit Nachdruck hinzu, denn ich war mir nicht sicher, ob er verstanden hatte.

»Du willst mich doch verarschen.«

»Nein, ganz sicher nicht.«

Er drehte sich zögernd um, als überlegte er, ob er mich hereinbitten sollte, schien es sich dann aber anders zu überlegen. »Was zur Hölle willst du damit sagen, Nina?«

Also hier und jetzt, na schön.

Und dann erzählte ich es ihm. Alles. Dass ich Frederika getroffen hatte, dass ich nicht wusste, was da neben ihr gelegen hatte, bis die Statue gefunden worden war.

»Wann war das in etwa? Wann hast du Frederika allein gelassen?«

Die Wortwahl versetzte mir einen Stich. Ich hatte sie *allein gelassen*. Und dann war sie gestorben. »Kurz vor Mitternacht.« So oft hatte ich das in Gedanken durchgespielt, daher kam die Antwort prompt.

»Und worüber habt ihr geredet?«

»Ich weiß nicht, über alles und nichts. Sie wollte weg«, sagte ich dann, weil ich das Gefühl hatte, ihm etwas geben zu müssen. So wie man einem Hund einen Knochen hinhält.

»Ja, das stimmt.«

»Wohin wollte sie?«

»Das geht dich weiß Gott nichts an.«

»Aber Sie haben den Falschen eingebuchtet. Albert Johannings Statue war am See, ja, aber alle Vorbehalte, die Sie gegen ihn haben, haben sich soeben in Luft aufgelöst. Jeder hätte hingehen, die Statue nehmen und sie Frederika über den Kopf schlagen können. Niemand hat einen Beweis dafür, dass er überhaupt am See war.«

»Unabhängig davon, dass wir überprüfen müssen, was du da gesagt hast, tut es in dem Sinne nichts zur Sache. Es ist nicht das Einzige, was ihn verdächtig macht. Wenn du mich jetzt entschuldigst ...«

Hitze stieg mir ins Gesicht. »Was hat es übrigens mit diesem Fahrrad am See auf sich, das niemand identifizieren konnte? Wem gehörte das? Hat das mal jemand überprüft?«

»Ich bin dir keine Rechenschaft schuldig. Ich habe einen Fehler begangen, als ich dich in die Ermittlung einbezogen habe. Ich dachte, dass auch du daran interessiert wärst, die Sache zu klären. Aber dass du die Ermittlungen als persönliche Rehabilitationsmaßnahme benutzt ...«

»Hören Sie«, meine Stimme klang ruhiger, als ich mich fühlte. »Herr Johanning ist krank. Sehr krank. Und ich glaube, dass das, was ich in der Nacht gesehen habe, ihn eindeutig entlastet. Zumindest so, dass man ihn nach Hause lassen kann, damit er sich erholen kann, bis das alles geklärt ist, oder nicht?«

»Es gibt eindeutige Beweise und ein Geständnis für seine Schuld. Ihn plagt sein Gewissen. Und deshalb hat er das Tagebuch an den Ort gebracht, wo alles geschehen ist. Das Zentrum der Arbeit seiner Frau und Frederikas Todesort.«

»Wer sagt Ihnen denn, dass der Mörder das Tagebuch überhaupt gehabt hat?«

»Alle haben ausgesagt, sie hätte es nie aus der Hand gelegt. Daher liegt die Vermutung nahe, dass es bis zum Schluss bei ihr war. Bis der Mörder es mitgenommen hat. Und alles spricht dafür, dass es Albert Johanning war. Außerdem ... ist es nicht das einzige Mal, dass er gelogen hat. Er ist natürlich sonst ein ganz passabler Mensch, aber wer einmal so lügt ...«

»Warum ist er dann nicht einfach zu Ihnen gekommen, als er alles nicht mehr konnte, hat sich hingestellt, Ihnen das Buch gegeben und alles erzählt? Das macht doch gar keinen Sinn.«

»Vielleicht wollte er die Gerechtigkeit herausfordern. Was weiß ich, was in so jemandem vorgeht? Er wurde an dem Morgen, an dem das Tagebuch gefunden wurde, allein an der Bühne gesehen. Du weißt doch, Motiv und Gelegenheit. Albert hatte beides. Sowohl für die Morde als auch dafür, das Tagebuch zu verstecken.«

»Das beweist doch noch gar nichts.«

»Niemand sonst wurde gesehen, bis auf Maria Hansen, aber die brachte bereits Equipment für die Malerarbeiten.«

Maria Hansen. Immer wieder tauchte sie auf.

»Wer, wenn nicht der Mörder, sollte zwanzig Jahre lang schweigen, weil er so ein wichtiges Beweisstück hatte, und dann ausgerechnet jetzt damit um die Ecke kommen?«

Und dann war er plötzlich da, der Stern, den ich all die Zeit nur aus dem Augenwinkel gesehen hatte, den ich nicht hatte fokussieren können. Aber nun in diesem Moment, in dieser sternenklaren warmen Nacht auf der Türschwelle des alten Dorfkommissars sah ich ihn klar und deutlich und leuchtend und beängstigend vor mir.

Drei Mädchen, die alle gleich aussahen. Ich hatte alle Puzzleteile die ganze Zeit beisammengehabt. Und nun fügten sie sich zu einem Bild.

Wieso hätte Frederika zum Postschuppen gehen sollen? Sie hatte Herrn Johanning unmittelbar treffen wollen, nicht erst zwei Stunden später. Und sie hatte die Tatwaffe bereits um Mitternacht am See gehabt.

Und dann war da die alles entscheidende Frage, wer etwas davon hätte, das Beweisstück jetzt auftauchen zu lassen. Jemand, der den Inhalt kannte und wusste, dass es Hinweise auf einen gewissen Schuldigen bereithalten würde.

Wieder dachte ich an den Abend. Ich dachte an Frederika, die in ihrem weißen Kleid am See saß. Mit der Statue, mit ihren Zigaretten. Und mit sonst nichts.

Ich dachte an Hauke, der kurz nach Mitternacht mit nasser Kleidung von der Bürgerwehr aufgegriffen worden war.

Und an Maria, die zurück ins Schwimmbad gegangen war, um einen Pullover zu holen, und von all den Dingen berichtet hatte, die in der Eile zurückgelassen worden waren.

Ich merkte, wie mein Mund offen stand und langsam, aber sicher austrocknete.

Ulrich wedelte mit einer Hand vor meinen Augen, aber ich dachte weiter. An das Mädchen, das ich später, nur für diesen einen kurzen Moment, vom Postschuppen hatte weggehen sehen. Das Mädchen in der pinken Jacke. Eine pinke Jacke, die ich nie am See gesehen hatte, jetzt fiel es mir wie Schuppen von den Augen. Ebenso wenig wie das Buch. Es hatte nicht neben Frederika im Gras gelegen.

Mir wurde heiß, mir wurde kalt. Das Mädchen mit den weißblonden Wellen, in dem weißen Kleid am See.

Das Mädchen mit den gleichen blonden Haaren der pinken Jacke, den Turnschuhen, den nackten Beinen und …. der kurzen Hose. Es war Maria gewesen, die ich am Postschuppen gesehen hatte, nicht Frederika.

Maria hatte nicht nur ihren Pullover gefunden. Sondern auch Frederikas Jacke und vielleicht … ihr Tagebuch.

Mein Herz raste. Wer würde etwas davon haben, das Tagebuch nun zu veröffentlichen? Welchen Grund konnte es geben außer … Rache?

»Erde an Nina, Erde an Nina.«

Ich blinzelte, schloss den Mund, befeuchtete meine ausgetrockneten Lippen.

»Wenn ich beweisen könnte, dass es jemand anders war, der das Tagebuch hatte. Dass dieser jemand nicht Albert Johanning war, dass jemand das Buch hatte und es an diesem Tag für alle sichtbar an die Bühne gelegt hat. Würde das Albert Johanning entlasten?«

Ulrich seufzte schwer. »Weißt du, Nina, vielleicht sollte dir mal jemand sagen, dass du nicht Pippi Langstrumpf bist, dass du dir die Welt nicht machen kannst, widdewidde wie sie dir gefällt. Es geht hier um eine Mordermittlung und nicht um ein Spiel.«

»Würde es Albert Johanning so weit entlasten, dass man ihn freilassen würde?« Ich versuchte, meine bebende Atmung zu unterdrücken, sah ihm direkt in die Augen.

»Für den extrem unwahrscheinlichen Fall, dass du irgendjemanden auftreibst, der offenkundig gesteht, dieses Verbrechen der Beweisunterschlagung zwanzig Jahre lang begangen zu haben, und sich dies nicht als neues Hirngespinst von dir herausstellen sollte ...Vermutlich ja. Dann wird man nicht genug für eine Mordanklage gegen ihn in der Hand haben.«

Ich atmete aus, schloss die Augen. »Gut«, sagte ich, machte auf der Hacke kehrt und ließ Ulrich an der Tür lehnend zurück, ohne mich zu verabschieden.

»Was auch immer du jetzt vorhast, Nina ... Dir sollte klar sein, dass es irgendjemand gewesen sein muss. Dass irgendjemand Frederika, vielleicht sogar auch Ingrid Johanning, damals getötet hat. Und dass es hochwahrscheinlich ist, dass du den Täter kennst. Dass wir ihn alle kennen. Du kannst nicht jeden Verdächtigen vor einer Verurteilung bewahren, nur weil er dir nahesteht. Außerdem vergisst du eine wichtige Sache: Wieso würde Albert riskieren, den Rest seiner Tage im Gefängnis zu sitzen, wenn er absolut nichts mit den Morden zu tun hat?«

»Das ist eine gute Frage. Vielleicht die Schlüsselfrage. Was hat sich damals zwischen den dreien abgespielt? Frederika, Albert und Ingrid Johanning?«

Wenn ich etwas durch meine Arbeit als Ärztin gelernt hatte, dann war es, einem Bauchgefühl nachzugeben. Ich hätte Herrn Behrens nicht operieren sollen an dem Tag, mich hatte etwas gestört. Dieser kleine Punkt in der Computertomographie, der eine Arterie, eine Vene, ein Schatten oder eine Verpixelung hatte sein können. Ich hätte es nicht tun dürfen. Ich hätte eine weitere Untersuchung durchführen lassen müssen, eine Gefäßdarstellung. Aber dann hätte der OP-Saal an jenem Tag leer gestanden und das hätte einen finanziellen Verlust für das Krankenhaus bedeutet. Weitere Operation am Folgetag hätten aufgeschoben werden müssen.

Und damals fehlten mir eindeutig die Eier, hinter so einer Entscheidung zu stehen.

Aber wenn man einmal darüber nachdachte, etwas zu tun, dann sollte man es tun, wenn es auch noch so unangenehme Folgen haben mochte.

KAPITEL 26

Ein Klettergerüst stand auf dem Rasen, der einmal ordentlich gewesen sein musste, aber allmählich in wilde Natur überzugehen schien.

Ich klingelte an der hellblauen Haustür und der Schall verhallte irgendwo im Inneren.

Zunächst keine Regung. Es war bereits nach neun und ich hatte nicht darüber nachgedacht, dass Max womöglich schlief.

Dann unregelmäßige Schritte. Die Tür wurde mit einem Knarren einen Spaltbreit geöffnet und Marias Kopf lugte hervor. Ihre Wangen sahen noch eingefallener aus als beim letzten Mal, obwohl ich sie erst vor zwei Tagen gesehen hatte. Sie war nicht geschminkt. Als sie die Tür weiter öffnete, sah ich, wie ein großer Männerpullover um ihren mageren Körper schlackerte. Sie blinzelte ins Licht der untergehenden Sonne, als hätte sie lange Zeit unter der Erde gelebt.

»Oh Nina, hallo. Ist etwas nicht in Ordnung? Entschuldige, ich war heute nicht im Salon. Bist du unzufrieden, soll ich etwas nachschneiden?«

Zunächst begriff ich nicht, doch dann fuhr ich mir über meinen blanken Nacken. »Nein, danke, es ist alles wunderbar. Also meine Haare. Ich … darf ich vielleicht kurz reinkommen?«

Verstohlen sah sie in einen dunklen Flur hinter sich, als hätte sie etwas zu verstecken. Ein randvolles Rotweinglas auf einer Anrichte fiel mir ins Auge, auf der sich ungeöffnete Briefe stapelten. »Sei mir nicht böse, aber gerade …«

Ich unterbrach sie. Keinen Tag länger der Ungewissheit. Kein weiterer unnötiger Tag, an dem Herr Johanning im Gefängnis vor die Hunde ging. »Du hast gesagt, Hauke wäre Frederika suchen gegangen, nachdem ihr zusammen geflohen seid. Und du bist noch einmal ins Schwimmbad gegangen, um deinen Pullover zu holen.«

Jetzt, alles oder nichts.

»Neben deinem Pullover hast du noch eine andere Jacke gefunden, Maria, richtig?«

Sie wurde kreidebleich, grünlich fast.

»Frederikas«, fügte ich hinzu, obwohl ich sehen konnte, dass das nicht nötig war.

Ihre Hand glitt von der Tür, die sich automatisch weiter öffnete. Ein Geruch aus Alkohol und abgestandener Luft drang mir entgegen. Unwillkürlich blickte ich die Treppe hinauf.

Maria hatte sich gefangen, folgte meinem Blick, griff die Tür und schloss sie wieder. »Er ist nicht da. Max. Er ist nicht da und ich betrinke mich.«

Ich versuchte, meine Stimme sanft klingen zu lassen. »Du warst es, stimmt's? Du hast das Buch auf der Bühne am See abgelegt, damit man es findet. Du hast es all die Jahre gehabt.«

Sie schloss die Augen.

»Ich bin nicht hier, um dich anzuklagen, ich bin hier, weil ich etwas herausfinden muss.«

Sie schlang die Arme trotz der Temperaturen eng um ihren fragilen Körper. Dann griff sie an die Garderobe neben sich, nahm einen Wollmantel vom Haken und wickelte sich auch dort noch hinein. »Lass uns nach draußen gehen. Ich glaube, ich brauche ein wenig frische Luft. Und ...«, sie nahm das Glas Rotwein von der Anrichte, »und das hier. Du auch? Ja, ich versuche gerade zwar, mich zu betrinken, aber der Wein ist trotzdem gut. Da hat Hauke immer wert draufgelegt. *Life is too short to drink cheap wine.*«

»Nein, danke.« Ich musste einen klaren Kopf behalten, obwohl ich meine Gefühle ebenfalls gerne abgedämpft hätte.

Ich trat zurück, sie stieg barfuß aus der Tür, ihre rot lackierten Zehennägel hätten einen Neuanstrich vertragen können. Wir nahmen auf einer Holzbank neben der Eingangstür Platz und blickten in den Vorgarten, aus dem uns das leere Klettergerüst anstarrte.

Mit zitternder Hand zündete sie sich eine Zigarette an, inhalierte mit geschlossenen Augen tief, öffnete sie wieder und pustete den dunkelblauen Rauch in die Freiheit. »So eine anstehende Scheidung holt nicht die besten Seiten an einem hervor.« Sie hielt Zigarette und Weinglas in die Luft. »Ich bin nicht immer so, weißt du?« Sie nahm einen weiteren tiefen Zug, nach dem sie ihr dunkelstes Geheimnis endlich in die Welt entließ. »Wie bist du draufgekommen?«

Ich atmete aus. Erleichtert. Beängstigt. Ich hatte recht gehabt.

Nachdem die Worte ihren Mund verlassen hatten, wirkte sie noch kleiner, als wäre sie nur von ihnen zusammengehalten worden.

»Es lag bei ihrer Jacke im Schwimmbad, habe ich recht? Das Tagebuch.«

Wieder schloss sie die Augen, als schmerzte sie die Erinnerung. »Ich wollte es ihr ja wiedergeben. Erst am See, aber ...« Sie schluckte schwer.

»Du bist auch zum See gegangen?«

»Ja.«

»Was hast du gesehen?«

»Sie stand dort mit jemandem. Bei der Eiche.«

»Hauke?«

»Nein. Der kam mir entgegen, als ich mich dann auf den Weg zum Postschuppen gemacht habe. Er hatte der Bürgerwehr ausweichen müssen und einen Umweg genommen.«

Seltsam. Hieß es nicht, wenig später wäre es gewesen, als wollte er gefasst werden?

»Er hat gar nicht bemerkt, dass ich ihre Jacke dabeihatte. Er war so darauf fokussiert, sie zu finden. Ich dachte also, ich gebe ihr das alles später am Postschuppen. Ich wollte nicht, dass sie denkt, ich renne ihr hinterher, weißt du? Ich habe Hauke gesagt, dass sie bei der Eiche ist. Mit jemand anders. Aber das hielt ihn nicht ab. Im Gegenteil. Er wollte hin. Vielleicht war er wütend, eifersüchtig, ich weiß es nicht.«

»Aber wer war da bei ihr? Kann es Herr Johanning gewesen sein?«

»Nein. Die Person war kleiner als sie.«

War ich es womöglich selbst? Hatte Maria unser Gespräch vielleicht gesehen? War Hauke so kurz nach mir bei Frederika eingetroffen? Das schien Hauke nur weiter zu belasten.

Maria riss mich aus meinen Gedanken. »Ich habe sie aber nicht gesehen oben am Postschuppen. Sie muss später erst gekommen sein. Also hatte ich das Buch immer noch und dann habe ich es doch gelesen.«

Sie platzierte Zigarette und Glas auf dem Steinboden vor uns und versenkte ihr Gesicht in den Händen. Sie begann zu schluchzen. »Ich schäme mich so. Erst danach habe ich gehört, was ihr zugestoßen ist. Wie oft ich gewünscht habe, dass ich sie einfach noch einmal gesehen hätte. Nur um ihr ihre Gedanken zurückzugeben, bevor ich sie lesen konnte. Ich weiß, ich hätte es nicht behalten dürfen, aber nach all dem …«

Ein Kloß formte sich in meiner Kehle. Für mich bestand kein Zweifel mehr. Ich hatte den alles entscheidenden Fehler gemacht und Maria und Frederika an jenem Abend verwechselt. Doch das schien sie noch nicht verstanden zu haben. Sie ging nach wie vor davon aus, dass Frederika am Postschuppen gewesen war. Nur eben zu einer anderen Zeit als sie selbst.

»Hattest du an dem Tag eine kurze Hose an? Und Frederikas Jacke, als du zum Postschuppen kamst?«

Verdutzt sah sie auf, ihre Augen verquollen. »Ja. Ich … Mein T-Shirt war bei der Flucht kaputt gegangen und …«

Nun schloss auch ich meine Augen und versuchte, die Wärme der letzten Sonnenstrahlen auf meiner Haut einzufangen, um die Gänsehaut zu vertreiben. Dann öffnete ich sie wieder und sah Maria an. »Frederika ist an diesem Abend nie am Postschuppen gewesen. Ich habe *dich* gesehen, Maria. Nicht Frederika.« Und dann sprach ich es aus. »Ich habe dem Mörder ein falsches Alibi besorgt. Für einen viel späteren Todeszeitpunkt.«

Sie starrte ins Leere. Etwas in ihrem Kopf schien zu arbeiten, aber ich wusste noch nicht, was. Marias eben noch regloses Gesicht verzog sich zu einer Art grinsender Fratze. Sie griff nach ihrem Weinglas auf dem Boden und trank es bis zur Hälfte leer. Dann fing sie lauthals an zu lachen. Hatte sie gerade eine Panikattacke? Ihr Lachen ging in einen gequälten Laut über, ein Heulen wie von einem verlassenen Robbenbaby.

Die Sonne verabschiedete sich als roter Feuerball hinter dem Horizont und tauchte unsere Bank in ein mysteriöses Licht.

Marias Körper bebte nun still. »Dann habe ich doch keine Gespenster gesehen.« Die Worte kosteten sie Kraft. »Alles schien darauf hinzudeuten, aber ... Aber sie war ja noch am Leben, als ... Und er ist noch immer Max' Vater. Oh Gott, ich kann es kaum glauben. Dabei wollte ich nur, dass es unangenehm für ihn wird. Eigentlich habe ich nicht wirklich geglaubt, dass ... Ich wollte nur Rache. Für das, was er mit mir gemacht hat.«

Eine ganze Weile saßen wir dort im letzten Licht des Tages, ohne dass wir die Tragweite dieser zwanzig Jahre alten Missverständnisse auch nur ansatzweise begreifen konnten. Maria schwieg. Doch dann stand sie auf, wirkte so viel leichter als zuvor und verschwand im Haus.

»Vielleicht bist du tatsächlich schlauer als die Polizei«, sagte sie, als sie wieder herauskam und mir einen Stapel Papier in die Hand drückte, auf dem ich die fotokopierte Handschrift eines lange verstorbenen Teenagers erkannte. »Vielleicht kannst du dir einen Reim darauf machen und ich hoffe inständig, dass ich falschliege.«

Und dann hielt ich es endlich in den Händen: Frederikas Tagebuch. Und ich wusste, dass von nun an alles anders werden würde.

Aber eines stand fest: Albert Johanning würde freikommen.

KAPITEL 27

Die Nachricht verbreitete sich wie ein Lauffeuer.

Drei Tage vor der Eröffnungsfeier war Albert Johanning aus der Untersuchungshaft entlassen und ich zum Gesprächsthema Nummer eins geworden.

Nicht im Positiven, wohlbemerkt, aber ich hatte nichts anderes erwartet.

»Nina Wedemeyer, die allen etwas vorgemacht hat«, hörte man zum Beispiel, wenn man in den Buchladen ging, um eine neutralere Zeitung als den *Morgenkurier* zu erstehen. Schließlich hatte diese Zeitung es sich zur Gewohnheit gemacht, mich als heldenhafte Ermittlerin zu präsentieren, und das gefiel nicht jedem, nachdem bekannt geworden war, dass ich meine Aussage revidiert hatte und somit die Ermittlungen wieder am Anfang standen.

»Ich frage mich, was sie überhaupt hier will«, hatte die Frau von der Supermarktkasse zu einer Bekannten gesagt, als sie deren Waren über den Scanner der Kasse zog, und sich sichtlich darüber geärgert, dass sie den Stein bezüglich der Artikel über mich erst ins Rollen gebracht hatte. »Vielleicht dreht sie bei der Arbeit ja auch alles so, wie es ihr passt, und man hat sie entlassen. Warum sollte sie sich sonst hier verkriechen? Kein Wunder. Aber hier braucht sie ja nach all dem auch nicht mehr aufzukreuzen, oder? Unruhestifter mögen wir hier nicht.«

Zu spät hatte sie gesehen, dass ich die nächste Kundin war. Schnell hatte ich einen Schokoriegel aus dem Regal an der Kasse gegriffen, ihn ebenso stumm gezahlt wie Milch und Obst und ihn ihr »für ihre unverzichtbaren Dienste« für die »wohlverdiente Pause« hinterlassen und mit ihm einen unbezahlbaren Gesichtsausdruck auf der Visage der Theaterschauspielerin.

Natürlich hatte ich nicht so in den Mittelpunkt rücken wollen und ich verstand langsam, was Hauke meinte, als er darüber gesprochen hatte, von allen Seiten beäugt zu werden. Ich hatte einen Fehler gemacht. Unbewusst, unbeabsichtigt und musste nun dafür geradestehen.

Immerhin hatte ich erreicht, was ich erreichen wollte: Herr Johanning war wieder zu Hause, sodass sich sein Herz erholen konnte. Wiederholt rief ich ihn an. Aber er nahm nicht ab. Mein Vater besuchte ihn regelmäßig, um sicherzugehen, dass er seine Medikamente einnahm, und beteuerte, dass es ihm weitestgehend gut gehe, er jedoch niemanden sehen wolle. Obwohl ich überglücklich war, dass mein Lehrer wieder auf freiem Fuß war, hatte ich das Gefühl, dass die eigentliche Arbeit nun erst begann. Ich hatte so viele Fragen.

Wann hätte das Treffen zwischen Herrn Johanning und Frederika stattfinden sollen? Er hatte den Lüneburger Ermittlern gegenüber ausgesagt, er hätte an jenem Abend nicht mit Frederika gesprochen, das hatte ich gehört. Und für mich hatte es ehrlich geklungen. Es blieb jedoch die alles entscheidende Frage, wieso Herr Johanning überhaupt irgendeine Schuld an Frederikas Tod eingestanden hatte, wenn er doch gar nichts damit zu tun gehabt hatte.

Apropos Ermittler: Natürlich hatten Maria und ich gemeinsam nach Lüneburg fahren und unsere Aussage ändern müssen. Es war ihr sichtlich schwerer gefallen als mir, schließlich war sie der Überzeugung, dass sie durch ihre Aussage den Vater ihres Sohnes belasten könnte.

Während Kommissar Ulrich, wie nicht anders zu erwarten, verärgert über diese Wendung gewesen war, schienen die Cold-Case-Beamten genau auf so etwas gewartet zu haben. »Deutlich mehr Spielraum«, hatte Mertens angemerkt, nicht ohne hinzuzufügen: »Alle bisherigen Alibis sind ungültig, wir werden alle Befragungen wiederholen. Vermutlich gibt es einen neuen Todeszeitpunkt.«

Ich hatte niemandem außer Florian von dem Tagebuch erzählt. Die letzten Tage und Nächte hatten wir gemeinsam oder getrennt mit der Lektüre verbracht und wurden und wurden nicht schlauer. Wieso auch hätte Frederika selbst das Motiv des Mörders kennen und niederschreiben sollen? Ganz zu schweigen von den Umständen von Frau Johannings Tod. Wobei uns immer deutlicher wurde, dass die beiden sich wirklich nicht ausstehen konnten.

Wir überlegten wie besessen, wer damals einen solchen Metallhahn im Garten stehen gehabt hatte, mussten uns aber schnell eingestehen, dass Gartengestaltung nichts war, was man mit vierzehn bewusst wahrnahm.

Ich hatte das Tagebuch in der ganzen Zeit vorher als Art heiligen Gral angesehen, aber nun musste ich erkennen, dass es das nicht war. Und noch etwas fiel mir auf: Ich konnte verstehen, wieso man Herrn Johanning verdächtigt hatte. Daher fühlte es sich an, als würde jede Erkenntnis nur noch weitere Fragen aufwerfen.

Allerdings war sowohl Florian als auch mir das klar, was auch Maria gedacht haben musste: Wenn Hauke derjenige gewesen war, der herausgefunden hatte, mit wem Frederika sich neben ihm getroffen hatte, und sie ihn auch noch am Abend vor der Königinnenwahl verlassen hatte, würde sein Eifersuchtsmotiv nicht alle anderen überstrahlen?

Und noch eine Frage ging mir nicht aus dem Kopf: Wer war die Person, die Maria mit Frederika am See gesehen hatte, als sie zurückgegangen war, wenn nicht Hauke? Der Mörder? Oder vielleicht sogar ich selbst?

Und was hatte Hauke vorgefunden, als er an den See gegangen war? Wie er mir damals an der Eisdiele erzählt hatte, hatte er Frederika nicht mehr angetroffen. »Unser letztes Gespräch war ein Streit«, hatte er gesagt. Wohin war sie also verschwunden, wenn sie kurz zuvor noch dort gestanden hatte? Hatte Hauke also doch etwas damit zu tun? Insbesondere nachdem wir nun mit ziemlicher Sicherheit wussten, dass Frederika den See vermutlich nie mehr verlassen hatte. Hauke war auf dem Weg zu Frederika gewesen und anschließend mit nassen Klamotten von der Bürgerwehr aufgegriffen worden.

Wir mussten trotzdem auch in andere Richtungen ermitteln. Florian war also weiterhin dabei zu recherchieren, wer sich hinter »Jo« verbergen könnte, während ich alte Zeitungsartikel über den Theaterbrand von 1999 durchforstete. Irgendetwas mussten wir übersehen haben. Die Verbindung zwischen Frederika und Frau Johanning. Und Kommissar Ulrich, der jedes Mal allergisch darauf reagierte, wenn ich den Brand erwähnte.

Und was Hauke betraf, so schien er die Rolle des hintergangenen Ehemanns lieber zu spielen als die des Betrügers. Seine Frau hatte ihm all die Jahre verschwiegen, das Tagebuch seiner toten Jugendliebe aufbewahrt zu haben. Ob er ihr das je verzeihen könnte? All diese Fragen machten im Ort die Runde von der Theke von *Hennies Eisdiele* zu den Generalproben an der schwimmenden Bühne. Von den Vorbereitungen für die Wahl zum Heidekönig auf dem Kopfsteinpflasterplatz vor dem *Heidjerkrug* bis hin zu den Forstarbeitern, die kleine Birken und Kiefern aus den Heideflächen am *Krönungshügel* rupften, um ein möglichst homogenes Lila darzubieten.

Mehrfach hatte ich versucht, Kommissar Ulrich aufzusuchen, aber er hatte mich wiederholt abgewimmelt und wichtige Termine vorgeschoben. Es hieß, dass sich bisher trotz der Revidierung meiner Aussage keine neuen Spuren ergeben hätten. Die schriftlichen Zeugenaussagen wurden ein weiteres Mal überprüft, Alibis gegengecheckt. Aber nur, weil Frederika an dem Abend vor zwanzig Jahren vermutlich doch nie im Postschuppen gewesen war, wusste man nicht, wo sie stattdessen gewesen war. Und daher hätte sich – so schloss mein Vater diese durch Ulrich gegebene Erklärung – eigentlich kaum etwas verändert, bis auf die Tatsache, dass man nun keinen Verdächtigen mehr hätte und man offensichtlich nicht auf meine Aussagen bauen könnte.

Und trotzdem oder vielleicht gerade deshalb schien der Ort förmlich aufzublühen.

Auch buchstäblich, nachdem in den letzten Tagen ein Gewitter dem nächsten gefolgt war und die Prognose auf andauernden Sonnenschein pünktlich zum »Flammensee« umschlug. Alles wurde lila.

Die letzten Tage hatten Florian und mich zusammengeschweißt. Auf eine Art und Weise, über die ich mir keine Gedanken machen wollte. Wenn wir nicht gerade neue Theorien spannen oder Seiten in Frederikas Tagebuch diskutierten, hatten wir es uns auf seinem durchgesessenen Sofa bequem gemacht und Wiederholungen von *X-Factor* angesehen, als wollten wir die Zeit zurückdrehen. Was seltsamerweise gelang.

Stefan und ich hatten noch einige Male telefoniert. Oberflächlich, belanglos. Ich hatte ihm von der Freilassung Johannings berichtet und er hatte mehr oder weniger interessiert tonlose Geräusche von sich gegeben. Es war nicht zu überhören, dass er meine Nachforschungen lediglich als ein kleines Hobby ansah. Eine Ablenkung vom Ernst des Lebens. Wohl aber hatte er mir gesagt, dass er im Archiv die Obduktionsberichte hatte ausfindig machen können – ganz unter der Hand – und sie daher auch nicht digitalisieren wollte, um keine Beweise für den Missbrauch seinerseits zu hinterlassen. Ich hatte jedoch eher das Gefühl, als wollte er mit dem Zurückhalten der Berichte sicherstellen, dass wir uns bald wiedersähen. In seinen Augen würde das diesen Sonntag sein, wenn ich nach Hannover zurückkehrte. Bisher hatte ich ihn nicht berichtigt.

Mein Vater hatte mir gesagt, wie stolz er auf mich wäre, das Richtige getan zu haben, auch wenn er den Tratsch über mich sicher täglich in seinem Wartezimmer mitbekam. Ich war ihm sehr dankbar.

Vielleicht hatte ich mich genau aus diesem Grund dazu entschlossen, alles auf eine Karte zu setzen und mit Florian zur Eröffnungsveranstaltung zu gehen, auch wenn ich wusste, dass mich dort niemand haben wollte. Vielleicht war es die letzte Gelegenheit, um Licht in eine zwanzig Jahre andauernde Dunkelheit in einem Fall zu bringen, bei dem selbst die Cold-Case-Einheit langsam drohte, ihn im Permafrost versinken zu lassen.

Vermutlich hatte sich im Vergleich zu früher nicht viel an der Veranstaltung verändert. Schließlich wurde Tradition hier großgeschrieben.

Freizügig gekleidete Jugendliche bei jeglichen Temperaturen, die bei den Heidekönigen hinter dem Tresen um kostenlosen blauen Schnaps in kleinen Fläschchen bettelten, der angepriesen wurde wie der magische Saft der Gummibärenbande. Schlager im immer gleichen Rhythmus, die nur wenige Tage im Jahr aber dafür zeitlos en Vogue waren, um alternde Casanovas dazu einzuladen, viel zu junge Mädchen zu einem abgewandelten Discofox aufzufordern, den diese nicht beherrschten. Und all das unter dem Deckmantel eines kulturellen Highlights. Vielleicht war es das ja tatsächlich – wenn man nicht hier aufgewachsen war.

Also trug ich Rouge auf, zog ein Kleid an, das Kitty mir mit den Worten »Bitte zieh das an, sonst blamierst du mich nur wieder« herausgelegt hatte, und fühlte mich lächerlich. Viel zu kurz, freie Schultern. Aber so kleidete man sich dort, hatte sie gesagt. Und selbst ich als Oberspießerin könnte mal zeigen, was ich hatte. Vermutlich wollte ich nur einem weiteren Streit mit ihr aus dem Weg gehen. Daher zwängte ich mich in das Stretchkleid und nahm mir vor, mir meine Jeansjacke überzuziehen, ob es nun kalt würde oder nicht.

Gerade als ich mir die Sandalen überstreifen wollte, klingelte es an der Tür.

FREDERIKA, 07.08.1999 - »DER FLAMMENSEE«

Noch heute Morgen steht der Rauch dick und schwer über dem See. Wenn ich aus dem Fenster blicke, sieht es fast aus wie nach einem Vulkanausbruch. Qualm, der senkrecht in die Höhe steigt, doch die dicke Wolkendecke macht es ihm schwer, sich zu verziehen.

Ich habe die Sirenen am späten Abend gehört, nachdem ich mich an Papas Kornflasche zu schaffen gemacht hatte. Nach dem, was passiert war, hatte ich dringend einen Schnaps benötigt. Unheilvoll klangen sie. Erst eine, dann zwei, die asynchron eine hektische Panik verursachten. In mir löste es eine Art Kribbeln aus. Ich weiß nicht, wieso. Bis mich das Chaos der Martinshörner in den Schlaf gewogen hat.

Ich habe es eben erfahren, als Mama aufgeregt in mein Zimmer stürzte: Die Bühne ist komplett zerstört. Bis auf die blanke Betondecke. »Es tut mir so leid«, fügte sie hinzu und strich mir über die Schulter.

Ich kann es kaum glauben. Was bedeutet das jetzt? Wird es tatsächlich keine Aufführung geben?

Überall steht es in den Zeitungen: die neu renovierte Bühne, das vielversprechende Stück, das erste Jahr ohne Theater, der See buchstäblich in Flammen.

Sofort wurde eine Notversammlung anberaumt. Alle Schauspieler sollten schnellstmöglich im Rathaus erscheinen. Ob es eine andere Möglichkeit gäbe, das Stück aufzuführen, wollte der Vorsitzende des Blütenfestvereins Herr Kruse wissen. Im Rathaus vielleicht oder auf der Wiese am See, aber anscheinend ist nichts vom Bühnenbild übrig geblieben. Alles würde lediglich notdürftig improvisiert sein und nicht den Anforderungen an die Veranstaltung genügen. Da waren sich alle schnell einig. Die letzten Wochen der Proben waren also alle für den Arsch. Alle Schikanen, alle »Einzelproben«, der ganze Psychoterror. Alles. Niemand wird mich je spielen sehen.

Jedenfalls hat sich Frau Johanning ziemlich wacker geschlagen. Keine Emotion gezeigt. Ich muss gestehen, ich hatte einen Zusammenbruch erwartet. Aber sie wirkte seltsam gefasst. Erleichtert sogar? Und irgendwie kann ich auch das sehr gut nachvollziehen.

Na ja, das Fest heute Abend findet natürlich trotzdem statt. Ich kann es mir schon vorstellen. Halligalli in den Zelten, während daneben der traurige, verrußte Betonklotz einer gestern noch farbenfrohen Bühne liegt. Ich war eben da, um mir das Ganze anzusehen, weil ich es einfach nicht glauben konnte.

Während also alle dabei waren, Bierwagen und Fressbuden für den Abend vorzubereiten, habe ich vor diesem Wrack einer Bühne gestanden, hinter dem Absperrband der Polizei. Eine Ermittlung soll es geben. Sie denken tatsächlich, jemand hätte das Ganze mit Absicht gemacht. Zu gerne hätte ich mit Jo darüber geredet, aber der hat jetzt sicher genug um die Ohren, als an mich zu denken.

Und als ich da so vor der Bühne stand, von der tatsächlich nichts mehr zu erkennen war, sah ich etwas am Seeufer im Wasser aufblitzen. Es lag außerhalb des Absperrbandes, sodass ich einfach hingehen und danach greifen konnte. Es war die Ehrenbockstatue von Herrn Johanning. Dieses schrecklich grässliche Teil, das mich immer an diesen ätzenden Monolog und die damit einhergehenden Schikanen seiner Frau erinnert. Das Einzige, was den Brand überlebt hat. Es kam mir falsch vor, sie dort liegen zu lassen. Also nahm ich sie mit, hatte aber weder Tasche noch Jacke und konnte sie schlecht an all den Arbeitern vorbeitragen. Aber dann kam mir eine Idee. Ich ging zur alten Eiche am gegenüberliegenden Ufer und bettete sie behutsam in das hohle Astloch. Für Nachrichten an Jo werde ich es nicht mehr brauchen.

KAPITEL 28

Mein Herz beschleunigte sich, ohne dass ich es wollte. Ich legte mir einen Spruch zurecht, dass er es wohl kaum erwarten konnte, mich zu sehen, und öffnete die Tür. Doch eine andere, größere Gestalt warf einen Schatten auf mich. Nicht Florian.

Ich stockte. Er sah aus wie Mickey Mouse in einem Aquarell. Unpassend.

»Überraschung!« Stefan schlang die Arme um mich, sodass mir die Luft wegblieb.

»W-was machst denn du hier?«

»Na ja, Montag ist doch dein erster Tag und da dachte ich … Moment mal, was ist denn mit deinen Haaren passiert? Ich mochte sie lang.« Er strich mir zögerlich über den Kopf, zog die Hand dann weg, als hätte ihn etwas gepikt. »Ich dachte, ich komme dich abholen, wir genießen vorher vielleicht noch ein bisschen die ländliche Idylle. Und jetzt denke ich, wo ich dich so sehe, dass du wohl andere Pläne hattest.«

»Ich …« Ich betrachtete mich durch seine Augen in Kittys viel zu kurzem Kleid, neue Frisur, die ein altes Leben hinter sich lassen sollte. »Heute ist das Theaterstück von Margitta, ich weiß nicht, ob ich es erzählt habe. Am See. Na ja, und da wollte ich gerade hin.«

»Dann geht es dir also besser? Du siehst …« Er zögerte, sein Blick glitt zu langsam an mir auf und ab, bis sich ein vielsagendes Lächeln auf seinen Lippen ausbreitete. Seit wann war es mir unangenehm, so von ihm beäugt zu werden? Er hatte mich unzählige Male bereits weitaus freizügiger gesehen. »... heiß aus«, beendete er seinen Satz und wollte mich küssen.

Ich tat, als hätte ich es nicht bemerkt, bückte mich und friemelte weiter an meiner Sandale herum. »Danke, Kitty hat ... Na, ist ja auch egal. Ich zieh schnell eine Jacke über. Das ist aber eine Überraschung. Ich wünschte nur, du hättest mir vorher Bescheid gesagt.«

»Darf man seine Frau – Fast-Frau – denn nicht mal überraschen?«

Der Ring, wo zur Hölle war schon wieder der Ring? Ich steckte meine Hand in die Tasche des Kleides und lächelte unbeholfen. »Klar darf man das. Also ...« Wieder dachte ich an Mickey Mouse in dem Aquarell. »Kommst du mit? Mein Vater freut sich sicher, dich zu sehen. Es ist ... Na ja, eigentlich eine alberne Veranstaltung, aber ...«

»Klar, dann kann ich endlich mal euer ominöses und so geheimnisvolles Dorf kennenlernen.«

»Okay, aber erwarte nicht zu viel. Und zieh dein Jackett besser aus, die Leute dort kleckern gern mit klebrigem Zeug.«

Er sah mich fragend an.

»Du wirst später sehen, was ich meine. Dann können wir gleich los? Wir treffen noch einen alten Freund auf dem Weg dahin, wenn es okay ist.«

»Puh, ich ... Okay. Ich müsste nur noch einmal aus Klo und telefonieren.«

Ich sah auf meine Uhr, ich würde sicher zu spät kommen und entschied mich, dass es ohnehin besser war, Florian unter diesen Umständen vorzuwarnen. »Alles klar, die

Toilette ist ...« Doch da war er schon weg und fühlte sich wie zu Hause, obwohl ich die Male, die er hier gewesen war, an einer halben Hand abzählen konnte.

Ich nahm mein Handy aus der Handtasche und hinterließ Florian eine Nachricht, dass mein Freund ... ich löschte die Worte ... Stefan ... überraschend vorbeigekommen war und wir uns daher verspäten würden.

»Bevor ich es vergesse ...« Stefan kam aus dem Bad zurück, kramte etwas aus einer Ledertasche, die er im Flur abgestellt hatte. »Hier.« Er hielt mir einen blauen Pappordner entgegen, den ich öffnete.

Ich erkannte eine Kopie gekrakelter, alter Dokumente und mein Puls beschleunigte sich.

»Steht nicht viel mehr drin als das, was du mir ohnehin schon gesagt hast. Bis auf die Sache mit den Lewy-Körperchen vielleicht.« Er krempelte die Ärmel seines gestreiften Hemdes hoch.

»Moment mal ... was?«

»Ja, hier.« Er kam auf mich zu, nahm mir die Blätter aus der Hand und zeigte auf eine Passage in dem Obduktionsbericht von Ingrid Johanning. »Hier steht's: Bei der Obduktion wurden eine Hirnatrophie, vaskuläre Störungen und Lewy-Körperchen entdeckt. Hatte sie Parkinson oder Demenz oder so?«

»Ähm ...« Ich las die Passage erneut durch. »Das wäre mir neu, allerdings haben manche Zeugen tatsächlich eine Veränderung bei ihr beschrieben.«

»Frag doch deinen Papa, der wird sie sicher behandelt haben. Also falls das überhaupt von Interesse ist.«

»Ja, super, danke, Stefan.« Ich war perplex. War Ingrid Johanning dement gewesen? Erklärte das ihre tagesformabhängigen Schwankungen? Im Studium hatte ich mal etwas von der Lewy-Körperchen-Demenz gehört, aber ich nahm mir vor, meine Literaturrecherche zu wiederholen.

»Also, sollen wir?« Stefan stand bereits in der Tür, während ich noch eine letzte wichtige Sache überprüfen wollte. Musste.

»Moment …« Ich blätterte nun durch Frederikas Bericht und versuchte, die geschmierte Schrift irgendeines Arztes, der sicher lange in Rente, wenn nicht gar tot war, zu entziffern, bis ich die Angabe fand, die ich suchte. Frederika Petersen, wahrscheinlicher Todeseintritt zwischen null und drei Uhr morgens. Ich schloss die Augen. Das waren die offiziellen Angaben. Nur wegen meiner Aussage hatte man den Todeszeitpunkt später eingegrenzt. Nun aber wusste ich, dass es sein konnte, dass sie schon kurz nach unserem Gespräch gestorben war.

Noch bevor Hauke von der Bürgerwehr verhaftet wurde.

Wir überquerten den Kirmesplatz, ließen Apfelhain, Autoscooter und Buden hinter uns, als wir an der Ampel auf der Hauptstraße stehen blieben, von der aus man die Eisdiele sehen konnte.

Ich dachte an Florians Antwort. *Alles klar*, hatte er nur geschrieben. Es konnte alles und nichts bedeuten und ich ärgerte mich, dass ich mir darüber Gedanken machte.

»Diese Heidekronen …« Stefan deutete auf eine Straßenlaterne. »Die habe ich auf der Hinfahrt schon bewundert. Ihr meint das hier echt ernst mit der Idylle, was?«

»Bis auf die obligatorischen ungelösten Todesfälle und Mordanschuldigungen schon.« Der Satz rutschte mir heraus, ich hatte keine Lust, das Gespräch in die Richtung zu lenken. Daher fügte ich hinzu: »Wusstest du, dass die

Anwohner angeschrieben werden, wenn ihre Vorgärten zu unordentlich aussehen oder die Fugen der angrenzenden Gehwege von Unkraut befallen sind? Sie müssen dann alles in Ordnung bringen, bevor das Ganze hier losgeht.«

»Tja, was soll ich sagen … Wie auch immer sie es machen, es wirkt. Oh, können wir uns noch ein Eis holen?«

Die Ampel schaltete auf Grün und wir machten uns auf den Weg zur Eisdiele. Kurz hatte ich die Hoffnung, dass Florian auf uns gewartet hätte. Bei *Hennies Eisdiele* herrschte noch Betrieb, langsam, aber sicher strömte die Menge aber bereits die Straße Richtung Schule, Waldbad und See herunter. Wie üblich hatten die Anwohner mit Flatterbändern den Gehweg abgesperrt, sodass die Touristen die Einfahrten nicht zuparken konnten. Alles war, wie ich es in Erinnerung hatte.

Selbst das wässrige Zimteis.

Als wir hinter Camping- und Spielplatz auf den Waldweg einbogen, der sich am Ende auf die Fläche des Sees mit angrenzender Wiese öffnen würde, war in der Ferne bereits eine Schlange an einem der Einlasspunkte zu erkennen.

»Früher sind wir hier immer durch das Unterholz gekrochen«, ich deutete auf den Mischwald zu unserer Rechten, »um uns einzuschleichen und die Eintrittsgebühr zu sparen, sodass wir mehr trinken konnten.«

»Aber du warst doch vierzehn. Wer hat dir denn da zu trinken verkauft?«

»Jeder mit genug Bestechung.«

»Bestechung?«

»Ich möchte lieber nicht darüber reden«, sagte ich in geheimnisvollem Ton.

»Also diese Kriminalität scheint hier ja weit verbreitet zu sein«, sagte er wohl im Scherz, aber ich wusste um den Funken Wahrheit dahinter.

»Wie überall, wenn man nur genauer hinguckt.« Ich wusste nicht, wieso ich den Ort verteidigen wollte.

Die Sonne stand bereits tiefer und tauchte den See in glitzernde Sterne. Den kleinen künstlichen See, wohlbemerkt, denn was den Wasserstand des Stausees anging, war der Regen der vergangenen Tage bloß ein Tropfen auf dem heißen Stein gewesen. Aber ich musste es Margitta lassen, aus diesem Winkel konnte man nur durch den leicht modrigen Geruch und die Mückenschwärme daran erinnert werden, dass der hintere Teil des Sees so gut wie nicht mehr vorhanden war.

Die Bühne thronte fest verankert in der Mitte des Wassers, die Buden, die Tanzfläche, die Stände mit Heidjerpfanne und Pommes, alles war wie immer. Aus dem am Rande aufgebauten Festzelt, in dem sich seit jeher die Bar der Heidekönige und die hölzerne Tanzfläche befanden, dröhnten bereits die ersten Schlager. Auf der Wiese hatte sich eine Menschenmenge auf Picknickdecken mit Getränken und Essen eingerichtet, in der Erwartung, das Theaterstück anzusehen. Hier und da standen kleinere Grüppchen jüngerer Leute, die vermutlich so alt waren wie ich damals. Sie redeten zu laut und lachten zu überschwänglich. Sicher hatten sie schon einiges getrunken. So müssen wir damals auf andere gewirkt haben. Betrunkene, inadäquate Kinder, die ihre Grenzen austesteten.

Mein Blick wanderte auf die Bühne und den See mit den unzähligen Seerosen.

Ich fragte mich, ob irgendwo noch etwas von dem Wasser übrig war, in dem Frederika ertrunken war. Oder wie oft es sich seitdem bereits erneuert hatte.

Bier, ich brauchte dringend ein Bier.

»Und das hast du mir all die Jahre vorenthalten?« Er blickte sich um. »Es ist sehr schön. Und so niveauvoll. Ich kenne so viele Dorffeste, bei denen es einfach nur ums Saufen geht. Aber guck dir mal diese Bühne an und den ganzen See. Wow, das ist ja echt toll. Da bin ich aber froh, dass ich heute schon gekommen bin, dann kann ich deine Verbundenheit mit dem Ort endlich mal verstehen.«

Stefans Begeisterung schien echt und ich war kurz verwirrt. Sonst interessierte er sich nur für gehobene Kultur, Oper und die neuesten Gin-Bars. Es war interessant, das Fest durch die Augen eines Außenstehenden zu sehen.

Ich erinnerte mich an Kittys Gedanken zu all dem. Dem Grund, wieso sie unbedingt Heidekönigin werden wollte. Ich sah mich um, sah all diese Menschen, die so tief von diesen neuaufgekeimten Ermittlungen betroffen waren. Die so viel Schlimmes erlebt hatten. Und nun waren sie hier auf diesem Fest mit leuchtenden Augen. Dem Fest, auf das sie sich das ganze Jahr gefreut hatten. Und erstmalig erkannte ich, dass es etwas Magisches war, was sie sich erschaffen hatten. Einen Rückzugsort vom normalen Leben. Etwas, was sie auch in diesen schweren Zeiten zusammenschweißte. Etwas, was ich nicht hatte. Und zum ersten Mal seit zwanzig Jahren spürte ich einen Hauch von Sehnsucht, ebenfalls dazugehören zu wollen.

»Ich … ich bin gar nicht so tief mit dem Ort verbunden. War ich vielleicht einmal, aber das ist vorbei.«

»Natürlich bist du das, wieso sonst denkst du, nimmt dich das alles so mit?«

»Mich nimmt gar nichts mit.«

»Na ja, aber du hast alles gegeben, um deinen Lehrer rauszuhauen, während ich mich nicht einmal an die Namen meiner alten Lehrer erinnere. Das rechne ich dir hoch an, du kümmerst dich und du empfindest tief, das ist ja auch das Problem mit ... mit der Sache.«

»Bier?« Ich steuerte auf das Zelt der Heidekönige zu, in dem ich Florian vermutete, und erwartete, dass Stefan mir folgen würde. Das unvermeidliche Zusammentreffen der beiden konnten wir auch gut und gerne gleich hinter uns bringen.

Als sich meine Schritte durch das trockene Gras beschleunigten, konnte ich Florian bereits am Tresen ausmachen, eine Fanta in der Hand.

Ich stellte mich neben ihn, tippte ihm auf die Schulter, Stefan einige Schritte hinter mir.

»Hi, da bist du ja, entschuldige wegen vorhin.« Die Worte verließen meinen Mund, bevor Stefan zu uns aufgeschlossen hatte, und ich fühlte mich schlecht, sie aussprechen zu müssen.

Florian fuhr herum, sah auf meine nackten Beine und hob amüsiert eine Augenbraue.

»Kitty«, formte ich tonlos mit den Lippen. Er nickte anerkennend und grinste schief.

»Na, du hast es aber eilig. Ist das Bier hier so gut, dass du hinrennen musst? Hey, pass doch ...« Stefan machte einen Satz zur Seite, versuchte, dem Jungen auszuweichen, der sich gerade mit zu vielen Bierbechern in der Hand und klirrenden Schnapsfläschchen in der Tasche den Weg zwischen den Feiernden vom Tresen auf die Tanzfläche bahnen wollte, ohne auf sein Umfeld zu achten. Ein großer Schluck Bier platschte auf Stefans weiße Turnschuhe. »Scheiße«, fluchte dieser, während der Junge sein Missgeschick gar nicht bemerkte und seinen Weg fortsetzte.

Entschuldigend lächelte ich ihn an. »Ich hab dich ja gewarnt. Später wird es erfahrungsgemäß schlimmer. Sei froh, dass es kein *Blauer König* war.«

»Blauer was?«

»Wirst du schon noch sehen. Das hier ist mein alter Freund Florian.«

»Hi«, sagte dieser, lehnte mit einem Arm auf dem Metalltresen und hielt Stefan seine rechte Hand hin. Er war gut einen Kopf kleiner und einen halben Mann schmaler als Stefan. Als Stefan diesen Umstand bemerkte, plusterte er sich noch weiter auf wie ein Truthahn vor dem Tanz.

»Hallo.« Er schüttelte seine Hand. »Ich kann mich gar nicht erinnern, dass sie dich erwähnt hätte. Aber das heißt nichts, sie redet ja nicht viel über all das hier, hat mir alles vorenthalten, was ihr hier so macht.« Er legte den Arm um mich, zog mich zu sich heran. »Aber jetzt sehe ich endlich mal, wie schön ihr es hier habt. Vielleicht können wir euch ja öfter mal besuchen, wenn wir erst wieder zu Hause sind. Ich bin eigentlich nur hergefahren, um sie wieder abzuholen. Aber umso glücklicher darüber, dass ich mal alles hier zu sehen bekomme.«

»Ja, ist schon einzigartig«, erwiderte Florian, nahm einen Schluck Fanta und warf mir einen fragenden Blick zu. »Wann fahrt ihr wieder?«

»Äh … gucken wir mal. So … Bier?« Ich drehte mich zur Bar um und wollte bei einem der ehemaligen Heidekönige oder denjenigen, die es einmal werden wollten, die Biere bestellen. Da hörte ich hinter mir eine vertraute Stimme.

»Also ich habe ja nie für möglich gehalten, dass er das getan hat. Der alte Schulleiter. Ich meine, was haben diese

Jungs aus Lüneburg sich nur dabei gedacht? Zum Glück ist er wieder auf freiem Fuß, das hat ja kein Mensch ertragen.« Hennie redete auf einen mir unbekannten Mann ein, der aussah, als würde er gerne das Weite suchen. Ich konnte ein Augenrollen nicht unterdrücken und war froh, als endlich einer der Männer hinter der Bar auf mich zukam und ich meine Bestellung loswerden konnte.

»Na, was willst du? Zwei Gläser falsche Anschuldigung, einmal Unruhestiften und einen *Blauen König* dazu?«

Ich war so in Gedanken versunken, dass ich nicht bemerkt hatte, dass es ausgerechnet Hauke war, der mich ansprach. »Zwei Bier wären schon völlig ausreichend, vielen Dank.«

»So, also hast du es hinbekommen, dass der erste Verdächtige, den es seit zwanzig Jahren gab, freigekommen ist, weil du plötzlich meintest, dich anders zu erinnern? Und passenderweise hast du damit gleich jedem sein Alibi genommen, sodass wir die Hölle von damals nochmals erleben dürfen? Herzlichen Dank dafür.«

»Weißt du, Hauke, das hat nichts mit dir zu tun. Mir könnte es nicht egaler sein, was du machst. Ob du wieder bei deinen Eltern einziehst, weil du deine Frau betrogen hast, ob du in einer Zelle sitzt oder ob du noch in zwanzig Jahren hier Bier an Minderjährige ausschenkst. Ich will einfach nur, dass endlich Ruhe ist. Aber die Tatsache, dass dich dein fehlendes Alibi so beschäftigt ...« Ich wusste nicht, wieso ich ihn damit konfrontierte.

»Ach, was du nicht sagst! Meinst du, ich will nicht wissen, was mit ihr geschehen ist? Es vergeht kaum ein Tag, an dem ich nicht darüber nachdenke. Und was ich sonst mit meiner Freizeit anstelle, geht dich einen feuchten Dreck an. Du kanntest Fred ja nicht einmal, warst nur eine von denen, die sein wollten wie sie und erstmals durch diese Sache die Aufmerksamkeit auf sich ziehen konnten. Genau wie heute. Und wen du da in welche Scheiße reitest, ist dir doch völlig egal. Du bist halt einfach eine von den Außenstehenden, die meinen, etwas Besseres zu sein, und in ihrer Freizeit mal wieder reinschneien, um Hobbydetektivin zu spielen und den Ort in Schutt und Asche zurückzulassen, wenn sie wieder gehen und keine Lust mehr haben. Aber weißt du was? Wir leben hier im Gegensatz zu dir. Und das gerne. Also lass uns doch einfach in Ruhe.«

»Nun mach aber mal halblang. Soweit ich mich erinnere, habe ich dich nie in die Scheiße geritten. Obwohl du ein Riesenarsch warst. Schon immer. Und überhaupt, wieso wirst du so aggressiv, wenn du nichts zu verbergen hast?«

Wir funkelten uns über den Tresen hinweg an, ich konnte Haukes Kiefer aufeinander mahlen sehen.

»Lass sie doch einfach in Ruhe, Hauke, und gib ihr das Bier.« Florian.

»Pft. Du und deine kleine Freundin wieder. Ihr beide wart schon immer … Ach, was soll's! Hier.« Er drehte sich zur Zapfanlage hinter sich um und stellte zwei Plastikbecher so auf den Tresen, dass die Hälfte überschwappte. »Aber bild dir ja nicht ein, dass du sie umsonst bekommst, das machen wir nur bei Freunden.«

»Wäre mir nicht im Traum eingefallen.« Ich legte einen Schein auf den Tresen, wartete nicht auf das Wechselgeld und wandte mich ab. »Ich wette, er hat in mein Bier gespuckt.«

»Was war das denn?« Stefan sah mich mit aufgerissenen Augen an.

»Das … Das war mein großer Bruder. Charmant, nicht?« Florian verdrehte die Augen.

Ich nahm einen Schluck Bier. »Wir sollten uns einen Platz auf dem Rasen suchen, das Stück fängt gleich an.«

»Geht ihr mal vor, viel Spaß.« Florian prostete uns ausdruckslos mit seiner Fanta zu.

Ich hatte ihm nicht erzählt, wann ich wieder nach Hannover fahren würde. Ich war nicht einmal mehr sicher, ob ich Stefan erwähnt hatte. Ich hatte Florian eindeutig vor den Kopf gestoßen. Das hatte ich nicht gewollt. Aber irgendwo war ich froh, dass es ihm nicht egal zu sein schien.

KAPITEL 29

Nachdem Stefan sich darüber aufgeregt hatte, dass er Grasflecken auf seine Chinohose bekommen könnte, und ich erwidert hatte, dass Heu keine Flecken hinterließ, hatten wir uns am Rande der Menschenmenge auf den trockenen Boden gesetzt. Die Musik im Festzelt wurde langsam leiser. Es ging los.

Margitta wurde in einem Ruderboot vor die Bühne gefahren. In ihrem fließenden Sommerkleid wirkte sie in dieser Umgebung wie aus einer anderen Welt. Als sie das Mikrofon zum Mund führte, verebbte das allgemeine Gemurmel. Sie strahlte, dankte allen für das zahlreiche Erscheinen und berichtete über die Historie dieser Uraufführung. Insbesondere hervorgehoben wurden Ingrid und Albert Johanning, ohne die es dieses Stück nicht geben würde. In diesen Tagen wären die Gedanken aber auch besonders bei Familie Petersen.

Die Menge applaudierte. Entweder ließen sich die Außenstehenden von dem Beifall anstecken oder sie hatten den *Morgenkurier* gelesen und wussten tatsächlich Bescheid. Als ich mich umsah, fiel mir Hennie auf, die sich, umwickelt in eine elegante Stola wie zu einem Opernbesuch, eine Träne aus dem Augenwinkel wischte. So etwas Scheinheiliges! Ich sah auf mein halb leeres Bierglas und wusste bereits jetzt, dass es nicht für den Rest des Stückes reichen würde.

Wie wären Margittas Worte aufgenommen worden,

wenn Herr Johanning noch in Untersuchungshaft gesessen hätte?

Sie wurde ans Ufer chauffiert und setzte sich in erster Reihe neben meinen Vater, der sie in die Arme schloss.

Der Vorhang öffnete sich. Kitty erschien in Schürze auf der Bühne, eine echte Heidschnucke mit ihren gewölbten Hörnern an einer Leine führend. Wie hatten sie die denn auf die schwimmende Bühne bekommen? Alle Achtung. Kitty schien ganz in ihrem Element. Nervosität, wenn vorhanden, merkte man ihr nicht an.

»Sie ist ja großartig!«, sagte Stefan nach einer Weile.

»Meinst du die Heidschnucke?« Ich kicherte, obwohl er meinen Witz nicht verstanden zu haben schien und mich mit gerunzelter Stirn anblickte. »Ja, Kitty hat wirklich Talent für die Bühne.«

Sowohl Stefan als auch die restlichen Zuschauer hingen an den Lippen der Schauspieler, obwohl ich mir sicher war, dass die wenigsten das Plattdeutsche verstanden. Andererseits waren sie ja genau für diese Art von Kultur hergekommen. Ich dachte an die Theaterproben zurück, an die Menschen in Hawaiihemden und kurzen Kleidern und musste zugeben, dass das Stück mit den richtigen Kostümen noch einmal eine ganz andere Stimmung verbreitete. Das Publikum lachte an den richtigen Stellen, reagierte erstaunt über die reibungslosen Wechsel der Bühnenbilder und genoss den Abend sichtlich.

Nach einer Weile drifteten meine Gedanken ab. Wo war Florian?

Ich musterte Stefan von der Seite. Als er meinen Blick auf sich spürte, lächelte er mir zu und nahm meine Hand. Dann konzentrierte er sich wieder auf das Stück.

Konnte ich wirklich zurück nach Hannover gehen, ohne

endlich zu wissen, was damals geschehen war? Wollte ich überhaupt wieder dorthin?

Ich ließ meinen Blick erneut über die Menge schweifen. Johan Müller, der die Sache erst wieder ins Rollen gebracht hatte, indem er das Tagebuch gefunden hatte, lehnte an einem Stehtisch, ein leeres Bierglas in der Hand. Bademeister Schülke saß neben seiner Frau auf einer Picknickdecke und lächelte, als hätte er nie Frederikas eingeschlagenen Schädel gesehen, als er sie am nächsten Morgen in seinem Schwimmbecken gefunden hatte. Und dann waren da Carli und Susanne Hansen, deren Familie so von den Ermittlungen mitgenommen wurde, die gerade auch noch eine todbringende Erkrankung zu überwinden hatten. Da war der Waffelstand der ehemaligen Heideköniginnen, die alternde Herren und Kinder mit Süßspeisen versorgten. In ihrer Mitte Johanna, die mir zunickte, als wollte sie mich wissen lassen, dass ich das Richtige getan hatte. Sie schien sich wohlzufühlen, obwohl sie befürchtet hatte, als Ehebrecherin vom Ort geächtet zu werden. Vielleicht war in diesen seltsamen Zeiten aber auch alles andere nicht so wichtig wie sonst.

Ich bemerkte, wie sie wieder und wieder zu Hauke sah, der mit den anderen Heidekönigen hinter dem Bartresen scherzte. Was ein Arschloch! Ob er bei diesem Stück auch an Frederika denken musste? Ob sie ihm ihre Zeilen damals zur Übung vorgesprochen hatte? Ob er sich an manchen Wortlaut erinnerte? Im Tagebuch war nie die Rede davon gewesen, dass sie dies gemeinsam getan hatten.

Und Jo? War er auch hier? Wie ging es ihm dabei? Vielleicht lebte er ja auch schon lange nicht mehr hier. Auch das war eine Möglichkeit. Wobei ich sie bezweifelte.

Kommissar Ulrich stand mit seiner kleinen rundlichen

Frau am Rand, die rein optisch exzellent zu ihm passte und vermutlich auch nicht schlecht daran getan hätte, auf grünen Tee umzusteigen. Auch er schien meinen Blick auf sich bemerkt zu haben und sah mich ohne Regung an. Keine Frage, er war noch immer sauer auf mich. Aber ich nahm mir vor, ihm später ein Bier zur Versöhnung auszugeben. Wer wusste schon, wofür das noch gut sein konnte.

Die Zeit verging wie im Fluge, aber ich konnte mich einfach nicht auf den Inhalt des Stücks konzentrieren, auf das der ganze Ort zwanzig Jahre gewartet hatte. Unentwegt strömten weitere Menschen zu den Eintrittspunkten herein. Langsam füllte sich auch das Festzelt der Heidekönige wieder, was bedeutete, dass die Dorfjugend, die kein Interesse an Kultur hatte, nun auch angekommen war. Obwohl es überall vor Menschen nur so wuselte, fiel mir auf, dass zwei Familien fehlten. Johanning und Petersen. Und Maria, die mit Max zu ihren Eltern gefahren war, um allem aus dem Weg zu gehen.

Die Musik auf der Bühne schwoll an und forderte meine Aufmerksamkeit. An dem Bühnenbild und der Figurenkonstellation erkannte ich, dass das große Finale mit Kittys Monolog folgen musste.

Mein Bier war leer, Stefans ebenso, ich wollte uns gerade mit Nachschub versorgen, als Kitty auf die Bühne trat. Sie trug ein elegantes weißes Kleid, darüber einen langen, dunkelblauen Mantel aus seidigem Stoff und mit einer großen Kapuze, unter der ihr glänzendes Haar herausschaute. Gelungener Auftritt. Das mussten die Vintagekostüme sein, von denen sie gesprochen hatten. Das also hätte Frederika damals bereits getragen haben sollen.

Kitty schritt weiter nach vorne auf die Bühne und setzte mit voller Stimme zu ihrer Rede an. Dann streifte sie in einer dramatischen Geste ihren Umhang ab und begann, über die Freiheit und die Heimat und die gesamte imperfekte Perfektion des Lebens zu sinnieren, in der Hand eine Statue, die in einer früheren Version eine Ehrenbockstatue gewesen sein musste, die später wahrscheinlich zu einer Mordwaffe umfunktioniert worden war.

Die Menge hing gebannt an ihren Lippen, bis sie durch ein Klingeln hinter der Bühne unterbrochen wurde, das weiter anschwoll. Nein, kein Klingeln. Eine Glocke. Eine Glocke? Der Klang hallte über das Wasser an meine Ohren.

Und da kam es mir in den Sinn. Wie eine Kuhglocke auf der Alm.

Alle Haare an meinen Unterarmen stellten sich auf und ich zog die Jeansjacke enger um meinen Körper.

Ich griff Stefans leeren Becher und erhob mich. »Ich … äh … Ich hole kurz Bier, bevor alle zur Bar stürmen, wenn das gleich vorbei ist.«

Er drehte sich nicht um, die Augen gebannt auf Kitty gerichtet, nickte nur.

Und dann fuhr es auf die Bühne: das heidelila Damenrad mit einer großen Kuhglocke als Klingel am Lenker, das seit zwanzig Jahren wie vom Erdboden verschluckt gewesen war. Darauf ein junger Bursche, mit dem Kittys Charakter in ihr ewiges Glück den Sandweg entlang durch die Heideflächen fahren würde.

Ich ließ die Bar links neben mir liegen, bahnte mir den Weg quer durch die Menge, musste aufpassen, niemandem auf die Finger oder in leere Pommesschachteln zu treten. Meinen Blick weiter auf das Fahrrad gerichtet, dann Florian suchend. Hatte er es auch bemerkt? Wo war er?

Am Stand der Heideköniginnen kam ich vorbei und sah an Johannas aufgerissenen Augen, dass ich richtiglag. Es war das Fahrrad, das in der Nacht am See gestanden hatte.

Ich ging schnurstracks auf Margitta zu, die entzückt auf ihre Tochter blickte. Sie bemerkte mich kaum, als ich neben sie trat und ihre Schulter berührte.

»Oh, Nina, hi! Und, was meinst du?«, fragte sie, während Kitty umständlich und unter tosendem Applaus versuchte, in ihrer Robe auf dem Lenker des Fahrrads Platz zu nehmen.

»Äh, ja, super, ganz wunderbar! Du, Margitta, dieses Fahrrad da ... War das auch bei den Requisiten von damals eingemottet?«

»Die Kostüme, sind sie nicht klasse? Ach, ich bin ja so froh, dass wir sie doch noch gefunden haben.«

»Das Fahrrad, Margitta, das auch?«

Ihr Blick verfinsterte sich, als sie meinen Gesichtsausdruck sah. »Äh, ja, wieso, was ist los?«

»Es war auch seit zwanzig Jahren dort?«

»Das kann ich dir nicht genau sagen, ich habe nur gehört, dass Albert Johanning nach dem Tod seiner Frau noch einige Sachen in den Theaterfundus gebracht hat, die ihn zu sehr an sie erinnert haben. Ich meine, gehört zu haben, es sei das Fahrrad seiner Frau. Wieso?«

Mein Herz begann zu rasen und ich sah auf die Bühne. Auf das lila Fahrrad, das sich gegen Mitternacht allein am See befunden hatte. Von dem niemand wusste, wem es gehört hatte. An eine möglicherweise unter beginnender Demenz, zumindest aber irgendwie gearteten Persönlichkeitsstörung leidende Frau, deren Passion das Theater war. Dieses Stück. Und an ein totes Mädchen, deren schauspielerische Leistung nie genug für die Theaterleiterin gewesen war. An einen ungeklärten Theaterbrand.

Und nun das, dieses Fahrrad. Das direkt nach diesem Abend für immer eingemottet worden war. Konnte es sein? Das fehlende Bindeglied zwischen den beiden Taten?

War Ingrid Johanning diejenige, die Maria in jener Nacht mit Frederika am See gesehen hatte? Hatte sie in ihrem Hass vielleicht sogar … Ich dachte an Florians Theorie. Vielleicht war sie doch nicht so weit hergeholt? Von den Zeiten her konnte es allemal stimmen. Jetzt schon. War es das, was Albert Johanning zu einem Schuldeingeständnis gebracht hatte? Hatte er von dem Treffen der beiden gewusst?

In diesem Moment schloss sich mit tosendem Applaus der Vorhang, und wie um die Dramatik dieser letzten Gedanken zu unterstreichen, ertönte ein schrilles Pfeifen vom Rande der Bühne und eine Rakete sauste in den sommerlichen Nachthimmel. Mit einem ohrenbetäubenden Knall explodierte der Feuerwerkskörper hoch über dem Stausee und tauchte die Szenerie mit knisterndem Prasseln in ein mysteriöses Licht. Die Festlichkeiten des 67. Heideblütenfestes hatten begonnen.

FREDERIKA, 08.08.1999 - »KRÄUTERSONNTAG«

Am liebsten würde ich heute den ganzen Tag im Bett liegen bleiben. Aber wir haben Haukes Mutter ja versprochen, die Sträuße für den Wagenbau zu binden. Leider müssen wir vorher noch raus in die Heide fahren, um neues Kraut zu schneiden. Aber heute wird es dort und im umgebenen Wald nur so vor ambitionierten Kräuterhexen wimmeln, die irgendwelche Zutaten für das große Grillen am Schafstall am Abend sammeln. Immer mehr denke ich, dass es vielleicht wirklich nicht zu mir passt, das Ganze im nächsten Jahr selbst mitzumachen.

Außerdem gibt es doch sicher auch dort heute wieder nur Gerede. Wie gestern Abend auf dem Fest. Alle tuschelten, als gäbe es eine große Verschwörung. Ob der Brand Absicht oder ein Unfall war. Dass Kommissar Ulrich alle befragen will, weil niemand glaubt, dass diese Petroleumlampen allein umgefallen sind und sich entzündet haben. Trotz oder gerade wegen dieses Skandals hatte es sich natürlich niemand nehmen lassen, zur Eröffnungsfeier zu gehen. Außer Frau Johanning selbst, die war wohl nicht in Feierlaune. Die Stimmung war ausgelassen, aber trotzdem angespannt. Als würde da gleich noch etwas Großes passieren.

Hauke ist mir den ganzen Abend nicht von der Seite gewichen, als hätte er Angst, dass mir etwas zustoßen könnte. Dass es jemand mit dem Feuer auf mich abgesehen hatte. Oder er wollte sichergehen, dass wir zusammen gesehen wurden, so kurz vor seiner geplanten Wahl zum Heidekönig. Vermutlich ärgerte ihn sogar, dass ich nicht bereits durch das Theater das Interesse der Öffentlichkeit auf uns ziehen konnte.

Und dann war da Jo. Es tat so weh, ihn zu sehen. Wie er dort stand mit all den anderen, als wäre nie etwas zwischen uns gewesen. Manchmal hatte ich das Gefühl, als würde er zu mir rüberblicken. Aber vielleicht war es auch nur Wunschdenken. Und doch wusste ich ja gar nicht, was ich eigentlich von ihm erwartet hatte. War das tatsächlich alles gewesen? Eine flüchtige Freundschaft?

Jemand wusste von uns. Was auch immer derjenige glaubte zu wissen. Vielleicht bildete ich es mir nur ein, aber auf diesem Fest unter all diesen Leuten hatte ich das Gefühl, sie würden mich misstrauisch anstarren.

Oder war es nur mein Gewissen, das mir einen Streich spielte? Aber dann habe ich es gehört. Später am Abend. Dass Frau Johanning erzählt, ich wäre auch am See gewesen gestern Abend. Dass ich dahinterstecken könnte. Ich traute meinen Ohren kaum! Wann soll sie mich denn gesehen haben? Oder ist das nur wieder eine ihrer Schikanen?

Mama und Papa waren nicht auf dem Fest. Da ist die Feierlaune gerade auch nicht groß. Und vermutlich scheute Papa sich auch nach all diesen Monaten vor den Leuten. Daher igelt er sich so ein, als interessiere ihn das Leben nicht mehr. Nicht einmal Mama und ich. Es ist, als hätte ich sowohl meinen Vater als auch Jo verloren. Ob ich mir Jo nur als »Ersatz« gesucht habe? Damit ich alles mit ihm besprechen kann, was ich früher mit Papa geteilt habe? Tagträume spinnen und die Welt erobern? Aber vielleicht wäre diese Erklärung auch zu einfach.

Ach, was wünschte ich, ich könnte mich wieder mit Jo treffen! Einfach über alles reden. Seine Meinung, seine Unterstützung haben. Vielleicht könnte ich ihn sogar davon überzeugen, ein gutes Wort für Papa einzulegen? Aber vermutlich habe ich diese Chance vertan.

Vielleicht ist es mit dem Wagenbau also doch keine so schlechte Idee. Und wenn nur als Ablenkung.

KAPITEL 30

Wir waren erst spät ins Bett gekommen, aber trotzdem schreckte ich aus dem unruhigen Schlaf, noch bevor die Sonne aufgegangen war. Stefan atmete ruhig neben mir, dann und wann ein leises Schnarchen. Später am Abend war er auch noch dem vermeintlichen Charme des *Blauen Königs* verfallen und würde sicherlich mit Kopfschmerzen zu kämpfen haben, sobald er aufwachte. Nicht zuletzt deshalb ließ ich ihn schlafen. Es war seltsam, ihn in meinem Zimmer zu haben, das sich in den letzten beiden Wochen tatsächlich wieder heimischer angefühlt hatte. Irgendwie wirkte er zu grob und kantig in der Bettwäsche mit dem zarten Blumenmuster.

Ich hätte ihm gestern sagen sollen, dass ich nicht mit nach Hannover kommen würde. Ich wusste nicht, wieso ich mich so davor scheute, schließlich hatte ich es irgendwo bereits gewusst, als ich hier angekommen war. Und es lag nicht an dieser Mordermittlung. Ich wäre irgendwann auch so darauf gekommen. Vielleicht hätte es länger gedauert. Die Vorstellung, morgen das Krankenhaus zu betreten, einen Kittel überzuziehen und womöglich am Operationstisch zu stehen, war so grotesk, als würde ich mich hinter den Herd einer Sterneküche stellen. Irgendetwas in mir war zerbrochen und ich war nicht sicher, ob ich es wiederbekommen würde. Unehrliche Chefs, kapitalistische Krankenhausmanager und -anwälte halfen nicht, sich menschlich zu fühlen.

Was nicht hieß, dass ich wusste, was ich hier machen oder wie lange ich bleiben würde. Jedoch hätte es sich nach all den Entwicklungen der letzten Tage wie ein erneutes Weglaufen angefühlt, wenn ich Lopauthal jetzt den Rücken gekehrt hätte. Und damit musste endlich Schluss sein.

Zwar war meine Entscheidung schon lange gefallen, aber nun, hier im Morgengrauen, dachte ich, sie in trockene Tücher wickeln zu müssen. Ich wollte mich nicht von Stefan umstimmen lassen. Ich sah ihn an, sein welliges Haar fiel ihm in die Augen. Ich strich es sanft zur Seite, was er mit einem Schmatzen kommentierte und weiterschlief. Nein, auch Stefan würde mich nicht umstimmen können.

Ich nahm meinen Laptop vom Nachttisch, setzte mich in meinem Bett auf und öffnete mein E-Mail-Programm. Zunächst tippten meine Finger zaghaft, dann mit jedem Klicken der Tastatur immer bestimmter, bis ich einen Dreizeiler formuliert hatte, der den weiteren Verlauf meiner ach so vielversprechenden Karriere besiegelte.

Nachdem ich meinen Chef also darüber in Kenntnis gesetzt hatte, dass ich meine Kündigung mit sofortiger Wirkung einreichen und bis zum Ablaufen meiner Kündigungsfrist meine angesammelten Überstunden – von denen ich weiß Gott mehr als genug hatte – einlösen würde, klappte ich meinen Laptop erleichtert zu, streckte mich unter meiner Decke aus und fühlte mich trotzdem nicht, als wäre mir ein großer Stein von der Brust genommen worden.

Dann erinnerte ich mich zurück an den gestrigen Abend. Nachdem ich mit Margitta gesprochen hatte und zurück zu Stefan eilen wollte, um ihn nicht komplett allein zu lassen, war ich glücklicherweise Florian in die Arme gelaufen. Er hatte das Fahrrad auch erkannt. Als ich ihm erzählt hatte, wem es gehörte, sprach er aus, was ich befürchtete: »Was hat das zu bedeuten? Haben wir einen Fehler gemacht, Herrn Johanning da rauszuholen?«

Wir verabredeten, alles sacken zu lassen und uns am folgenden Tag auszutauschen.

Kommissar Ulrich hingegen hatte keinen Deut des Erkennens gezeigt und ich hatte mich nach meinem Zwist mit ihm nicht getraut, ihm die nächste unsichere Spur vor die Nase zu setzen. Ich musste erst wissen, was das alles zu bedeuten hatte.

Was, wenn es tatsächlich Johannings Frau gewesen war, die in einem Zustand geistiger Umnachtung zu Frederika gefahren war und sie für das Ruinieren des Theaterstücks durch ihre schlechte Leistung und eine vermeintliche Affäre mit ihrem Mann erschlagen hatte?

Ein plötzlicher Gedanke keimte in mir auf: Was, wenn Frau Johanning selbst damals die Bühne angezündet hatte, weil sie es nicht ertragen konnte, dass das Theaterstück wegen Frederika nicht zu ihren Wünschen umgesetzt worden war? Ich dachte an die Worte von Hans Bremer, der sie als exzentrische Künstlerin bezeichnet hatte, die am Abend vor dem Auftritt allein auf der Bühne stehen wollte. Und dann dachte ich an die Kopie von Frederikas Tagebuch, die in der Schublade des kleinen Sekretärs lag. Hatte sie vielleicht gewusst, dass Ingrid Johanning eine Brandstifterin gewesen war, und ihren Mann daher erpresst?

Jedenfalls hat sich Frau Johanning ziemlich wacker geschlagen. Keine Emotion gezeigt. Ich muss gestehen, ich hatte einen Zusammenbruch erwartet. Aber sie wirkte seltsam gefasst. Erleichtert sogar?

Ich schüttelte den Kopf. Langsam glaubte ich, Verschwörungen und Geheimnisse hinter jeder Ecke zu sehen. Außerdem: Wie hätte Frau Johanning mit einem Arm in der Schlinge zum See fahren sollen?

Stefan jedenfalls hatte großen Gefallen an der gestrigen Veranstaltung gefunden und sich insbesondere prächtig mit Kitty und meinem Vater verstanden, was es mir nicht leichter gemacht hatte, ihm von meiner Entscheidung, nicht mit ihm zurückzufahren, zu erzählen. Und so hatte ich Stefan, der lediglich ein gesittetes Glas Rotwein oder einen exklusiven Gin Tonic gewohnt war, den ganzen Weg nach Hause stützen müssen, nachdem er versucht hatte, beim Biertrinken mit einem alteingesessenen Landarzt mitzuhalten. Mich hatte das nicht gestört, denn sobald Stefan das Bett berührt hatte, war er auch schon in einen tiefen Schlaf verfallen, sodass die Frage nach möglicher Intimität gar nicht erst aufgekommen war.

Alles in allem war der Abend also nicht so verlaufen, wie Florian und ich ihn uns ausgemalt hatten, wobei sich zumindest eine neue Spur ergeben hatte.

Anschließend hatte ich mein Gedächtnis aufgefrischt und herausgefunden, dass es sich bei der sogenannten Lewy-Körper-Demenz um eine Krankheit handelte, die neben den üblichen Symptomen des Gedächtnisverlustes und teilweise aggressiven Verhaltens dafür bekannt war, Halluzinationen und unkontrollierte Bewegungen im Schlaf sowie Bewegungsstörungen ähnlich einer Parkinsonerkrankung zu verursachen. Alles phasenweise. Zwischendrin konnte die betroffene Person sich völlig normal verhalten. Zumindest im Anfangsstadium. Alles schien zusammenzupassen. Nur war niemand hinter diese Diagnose gekommen. Papa hatte erzählt, dass er sie zu einem

Neurologen hatte überweisen wollen. Sie aber hatte sich geweigert. Vielleicht hatte sie es auch nicht wahrhaben wollen. Hatte Papa von ihrer Krankheit gewusst oder nur etwas geahnt? Da waren diese Schlafmittel, die er ihr verschrieben hatte. Die alles verschlimmern konnten. Das hatte ich gelesen. Die sie an jenem Abend genommen hatte. Mir rauchte der Kopf.

Ich nahm die Mappe mit den Obduktionsberichten von meinem Nachttisch, schlug sie auf und versuchte erneut, weitere Informationen zwischen den geschmierten Worten dieser Krakelhandschrift zu entziffern. Ich war müde. Die Worte verschwammen vor meinen Augen. Gerade, als ich drohte, wieder in das Reich zwischen Traum und Realität abzudriften, fiel mir eine weitere Passage auf.

Ich blinzelte ein paarmal und straffte den Rücken. Bei Frederika waren mehrere blaue Flecken verschiedenen Alters an beiden Ober- und Unterarmen festgestellt worden.

Blaue Flecken verschiedenen Alters. Plötzlich war ich hellwach. Bei diesen Worten klingelten die Alarmglocken eines jeden Arztes. Im Regelfall waren sie Zeichen körperlichen Missbrauchs. Ich dachte an das Foto, das ich bei Johanna zu Hause gesehen hatte. Sie hatte in dem Sommer häufiger langärmlig getragen, hatte Johanna gesagt. Auch war sie nicht schwimmen gewesen, das hatte sie selbst geschrieben. Ich erinnerte mich auch an eine Passage:

Aber heute konnte ich das erste Mal seit Langem wieder mit ins Wasser, denn alles ist verblasst, und es war richtig schön!

Hatte Frederika ihre blauen Flecken versteckt? Vielleicht war es auch das, was ihr unangenehm gewesen war, als Florian sie unter der Dusche erwischt hatte. Bisher hatten wir nicht näher darüber gesprochen, er hatte beim Lesen lediglich erzählt, wie peinlich ihm das Ganze gewesen war.

Aber wer hätte ihr wehtun sollen und wieso stand darüber nichts in ihrem Tagebuch?

Sobald ich das erste Klappern von Geschirr vernahm, schwang ich mich aus dem Bett, zog mir eine Jogginghose an, putzte mir die Zähne und ging hinunter in die Küche, froh darüber, nicht mehr mit meinen Gedanken allein sein zu müssen.

Der Kaffee war bereits durchgelaufen und verströmte diesen Duft nach Behaglichkeit.

»Du bist ja früh, Nina.« Margitta strahlte über das ganze Gesicht, die Erleichterung über den Ausgang der Aufführung war ihr anzusehen. Unentwegt war sie für ihre Leistung gelobt worden.

»Wie geht es dir?« Sie stellte mir eine Tasse schwarzen Kaffee auf den Küchentresen.

Da ich nicht gewusst hätte, wo ich anfangen sollte, entschied ich mich für ein einfaches »Gut«.

»Wir hatten noch keine Gelegenheit zu sprechen, nachdem das alles … Ich weiß auch gar nicht, ob es mir zusteht, das zu sagen, aber über den Punkt sind wir beide vielleicht hinaus. Also, was ich eigentlich sagen wollte, ist, dass ich sehr stolz auf dich bin, Nina, dass du deinem unguten Gefühl nachgegangen bist und deine Erinnerung richtiggestellt hast. Auch, wenn es schwierig war.«

»Danke, Margitta. Und ich wollte dir sagen, dass es echt super war, was ihr da auf die Beine gestellt habt. Ich denke, denen hast du es gezeigt. Allen, die schon vorher darüber geredet haben und getuschelt, was das wohl für ein Stück sein würde. Du kannst ebenfalls stolz auf dich sein.«

Sie lächelte. »Schätze, die Männer schlafen heute etwas länger, was?«

»Von wegen, der frühe Vogel und so.« Papa kam in seinem Standardoutfit, kariertes Hemd mit hochgekrempelten Ärmeln und Jeans, in die Küche, legte mir kurz einen Arm um die Schultern und ging dann weiter zu seiner Frau. »Ich habe gehört, heute gibt es Pfannkuchen? Die lasse ich mir nicht entgehen, außerdem gab es doch nur ein, zwei Bier gestern. Aber Städter sind für so etwas nicht gemacht, oder?« Er zwinkerte mir zu, als er sich eine Tasse Kaffee einschenkte.

»Offensichtlich nicht.« In meiner Besessenheit über die Neuigkeiten der Obduktionsberichte hatte ich den schlafenden Stefan in meinem Bett fast vergessen.

Mein Vater riss mich aus meinen Gedanken. »Stefan sagte, du fährst heute wieder weg?« Er klang enttäuscht, als hätte ich ihm etwas Wichtiges verschwiegen. »Hast du denn ... hast du alles mit deinem Chef klären können?«

Ertappt nahm ich einen Schluck Kaffee. »Nein. Ich meine, ja, ich habe alles geklärt. Ich habe gekündigt. Eben.«

Margitta klatschte begeistert in die Hände. »Das ist ja fantastisch! Man sollte sich von allem Ballast trennen, der einem das Leben schwer macht, und du, meine Liebe, gehst gerade mit bestem Beispiel voran!« Sie umarmte mich.

Mein Vater nickte in einer Art und Weise, die mich wissen ließ, dass ich das Richtige getan hatte. Erleichtert ließ ich meine Schultern fallen.

»Aber Stefan weiß noch nichts davon und denkt tatsächlich, dass ich heute wieder mit ihm zurückfahre, aber ich ... ich kann nicht. Also nur, wenn ich euch nicht störe und noch länger bleiben darf.« Ich blickte schnell auf und zwischen Papa und Margitta hin und her, die synchron nickten, als hätten sie auf diese Frage gewartet. »Ich bin nicht sicher, ob ich überhaupt wieder dorthin zurück will, oder kann, und ich meine nicht nur das Krankenhaus, sondern auch Stefan. Aber ich feige Nuss habe es einfach noch nicht aussprechen können.«

Ein Poltern hinter mir forderte die Aufmerksamkeit meiner Zuhörer, deren Gesichtsausdruck sich plötzlich veränderte. Langsam drehte ich mich um.

»Das musst du auch nicht mehr.« Stefan. Er stand in der Tür, sein Hemd war nicht in die Hose gesteckt, was ich noch nie an ihm gesehen hatte, sein Haar zerzaust.

Ich sprang auf, wusste nicht, was ich sagen sollte. Er ging zurück in mein Zimmer, ich folgte ihm wortlos – denn welche Worte hätten die Situation schon entschärfen können? Immerhin hatten wir den Rest unseres Lebens zusammen verbringen wollen. Er verstaute Handy und Portemonnaie in seinen Hosentaschen, nahm seine Tasche und verließ das Zimmer wieder.

»Stefan, es tut mir leid. Ich weiß auch nicht, was gerade los ist. Es liegt nicht an dir.«

Abrupt blieb er im Flur stehen, drehte sich um und sah mich verdattert an. »Natürlich liegt es nicht an mir, es liegt an dir. Das ist doch klar. Mit dir stimmt gerade so einiges nicht, das habe ich verstanden. Ich habe dir Zeit gegeben und ich würde dir auch noch mehr geben, aber das ist nicht das, was du willst, und daran kann ich offenbar nichts ändern. Immerhin kommt das Ganze jetzt hoch und nicht erst in ein paar Monaten, dann muss ich keine weitere Zeit mit unnötigem Warten verschwenden. Aber den Schneid, es mir früher und direkt zu sagen, im besten Fall noch bevor ich hierherfahre und mich zum Affen mache, indem ich dieses widerliche blaue Zeug trinke, hattest du nicht. Aber auf deinen Anstand kann man im Moment offenbar nicht zählen.«

Er schlüpfte in seine Sneakers, ließ mich in meiner Jogginghose im Flur stehen und ging zurück in die Küche. »Vielen Dank für alles, es war trotzdem ein schöner Abend. Ich hoffe, ihr behaltet mich nicht als den verliebten Idioten in Erinnerung, der sich hat an der Nase herumführen lassen und keinen Alkohol verträgt.«

Ohne eine Erwiderung abzuwarten, stürmte er zurück zur Tür. Es wollte offenbar keine Minute länger bleiben.

Ich kam in Bewegung, machte mich auf in Richtung offen stehender Haustür und sah noch, wie er durch den Garten in Richtung seines Audis auf dem Praxisparkplatz stürmte, und erinnerte mich im Schnelldurchlauf an schöne Zeiten, die wir zusammen verbracht hatten. In einem anderen Leben. Alles in mir krampfte sich zusammen, wie es vermutlich immer der Fall war, wenn etwas Richtunggebendes ein abruptes Ende fand.

»Stefan, es tut mir so leid!«, rief ich ihm hinterher und stolperte über die Türschwelle nach draußen, blieb am Riemen meiner Sandalen hängen, die ich heute Nacht vor der Tür ausgezogen hatte, und fiel vornübergebeugt auf das Pflaster.

Der Motor startete aufbrausend. Mit einem Quietschen verließen die Autoreifen unsere Einfahrt und Stefan mit ihnen mein Leben.

Erst, als ich mich aufrichtete, um mir die schmerzenden Knie zu reiben und den Sandalenriemen von meinem Fuß zu entfernen, sah ich, dass darin ein Zettel steckte. Als ich mich näher heranbeugte, um ihn zu lesen, lief ein kalter Schauer über meinen Rücken.

Lass uns in Ruhe!

Heidelila. Altmodische Schrift. Es bestand kein Zweifel daran, dass diese Nachricht vom gleichen Absender wie die letzte stammte. Reflexartig griff ich nach dem Zettel, doch ich zog meine Hand mit einem Schrei zurück, als ich etwas Weiches darunter berührte. Der Zettel verrutschte und gab den Blick auf das frei, was ich soeben angefasst hatte.

Eine tote Maus, die mit leeren, angststarren Augen in die Unendlichkeit blickte.

KAPITEL 31

Auch Kitty und Jonas waren später in der Nacht zu uns nach Hause gekommen. Jetzt saßen alle zusammen am Frühstückstisch, als ich wie in Trance in die Küche schritt.

»Oh mein Gott, was ist das denn?« Margitta sprang vom Tisch auf, deutete auf meine Hand und stolperte zwei Schritte zurück.

»Sieht mir aus wie eine tote Maus.« Jonas steckte sich gerade einen mit Sirup getränkten Pfannkuchen in den Mund.

»Das ist megaekelig, Nina, was willst du damit?« Kitty legte ihre Gabel auf den Teller.

Ich hatte nicht bemerkt, dass ich sowohl den Schuh mit Maus als auch den Zettel noch immer in der Hand hielt.

»Wo ist eigentlich dein Freund so schnell hin? Ich fand ihn sehr nett.«

»Äh, ich … sorry.« Ich drehte um, wollte Kurs auf die Mülltonne vor der Tür nehmen, als meinem Vater der Zettel mit der lila Schrift auffiel.

»Nicht noch so einer, oder? Zeig mal her. Jetzt sag mir nicht, dass die Maus dabei lag.«

»Ähm … Ja, doch. Ich bring sie mal eben raus.«

Kitty entfuhr ein Kichern. Vielleicht, weil ich mich wie ein planloser Trottel verhielt.

»Kitty«, raunte Margitta ihr zu, als sie sich wieder gefasst und erneut am Tisch Platz genommen hatte.

»Was denn?«, sagte diese mit einer Unschuldsmiene.

»Da scheint es aber einer ganz schön ernst zu meinen. Na

ja, wie man gestern gehört hat, sind ja nicht alle mehr gut auf dich zu sprechen, Nina.« Sie zuckte mit den Schultern. »Bringst du die Zeitung von draußen mit? Ich muss wissen, was sie über das Stück schreiben.«

Zwar waren die Journalisten sowohl Kittys Leistung als auch dem Stück und dem Fest an sich gegenüber wohlgesonnen, aber dennoch nahmen Johannings Freilassung und die Ermittlungen der Cold-Case-Einheit einen größeren Platz auf der Titelseite ein.

»Mach dir nichts draus, Kitty«, sagte Margitta. »Wenn der Fall gerade nicht neu aufgerollt werden würde, wäre es sicher anders. Außerdem wirst du am nächsten Sonntag schon deine Titelseite kriegen.«

Kitty hingegen funkelte mich nur wütend über den Zeitungsrand an, als wäre ich der Ursprung allen Übels.

»Gut, ich mach mich dann mal auf die Socken, hab meinem Dad versprochen, beim Aufräumen am See zu helfen. Kommst du auch später rum, Kit?« Jonas wischte sich den Mund am Ärmel ab und stand auf.

»Wenn du mir eine Sekunde gibst, dann komm ich lieber gleich mit.« Sie hatte ihre Pfannkuchen kaum angerührt. »Später wollte ich dann noch die Kräutertour mitmachen. Laura geht auch hin und die soll ja nicht mehr gesehen werden als ich.«

Als die beiden den Raum verlassen hatten, hatte ich erstmals das Gefühl, durchatmen zu können.

»Es tut mir wahnsinnig leid, Nina«, sagte mein Vater dann. »Das mit Stefan und das mit diesen Nachrichten.«

»Ist schon okay, Papa. Ich lerne gerade, was es bedeutet, mit den Konsequenzen meiner Taten klarzukommen. Aber besser spät als nie.« Ich schob einen Pfannkuchen auf meinem Teller hin und her.

Margitta hatte die restlichen Teller bereits in die Küche getragen, mir über die Schulter gestreichelt und sich dann ebenfalls zum See verabschiedet.

Anstatt zu Hause zu sitzen und auf eine Antwort von meinem Chef zu warten oder darüber zu sinnieren, was ich mit Stefan alles falsch gemacht hatte, wusste ich, dass es keinen sinnvolleren Weg geben würde als den zu Herrn Johanning. Ich hatte Fragen. Und die würde er mir beantworten müssen, ob er wollte oder nicht.

»Ich hätte wissen können, dass ich dir nicht ewig aus dem Weg gehen kann.« Die Haustür stand einen Spaltbreit offen und ich konnte ungehindert eintreten. Herr Johanning saß mit dem Rücken zu mir in seinem Ledersessel. Ich konnte ihn nur erahnen, jedoch vor der breiten Rückenlehne nicht sehen. Vielleicht hatten die Ereignisse der letzten Tage ihn weiter schrumpfen lassen.

»Wieso? Weil Sie mir doch endlich sagen wollen, was hier eigentlich los ist? Oder wieso Sie mich in all das reingezogen haben? Hatten Sie mich deshalb zum Scrabble-spielen eingeladen, damit ich Ihr wirres Schuldbekenntnis bestätige?« Ich hatte nicht gewusst, wie wütend ich auf meinen Lehrer war, bis ich die Worte ausgesprochen hatte. »Oder weil Sie jemandem anvertrauen wollen, dass es Ihre Frau war, die Frederika vor all diesen Jahren in der Nacht getroffen hat? Oder wie kam ihr Fahrrad an den See?«

Er schwieg.

»Haben Sie das Fahrrad deshalb verschwinden lassen und gehofft, dass es nie mehr gefunden wird? Damit nie jemand dahinterkommt, dass Ihre Frau am See war? Wie hat sie das eigentlich geschafft mit dem Arm in dieser Schlinge? Wie blöd, dass Margitta einfach in Ihrer Abwesenheit die Sachen in der Schule gefunden hat, die Sie so gut hatten verstecken wollen.«

Nun stand er wackelig auf, drehte sich zu mir um. Er hielt sich an der Lehne seines Sessels fest, seine Hand zitterte von der Kraft, die er aufwenden musste. »Ich habe ihr die Sachen gegeben.«

»Sie haben sie ihr gegeben? Wieso?«

»Weil ich nichts mehr zu verbergen habe, Nina.« Er blinzelte nicht. Seine milchig blauen Augen sahen mich direkt an. »Ich war es, nicht Ingrid. Ich war in jener Nacht am See. Auf dem Weg zu Frederika. Wie sie es in ihrem Tagebuch geschrieben hat. Wir hatten eine Verabredung. Und ich war da.«

Ich hielt inne, als ich die Worte hörte, die ich vielleicht sogar schon erahnt hatte. Nach der Schlaftabletteneinnahme und mit einem gebrochenen Schlüsselbein hätte seine Frau den Weg auf dem Rad kaum schaffen können. Das war mir irgendwo klar gewesen. Und doch wollte ich nicht hören, was mein Lehrer mir zu sagen hatte. Aber ich musste.

»Aber warum?«

Langsam ging Herr Johanning zu der Anrichte neben seinem Sessel, auf der eine Glaskaraffe mit einer bernsteinfarbenen Flüssigkeit stand. »Vielleicht ist jetzt Zeit für unseren Sherry. Ich weiß, dass zumindest ich einen brauchen werde.«

Der Glasverschluss klimperte, als er ihn unbeholfen aus der Flasche zog. Ich konnte das Ganze nicht mit ansehen. Vielleicht wollte ich auch nur endlich eine vernünftige Erklärung hören. Daher ging ich zu ihm, nahm ihm die Flasche aus der Hand und schenkte großzügig in zwei danebenstehende Gläser ein. Nachdem ich sie auf dem

Wohnzimmertisch abgestellt hatte, ging ich zurück, um Herrn Johanning abzuholen.

»Das schaffe ich schon, danke.« Er wies meinen Arm ab, wankte zurück zum Sessel und ließ sich in das Polster fallen. Ich reichte ihm sein Glas, nahm das meine ebenfalls in die Hand und setzte mich auf das lederne Sofa.

Er trank einen großen Schluck, schloss die Augen.

Ich konnte nicht mehr warten. »Die Erpressung. Es stimmt also wirklich. Frederika wollte Geld von Ihnen und Sie wollten es ihr in jener Nacht übergeben.«

»Ja.«

»Womit hat sie Sie erpresst?«

Er sah mich nicht an.

»Das Feuer«, sagte er nach einer Weile, als hätte er sich erst daran erinnern müssen. »Meine Frau, sie … Sie hat das Feuer auf der Bühne damals gelegt und ich wollte, dass man ihren Namen und ihren Ruf in guter Erinnerung behält. Ich wollte nicht, dass das an die Öffentlichkeit dringt.«

»Aber hieß es nicht, Ihre Frau hätte Frederika beschuldigt? Sie irgendwie dort gesehen?«

Er schwieg eine Weile. »Wie du sicher mitbekommen hast, war sie nicht sie selbst. Damals. Sie war krank. Aber sie wollte es nicht wahrhaben.«

»Sie litt an Demenz.«

Er verzog seine schmalen Lippen zu etwas, was ein trauriges Lächeln sein konnte. »Vor dir kann man kaum etwas verheimlichen. Richtig. Es wird vermutlich Demenz gewesen sein. Sie wollte es nicht weiter untersuchen lassen. Ich denke, eine Benennung für das, was sie hatte, hätte ihr noch mehr Angst eingejagt. Außerdem war man damals noch nicht so weit, was Diagnostik und Therapie anging.

Sie dachte ...« Schmerz zeichnete sich in seinen Augen ab. »Sie dachte, sie würde verrückt.«

Ich nickte, konnte mir nur vorstellen, wie einsam sie sich gefühlt haben musste. Einsam und von ihrem eigenen Körper betrogen. »Wie fortgeschritten war die Krankheit?«

»Anfänglich war es in Ordnung. Wir kamen damit klar. Aber die Phasen nahmen mit der Zeit zu.« Er sah nach draußen, meine Augen folgten seinem Blick auf den eingewachsenen Teich. »Das Theater war ihr Ein und Alles und es bedeutete ihr so viel, es zu einem guten Ende zu bringen, bevor ... bevor sie es nicht mehr konnte. Aber alles lief falsch, sie war nie zufrieden. Ich weiß gar nicht, ob es überhaupt an Frederika lag. Ja, sie war nicht die talentierteste Schauspielerin, aber dies war ja auch kein professionelles Theater. Weißt du, ich denke, Ingrid hat bei alldem an ihre erfolgreichen Jahre denken müssen. Sie war lange Zeit in Hamburg am Theater beschäftigt gewesen, bevor sie das alles für die Familie ... für mich ... aufgab. Und ich glaube, sie wollte ein letztes Mal einen großen Erfolg miterleben. Was schwierig ist, wenn es sich um eine einmalige Aufführung mit Amateurschauspielern handelt.«

»Sie hat die Bühne angezündet, weil sie mit dem Plattdeutschen Theater keine große Inszenierung hinbekommen hätte? Das wusste sie doch vorher. Und wieso hat sie den Verdacht auf Frederika gelenkt?«

»Nun ja, das schon ... Allerdings musst du wissen, dass ihre Gedanken leider immer wirrer wurden. Zeitweise. Sie hatten nichts mit Logik zu tun. Und Ingrid hat eine Weile gebraucht, bis sie überhaupt verstanden hat, dass ihre Gedanken nicht rational waren. Da war ...« Er zögerte. »Da war ein Vorfall einige Tage vorher, der sie ziemlich aufgerüttelt hatte. Ich glaube, erst zu dem Zeitpunkt hat sie tatsächlich begriffen, dass sie Hilfe brauchte. Dass etwas Unaufhaltsames mit ihr geschah.«

»Sie hat Frederika in der Schule eingesperrt. Nach den Proben.«

Es schien ihn nicht zu interessieren, woher ich diese Information hatte. »Sie hat es nicht mit Absicht gemacht. Sie war ganz durch den Wind, hatte auf dem Rückweg noch diesen Fahrradunfall. Und erst als wir von der Notaufnahme zurückfuhren, hatte sie ihren ersten klaren Moment. Plötzlich sagte sie mir, sie sei sich nicht sicher, ob sie sich von Frederika verabschiedet hatte. Sie hätte keine Erinnerung daran, wie sie nach Hause gekommen war. Wir fuhren in die Schule, die sie abgeschlossen hatte, aber Frederika war nicht da. Ich war erleichtert, dass nichts passiert war. Ich habe es erst später von Frederika erfahren, dass sie aus einem Fenster gestiegen ist.« Er sah zu Boden, schüttelte den Kopf. »Weißt du, Ingrid war kein schlechter Mensch. Auch wenn ich höre, was die Leute heute über sie sagen.«

Ich nickte verständnisvoll. Dachte an Frederikas Worte über Frau Johanning. Frederika hatte all das als persönlichen Angriff gedeutet. Ich fragte mich, wie viel davon tatsächlich mit der Krankheit von Frau Johanning zusammenhing. »Das muss unglaublich schwer für Sie gewesen sein.«

Er zuckte mit den schmalen Schultern und sah dabei aus wie ein kleiner Junge. »So ist das Leben. Ich habe versucht, sie, so gut es ging, zu beschützen. Nach diesem Unfall, den sie hatte … Ich habe ihr Fahrrad umgerüstet. Eine Glocke, die immer klingeln sollte, wenn sie es vergaß, damit es nicht wieder zu solch einem Zwischenfall kam.«

»Die Kuhglocke.«

Er lächelte matt. »Eine bessere Lösung ist mir nicht eingefallen. Aber sie hat ihr Fahrrad nie wieder gebraucht.«

Nun nahm auch ich einen Schluck Sherry. Die Liebe und der Schmerz in den Augen meines Lehrers waren kaum zu ertragen.

»Wie ist Frederika darauf gekommen, dass Ihre Frau das Feuer gelegt hat? Niemand sonst scheint bis heute zu wissen, wie es zu dem Brand kam.«

Er zögerte einen Moment. »Sie ... sie scheint es gesehen zu haben.«

Davon war im Tagebuch nicht die Rede. Das wunderte mich. Schließlich würde ich erwarten, dass sie darüber geschrieben hätte, wenn sie gesehen hätte, wie ihre größte Widersacherin eine Straftat beging.

»Haben Sie Kommissar Ulrich gegenüber verlauten lassen, dass es Frederika war?«

Er sah zum Fenster hinaus. »So ähnlich.«

»Aber wieso?«

Wieder machte er eine Pause. Als er weitersprach, wusste ich nicht, ob das Gesagte als Antwort auf meine Frage gemeint war. »Alles, was ich je wollte, war es, Ingrid zu beschützen.«

»Wieso haben Sie sich auf diese Erpressung von Frederika eingelassen? Sie hatte doch keine Beweise.«

»Ich habe Frederika ab und zu nach dem Theater getroffen, um sie zu unterstützen. Weil sie es so schwer hatte mit meiner Frau. Es tat mir sehr leid um sie.«

Ich nickte. »Aber ... Bitte verzeihen Sie die Frage. Sie sind nicht Jo, richtig? Sie hatten nie etwas Romantisches mit ihr.« Diese Vorstellung erschien mir in diesem Moment absurder denn je.

»Nie.«

»Und wieso haben Sie die Vorwürfe über die Affäre dann nicht vehement abgestritten? Wieso haben Sie sich so einfach beschuldigen lassen?«

»Ich weiß nicht, ich dachte ... Ich dachte wohl, dass es vielleicht sein könnte, dass sie es so gesehen hat. Dass sie mehr in unsere gemeinsamen Proben hineininterpretiert hat. Wenn Ingrid verhindert war, meine ich. Frederika war eine komplexe junge Frau und zu Hause war es nicht einfach für sie, seit ihr Vater seinen Job verloren hatte.«

Nach all dieser Zeit hier hatte ich mich kaum mit der Familie Petersen beschäftigt und befürchtete, dass dies ein großer Fehler gewesen war. Immer wieder tauchte ihr Vater auf.

»Und wegen dieser schwierigen Beziehung, dachte ich, vielleicht fantasierte sie. Nicht, dass du das falsch verstehst, nicht wegen mir, sondern, weil ihr eine Vaterfigur fehlte. Daher hatte ich Angst, dass ich ihr vielleicht falsche Hoffnung geschenkt habe.«

Falsche Hoffnung. Da war es wieder, das hatte sie gesagt.

Falsche Versprechungen, falsche Beschützer, falsche Hoffnung ... Ach, was ist das doch für ein herrliches Drecksloch hier!

War das möglich? Dass alles nur ein Hirngespinst war? Dass es nie eine Affäre gegeben hatte? Und Frederika ihre Erlebnisse einfach wie eine Geschichte aufgeschrieben hatte? Vielleicht sogar, um sich auf Papier an den Ungerechtigkeiten gegenüber Frau Johanning zu rächen? Eine Art Traumwelt? Dass sie ihr Tagebuch mit Absicht zurückgelassen hatte vor ihrem geplanten Verschwinden aus dem Ort, um ein letztes Geheimnis zu hinterlassen? Hatte Hauke nicht auch Ähnliches erwähnt, dass es ihr gefallen hätte, wenn sie wüsste, welch ein Mysterium ihr

Tod hinterlassen hatte? Aber das wäre einfach zu unge-
heuerlich.

»Glaubten Sie deshalb, dass Sie eine Mitschuld tragen?
Weil Sie Frederika falsche Hoffnung gemacht haben? Ich
frage mich die ganze Zeit, wieso Sie riskiert hätten, für den
Rest Ihres Lebens für etwas ins Gefängnis zu gehen, was
Sie nicht getan haben.«

»Es ist so viel komplizierter als das.« Er nahm einen
Schluck aus seinem Glas, wobei seine Hand noch immer
zitterte. »Und außerdem hatte sie ja nun meine Statue
dabei, die dann gegen sie verwendet wurde. Irgendwie
beginnt und endet alles immer wieder bei mir.«

»Wieso hatte sie Ihre Statue überhaupt dabei?«

»Als Pfand. Sie hat sie nach dem Brand der Bühne gefunden und behalten. Sie meinte, ich hätte sie nicht verdient,
solange diese Sache offen wäre. Ich wäre kein Ehrenbürger.
Aber wenn ich diese Sache richtig lösen würde – in ihren
Augen war es das Geld, das sie von mir für ihr Schweigen
haben wollte –, dann würde ich sie wiederbekommen.«

»Aber Sie haben sie nicht wiederbekommen.«

»Nein.«

»Warum nicht?«

»Weil Frederika nie zu unserem Treffen erschienen ist.«

Mir stockte der Atem. »Sie haben sie tatsächlich nicht
gesprochen in der Nacht?«

»Nein.«

»Wann waren Sie am See?«

»Gegen ein Uhr.«

Ich zögerte. »Und dann fuhren Sie nach Hause und fanden Ihre Frau …«

Er trank seinen Sherry leer. Schwieg. Ich stand auf,
schenkte ihm nach. Er brauchte es.

»Wenn ich nicht zu Frederika gegangen wäre, wäre Ingrid noch am Leben.« Er nahm das Glas entgegen und hielt es mit beiden Händen fest. »Sie hat mich gesucht. Sie hatte diese Schlaftabletten genommen. Zuvor hatte sie einen ihrer Anfälle gehabt. War so wütend und so wirr. Nach den Tabletten ging es ihr besser. Sie lag hier auf dem Sofa, da, wo du jetzt sitzt. Und hat geschlafen. Ich wollte sie nicht mit dem Quietschen der Haustür wecken, daher bin ich über die Terrasse gegangen. Habe die Tür offen gelassen. Man kann sie nicht von außen verschließen. Aber ich hätte niemals gehen dürfen.«

»Und dann auch noch der Einbruch.« Sollte es der Zufall tatsächlich so gewollt haben, dass beide Todesfälle nichts miteinander zu tun hatten? »Glauben Sie, Ihre Frau wurde von dem Einbrecher überrascht und ist aus Angst nach draußen gelaufen?«

Sein Körper wackelte, die Flüssigkeit in seinem Glas kam ins Wanken. Erst dachte ich, er wiegte sich selbst, um sich zu beruhigen, dann meinte ich, dass er lachte.

Aber als er sich aufrichtete und seine rot unterlaufenden Augen öffnete, sah ich, dass er weinte.

»Niemand war hier.«

Ich hatte mich wieder auf das Sofa gesetzt, war versucht, meine Hand auf seinen Arm zu legen. Irgendetwas hielt mich ab. »Der Polizei sagten Sie ...«

»Niemand war hier, Nina. Ich ganz allein trage die Schuld am Tod meiner Frau.«

»Aber ...«, warf ich ein, wobei ich nicht wusste, was auf meinen Einwand folgen sollte. Alles machte Sinn. Wer sonst hätte Ingrid Johanning in der Nacht auflauern sollen? »Aber Sie meinten doch, es wäre ein Einbruch gewesen?«

Seine Augen blieben tränengefüllt. Aber er weinte nicht. Nicht lautstark. Er redete so, wie ich es von ihm kannte. Ruhig, bedacht. »Ich hätte damals nicht damit leben können. Konfabulation ist wohl der Terminus dafür. Das Gehirn füllt die Lücken einer Erinnerung so, dass alles einen Sinn ergibt. Ich habe tatsächlich geglaubt, dass jemand da gewesen ist. Damals. Dass jemand meiner Ingrid etwas Böses wollte, dass sie zum Telefon gelaufen ist, um Hilfe zu rufen, dabei die Bücher umstieß. Ihr Portemonnaie fehlte. Nur so ergab es Sinn für mich. Etwas Böses, das uns das von außen angetan hat. Ich wollte sie schützen. Das wollte ich immer. Nur deshalb ist das überhaupt alles passiert. Aber ich habe versagt. In jener Nacht habe ich versagt. Ich hätte sie nicht allein lassen dürfen. Ich hätte die Tür abschließen müssen. Sie war krank. Ich hätte es wissen müssen.«

Er schloss die Augen. Ich konnte nichts erwidern.

»Ich glaube, sie hat mich gesucht. In ihrer Panik hat sie mich gesucht, hat die angelehnte Tür gesehen und ist dann schnurstracks in den neuen Teich gelaufen. Wir hatten ihn erst zwei Wochen zuvor anlegen lassen. Ein Teich war ihr Herzenswunsch gewesen. Ich habe extra darauf bestanden, dass er nicht so tief wird. Damit ... damit niemandem etwas geschieht. Ich hatte doch nicht ahnen können ... Aber ihr Arm war in einer Schlinge und dann diese Tabletten ... Vielleicht ist sie gestolpert und ist aus eigener Kraft nicht mehr herausgekommen.«

Die Qualen, mit denen mein alter Lehrer sprach, taten mir ebenso weh und ich bemühte mich, ihm diesen Schmerz nicht zu zeigen.

»Aber Sie haben schon recht, ihr Portemonnaie, der Zufall, dass auch Frederika starb ... Hätte es nicht doch ...?«

»Ich habe es gefunden. Das Portemonnaie. Etwa drei Monate später. Es lag in der Mehldose. Du musst wissen, ich habe lange Zeit den Haushalt nach ihrem Tod vernachlässigt, da habe ich es nicht gesehen. Sie muss es in einer ihrer Phasen dorthin verlegt haben.« Nun lag ein trauriges Lächeln auf seinen Lippen. »Das ist sie. Die Schuld meines Lebens. Indem ich meine Frau habe beschützen wollen, habe ich sie verraten. Und nur wegen mir ist sie damals gestorben. Wegen meiner Nachlässigkeit. Wegen meiner Entscheidungen. Das werde ich mir nie verzeihen.«

»Weiß die Polizei davon?«

»Ja, ich habe mich Harald Ulrich anvertraut, als sie mich gehen lassen wollten. Schließlich hatte ich nicht das Gefühl, dass es mir zustand, freigesprochen zu werden.«

Ich nickte. Für mich fühlte sich sein Geständnis schwer an wie Blei. Die Gewissheit, dass Frederikas Tod nichts mit dem von Frau Johanning zu tun hatte. Dass es keinen gemeinsamen Mörder geben musste.

Herr Johanning trank einen weiteren Schluck Sherry, atmete tief durch und setzte sich in seinem Sessel auf. Ich streckte meine Hand nach ihm aus, wollte die seine berühren, ihn in den Arm nahmen. Aber er blockte mich ab, zog seine Hand zurück. Er wollte keinen Trost.

Ich wusste nicht, wie ich das Thema wechseln konnte. Weg von seiner Frau, hin zu Frederika, ohne unsensibel zu klingen. Aber ich musste. »Was glauben Sie, wieso Frederika nicht zu Ihrem Treffen erschienen ist?«

»Sie … Sie hatte es sich offensichtlich anders überlegt.«

»Offensichtlich? Wie können Sie sich da so sicher sein? Vielleicht … Vielleicht war sie bereits tot?« Er hatte Frederika um ein Uhr treffen wollen. Über eine Stunde lag dazwischen, in der sie niemand gesehen hatte.

»Weil ich sie gesehen habe.«

Alle meine Gedanken wirbelten durcheinander. Was hatte er da gerade gesagt?

»Sagten Sie nicht eben, Sie hätten Frederika nicht getroffen?«

»Nein, das habe ich auch nicht, aber ich habe sie gesehen. Nur aus der Ferne. Sie muss es gewesen sein. Ich stand am Westufer in der Nähe der *Seeterrasse*. Dort hatten wir uns verabredet, weil es etwas weiter ab von dem Tumult war, den sie bezüglich der Bürgerwehr vorausgesagt hatte.«

»Frederika wollte tatsächlich, dass Sie der Bürgerwehr den Tipp geben, wann wir im Schwimmbad sein würden. Als Ablenkung.«

»Genau. So hatte sie es gewollt. Ich konnte Henriette und Ludwig Hummel gegenüber auf dem Steg des Tretbootverleihs ausmachen. Wie du weißt, war die Nacht klar und hell. Und weiter rechts Richtung Süden habe ich später zwei Gestalten gesehen, die in der Nähe der alten Eiche standen. Eine groß und kräftig, eine kleiner. Die Größere schien die kleine zu stützen, halb zu tragen. Es war bereits deutlich nach unserer verabredeten Zeit, daher ging ich davon aus, dass es Frederika und Hauke waren und sie vielleicht zu viel getrunken hatte. Ich rechnete nicht damit, dass sie noch kommen würde, und fuhr nach Hause. Ohnehin war es mir lieber, dies alles im Hellen unter anderen Umständen zu klären. Sie hatte diese unmenschliche Zeit vorgeschlagen.«

Eine größere und eine kleinere Person? Waren es die gleichen Personen, die Maria gesehen hatte? Aber hatte sie nicht gesagt, es wäre Frederika und eine kleinere Person gewesen? Zumal Maria etwa eine Stunde vorher am

See gewesen war. Das machte doch alles keinen Sinn. Was ist in der Nacht passiert?

»Sie denken, die andere Person war Hauke Hansen, aber sie können es nicht sicher sagen?«

»Nein, nicht hundertprozentig.«

Ich schloss die Augen. Nichts war sicher in diesem Fall.

»Aber vielleicht fünfundneunzig.«

Ich sah auf. Damit konnte ich arbeiten.

Mit dem letzten Tropfen Sherry schluckte Albert Johanning erneut das Schuldgefühl herunter, das ihn für den Rest seines Lebens begleiten würde. »Ich wollte nur noch zu meiner Frau.« Er weinte. Lautlos. »Ich habe sie im Stich gelassen, wo es doch meine einzige Aufgabe gewesen war, für sie zu sorgen. Und als ich nach Hause fuhr, kam mir dann auch schon der Bürgermeister mit seinem Auto entgegen. Auf dem kleinen Schleichweg, der hinter dem See zur Hauptstraße führt. Mich wundert, dass er mich nie gemeldet hat, denn es ist nicht so, als hätte er mich nicht gesehen.«

Am Abend rief ich Florian an und brachte ihn auf den neuesten Stand. Den Stand, der, wie ich glaubte, eine Wendung mit sich brachte. Endlich war eine Sache sicher geklärt: Die Todesfälle von Ingrid Johanning und Frederika Petersen standen nur insofern in Zusammenhang, als dass sie am gleichen Abend geschehen waren und das Bindeglied, Albert Johanning, eine für ihren Mord vermutlich nebensächliche Verabredung mit Frederika gehabt hatte.

»Er meinte, er hätte Frederika und Hauke gesehen. Gegen ein Uhr. Da hat sie noch gelebt.«

»Kurz bevor er festgenommen wurde.«

»Ja.«

»Okay … Dann muss Frederika also danach gestorben sein.«

»Heißt das, dass Hauke doch wieder ein Alibi hat?«

»Klingt fast so, oder?«

»Und dann ist da noch etwas … Er hat gesehen, wie das Auto deines Vaters um diese Zeit zum See fuhr.«

Kurz schwieg Florian. Schien zu überlegen, was er mit dieser Information anfangen sollte. »Weil er Hauke von der Bürgerwehr abholen wollte.«

Das hatte ich auch angenommen. Aber wenn Herr Johanning Frederika und Hauke eben noch zusammen gesehen hatte, konnte Hauke in der Zwischenzeit doch kaum festgenommen worden sein und seinen Vater angerufen haben. Ich war nicht sicher, ob ich dies äußern sollte, schließlich ging es um Florians Familie. Dennoch tat ich es.

»Was hat das zu bedeuten?«

»Das ist die Frage aller Fragen. Sehen wir uns morgen?«, fragte ich dann.

»Ich dachte, du fährst heute wieder weg?«

»Planänderung.«

»Und dein … dein Verlobter?«

»Da gab es ebenfalls eine Planänderung.«

FREDERIKA, 09.08.1999 –
»KIRMESMONTAG«

Obwohl dieses Jahr nichts war wie sonst, war alles wie
sonst. Ich bin mit Hauke, Maria, Johanna und Jan
zur Kirmes gegangen. Ich fand es eigentlich ganz nett,
obwohl ich mich bei denen im Moment immer wie das
buchstäblich fünfte Rad am Wagen fühle. Maria und
Hauke sind oft zusammen Autoscooter gefahren, ich
saß am Rand. Wie im Schwimmbad. Keine Ahnung.
Es tat mir auch nicht weh, Hauke und Maria zu sehen.
Ich weiß gar nicht, ob Hauke mich wirklich mag oder
ob er echt nur noch mit mir zusammen ist, damit er
seine Chancen auf den Heidethron erhöht. Vielleicht
sollte ich denen doch allen einen Gefallen tun und verschwinden. Mal ehrlich, würde es einen großen Unterschied machen?

Ich habe mit Mama über Los Angeles geredet. Sie
hat verstanden, dass ich jetzt nach dem Theaterbrand
mal rausmuss. Aber natürlich gibt es gerade kein Geld.
Das war mir klar gewesen.

Und als ich da neben dem Autoscooter stand und
überlegte, wie zur Hölle ich an das Geld dafür kommen könnte, kam Kommissar Ulrich auf mich zu.

Erst habe ich mich gewundert, weil ich noch nie
mit ihm geredet habe, aber dann sind mir wieder
diese bösen Zungen eingefallen, die ich am See gehört
habe. Dass die Johanning mich am See gesehen haben
wollte. Und dann war da ja noch die Tatsache, dass
ich die Statue von der Bühne entwendet habe. Viel-

leicht hat jemand bemerkt, dass sie verschwunden ist? Ich weiß selbst gar nicht, wieso ich sie mitgenommen habe. Theatralische Melancholie.

Aber als er dann nach einer seltsamen Begrüßung sagte, was er sagen wollte, blieb mir fast die Spucke weg. Er will, dass ich morgen aufs Revier komme, damit ich eine Aussage über Freitagabend mache. Scheiße! Was sage ich denn da? Dass ich allein spazieren war? Das glaubt er mir doch nie im Leben! Aber ich kann ja nicht sagen, dass ich mich mit Jo getroffen habe.

Ich fragte, ob das ein Scherz sein sollte. Dass es ja wohl kein Verbot dagegen gäbe, abends am See zu sein. Und er erwiderte nur, dass das auch nicht die verbotene Sache wäre, auf die er anspielte. Er fragte tatsächlich geradeheraus, ob ich die Bühne in Brand gesteckt hätte. Ich musste lauthals lachen.

Wieso sollte ich, habe ich gefragt, und er sagte, er hätte gehört, ich hätte Frau Johanning gehasst und wollte mich an ihr rächen.

Und dann sagte ich ihm, dass er sie besser mal selbst fragen sollte, schließlich war sie noch auf der Bühne, als ich ging. Außerdem schien sie fast erleichtert, dass das Stück nicht aufgeführt wurde. Sie hatte es doch selbst bei der Generalprobe gesagt: Besser könnte es nicht mehr werden.

Vielleicht sollte Ulrich sich mal länger mit ihr unterhalten. Dann geht dem schon auf, dass die Alte nicht mehr richtig tickt. Und wenn es noch weiter so geht, dann habe ich auch noch die eine oder andere interessante Geschichte über die arme, sensible Frau Johanning preiszugeben. Die werden schon alle sehen, was sie davon haben, sich mit mir anzulegen.

KAPITEL 32

Die Stimme aus dem Lautsprecher des Autoscooters dröhnte bereits mittags durch den Ort. Kirmestag. Die Luft war merklich abgekühlt, obwohl noch immer strahlender Sonnenschein herrschte. Nach der Hitze der vergangenen Wochen fühlte es sich fast wie ein Spätsommertag an. Ich genoss die Sonnenstrahlen in der kühlen Luft, als ich auf der Terrasse saß. Ich stellte mir vor, wie die Straßen den Hang hinunter in Richtung Ortszentrum mit Flohmarktständen gesäumt waren, bei denen die Kinder ihr altes Spielzeug in der Hoffnung verkauften, genug Geld für etwas Neues zu erhalten.

Dann und wann trug die klare Luft Gemurmel und Musik an meine Ohren, ich meinte, gebrannte Mandeln zu riechen. Florian und ich hatten uns für den frühen Nachmittag verabredet.

Im Krankenhaus waren die ersten Operationen des Tages vermutlich bereits erledigt, der Chef hatte seine Patienten visitiert und würde nun – vielleicht über ein von der Sekretärin bereitgestelltes Croissant mit Milchkaffee – dazu kommen, meine E-Mail zu beantworten.

Ich saß mit meinem Laptop auf der Terrasse, Lisa hatte sich mit einer meiner dreckigen Socken im Maul neben mir niedergelassen und ich musste grinsen. Auf ihre alten Tage wurde sie wieder wie ein kleiner Welpe. Damals hatte sie mir bei meinen Besuchen ständig Geschenke gebracht. Ich streichelte ihr dichtes Fell mit meinem nackten Fuß und sie reckte sich ihm mit der zu behandelnden Stellen entgegen. Die Abrechnungsziffern des Vormittags hatte ich bereits erledigt, als mir eine Idee kam. Ich setzte mich gerade hin und ärgerte mich, dass ich nicht bereits früher daran gedacht hatte. Das Archiv. Die Akte von Frau Johanning. Vielleicht gab es noch mehr Akten, die interessant sein könnten? Schließlich vertrauten Patienten ihrem Arzt erfahrungsgemäß jede Menge Dinge an.

Ich stellte den Laptop auf den Tisch, sprang auf. Lisa schaute ebenfalls auf und schien froh, als ich im Haus verschwand und sie wieder unter ihrer Treppe Platz nehmen konnte. Übertreiben wollte sie es dann doch nicht.

Ich öffnete die Tür ins Obergeschoss und ging die knarrende Treppe zur Praxis hinauf. Sofort drang mir der Geruch meiner Jugend entgegen: Desinfektionsmittel, Limette und das Parfum unzähliger alternder Damen zu einer bekannten Geruchswolke vermischt.

Zwei junge Frauen, die ich nicht kannte, standen hinter dem Tresen, beantworteten Telefonate und nahmen die Anliegen der Patienten entgegen, teilten Rezepte aus oder vergaben Termine. Beide waren beschäftigt, die anstehenden Patienten ebenfalls. Das Wartezimmer war dicht gedrängt, alle ausgelassen am Plaudern. Die Sprechzimmertür meines Vaters stand offen, es war leer. Vielleicht besorgte er sich gerade einen neuen Kaffee, sodass ich mich kurzerhand in das Zimmer schleichen wollte, in dem ich Vorrat und Archiv wusste.

»Nina?« Unverhofft ertönte die Stimme hinter mir, die mich an unzählige Verpflasterungen meiner aufgeschürften Knie erinnerte. Immer mit einem Kirschlolli im Anschluss. Ich drehte mich um und sah Gundel in das gealterte Gesicht. Sie war Teil dieser Praxis, seit ich denken konnte.

Sie nahm mich in die voluminösen Arme. »Ach wie schön, dass du hochkommst, ich habe mich schon gefragt, wann ich dich mal zu Gesicht bekomme. Also hier. Am See habe ich dich von Weitem gesehen, aber da war ja so viel los. Du siehst toll aus!«

Die Umarmung hinterließ ein schlechtes Gewissen, weil ich sie noch nicht besucht hatte. Ich zwang mich zu einem Lächeln. »Es ist schön, dich zu sehen. Du, ich wollte eben ins Archiv, ich mache im Moment die Abrechnung und mir fehlt da die Vorgeschichte von einem Patienten, um noch mehr rausholen zu können. Ist das in Ordnung?« Ich zeigte auf die Tür und wunderte mich langsam, wie einfach mir das Lügen fiel.

»Klar. Die Praxis gehört dir.« Das Zwinkern bedeutete mir, dass sie mehr hinter ihren Worten verbarg, als mir lieb war. »Aber eine Bitte hätte ich noch. Ich weiß, du arbeitest hier eigentlich gar nicht, aber ...« Sie sah zu dem überfüllten Sprechzimmer, dann zu der wuselnden Menschentraube vor der Rezeption. »Dein Vater musste kurzerhand zu einem Notfall. Anaphylaktischer Schock. Der kleine Junge von den Pepics hat eine Biene ... Na, jedenfalls habe ich drei Patienten da, die lediglich ihre Blutwerte besprechen wollen. Routineentnahmen. Ich habe die Ergebnisse hier, und um ehrlich zu sein, gibt es keinen einzigen auffälligen Wert. Meinst du, du könntest vielleicht ...?«

Vergebens versuchte ich mehrere Male eine viel zu kurze Haarsträhne hinter einem Ohr zu befestigen, obwohl ich wusste.

Flehend sah Gundel mich an. »Das Wartezimmer wird

immer voller und ich weiß nicht, wann dein Vater wiederkommt.«

Ich dachte an das überarbeitete Gesicht meines lieben Vaters und den Stress, den er hatte. Und was war schon dabei? Jemandem sagen, dass er gesund war, ohne selbst Hand anzulegen? Ohne etwas kaputt machen zu können? Ich schluckte. Dann streckte ich langsam die Hand aus, um die Zettel entgegenzunehmen, die Gundel mir reichte. »Welches Zimmer darf ich nehmen?«

Gundel hatte mir einen Kaffee auf den Schreibtisch gestellt, ich mich in das Computersystem eingeloggt, um die Vorgeschichte des ersten Patienten, den Grund für die Blutentnahme, sowie die letzten Notizen meines Vaters anzusehen. Ich kannte den Mann vage. Ihm gehörte das Autohaus in Lopauthal, doch persönlich hatte ich nie Kontakt zu ihm gehabt. Alles schien normal zu sein, er hatte Angst bezüglich zu hoher Blutfette, da sein Bruder einen Herzinfarkt erlitten hatte. Als ich ihm die guten Nachrichten seiner Fette überbracht hatte, schloss er mich in die korpulenten Arme und versprach mir freie Reparaturen, nachdem er sich davon überzeugt hatte, dass ich nicht ebenso eine alte Rostlaube fuhr wie mein Vater.

Ich musste grinsen, als er das Sprechzimmer verließ. Ja, dieser Job war wirklich schön – wenn alles gut lief.

Ich machte eine kurze Notiz in dem Schreibprogramm für meinen Vater, damit er wusste, dass die Sache erledigt war, und hielt inne, als ich gerade den fünften Buchstaben der nächsten Patientin eintippte.

Ute Petersen. Frederikas Mutter.

Ich hätte sie überall erkannt. Ihre Tochter war ihr wie aus dem Gesicht geschnitten gewesen. Ute Petersen war eine wunderschöne Frau. Nun kurzes graues Haar, aber noch immer die sanften Züge, fast faltenfrei und dieses natürliche Gesicht, das keine Schminke benötigte, um weich, ebenmäßig und elegant zu sein.

»Hallo, ich bin Nina Wedemeyer. Ich vertrete meinen Vater, der gerade zu einem Notfall gerufen wurde. Wenn es für Sie in Ordnung ist, Frau Petersen.« Natürlich wusste ich, dass es völlig überflüssig gewesen war, mich vorzustellen, aber so, dachte ich, könnte ich Professionalität demonstrieren. Es war nicht einfach, halb Bekannte, halb Fremde zu behandeln. Wie machte Papa das?

Zögernd blickte sie sich in dem Raum um, als sie eintrat, ging vorsichtig in Richtung Stuhl, der im Neunziggradwinkel zu meinem Schreibtisch stand. Ich versuchte, so mitfühlend ich konnte, zu lächeln.

»Nina …« Sie musterte mich. Ich meinte, sehen zu können, wie ein Film vor ihren Augen ablief, in dem ich die wichtigste Zeugin in dem Mordfall ihrer Tochter gewesen war, ohne dass sie mich gekannt hätte. Nicht wirklich. Diejenige, die schuld daran war, dass alles, was Frau Petersen geglaubt hatte, über den Verbleib ihrer Tochter zu wissen, sich als falsch erwiesen hatte. Diejenige, die den Mörder womöglich gedeckt hatte.

Ich schluckte. Straffte die Schultern, um mich zu überzeugen, dass ich nichts Verwerfliches getan hatte. Doch die Stimme, die aus meinem Mund kam, klang anders. »Wenn Sie möchten, können wir einen neuen Termin zur Befundbesprechung vereinbaren, ich würde das verstehen.« Meine eben noch straffen Schultern sackten zusammen, sobald die Worte meinen Mund verlassen hatten.

»Ach was, natürlich nicht. Es ist nur … Ich bin etwas überrumpelt.« Sie nahm Platz, überschlug die schlanken Beine und setzte nur die Zehenspitzen auf dem Boden auf. Die lockere Leinenhose schlug Falten, sie bettete die Hände in den Schoß auf ihre schwarze Handtasche. Eine Haltung, wie ich sie in vielen Filmen der Fünfzigerjahre gesehen hatte.

Ich lächelte ihr zu. »Ich kann es auch kurz machen: Ihre Werte sind wunderbar, wären es meine, wäre ich mehr als zufrieden damit.«

Sie nickte. Blieb aber sitzen.

»Danke, Nina.«

Nervös nahm ich einen Stift zur Hand, nestelte damit in meiner Hand herum. Ich konnte sie nicht ansehen.

»Danke, dass sie dir nicht egal ist«, fügte sie nach einer Weile hinzu.

Diese Worte erleichterten mich. Sie hätte ebenso gut wütend über meine Einmischung sein können.

»Wie könnte sie? Ihre Tochter hat mir einmal sehr geholfen.«

»Du kanntest sie gut?« Sie schien zu Recht verwundert.

»Nein. Und gerade deshalb bin ich ihr umso dankbarer.«

Sie nickte lächelnd. »So war sie. Konnte keine Ungerechtigkeit ertragen. Natürlich weiß ich nicht, worum es ging, aber ich freue mich, wenn sie ein gutes Gefühl bei jemandem hinterlassen hat. Sie setzte sich gern für alles und jeden ein. Weißt du, was das Schlimmste ist? Nach all diesen Jahren ist alles wieder da, alles so präsent.« Sie zögerte. »Entschuldige, vermutlich hast du gar keine Zeit für so etwas. Das Wartezimmer ist schließlich voll.« Sie machte Anstalten, sich zu erheben.

»Nein, gar nicht. Ich habe Zeit«, sagte ich vielleicht etwas zu hastig.

Nach einer kurzen Pause fuhr sie fort. »Und dann ihre Gedanken, die die Polizei kennt, wegen denen sie Albert Johanning verhaftet haben. Was muss da losgewesen sein? Was hat sie aufgeschrieben, dass sie Albert verdächtigt haben? Sie ist doch mein Kind. Und ich weiß nicht, was in ihr vorging. Ich nicht. Aber die Polizei. Ist das denn die Möglichkeit? Was hat sie damals nur durchleben, durchleiden müssen, dass die Polizei meint, ihren Mörder in ihrem Tagebuch zu entdecken? Und hätte ich ihr helfen können, wenn ich ihre Privatsphäre nicht gewahrt und einfach in ihrem Tagebuch gelesen hätte, so wie es vermutlich fast jede Mutter getan hätte? Und ich dachte noch, ich tue ihr etwas Gutes, indem ich ihr nicht nachschnüffle.«

Ein Kloß schnürte meinen Hals zu. In etwa genau über diesem Sprechzimmer befand sich mein Zimmer. Und dort in einer Schublade in diesem kleinen Kolonialstilsekretär eine Kopie eben dieser Gedanken der toten Tochter dieser verzweifelten Frau. Und ich musste sie ihr verschweigen.

Aber vermutlich würde diese Gelegenheit nicht wiederkommen. Doch wie formulieren, ohne zu viel oder zu wenig zu verraten?

»Frau Petersen, wenn Sie nicht darüber reden möchten, verstehe ich das. Aber genau wie Sie möchte ich wissen, wer Ihrer Tochter das angetan hat. Es hieß, dass Frederika Lopauthal verlassen wollte. Wissen Sie, wieso?«

»Verlassen? Das klingt so theatralisch. Endgültig. Sie wollte ihre Tante in Los Angeles besuchen.«

»War das bereits lange geplant?«

»Es war eher eine spontane Idee. Mit allem, was damals so los war. Das Theater, das dann ja ausfallen musste. Man hat sie beschuldigt, verstehst du? Wegen des Feuers.«

»Ja, ich erinnere mich.« Kurz war ich versucht, ihr zu sagen, dass diese Anschuldigungen ungerecht gewesen waren. Dass nun klar war, wer das Feuer gelegt hatte. Nur um ihr diesen letzten Zweifel zu nehmen.

»Da konnte ich schon verstehen, dass sie wegwollte.«

»Und Sie meinen, sie wollte dort lediglich Urlaub machen?«

»Was denn sonst?«

Ich war mir nicht sicher, ob Frau Petersen dies wirklich glaubte oder ob sie sich einredete, dass ihre Tochter sie nicht verlassen hätte.

»Aber das Geld war damals knapp bei uns.«

»Wissen Sie, ob Frederika vielleicht irgendwie selbst an das Geld für den Flug gekommen ist?« Ich fragte mich, was Frau Petersen über das wusste, was in ihrer Tochter vorgegangen war.

»So wie ich es verstanden habe, hat sie sich um eine alternative Geldquelle bemüht, ja. Aber das wusstest du, nehme ich an.«

Ich nickte verlegen. »Dürfte ich Ihnen noch eine persönliche Frage stellen?«

»Ist es nicht bereits das persönlichste Gespräch von allen, über seine verstorbene Tochter zu reden?«

Ich fühlte mich schlecht, dieser Frau das alles zuzumuten. Wofür? Weil ich tatsächlich glaubte, einen Mörder finden zu können, nachdem es die Polizei seit zwanzig Jahren nicht konnte?

»Die Beziehung zwischen Frederika und ihrem Vater ...«

»Die war schwierig, aber das ist, glaube ich, nichts Besonderes in dem Alter. Ralf hatte es nicht leicht in jenem Sommer.« Wieder unterbrach sie mich, stand nun auf, hielt ihre Tasche in beiden Händen wie einen Schutzschild vor dem schmalen Körper. Ich hatte einen Nerv getroffen. Etwas, worüber sie nicht weiter reden wollte.

»Sind Ihnen blaue Flecken an Frederikas Armen aufgefallen?«

Sie zögerte. »Nein, nicht dass ich mich erinnern würde. Aber …«

»Ja?«

»Die Polizei hat damals auch danach gefragt. Sie haben … Sie haben gesehen, dass sie blaue Flecken an den Armen hatte. Als sie …« Ihre Stimme versagte. Sie räusperte sich. »Als sie sie gefunden haben. Du musst denken, ich wäre eine schlechte Mutter, dass mir das nicht aufgefallen ist, aber … Frederika war sehr verschlossen, wenn sie es sein wollte. Und sie ließ einen stets nur an den Dingen über sie teilhaben, die sie auch teilen wollte. Es ist …«

»Sie müssen sich mir gegenüber nicht erklären.« Ich dachte an die langen Ärmel. Natürlich hatte sie all das verstecken können, selbst vor ihrer Mutter. Schließlich hatte auch niemand anders davon gewusst.

Zumal Familie Petersen damals noch ganz andere Sorgen gehabt hatte.

»Sie sagten, Ihr Mann hätte es nicht leicht gehabt … Sie meinten, weil er seinen Job verloren hatte?«

Ihre Miene wurde wieder trauriger. »Ja. Er war kein schlechter Mensch. Und wenn deine Frage implizieren soll, dass Ralf etwas mit ihren blauen Flecken zu tun gehabt haben soll, kann ich dir nur sagen, dass du irrst. Die beiden haben sich geliebt. Es war nur eine schwere Zeit. Für uns alle. Ralf hat das nicht mit Absicht gemacht. Er … Na, was rede ich über all das. Es hätte sich ja alles zum Guten gewendet. Wenn nicht danach das Schrecklichste passiert wäre.«

»Was meinen Sie?«

»Er hat ihn ja wiederbekommen. Seinen Job. Gerade als es uns am schlechtesten ging, als wir die Miete nicht mehr zahlen konnten und uns damit gedroht wurde, uns rauszuschmeißen, hat er seinen Job wiederbekommen.«

»Ach tatsächlich? Sagen Sie, was hat Ihr Mann denn genau gearbeitet? Irgendetwas in der Gemeinde?«

»Ja, genau, er war für die Finanzen zuständig. Daher hat es mich so gewundert, dass sie ihm die Sache einfach so verziehen haben. Aber er hätte seinen Job wieder, wenn er wollte, hieß es. Der Bürgermeister rief höchstpersönlich an, daran erinnere ich mich, als wäre es gestern gewesen.« Ihre Augen schweiften ab, als würde sie diesen erlösenden Anruf erneut entgegennehmen. Dann wurde ihr Blick wieder eiskalt. Zurück im Hier und Jetzt. »Nur über Frederikas Tod ist er nie weggekommen. Was erzähle ich da? Als ob man über so etwas hinwegkommen kann. Aber er hat sich vielleicht sogar irgendwo die Schuld gegeben, was es für ihn noch schwerer gemacht hat.« Sie sah mich eindringlich an, als wollte sie noch etwas sagen.

Ich kam ihr zuvor. »Sie haben keine Ahnung, mit welchem älteren Mann Ihre Tochter sich getroffen haben könnte?«

Die Antwort kam prompt. »Nein. Schönen Tag noch, Nina, danke für die Befundübermittlung.« Sie drehte um, ging auf die Tür zu. Einen Moment hielt sie noch inne, die Hand am Türgriff, nur einen Moment. Dann war sie verschwunden.

KAPITEL 33

Dumpfes Gemurmel unterbrochen vom Klang eines Hammerschlags. Ich ging an der offenen Garage der Hansens vorbei, in der die Wagenbauer fleißig Sträußchen banden, redeten und lachten. Die Stimmung schien ausgelassen. Diese Fröhlichkeit kontrastierte das Zusammentreffen mit Ute Petersen. Diese Trauer, diese Bitterkeit. Wer konnte es ihr verübeln? Und doch hatte sie mir nicht alles gesagt, was sie wusste, das war mir klar. Wieso sollte sie auch? Sie musste nach all den Artikeln glauben, dass ich gleich zur Presse laufen würde.

Nachdem ich die letzte Patientin gesehen und mich davon überzeugt hatte, dass auch im Praxisarchiv keine nennenswerten Inhalte in den Akten von damals zu finden waren, hatte mein Vater mich freudestrahlend angesehen, als er mich in der Praxis antraf. Und ich musste zugeben, dass ich mich neben ihm das erste Mal seit Langem wieder wohler in meiner Rolle als Ärztin gefühlt hatte, wenn ich auch noch niemanden behandelt hatte.

Susanne steckte ihren Kopf aus dem Dunklen der Garage in die Sonne und winkte mir lächelnd zu. »Nina, schön, dass du da bist! Ich weiß, du willst zu Florian, aber hast du nicht Lust, noch einen Kaffee mit uns zu trinken und dir unser Meisterwerk anzusehen?«

Gemurmel und Hammerschläge in der Garage verstummten, ein Dutzend Augen starrten in meine Richtung. Ich setzte ein schüchternes Lächeln auf und winkte.

Gerade wollte ich mir eine Ausrede zurechtlegen, wieso ich auf gar keinen Fall Zeit hätte. Schließlich dürfte nach meiner Falschaussage von damals kaum einer der Anwesenden gut auf mich zu sprechen sein, wenn sie die Schnittmenge des Ortes vertraten. Aber dann trällerte eine weitere Frauenstimme: »Wir haben auch Sekt, der passt viel besser zu diesem Wetter.« Es war Henriette Hummel, die bereits ein wenig lallte. Neben ihr standen der Schmied, die Supermarktfrau, auch Hans Bremer war dort. Nur einer fehlte. Carli Hansen. Daher die ausgelassene Stimmung. Florian hatte mir lebhaft davon berichtet, wie sein Vater die Atmosphäre des Familienlebens beeinflusst hatte. Hatte er gute Laune, war niemand anders lustiger als er, aber wenn er einen schlechten Tag hatte ...

»Wieso eigentlich nicht?«, sagte ich mit Blick auf die Arbeitertruppe, änderte die Richtung und betrat den Schatten der Garage.

»Ah die Ermittlerin!«, sagte ein stattlicher Mann mit tiefer Stimme und vollem Haar, der Schmied Johan Müller. »Oder soll ich sagen, die neue Hausärztin?« Er zwinkerte mir zu.

Na super. Das konnte ja noch lustig werden.

»Habe ich auch schon gehört. Du arbeitest jetzt bei deinem Vater?« Hennie reichte mir ein randvolles Sektglas und hob das ihre in die Höhe. »Wir brauchen jemanden, der frische Luft in unsere Reihen bringt, ist doch wunderbar. Keine Angst, ich werde den Leuten schon beibringen, dass dich keine Schuld trifft, nur weil du glaubtest, etwas gesehen zu haben, was eben nicht da war. Das kann man niemandem zur Last legen.«

Mein Magen zog sich zusammen. »Ich habe meinen Vater nur kurz unterstützt«, sagte ich. »Es ist nichts Dauerhaftes.«

»Ach, wir werden dich schon noch dazu kriegen, zu bleiben. Kluge Frauen braucht die Welt«, sagte Hennie und hob ihr Sektglas.

»Na dann, Prost.« Ich nahm einen großen Schluck. Bei ihren Worten fiel mir auf, dass ich vergessen hatte nachzusehen, ob mein Chef mir geantwortet hatte. Ein erwartetes schlechtes Gewissen blieb aus.

»Hier, setz dich ruhig.« Sie deutete auf einen Klappstuhl zu ihrer Linken. »Nimm dir ein bisschen Heide und Draht, wenn du hier bist, kannst du uns ja zur Hand gehen. Nicht zu dick dürfen die Sträuße sein. Na, du kommst ja von hier, du weißt ja, wie es geht. Ach, können wir froh sein, dass die Heide doch noch rechtzeitig blüht. Zwar müssen wir jetzt im Akkord binden, aber es macht ja auch Spaß.« Sie nahm noch einen Schluck Sekt.

»Ich … äh, ja okay.« Ich stellte mein Glas auf dem Bierzelttisch ab, setzte mich und griff in einen vor mir stehenden Weidenkorb, in dem geschnittene Heide lag. Aus dem Augenwinkel sah ich es darin kribbeln und krabbeln und wollte lieber nicht darüber nachdenken, wie viele Spinnen und anderes Ungeziefer sich darin versteckten.

Inzwischen war der ganze Boden der Garage wieder mit den Abfällen, die als nicht gut genug befunden und aussortiert worden waren, übersät. Es roch nach warmem Waldboden.

Dann blickte ich in die Runde. Der Schmied Johan Müller richtete die Nase des Bären aus Draht. Ihm half ein großer, schlaksiger Mann mit schütterem Haar, den ich nicht kannte. Hans Bremer hantierte mit bekannter lila Farbe an einem großen Holzschild. Susanne begann mit flinken Fingern, die gebundenen Heidesträuße mit einem Draht an dem Gestell festzubinden. Auf der anderen Seite von mir saß die Frau aus dem Supermarkt, von der ich nicht wusste, wie sie meinen Auftritt an ihrer Kasse aufgenommen hatte. Sie band Sträuße wie Tante Hennie, als gäbe es kein Morgen.

»Entwickelt sich dein Heimaturlaub gut?«, fragte die Supermarktfrau, als könnte sie kein Wässerchen trüben.

Kurz wollte ich ihr sagen, dass ich ja offensichtlich nur hier war, um der Polizei ihren Job abzunehmen, entschied mich dann aber dagegen. Es war besser, es sich nicht mit zu vielen zu verscherzen. »Ja, alles bestens«, sagte ich daher nur.

»Ach, das ist ja alles so aufregend. Wenn es nicht so schrecklich wäre. Dieses Fest wird vermutlich jedem in Erinnerung bleiben, nicht wahr, Johan?« Wieder Tante Hennie.

Ein Knurren aus der Richtung des Schmieds. Dieser drehte sich nicht um, arbeitete weiter mit einer Zange an der Nase des Bären.

»Ach, nun hab dich nicht so. Ich meine, sie befragen uns doch alle wieder, das hat nichts zu bedeuten.«

»Das schon, aber bei niemandem von euch beginnt der Name mit den Buchstaben J und O. Und niemand von euch hat dieses elendige Tagebuch gefunden.«

Betretenes Schweigen.

Ich drückte den Heidestrauß in meiner Hand fester zusammen, bis sich die kleinen Zweige in meine Fingerspitzen bohrten. Florian und ich hatten den Schmied so einfach ausgeschlossen, weil wir dachten, dass er damals keine Verbindung zu Frederika gehabt hatte. Jetzt war ich gespannt.

»Moment mal«, sagte ich dann kleinlaut. »Die Polizei denkt, dass du Jo sein könntest?«

Ein verächtliches Schnauben. Der Schmied unterbrach sein Biegen mit der Zange. »Diese beiden Kommissare aus Lüneburg, die suchen doch die ganze Zeit an den falschen Ecken. Zweimal waren sie schon bei mir. Die sind echt unangenehm. Dabei habe ich, soweit ich weiß, nicht einmal einen Satz mit der kleinen Petersen geredet in meinem Leben. Also nein«, blaffte er mich an. »Ich bin nicht *Jo*.«

»Also ich fand sie ganz adrett.« Offenbar hatte Hennie ihre Meinung über diese Polizeibeamten erneut geändert. Oder sie wollte die Stimmung erleichtern. »Ich habe ihnen auch alles wieder erzählen müssen. Die Glocke, das Platschen, die Rufe ... Ich meine, auch ich fühle mich natürlich schuldig, ihr nicht geholfen zu haben. So ist es, glaube ich, wenn man so tief in die Ermittlungen verstrickt ist.«

»Dieses Platschen ...«, fragte ich. »Wann etwa war das?« Ich konnte es noch nicht einordnen, aber immer wieder betonte sie es. Sollte es wirklich nur eine Ente gewesen sein? Ich dachte an Haukes nasse Klamotten.

»Da haben wir die Antwort. Ermittlerin Nina ist zu Besuch, nicht Ärztin Nina«, sagte die Supermarktfrau abfällig.

»Ach, lass sie«, sagte Hennie, »sie stört doch keinen.« Ich war mir sicher, dass sie lediglich froh darüber war, erneut ihre wichtigen Informationen zum Besten geben zu können.

»Tja, das muss wohl so zwischen halb eins und eins gewesen sein. Jetzt, wo wir alle wissen, was wir nun wissen, frage ich mich natürlich schon, ob es nicht doch ... Ich kann kaum drüber nachdenken ... ihr Todeskampf war, den wir da mitbekommen haben.«

Ich schluckte schwer. Nickte. »Und diese Rufe ... Wer könnte das gewesen sein?«

Ich nahm einen flüchtigen Blick von Hennie zu Susanne wahr, die innehielt, ohne sich umzusehen, nur um umso schneller weiterzubinden.

»Das könnte ich nicht sagen, da waren ja so viele von euch«, antwortete Hennie dann, senkte anschließend ihren Blick.

Plötzlich tat sie, als hätte sie nur irgendwelche Stimmen gemeint. Dabei hatte sie sich in der Bäckerei noch an diesen einen Ausruf einer einzelnen Person erinnert. »Nein, nein!«

Eine seltsame Stille entstand.

Susanne hatte die ganze Zeit geschwiegen. Zu gern hätte ich erfahren, was die Beamten inzwischen über Hauke dachten. Florian hatte sich diesbezüglich bedeckt gehalten. Natürlich. Es war ja noch immer seine Familie.

»Musstet ihr auch schon die Bekanntschaft der Ermittler machen, Susanne?«

Sie steckte weiter Sträuße an das Drahtgestell, ohne mich anzusehen. Dann erzählte sie, als ginge es um eine Einkaufsliste. »Ja, natürlich. Zu uns waren sie aber sehr freundlich. Meinten, man könnte sich ja unmöglich an alles erinnern, aber dass jede Information zählen würde. Und sie haben immer wieder nach den Anrufen von Hauke in der Nacht gefragt. Man kann die Telefonverbindungen natürlich nicht mehr genau nachweisen, damals war ja alles Prepaid.« Sie unterbrach sich, bückte sich, nahm ein weiteres Sträußchen aus einem Korb und tüftelte weiter an dem Drahtbären.

Sollte ich? Sollte ich nicht? Ich sollte. »Anrufe? Als ihr Hauke von der Bürgerwehr abholen musstet?«

»Ja. Und ebendieser andere Anruf kurz davor. Das Telefon hat zweimal geklingelt in der Nacht. Das erste Mal ist

Carli ans Telefon gegangen. Da hat Hauke sich fürchterlich darüber beschwert, dass die Bürgerwehr da war und die Feier zerstört hat, die er für Frederika organisiert hatte. Er dachte, dass Carli dahintersteckte. Aber der wusste gar nichts von dem Plan der Bürgerwehr. Vielleicht wusste er es auch und fand es nicht wichtig, weil wir ja nicht ahnen konnten, dass ihr an dem Abend tatsächlich im Schwimmbad wärt. Na, und dann ist er ja auch losgefahren.«

Hauke hatte sich bei seinem Vater über den Einsatz der Bürgerwehr beschwert? Dann musste er sich gut Mut angetrunken haben. »Er ist schon nach dem ersten Anruf losgefahren?«

»Ja, wollte sich wohl ansehen, was da los war. War ja auch gut. Denn der zweite Anruf kam bald, schließlich hat Heinzi Bruns Hauke dann ja doch erwischt. Mann, Mann, was ihr euch damals nur dabei gedacht habt … Aber da war Carli ja eh schon unterwegs und konnte das klären.«

Das deckte sich mit der Aussage von Herrn Johanning. Carli war bereits unterwegs gewesen, bevor die Bürgerwehr Hauke verhaftet hatte, um seine Schoßhündchen zurückzupfeifen. Aber trotzdem hatten sie Hauke verhaftet? Wie seltsam!

In dem Moment öffnete sich die Seitentür und Carli trat auf einen Stock gestützt über die Schwelle. Ohne dass er einen Ton sagte, nur seinen Blick über die Anwesenden streifen ließ, änderte sich die Stimmung abrupt.

»Na, wie sieht unser Bär heute aus?«, fragte er und näherte sich der Gruppe.

»Es wird«, antwortete Susanne und lächelte.

Die anderen wandten sich schnell wieder ihrer Arbeit zu, als wäre der Chef nun wieder anwesend. Die Unterhaltung von eben war wie vergessen.

Ich band meinen Strauß schnell fertig, hielt ein verkrüppeltes Exemplar triumphierend in die Höhe. »So, dann werde ich mal, Florian und ich wollen zur Kirmes. Bis bald.« Ich erhob mich, schüttelte Heidereste von meinem Schoß und exte meinen Sekt. Carli Hansens Augen spürte ich dabei die ganze Zeit auf mir.

»Super! So etwas verlernt man ja doch nie, wenn es einem im Blut liegt.« Hennie klatschte begeistert in die Hände.

KAPITEL 34

»Du arbeitest jetzt in der Praxis deines Vaters? Ich dachte, du hast einen Job?«

Eine Schar Kinder mit karamellisierten Äpfeln in den Händen lief zwischen uns hindurch, vermutlich auf dem Weg zur Schießbude, und ich sehnte mich zu jener Zeit zurück, in der eine Kirmes aus Süßigkeiten und Spaß bestanden und nichts mit Zeugenbefragungen in einem Mordfall zu tun gehabt hatte.

»Ähm, den habe ich gekündigt. Ich ... Ach, ich möchte grad nicht drüber reden.« Lieber zurück zu unserem Fall. »Jedenfalls fand ich es seltsam. Frau Petersen hat einfach abgeblockt. Ich glaube, wir sind da definitiv auf der richtigen Spur.«

»Du meinst, mit Frederikas Vater?«

»Ich weiß nicht, vielleicht?«

»Ja, sie schrieb, dass es schwierig mit ihm war, als er seinen Job verloren hatte. Das schon. Und dass sie sich schuldig fühlte. Aber was soll das mit allem zu tun haben?«

»Ich weiß es noch nicht. Er hat für deinen Vater gearbeitet, oder?«

»Ja, stimmt.«

»Weißt du, ob Carli damals mit der Kündigung von Frederikas Vater zu tun hatte?«

»Ja, ich glaube, er hat Geld für den neuen Wahlkampf unterschlagen oder so etwas, und dann musste Papa ihn entlassen. Ich weiß es noch, weil es mir so seltsam vorkam, wenn Frederika bei uns war. Papa schien ihr gegenüber natürlich dann immer etwas befangen. Hat vermieden, sich mit ihr zu unterhalten, und so. Wieso?«

Ich überlegte, wie ich sagen sollte, was ich dachte. Wie konnte ich mit Florian reden, wenn irgendwie alles auf seine Familie zurückkam? »Ich weiß auch nicht.«

Wir schlenderten weiter, vorbei an den Buden, deren Aufbau wir in den letzten Wochen verfolgt hatten. Der ganze Ort schien froh zu sein, dass das große Feiern endlich begonnen hatte. An einem Getränkestand kaufte Florian uns zwei Dosen Cola und wir setzten unseren Weg fort. Weg von dem immer lauter werdenden Trubel und dem neonblinkenden Licht des Autoscooters.

Die ausladenden Apfelbäume empfingen uns wie alte Freunde, als wir uns auf den umgefallenen Baumstamm setzten. Und doch empfand ich ihre gen Himmel gereckten knorrigen Äste als Geste der Belehrung. Ich war bedrückt, ohne genau zu wissen, weshalb.

»Was ist los?«, fragte Florian, der dies zu bemerken schien.

»Ach, es ist nichts. Es ist nur alles.« Ich setzte ein Lachen auf, das irgendwie unpassend war, aber dringend rauswollte. »Weißt du, irgendjemand muss irgendwas gesehen haben. Es gibt doch so was wie das perfekte Verbrechen nicht.«

»Vermutlich nicht. Aber vielleicht war es einfach ein Auswärtiger? Jemand, der Frederika einsam, leicht bekleidet und alkoholisiert am See gesehen hat, jemand, der mehr wollte, jemand, der es nicht bekommen hat … Am nächsten Morgen war er dann schon wieder weg, wer immer es war. War das nicht auch eine Theorie damals?«

»Schon möglich, aber er hätte sie wohl kaum ins Schwimmbad gebracht. Ich frage mich sowieso, wieso dieses Risiko eingehen? Wieso sie nicht einfach liegen lassen?

Weil genau dann hätte man doch gedacht, dass es jeder hätte sein können.«

Die Tauben gurrten von den Bäumen hinter uns, als berichteten sie einander, was sie an diesem schönen Sommertag erlebt hatten. Eine bekannte, verzerrte Stimme, die seit über zwanzig Jahren verliebte Teenager selbst im digitalen Zeitalter dazu einlud, abgegriffene Plastikchips für die nächste Autoscooterfahrt zu erwerben, hallte durch die raschelnden Baumkronen. Mit der warmen Luft wurde dann und wann der Geruch von Frittiertem und ausgelassenes Gelächter vom Kirmesplatz an unsere Ohren getragen.

»Wie ist es eigentlich bei euch zu Hause, mit allem, was gerade so los ist?«, fragte ich dann.

Er schwieg eine Weile und sah in die Ferne. Eine Heuschrecke sprang vor uns durch das trockene Gras, einige Äpfel waren bereits vom Baum gefallen und brutzelten in der Sonne.

»Wir … wir reden nicht über die Nacht. Oder über Frederika. Unsere gesamte Familie. Seit damals.«

»Ich sage es ja nur ungern, aber vermutlich ist es dann an der Zeit, dass ihr das mal ändert.«

Er seufzte, trank seine Cola aus und zerquetschte die Dose in der Hand. »Tja, vielleicht.«

»Ich glaube, wir müssen mal zusammenfassen: Frederika wollte Lopauthal verlassen. Zu ihrer Tante nach Los Angeles, weil sie Schauspielerin werden wollte. Frau Petersen meinte zwar, es wäre ein geplanter Urlaub gewesen, aber findest du nicht, dass es sich anders liest? Dass ihr Wunsch irgendwie dringlicher wird?«

»Ja, du hast recht. Außerdem: Wer erpresst denn jemanden, nur um in den Urlaub zu fahren?«

»Genau. Aber sie verabredet sich mit Johanning am See,

weil sie weiß, dass seine Frau die Bühne angezündet hat. Es ist für sie die einfachste Möglichkeit, an Geld zu kommen.«

»Ich finde immer noch seltsam, dass sie das nicht in ihrem Buch schreibt. Wenn sie gesehen hat, dass die Johanning das Feuer gelegt hat, dann hätte sie es doch aufgeschrieben, oder nicht?«

»Finde ich auch.«

»Also wollen sie sich treffen. Frederika und Johanning. Er kommt auch, aber sie nicht. Was hat sie abgehalten? Hauke offenbar. Johanning hat beide gesehen. Gegen eins. Und dein Vater kam auch. Weißt du, was ich nicht verstehe? Wieso ist er gleich losgefahren, als Hauke das erste Mal anrief? So wie ich es verstanden habe, hat einfach ein betrunkener Teenager zu Hause angerufen und sich bei seinem Vater über das Eingreifen der Bürgerwehr in eine illegale Party beschwert. Das klingt doch komisch, oder?«

Er zuckte mit den Schultern. »Vielleicht wollte Papa sich das nicht gefallen lassen und Hauke und mir die Leviten lesen? Du weißt ja, wie er ist ... war.«

»Hat er sich geändert?«

»Ja, irgendwie schon. Vielleicht auch erst jetzt seit seiner Krankheit. Also, gegen zwölf sieht Maria Fred aus der Ferne mit jemandem am See stehen. Meinst du, du warst es?«

Inzwischen hatte ich ihm erzählt, dass ich Frederika gesehen hatte, nur die Details unserer Unterhaltung hatte ich verschwiegen. Wenn man sie denn überhaupt als solche bezeichnen wollte. »Vielleicht, wobei ich eigentlich eher gegangen bin. Zum Postschuppen.«

»Und eine Stunde später sieht Johanning sie mit Hauke an der gleichen Stelle stehen.«

»Offenbar. Und dazwischen?«

»Das ist die Frage aller Fragen.« Gedankenverloren malte er mit seiner Fußspitze in den trockenen Sand. »Und was bedeutet das alles?«

Ich zögerte. »Dass Hauke anscheinend die letzte Person war, die Frederika lebend gesehen hat. Es sei denn, dein Vater hat die beiden ebenfalls noch gefunden.«

»Ich bin ja nur ein einfacher Mathelehrer. Aber eine Gleichung mit zwei Unbekannten ist nicht die einfachste.«

»Vielleicht sollten wir mit den beiden reden?«

»Und was sagen? Hallo, Papa, hallo, Hauke, nur eine kurze Frage: Offensichtlich wart ihr diejenigen, die Frederika zuletzt lebendig gesehen haben, das hat Herr Johanning nach all den Jahren zugegeben. Wollt ihr nicht mal erzählen, was ihr dann mit ihr gemacht habt?«

Ich schwieg. Florian war in der beschissensten Situation von allen. »Es tut mir leid, dass ich dich in all das reingezogen habe.«

»Hast du nicht, ich habe freiwillig mitgemacht, obwohl ich mir hätte denken können, dass es nicht einfach wird. Weiß Kommissar Ulrich von Johannings Beobachtung?«

»Ich kann mir eigentlich nicht vorstellen, dass Herr Johanning aufgrund seines Gewissens noch irgendwelche Informationen zurückgehalten hat. Du?«

»Wahrscheinlich nicht. Aber irgendetwas sagt mir, dass Hauke doller in die Mangel genommen worden wäre, wenn diese Tatsache bekannt wäre.«

»Du meinst ... wir sollten etwas sagen?«

»Wenn ich das wüsste.«

Als ich nach Hause kam, war die Tür verschlossen. »Hallo?«, rief ich ins Innere, doch bekam keine Antwort. Sicher waren alle auf der Kirmes unterwegs. Bis auf Papa, der wie immer arbeitete. Aber irgendetwas war komisch. »Lisa?«, rief ich.

Kein Wuffen, kein Halsbandklappern. Schnell schritt ich zu der Treppe, hielt den Atem an. Doch da lag sie und wedelte träge, als sie mich sah, ohne sich sonst zu rühren. Ich atmete erleichtert aus. Dann fiel mein Blick auf meine Turnschuhe neben der Treppe, in denen ich ein verdächtiges Fellknäuel entdeckte.

»Eine Spitzmaus«, sagte ich tonlos zu mir selbst und wollte gar nicht wissen, ob ich dazu auch noch eine Nachricht finden würde. Denn plötzlich fiel es mir auf. Jemand war hier gewesen. In unserem Haus. Eine Drohung der nächsten Stufe. Mich überkam ein eiskalter Schauer, der nichts mit dem Anblick der Maus zu tun hatte.

Ich lief in Richtung meines Zimmers, doch noch während die Tür in mein Blickfeld geriet, wusste ich, dass etwas nicht stimmte. Die Tür, die ich immer schloss, stand offen.

Ich ging hinein, trat zielstrebig auf den Sekretär zu, öffnete die Schublade unter der Tischplatte und nahm es heraus. Das Manuskript. Und noch während ich durch den Stapel blätterte, fiel mir auf, dass das Lesezeichen, das ich heute Morgen in Form eines Eselsohrs hinterlassen hatte, nicht mehr an seiner vorgesehenen Stelle war.

Jemand war hier gewesen und hatte mir eine Drohung hinterlassen. Und was noch schlimmer war: Er oder sie hatte in Frederikas Tagebuch gelesen.

FREDERIKA, 10.08.1999 –
»HEIDJER DIENSTAG«

Heute fand der Königinnenlauf mit anschließendem Grillfest in der Heide statt. Das Wetter war zum Glück ziemlich gut, denn bei Regen ist diese Veranstaltung einfach nur ein Zwang, bei dem trotzdem alle versuchen, ein Lächeln aufzusetzen.

Ich glaube, Papa tut es weh, wenn ich zu all diesen Dingen gehe, zu denen auch er früher so gern gegangen ist. Ich frage mich immer noch, welcher Teufel ihn geritten hat, das Ganze zu machen. Ob ich ihn einfach mal fragen soll?

Jedenfalls wollte Hauke natürlich, dass wir hingehen. Man müsse sich sehen lassen, hat er gesagt, und ich solle mich doch mal mit Luise Waldschmidt gutstellen. Weil sie als derzeitige Königin auch eine Stimme bei der Wahl hat. Bescheuert. Ich wollte nicht hin, nicht nachdem ich vorher zu Ulrich musste, um ihm genau zu sagen, wann ich wo war am Freitag, und ihm klarzumachen, dass ich nichts mit dem Bühnenbrand zu tun hatte. Hauke ist natürlich ziemlich wütend, dass ich jetzt verdächtigt werde. Aber nur wegen dem Image. Was es mit mir macht, das ist ihm völlig egal.

Na, was soll's! Ich habe Ulrich alles, so gut es ging, erzählt, ohne Jo oder sonst etwas zu erwähnen. Er hat aber auch zugegeben, dass bisher nichts außer der Aussage von Frau Johanning gegen mich spricht. Dass man Brandstiftung in der Regel nur schwierig jemandem nachweisen kann. Also mache ich mir erst mal nicht so viele Sorgen.

Na, und dann waren wir da. In der Heide, wo alle Sportler irgendwann im Ziel ankamen. Ich habe gar nicht mitbekommen, wer gewonnen hat. Hauke hat wieder nur über Michael Jackson geredet, etwas mit einer großen Windmaschine und einer Hebebühne. Maria lacht immer, als wüsste sie, wovon er redet, und als wäre sie diejenige, die ihn moralisch unterstützen müsste. Soll sie mal. Ich bin gerade keine große Stütze. Aber irgendwie war sie seltsam zu mir. Hat heute so viel mit mir geredet, so viel gefragt. Sonst ist sie eher die Beobachterin, die an den richtigen Stellen nickt und lächelt. Wie es mir ginge nach dem Theater, ob ich jemanden zum Reden hätte. Wie es um meine Aufstellung zur Heideköniginnenwahl bestellt war. Ich fand sie nett, nicht neugierig. Sie schien sich wirklich um mich zu sorgen. Hat sogar nach Papa gefragt. Aber ich habe versucht, so kurz es ging, zu antworten. Aber vielleicht habe ich sie unterschätzt und sie ist tatsächlich so etwas wie eine echte Freundin? Wir werden sehen. Vielleicht möchte sie sich auch einfach mit mir gutstellen, damit ich nicht merke, dass sie eigentlich nur Hauke will.

Ich habe lediglich gesagt, dass mir die Sache mit dem Brand zu schaffen machen würde und ich momentan nicht recht wisse, wo vorn und hinten ist.

Aber irgendwie hat sie mich so angesehen, als erwarte sie mehr.

Und dann waren da sogar Reporter vom Morgenkurier. Erst habe ich mich gewundert, dass sie sich für so ein Ereignis interessieren, aber dann kam tatsächlich einer auf mich zu. Ich dachte, er würde mich als mögliche Kandidatin für die Wahl befragen wollen, doch als er dann bei mir war, sagte er lediglich: »Was sagst du zu den Anschuldigungen, du hättest den Ort um ein Theaterstück gebracht?«

Ich traute meinen Ohren kaum, suchte Hauke. Wollte ihm sagen, dass ich nichts wie wegmusste. Aber als ich ihn endlich fand, sah ich ihn in vertrauter Haltung mit Maria dort stehen. Sie flüsterte ihm etwas ins Ohr. Keine Ahnung, was. Und irgendetwas an seinem Gesichtsausdruck änderte sich danach. Er fand meinen Blick und wandte sich ab.

Was war denn das?

Ich bin es leid, dass mich alle so seltsam ansehen. Also bin ich einfach gegangen. Aber zu Hause herrschte noch gedrücktere Stimmung als sonst.

Und dann hat Mama es mir erzählt: Wir müssen umziehen, weil nicht genug Geld für die Miete da ist. Ist das nicht schrecklich? Das ist doch unser Haus!

Ich kann es gar nicht glauben! Ich kann nicht mehr. Alles wird mir zu viel. Und dann bin ich zu Papa gelaufen, der in seinem Sessel saß. Die Fahne war da, aber noch nicht so schlimm wie sonst manchmal. Das kam bestimmt später noch.

Ich war so wütend und dann habe ich ihn einfach konfrontiert: »Geld von der Arbeit abzweigen? Wieso hast du das gemacht?«, habe ich gesagt. »Du zerstörst mein Leben! Was brauchtest du, ein neues Auto? Ein neues Gewehr? Papa, sag schon!«

Und dann hat er mich angesehen. Wie ein armes kleines Würstchen. Mit einem Blick, den keine Tochter je an ihrem Vater sehen sollte, und ich wünschte, ich *hätte nie gehört, was er als Nächstes sagte: »Ich habe es für dich getan, Frederika. Weil du schon immer so viel mehr wolltest.«*

KAPITEL 35

»Aber es weiß doch niemand, dass du es hast.« Am nächsten Morgen gingen Florian und ich den Waldweg entlang in Richtung offener Heidefläche, Start- und Endpunkt des Königinnenlaufs. Ich wusste gar nicht, wieso wir zu all diesen Dingen gingen. Irgendwie glaubten wir vermutlich, plötzliche Eingebungen zu haben, wenn wir jemanden sahen. Vielleicht würde uns ja Jo über den Weg laufen. Lächerlich. Überall wimmelte es nur so von athletisch und weniger athletisch aussehenden Menschen in bunter Sportbekleidung, die eine letzte Banane oder einen Proteinriegel zu sich nahmen.

»Offensichtlich doch.«

»Und du bist wirklich sicher, dass du es nicht einfach anders zurück in die Schublade gelegt hast, als du in Erinnerung hast?«

Meine hochgezogenen Augenbrauen zeigten ihm, was ich von seiner Frage hielt.

»Ist ja gut.« Mit erhobenen Armen wiegelte er ab.

»Was, wenn es der Mörder ist?«, fragte ich dann die Frage, die mich in der Nacht wachgehalten hatte. »Was, wenn wir auf der richtigen Spur sind und er sich in die Ecke gedrängt fühlt?«

Florian zögerte und biss sich auf die Lippen. Mir schien, als hätte er denselben Gedanken gehabt, wollte ihn vielleicht nur nicht aussprechen, um mich nicht zu beunruhigen.

»Du meinst so etwas wie: Erst eine tote Maus, und wenn du nicht aufhörst, schlägt er erneut zu?«

Ich zuckte mit den Schultern. »Ist doch möglich?«

»Versteh mich nicht falsch, aber wir sind niemandem auf der Spur.«

Das stimmte. Nur weil ich insgeheim Hauke verdächtigte, hieß es nicht, dass dieser davon wusste. Niemand wusste es. Es war nur dieses Gefühl. Und die Indizien. Die Polizei hingegen schien das anders zu sehen.

»Hast du Angst?«, fragte Florian, nachdem ich nichts zu seinem Kommentar gesagt hatte.

»Du?«

»Würde ich nie zugeben.« Er lächelte aufmunternd. Dann eine Pause. »Wir können jederzeit aufhören, weißt du? Wir schulden es niemandem, alte Wunden wieder aufzureißen, um sie anschließend neu verheilen zu lassen.«

»Aber wir sind doch so dicht dran, oder nicht?«

»Ich habe das Gefühl, wir sehen langsam den Wald vor lauter Bäumen nicht.«

Die Musik einer neben dem Startpunkt aufgereihten Blaskapelle ertönte, um die Sportler langsam, aber sicher anzulocken. Herr Kruse in kurzärmeligem Hemd und Stoffhose wischte sich den Schweiß mit einem Taschentuch von der Stirn und nahm das Mikrofon in die Hand. »Ich freue mich, Sie alle hier bei unserem jährlichen Königinnenlauf in der Heide bei bestem Wetter begrüßen zu dürfen. Nur noch wenige Minuten bis zum Start«, dröhnte es durch die warme Luft. »Wir bitten alle Sportlerinnen und Sportler, sich von ihren Liebsten zu verabschieden und sich auf ein faires Rennen zu freuen. Wir wissen, wir tun es alle.« Ein breites Grinsen, dann schaltete er das Mikrofon aus und ging zu seiner Wasserflasche.

»Ich habe die Sache gestern Nacht noch ein bisschen weitergesponnen«, sagte Florian, als die Sportler sich langsam in Richtung Startpunkt drängelten. »Ich weiß, es ist weit hergeholt, aber ...« Er zögerte, bevor er seine nächste Frage formulierte. »Hast du schon mal darüber nachgedacht, dass sie vielleicht gar nicht ermordet wurde?«

»Ihre Leiche wurde woanders gefunden. Wie sollte das vonstattengegangen sein, wenn nicht durch jemand anders?«

»Ja, das schon. Aber was ... halt mich nicht für wahnsinnig, ich denke nur laut. Was, wenn es zwei Dinge waren, die zwar zusammenhängen, aber unabhängig voneinander passiert sind?«

»Mir ist nicht klar, worauf du hinauswillst.«

»Sie muss ja ziemlich betrunken gewesen sein an dem Abend, oder? Ich meine, wenn Johanning gesehen hat, wie sie von Hauke gestützt werden musste?«

Ich dachte nach. Als ich sie gesehen hatte, war sie eindeutig angetrunken gewesen, aber nicht mehr oder nicht weniger als sonst jemand. Und ich wusste einfach nicht, wie es sich innerhalb der nächsten Stunde so stark geändert haben sollte.

Aber Florian fuhr bereits fort. »Was, wenn sie mit der Statue am See saß und auf Johanning gewartet hat, betrunken, bevor Hauke kam. Dann ist sie ein bisschen rumgelaufen oder was weiß ich und ist ausgerutscht und auf die Statue gefallen? Sie rappelt sich hoch, verdattert, wütend. Hebt das Ding auf, auf das sie da gefallen ist, doch dann wird ihr irgendwie komisch, weil sie so viel Blut verloren hat, sie torkelt ins Wasser, wird ohnmächtig und ertrinkt. Die Statue geht mit ihr unter.«

Ich kniff meine Augen zusammen, irgendetwas an dem, was ich da gerade gehört hatte, klang unwirklich. Gerade wollte ich den Mund aufmachen, doch er hob die Hand und bedeutete mir, ihm weiter zuzuhören.

»Jemand anders, der sie sucht, findet sie. Und denkt: Scheiße, wenn ich das jetzt melde, dann fliege ich auf. Weil mich eh alle verdächtigen werden. Also macht er das Einzige, was in seinem emotionalen Kopf Sinn ergibt: Er bringt sie ins Schwimmbad, um es wie einen Unfall aussehen zu lassen. Schließlich weiß derjenige nichts von der Statue. Und war eben noch mit ihr in ebendiesem Schwimmbad.«

»Und derjenige, der sie im Wasser treibend gefunden hat ...«, spann ich diesen absolut unwahrscheinlichen Gedanken weiter, »... hätte durchtränkte Klamotten. Schließlich hat er Frederika aus dem Wasser gezogen.«

»Richtig.«

»Der Einzige, von dem wir mit Sicherheit wissen, dass er nasse Klamotten hatte, war Hauke«, erwähnte ich das Offensichtliche. »Und wir wissen, dass er sie noch einmal lebend gesehen hat, wenn auch betrunken. Schließlich standen sie am See. Und dann soll er weggegangen sein, nur um sie dann doch noch wiederzufinden? Außerdem hätten die Taucher dann die Statue im See finden müssen, oder nicht?«

Ich konnte sehen, wie Florians Hoffnung auf Wahrheit an seinem eben Gesagten bröckelte. »Hauke ist kein Mörder. Das glaube ich wirklich nicht.« Seine Stimme klang leise, aber überzeugt.

»Du meinst, der Mord konnte nie geklärt werden, weil es einfach gar keiner war?«

Er zuckte mit den Schultern, als hätte ich ihn danach gefragt, wieso er heute keine Socken trug. Aber vielleicht war das der Schlüssel des Ganzen. Alles wie ein ganz einfaches Problem zu sehen. Das Offensichtliche. Nicht das große komplexe Ganze.

»Aber wäre es nicht ein Zufall zu viel? Zwei Ertrunkene an einem Abend? Zwei Unfälle?«

»Wer sagt, dass beides Unfälle waren? Ich glaube, bei Frau Johanning wird man nach wie vor einen Selbstmord nicht ausschließen können.«

Die Musik am Start und Ziel wurde lauter, die Leute erhoben ihre Stimmen, um sich weiter zu unterhalten. In dem Gewusel sah ich Kitty mit ihren kurzen Shorts auf der Stelle hüpfen. Ich hatte nicht gewusst, dass sie hier mitmachen würde, aber es wunderte mich nicht. Vielleicht deshalb die gesunde Ernährung in den letzten Tagen. Mir war schleierhaft, wann sie auch noch die Zeit gefunden hatte, laufen zu gehen. Ich winkte ihr zu, sie drehte sich weg.

»Erinnerst du dich an den Tag, als du Frederika nackt gesehen hast?«, fragte ich Florian, während wir ziellos weitergingen. Niemand von uns interessierte sich wirklich für das Rennen. Mir fiel auf, dass ich Florian noch nichts von ihren blauen Flecken erzählt hatte. Zu viel war passiert.

»Machst du Witze? So was vergisst man nicht«, sagte er dann. »Nein, im Ernst. Ja, klar, sie hat mir danach die Hölle heißgemacht.«

»Wieso?«

»Hat gesagt, sie bringt mich um, wenn ich es jemandem erzähle. Ich habe ihr geglaubt. Grotesk, was?«

»Ich weiß, du warst ein kleiner Junge und hast vermutlich eher auf anderes geachtet, aber ... sind dir irgendwelche blauen Flecken aufgefallen?«

Eine Heuschrecke sprang vor uns durch das trockene Gras. Florian sah aus, als würde er versuchen, ein Bild heraufzubeschwören. »Ja. Jetzt, wo du es sagst ... Es war seltsam, denn sie griff natürlich instinktiv nach ihrem Handtuch und schlang es um sich, aber ihre Brust zum Beispiel verdeckte sie nicht. Nur Arme und Schultern. Aber stimmt, da waren blaue Flecken gewesen. Moment mal ...« Er riss die Augen auf. »Ist das der Grund, wieso sie immer lange Ärmel trug, wie sie im Buch schrieb?«

»Ich glaube schon.«

»Scheiße. Wurde sie ... misshandelt?«

»Das habe ich mich auch schon gefragt. Es muss zumindest über einen längeren Zeitraum gegangen sein.«

Verwundert sah er auf. »Woher weißt *du* davon?«

»Der Obduktionsbericht. Ich habe ihn.«

»Meyer, Meyer, immer einen Schritt voraus. Nicht schlecht. Ich frage mal nicht, woher du ihn hast. Und stand da noch mehr?« Aufregung lag in seiner Stimme.

Eine Aufregung, die ich dämpfen musste. »Nicht wirklich. Da war vermerkt, dass sie einige ältere Blutergüsse an den Armen hatte, die aber zu verschiedenen Zeitpunkten verursacht wurden.«

»Ach du Scheiße. Und das hat nie jemand gemerkt?«

»Nicht einmal ihre Mutter.«

»Aber müsste Hauke nicht ...?«

Ich zog meine Augenbrauen hoch, um ihm zu bedeuten, was ich nicht sagen wollte.

»Es sei denn, er ist selbst verantwortlich«, beendete Florian den Gedanken. »Aber das ist eigentlich unmöglich. Nicht nachdem, wie Papa uns damals ... Du weißt ... Hauke hatte noch mehr darunter zu leiden als ich. Er würde das niemals jemand anders antun.«

»Irgendjemand muss dafür verantwortlich sein.«

»Es sei denn, sie hat mit Kickboxen angefangen. Sorry, keine Späße, ich verstehe. Hast du einen Tipp?«

»Wenn ich raten müsste … Ihr Vater im Suff, der so wütend über sein Leben war? Und deshalb blockt Frau Petersen so ab? Oder Jo? Ich weiß es nicht. Hast du es damals jemandem erzählt?«

»Was? Dass ich die Freundin meines Bruders nackt unter der Dusche gesehen habe und sie einen blauen Fleck hatte?«

»Ja, retrospektive Verzerrung.«

»Was?«

»Heute scheinen viele Sachen im Nachhinein eine Rolle zu spielen, die damals niemandem aufgefallen sind. Es verwirrt ungemein, weil es so viele Details sind. Aber vielleicht ist das auch im Vergleich zu den Ermittlungen damals unser Glück. Wir dürfen nur den Überblick nicht verlieren.«

KAPITEL 36

Unter Hunderten Sportlern fällt ein mehr oder minder Betrunkener auf wie ein Clown auf einer Beerdigung. Als wir uns dem Startpunkt näherten, sah ich Hauke in Jeans und schmutzig weißem T-Shirt herumtorkeln. Es war nachmittags und er hatte eindeutig zu tief ins Glas geschaut.

Ein großer, attraktiver Mann lief neben ihm. Stützte ihn, das Gesicht wütend und mitleidig zugleich. Jan Bruns. Was ein seltsames Bild, wenn man bedachte, dass diese beiden Männer, ehemals Freunde, nun wegen einer Frau im Clinch lagen. Doch irgendetwas Tieferes schien die beiden zu verbinden, dass Jan Hauke jetzt trotzdem half.

Margitta stand neben Kitty, sah besorgt zu mir.

»Alle Teilnehmenden bitte an den Start«, wiederholte Herr Kruse seinen Aufruf.

Florian beschleunigte seinen Schritt auf den torkelnden, singenden Hauke zu.

»Bitte, nimm deinen Bruder und bring ihn irgendwohin. Hier kann er nicht bleiben.« Jan wand sich unter Haukes Arm hervor und legte diesen über Florians Schulter. Die routinierten Bewegungsabläufe sagten mir, dass dies nicht das erste Mal so geschah.

»Was denn?«, lallte Hauke. »Das hier ist ein Fest, oder? Darf man denn dann nicht einmal feiern?«

»Ich glaube, für heute ist genug gefeiert«, sagte Florian und sah mich hilfesuchend an. »Ich bringe ihn nach Hause.«

»Ihn? Ihn? Wen? Ich bin doch hier. Rede nicht so, als wäre ich es nicht.« Er sah armselig aus.

Zuschauer, die sich um die Szene versammelt hatten, gingen bei dem erneuten Klang der Blasmusik weiter in Richtung Startpunkt. Auch Margitta und Kitty lösten ihren Blick von uns.

Florian setzte sich in Bewegung und zog den hilflosen Hauke mit. Es sah seltsam aus, wie der kleinere, schmalere Bruder den großen stützte. Dann drehte er sich noch einmal zu mir um. »Wir sehen uns später, Nina?«

»Ich … ich komme mit«, sagte ich kurz entschlossen und setzte mich in Bewegung. Der Lauf war mir nun wirklich egal.

Hauke schien sich seinem Schicksal ergeben zu haben und folgte Florian in einem Slalom vorbei an ihn verwundert ansehenden Menschen, ob bekannt oder fremd. Fast schien er dankbar zu sein, gehen zu können.

Ich musste rennen, um mit den Brüdern aufzuschließen.

»Woran weiß man, dass man zerbricht?«, hörte ich Haukes weinerliche Worte, die er mehr zu sich als zu sonst jemandem sagte. »Irgendwann kann man nicht mehr, aber woher weiß man, wann dieser Punkt da ist?« Er schniefte fast.

»Wenn du dir diese Frage stellst, dann bist du noch nicht an dem Punkt.« Florians Stimme klang sachlich. »Und jetzt komm, du musst ins Bett. Wieso musstest du so viel trinken? Ich meine, so denken die Leute doch erst recht, dass …«

»Dass ich sie umgebracht habe? Dass ich ein Mörder bin?« Er blieb stehen, schleuderte Florians Arm von sich. »Ich habe sie geliebt. Ich hätte nie …«

Er wirkte so verzweifelt. Oder schuldbewusst?

»Und dann auch noch du, Nina? Willst du zuschauen, wie mein kleiner Bruder mich ins Bett bringt, damit du meine Erniedrigung siehst?«

»Was? Nein, ich wollte nur helfen, ich …« Ich sah Florian an. »Soll ich gehen?«

»Nein, Quatsch, alles gut.«

Wir folgten dem Sandweg langsam weiter in Richtung Wald, auf dessen anderer Seite der Parkplatz lag.

Ich wusste, dass es nicht richtig war, ihn das jetzt zu fragen, aber wann würde ich wieder die Gelegenheit dazu bekommen?

»Frederika hatte blaue Flecken an den Armen, Hauke. Ist dir das aufgefallen?«

»Aufgefallen?« Ein verächtliches Schnauben. »Mir ist alles an ihr aufgefallen. Das war ja nicht zu übersehen.«

Florian sah mich an, als würde das Haukes Unschuld untermauern. »Weißt du, woher sie sie hatte?«

»Vom Theater.«

»Was?«

Hauke wankte stark, aber ich war überrascht, dass er sich noch so gut artikulieren konnte. »Von den Proben. Jemand musste sie festhalten, damit sie nicht irgendwo runterfiel. Weiß nicht mehr genau. Aber das hat sie gesagt.«

Florian zuckte mit den Schultern.

»Und du hast ihr das geglaubt?«, hakte ich nach.

»Und du hast ihr das geglaubt?«, äffte er mich nach.

Wir erreichten die Bäume, die uns Schutz vor den Blicken der Zuschauer boten.

Herr Kruses Stimme durchbrach die Stille. »Drei, zwei, eins. Los.« Ein lauter Knall ertönte und unter anfeuernden Rufen der Zuschauer begann der Königinnenlauf.

Wie auf Kommando machte Hauke abrupt Halt und musste sich ins Gebüsch übergeben. Wir stellten uns entschuldigend vor ihn und schirmten ihn ab, als weitere Gäste den Waldweg entlangkamen, um das Spektakel des Laufs zu bezeugen. Es dauerte eine Weile, bis Hauke wieder zu sich kam und versuchte, sich aufzurichten. Er sah erbärmlich aus. Gerade als wir uns erneut in Bewegung setzen wollten, sahen wir den Mann aus der Ferne auf uns zukommen, hinkend auf einen Stock gestützt. Trotz dieses Handicaps lag Stolz und Würde in seiner Erscheinung, wie schon immer. Carli Hansen.

Es war eine skurrile Situation. So in etwa musste es damals gewesen sein. Der betrunkene Hauke, der in der Patsche saß, und Carli Hansen, der als stolzer Retter im richtigen Zeitpunkt in Erscheinung trat. Oder wollte er sich lediglich das Rennen ansehen?

Trotzdem musste ich eine Frage an Hauke noch dringend loswerden, bevor Carli uns erreichte und die Stimmung wieder so anders würde. Niemand traute sich, etwas in seiner Gegenwart zu sagen. Ich wusste, dass jetzt nicht der beste Moment war, schließlich war Hauke gerade weniger als zurechnungsfähig. Egal.

»Du hast zu mir gesagt, das letzte Mal, als du Frederika gesprochen hast, war der Streit im Schwimmbad. Aber ihr wurdet danach zusammen am See gesehen. Als sie sich auf dich gestützt hat, so wie du jetzt bei Florian. Wieso hast du das niemandem gesagt?«

Hauke blieb abrupt stehen, starrte mich mit weit aufgerissenen Augen an. Dann wurde er noch blasser als zuvor, grünlich fast. Und ehe er etwas sagen konnte, übergab er sich erneut ins Gebüsch neben uns.

Verdammt. Carli Hansen hatte uns erreicht, als Hauke

noch immer vornübergebeugt neben dem Gebüsch stand. »Danke, Nina, ich übernehme von hier. Florian, setz ihn in mein Auto.« Der ehemalige Bürgermeister hatte gesprochen.

Florian sah mich entschuldigend an, nickte jedoch nur und setzte sich in Bewegung mit Hauke im Arm.

Die drei Hansen-Männer mit dieser überaus seltsamen Beziehung zueinander ließen mich mit meinen Gedanken neben einem Haufen Kotze zurück.

Und dennoch waren zwei Sachen soeben klar geworden. Erstens: Frederika hatte Hauke angelogen. Denn im Gegensatz zu ihm war mir aufgefallen, dass es keine Szene in diesem Theaterstück gab, in dem die Hauptdarstellerin bei irgendetwas festgehalten werden musste, sodass sie blaue Flecke hätte davontragen können. Und zweitens war ich mir ziemlich sicher, dass Hauke dieses allerletzte Treffen mit Frederika bisher geheim gehalten hatte.

»Hauke?«, rief ich ihm nach, einer Eingebung folgend. »Hör auf, mir diese Nachrichten zu schicken, ich habe es verstanden.«

Unbeholfen drehte er sich um, während auch Carli Hansens finsterer Blick auf mir ruhte. »Nachrichten? Was faselst du jetzt schon wieder?«, fragte Hauke lallend in einem körperlichen Zustand, in dem Lügen unmöglich schien.

FREDERIKA, 11.08.1999 – »OLYMPIAMITTWOCH«

Gestern Abend stand Hauke dann noch vor meiner Tür. Er war betrunken. Zu viel Bier beim Heidjer Grillabend. Aber nicht nur das, er war sauer. Der Blick in seinen Augen erinnerte mich so sehr an den seines Vaters.

Er wollte wissen, was für ein Spiel ich mit ihm spielen würde, wieso er mir so egal wäre, ob all unsere gemeinsamen Träume mir nichts mehr bedeuten würden.

Und obwohl er so sauer auf mich war, sah ich auch einen Funken Verletzlichkeit in seinen Augen. Er hatte recht. Wir hatten uns diesen Sommer zusammen erträumt und ich habe ihn einfach ohne ein Wort im Stich gelassen. Das ist nicht in Ordnung, ich habe nur an mich gedacht. Vielleicht könnte ich es doch machen. Die Kandidatur. Für ihn, vielleicht sogar, um den Ruf meines Vaters zu verbessern, mich von den Brandstiftungsgerüchten zu befreien … Sehe ich nicht noch schuldiger aus, wenn ich mich jetzt aus allem zurückziehe? Aber andererseits: Spielt das noch eine Rolle?

Zwar hat Ulrich mich bisher nicht mehr belästigt, aber wer weiß? Vielleicht finden sie ja doch etwas bei den Untersuchungen der Bühne, das auf mich hindeutet? Schließlich war ich oft genug da. So eine Scheiße!

Ob ich die Johanning einfach drauf ansprechen soll? Aber die igelt sich immer mehr ein. Ich glaube, niemand hat sie mehr gesehen seitdem. Keine Ahnung, was mit der jetzt los ist. Ja, sie hat viel Arbeit ins Thea-

ter gesteckt, aber das haben wir alle. Dann führt sie es halt nächstes Jahr auf. Aber ich bezweifle, dass das ihr einziges Problem ist, und ich bin froh, wenn ich sie nicht mehr sehen muss. Soll sie mich nur mit all dem anderen Scheiß in Ruhe lassen.

Jedenfalls bat Hauke mich dann gestern, mit zu ihm zu kommen. Weil er nicht allein sein wollte, weil er wissen wollte, dass zwischen uns noch nicht alles zerbrochen ist. Ich weiß nicht, wieso ich mitgegangen bin. Vielleicht, weil ich nach allem, was ich von Papa erfahren habe, auch nicht allein sein wollte. Nicht zu Hause sein wollte.

Also ging ich mit.

Aber irgendetwas war so anders als früher. Die Nähe. So aufgesetzt. Aber ich hatte das Gefühl, ich schuldete ihm das.

Und dann, als wir im Bett lagen, habe ich ihn gefragt, was Maria eigentlich in der Heide zu ihm gesagt hatte. »Als du mich so enttäuscht angeguckt hast. Ihr wirktet so vertraut, als hättet ihr euch gegen mich verschworen.«

»Haben wir nicht. Ich mache mir nur solche Sorgen darum, was mit uns ist. Und ich habe sie als deine Freundin gefragt, wieso du so komisch bist.«

»Und was hat sie gesagt?«

»Dass du vermutlich wegen Papa nicht mehr so gerne bei mir zu Hause bist und ich es dir nicht krummnehmen sollte.«

Schnell fragte ich ihn, was er damit meinte. Es konnte ja nicht …

»Weil es für dich ja komisch sein muss, weil er deinen Vater rausgeworfen hat nach alldem und euch das doch ziemlich zu schaffen macht zu Hause, oder?«

Puh, das war es nur. Er hatte ja keine Ahnung.
Und das Schlimmste war, dass Papa all das wegen mir
gemacht hat. Wegen meiner Träume, wegen meiner
Ideen. Ich bin schuld an allem. Und ich werde es wie-
der geradebiegen müssen.

Als ich dann heute Morgen aufstand, waren seine
Eltern bereits unterwegs. Die Olympiade. Alle versam-
melten sich an den Sportplätzen, das dumpfe Hallen
der Anlage des Kommentators dröhnte durch die Luft,
als ich in der Morgensonne nach Hause ging. Vermut-
lich hatte gerade irgendeine Amateurmannschaft das
Tauziehen gewonnen oder jemand hatte den Rekord
beim Sackhüpfen gebrochen.
Hauke wollte nicht mit, er hatte natürlich einen
ordentlichen Kater und wollte weiterschlafen. Er würde
später gehen. Ich war ohnehin nicht erpicht darauf gewe-
sen, ich hatte es eher als Friedensangebot gemeint, weil
er mir leidtat. Aber mein Weg führte an der Olympiade
vorbei. Und als ich dann plötzlich dieses blaue Auto
auf dem Parkplatz sah, kam mir eine Idee. Schließlich
durfte jeder hier sein. Also näherte ich mich dem Sport-
platz hinter dem Vereinshäuschen, auf dem ein reges
Treiben herrschte. Auch die Steintribüne war fast restlos
gefüllt. Ich konnte viele Familien mit Picknickkörben
ausmachen. Ich winkte Haukes Mutter, die sich gerade
aufwärmte, sie spielte mit einigen anderen Müttern in
einer Volleyballmannschaft. Ich sah Maria, Johanna
und Jan aus der Ferne. Die hatten offensichtlich nicht
so einen Kater wie Hauke, aber auch sie waren beschäf-
tigt, schauten bei einer Siegerehrung zu, bei der offen-
sichtlich Johannas kleine Schwester ausgezeichnet wurde.

Also ging ich schnurstracks auf Jo zu, der ein wenig Abseits hinter der Bande stand, nachdem sein Gesprächspartner Herr Kruse sich gerade auf den Weg machte. Meine Chance.

Und dann sagte ich ihm einfach, dass ich mit ihm reden musste. Dringend. Ich konnte sehen, wie er bei dem Klang meiner Stimme zusammenfuhr.

»Spinnst du? Nicht hier. Es gibt nichts mehr zu bereden, das muss ein Ende haben.« Aber die Art, wie er mich ansah, zeigte mir irgendwie, dass er es vielleicht doch nicht so meinte. Vielleicht hatte ich ja noch eine Chance.

Ich sagte ihm, dass es wichtig sei.

Er blickte sich verstohlen um. So auffällig!

Aus der Ferne sah ich, wie Maria und Johanna mir zuwinkten. Ich winkte zurück.

»In Ordnung. In einer Stunde an unserem Platz. Ein letztes Mal. Dann ist es vorüber, hörst du?«

Aber die Tatsache, dass er von unserem Platz sprach, gab mir Hoffnung.

Ich stellte mich noch zu den anderen, damit sie nicht dachten, ich wäre nur wegen Jo hier gewesen, bevor ich mich langsam auf den Weg machte.

KAPITEL 37

Der *Morgenkurier* berichtete vom Königinnenlauf, Kitty strahlte von einem Foto als wunderschöne Drittplatzierte in die Kamera und wurde als zukünftige Königin betitelt. Ihre Laune schien sich zwar gebessert zu haben, aber die Gelassenheit am Esstisch wollte sich trotzdem nicht einstellen.

Ich hatte mehr Fragen als zuvor. Wenn Hauke nicht derjenige war, der mir die Nachrichten schrieb, wer war es dann? Und machte ihn das weniger verdächtig? Aber sein gestriger Auftritt zeugte von tiefem Kummer und ich konnte mir nicht vorstellen, dass es dabei lediglich um die Tatsache ging, dass man wieder über Freds Tod sprach.

Das Herz von Herrn Johanning war laut Angaben meines Vaters schlecht, aber stabil. Trotz seines anscheinend erleichterten Gewissens zog er sich immer mehr zurück. Wie Lisa. Auch sie schien in den letzten Tagen immer mehr abzubauen, bewegte sich nur noch in Zeitlupe, rührte ihr Futter kaum an, nur dann und wann erbarmte sie sich für eine Scheibe Leberwurstbrot, brachte mir meine Socken oder versteckte ihren unangetasteten Kauknochen in meinem Schuh. Ich wusste, dass sie uralt war, aber ich konnte nicht umhin zu denken, dass alles, was ich im Moment berührte, drohte, zu Staub zu zerfallen.

Und dann war da die Nachricht meines Chefs gewesen. Zuerst hatte ich sie nicht öffnen wollen. Doch dann erschien es mir albern. Schließlich hatte ich genug davon, mich vor allem zu verstecken. Er schrieb, dass er meine Kündigung widerwillig akzeptierte, sie jedoch nicht verstünde, und wies mich darauf hin, dass, sollte es zu einem Rechtsstreit kommen, die Anwälte des Krankenhauses mich kontaktieren würden.

Ich wusste nicht, was ich davon halten sollte. Jedenfalls versetzte es der Erleichterung meiner ausgesprochenen Kündigung einen Dämpfer.

Da half es nur, in Bewegung zu bleiben. Also entschied ich mich ganz zur Freude meines Vaters, ihn an diesem Mittwochmorgen erneut in der Praxis zu unterstützen.

Zurück in den Sattel, so hatte er es genannt. Und ich hatte die Worte zu schätzen gewusst, schließlich war meine Mutter bei einem Reitunfall gestorben und diese Redewendung seit jeher etwas Bedeutendes für uns gewesen.

Aber er hatte recht. Es tat gut. Ein umgeknicktes Sprunggelenk hier, ein Sommerschnupfen da. Und entgegen meinen Erwartungen störte sich niemand daran, von mir behandelt zu werden. Im Gegenteil. Die Menschen waren offen, freuten sich über frischen Wind in der Praxis und scheuten sich nicht davor, über die Ermittlungen und meine Beteiligung zu sprechen. Mir wurde immer klarer, dass ich diesen Leuten, diesem Ort, unrecht getan hatte. Sie nur aufgrund meiner eigenen Verbitterung verurteilt hatte. Mein schlechtes Gewissen wurde immer stärker.

Doch nach wie vor lauerte diese tiefe Angst in mir, etwas zu übersehen. Der Gedanke an Herrn Behrens war allgegenwärtig. Daher begnügte ich mich mit den banaleren Fällen oder überwachte Impfungen.

Als der Mittag nahte, stellte ich mich zu Gundel an den Tresen, um die unzähligen Rezepte und Überweisungen zu unterschreiben, die im Laufe des Vormittags angefordert worden waren. Der Stapel wurde langsam kleiner, meine Unterschrift immer krakeliger, die Buchstaben verschwammen vor meinen Augen. Bis ich plötzlich innehielt, als ich diese gerade unterschriebene Überweisung an eine Praxis für Strahlentherapie auf den anderen Stapel legen wollte. Meine Augen blieben an dem Namen hängen, den ich bereits mein ganzes Leben kannte. Den ich nur vergessen hatte. Mein Herz setzte einen schmerzhaften Moment zu lange aus. Ich nahm den Zettel in die Hand, führte ihn dichter an meine Augen, fokussierte die schwarzen Buchstaben. Wie konnte ich nur so blind sein?

Carl Joachim Hansen, stand da. Carl. Joachim. Joachim. Jo. Meine Hand verkrampfte sich um den Kugelschreiber.

Ich rief Florian an. Wir wollten uns bei *Hennies Eisdiele* treffen. Es war mittags, die Sonne stand hoch und ich konnte mir nichts Beruhigenderes vorstellen als eine Kugel Eis mit dem Geschmack der Kindheit, um anzusprechen, was ich ansprechen musste.

»Darf ich dich auf ein Eis einladen?« Er erwartete mich bereits.

Ich stieg von meinem Fahrrad ab, lehnte es gegen die Hauswand und ging auf ihn zu. Tatsächlich waren nur wenige Tische im Schatten belegt, eine Schlange gab es nicht. »Lass mich das heute übernehmen. Was darf es sein? Früher hattest du immer Banane und Zimt.« Ich lachte verlegen.

»Ja, gern. Mit Streuseln, wenn du schon bezahlst.« Er zwinkerte mir zu und setzte sich auf die Bank vor der Eisdiele. Gerade wollte ich mich ans Fenster stellen, um unsere Bestellung aufzugeben, als ich die Wand im Inneren des Lokals sah, die über und über mit Fotos bedeckt war.

Richtig, die Collage über das Blütenfest, an der Johanna

gearbeitet hatte. Also ging ich hinein und gab die Bestellung drinnen auf, sodass ich Zeit hatte, einen Blick auf die Fotos zu werfen, während das junge Mädchen mit dem Eisportionierer klimperte.

Es dauerte nicht lange, bis es mir ins Auge stach. Zwischen unzähligen Heideköniginnen, zwischen Hofstaaten von kleinen Mädchen, künstlerischen Motivwagen aus Heideblüten und der Krönung der Könige auf der Bühne vor dem *Heidjerkrug* zeigte es eine alltägliche Szene in der Blütenfestwoche: Es war das Foto der drei Mädchen, Frederika, Johanna und Maria, beim Wagenbau, das ich bei Johanna auf dem Tisch gesehen hatte. Aber diesmal von jemand anders aufgenommen, aus der Garage heraus. Den Fokus auf den Löwen, das Heidegebilde, gerichtet und nicht auf die drei Mädchen, die in Haukes Kamera sahen. Denn dass er sie hielt, konnte man nun erkennen. Dieses Bild aber folgte Frederikas Blickrichtung und gab nun eindeutig freie Sicht auf das, was sie so verträumt angesehen haben musste: ein Auto, das in der Einfahrt vor der Garage der Hansens stand und für den Heidewagen hatte weichen müssen: ein alter BMW. In strahlendem Blau.

»Hier, schon fertig. Mit Streuseln.« Das Mädchen lächelte mir zu, auf dem Tresen thronten zwei Eistüten, deren Unschuld mich aus meiner Starre riss.

»Äh, ja, danke.« Ich kramte einen Schein aus meiner Hosentasche und reichte ihn ihr. Gut gelaunt ging sie zu der altmodischen Kasse und drehte mir dabei den Rücken zu, um Wechselgeld zu suchen. Schnell fuhr ich herum, zog die Nadeln aus den Ecken des Fotos und steckte es unter mein T-Shirt.

Ich erinnerte mich an Frederikas Worte.

Aber schon der Anblick seines blauen Wagens genügt und ich bekomme ein stärkeres Freiheitsgefühl als beim nächtlichen Baden im Schwimmbad, bei dem Hauke halbnackt auf dem Dreimeterbrett steht.

Aber hatten nicht noch mehr Menschen einen blauen Wagen gefahren? Ich meine, selbst Herr Johanning hatte einen blauen Wagen gefahren. Das war kein Beweis, oder?

Ich nahm Wechselgeld und Eis, zwang mich zu einem Lächeln, ging hinaus und setzte mich zu Florian auf die Bank. Gierig nahm er sein Eis entgegen und erinnerte mich dabei an Max, den unschuldigen Jungen von Hauke, der noch gar nichts davon ahnte, was in seiner Familie los war. In meinem Kopf rasten die Gedanken. Der Bürgermeister, der Frederikas Vater seinen Job aus unerklärlichen Gründen wieder besorgt hatte. Jemand, der von den Treffen von Frederika und Jo erfahren hatte.

»Wollen wir vielleicht in den Apfelhain gehen?«, fragte ich.

»Klar. Danke für das Eis. Es geht doch nichts über Zimteis mit Streuseln.«

Wir setzten uns in Bewegung und aßen schweigend, bis wir die Hauptstraße und den derzeit leeren Kirmesparkplatz hinter uns gelassen hatten. Am Nachmittag würde hier wieder Hochbetrieb herrschen.

»Hallo, hallo?«, sagte er, als wir uns auf den umgefallenen Baum gesetzt hatten. Ich schreckte hoch. Hatte er mich etwas gefragt? Er kaute genüsslich an seiner Waffel, während die meine langsam durchweichte.

»Also noch mal, Eis war eine super Idee. Aber ich schätze, das ist nicht der einzige Grund, weswegen du mich sehen wolltest, oder?«

Ich hob meinen Blick, sah, wie ein rosa Streusel sich

zwischen den kurzen Bartstoppeln seiner Wange verfangen hatte, und unterdrückte den Instinkt, mit der Hand darüberzustreichen. Ich würde keinen Bissen mehr runterbekommen. Daher warf ich den Rest meines Eises hinter uns ins Dickicht. Ein Fest für die Wespen, die sich nach dieser Woche wieder an ihre natürlichen Nahrungsquellen würden gewöhnen müssen.

»Offensichtlich ging es tatsächlich nicht ums Eis«, kommentierte Florian.

Nachdem ich meine Hände an meiner kurzen Jeans abgewischt hatte, griff ich unter mein T-Shirt in meinen Hosenbund und holte das Foto hervor.

Schweigend reichte ich es ihm.

»Was ist das?«, fragte er schmatzend, während er sich den Rest seiner Eiswaffel in den vollen Mund schob und nach dem Bild griff. Er hielt es mit beiden Händen fest, betrachtete es. Dann schwieg er. Eine ganze Weile. Ich war nicht sicher, ob er nicht verstand oder ob er nicht verstehen wollte. Ich sah den rosa Streusel, der weiterhin auf seiner Wange klebte, und dann, wie die Knöchel seiner Finger langsam weiß hervortraten. Er hatte verstanden.

»Joachim«, sagte ich leise und er blickte nicht von dem Foto auf. »Dein Vater. Er heißt Carl Joachim. Und dies war doch sein blauer Wagen, oder? Der, den Frederika dort ansieht.«

Er nickte stumm, die Augen weiter auf die Szene auf dem Foto gerichtet.

Ich wollte ihn trösten, wollte ihm sagen, dass alles in Ordnung würde, dass das noch nichts bedeutete, aber ich wusste nicht, ob das stimmte. Meine Hand zuckte, fuhr hinauf an seine Wange. Der Streusel fiel zu Boden, während ich über seine raue Haut strich.

Nun sah er zu mir auf, mit seinen klaren blauen Augen, und ich meinte, Tränen darin glitzern zu sehen.

»Scheiße.« Wieder sah er auf das Foto. »Es … es ergibt Sinn, oder?«

Ich ließ meine Hand von seinem Gesicht sinken. Zögerlich bestätigte ich. »Ich glaube schon. Ich glaube, dein Vater ist Jo.«

»Der Garten … Er wurde kurz nach ihrem Tod neu angelegt. Ich erinnere mich noch daran, weil ich es so grotesk fand. Als ob es nichts Wichtigeres gegeben hätte.«

»Der Hahn … Er muss also bewusst entfernt worden sein.«

Florian nickte.

Unsere Blicke trafen sich. Vorsichtig, zaghaft. Ich sah in ihm den kleinen Jungen, der neben mir in der Schule gesessen hatte. Den Jungen, der einmal mein bester Freund gewesen war, den ich vermisst hatte, verletzlich und hoffnungsvoll.

Dann beugte er sich langsam zu mir vor, ohne von mir wegzusehen. Ich hielt inne, bewegte mich nicht, bis seine Lippen meine berührten, ohne dass sich unsere Augen voneinander abwandten. Als wollten sie sichergehen, dass tatsächlich alles zwischen uns in Ordnung war. Dass dies passieren durfte. Ganz zart, ganz vorsichtig, ganz anders als damals. Vielleicht so, wie ich es mir all die Zeit davor gewünscht hatte.

Eine Weile noch sahen wir uns in die Augen, ohne dass jemand etwas sagte. Ein spitzbübisches Lächeln lag auf seinen Lippen, das plötzlich verschwand. »Was glaubst du, können wir das Ganze einfach ignorieren?«

Ich überlegte. Ich hatte gut reden, denn es war immer

einfacher, anderen einen Rat über ihr Schicksal zu geben, als sich selbst an seine eigenen Anweisungen zu halten.

»Ich glaube, alles würde irgendwann wieder so werden wie vorher.«

»Du meinst, dass niemand in meiner Familie mehr offen miteinander redet und alle nur das hören und glauben, was sie wollen?«

»In deiner Familie, in meiner Familie, im Ort. Da hast du freie Auswahl.«

»Du glaubst also, wir müssen es Kommissar Ulrich sagen?« Er legte seine Hand behutsam auf meine.

»Ich weiß es nicht.«

»Eigentlich müsste er es wissen, oder? Es ist doch nicht unsere Aufgabe, meine Familie ans Messer zu liefern. Ich meine, diese ganze Ermittlung … Sie war spannend und neu am Anfang, und ich dachte, dass das Ganze uns beide wieder näher zusammenbringt. Vielleicht hat es das ja.« Er lächelte. »Aber jetzt … Jetzt reden wir darüber, ob wir Anschuldigungen gegen meinen Vater und meinen Bruder an einen scheinbar überforderten Polizisten und seine zwei gelackten Unterstützer weitergeben sollten. Und wofür? Dass sich irgendjemand besser fühlt? Wer denn? Hauke? Ich glaube nicht. Mama? Ich? Du?« Erwartungsvoll sah er mich an, aber ich wusste nichts zu erwidern.

»Weißt du denn, ob diese Lüneburger Ermittler mal mit deinem Vater gesprochen haben?«

»Klar haben sie das. Mit allen aus meiner Familie.«

»Und glaubst du, dass sie es da ahnten? Oder vielleicht sogar wussten?«

»Ich weiß es nicht. Ich weiß langsam gar nichts mehr. Aber bitte, Nina, sag es nicht weiter, bevor wir wissen, was es bedeutet, okay? Mir zuliebe.«

FREDERIKA, 12.08.1999 - »RADELNDER DONNERSTAG«

Die ganze Nacht lag ich wach und überlegte, ob es eine andere Möglichkeit gibt. Irgendeine. Aber nein.

Scheiße, ich kann nicht glauben, dass ich das jetzt mache. Aber wie sonst soll ich das Geld besorgen? Und ich brauche es, ich muss weg. Ich wusste es schon vorher, ich meine, dass das alles hier nicht gut für mich enden wird. Dass ich hier nicht hingehöre. Aber nach gestern!?

Was war das denn für ein kranker Scheiß? Ich fühl mich so gedemütigt, so erniedrigt. Aber ist es mein Fehler, dass ich dachte, er wäre anders? Vielleicht ist einfach niemand anders. Niemand besser. Alle machen Fehler. Und das ist der Sinn von allem. Und trotzdem: Mir bleibt keine andere Wahl, wenn ich nicht will, dass das alles rauskommt. Dann muss ich gehen. Aber wie, ohne Geld?

Die ganze Zeit frage ich mich schon, wie es gelaufen wäre, wenn uns niemand gesehen hätte. Vermutlich bin ich sogar froh, dass es so gewesen ist. So wird irgendwie alles seine Lösung finden.

Wenn sich jeder an den Teil der Abmachung hält. Ich zumindest plane fest damit.

Ich wusste, dass Herr Johanning bei der Radtour mitfahren würde. Seine Frau hingegen konnte natürlich nicht. Mit dem Arm in der Schlinge und so. Daher wusste ich, dass ich ihn allein erwischen könnte. Am ehesten, wenn alles vorbei war und sich die Meute im

Krug versammelt hätte. Ich habe überlegt, direkt zu seinem Haus zu gehen, aber ich wollte nicht mit seiner Frau in Berührung kommen. Ich alte Nuss!

Also wartete ich. Den ganzen Tag. Wie ein kleiner Feigling. Ein Verbrecher. Ich wollte nicht bei der Radtour mitmachen. Die anderen schon. Sogar Maria. Natürlich auch Maria. Aber ich hatte nichts anderes im Kopf, als Herrn Johanning zu treffen.

Erst gegen fünf, als ich mir sicher war, dass alle nun im Krug sein würden, band ich mir mein Audrey-Hepburn-Tuch um den Kopf. Diesmal fand ich es passend. Denn ich hatte eine Mission.

Die anderen waren natürlich auch da: Hauke, Maria, Johanna, daher musste ich mich bemühen, dass sie mich nicht sahen und ich Herrn Johanning allein finden konnte.

Zum Glück hat er eine schwache Blase und ich konnte ihn draußen vor den Toilettenwagen abfangen. Er schrak förmlich zusammen, als ich auf ihn zusprang. Es muss auch seltsam ausgesehen haben. Vielleicht hätte ich doch auf mein Kopftuch verzichten sollen.

Gerade als er sich gesammelt hatte, sagte ich es ihm direkt ins Gesicht: »Ich weiß von Ihrer Frau.« Und dass er vermutlich nicht will, dass es an die Öffentlichkeit gerät. Und außerdem, sagte ich ihm, dass sie mich alle mit diesem Brand in Ruhe lassen sollen. Dass er dafür sorgen muss, dass seine Frau das alles zurücknimmt.

Sein Blick wurde traurig, als meine Worte raus waren, und es tat mir so leid, dass er meine Wut abbekommen hatte. Denn uns hatte einmal viel mehr verbunden als das. Aber er sagte nur: »Was kann ich tun?«

Ich erzählte ihm, dass ich Geld bräuchte. Es war schlimm. Diese Enttäuschung in seinen Augen, als er nickte und mich damit sofort degradierte. Geld, das ist es doch, womit sich alle zufriedengeben, wie man alle kriegt. Das hat er sicherlich gedacht. Aber was er natürlich nicht wissen kann, ist, dass ich es in meine Zukunft investieren werde. Nicht in eine teure Handtasche, Drogen oder Urlaub oder was er auch immer von mir glauben mag. Schließlich will ich mir ein neues Leben aufbauen.

Aber das sagte ich ihm nicht. Vielleicht ist es besser, er weiß es nicht. Niemand weiß es. Ich tue es nur für mich. Erstmalig. Für mich und meine Familie. Denn auch Papa müsste dann doch zufrieden sein. Dann würde ich etwas aus mir machen. Vielleicht nicht so, wie er es wollte, aber sein dämlicher Plan mit dem Geld ist schließlich ohnehin nicht aufgegangen. Aber dann braucht sich niemand mehr um mich zu sorgen. Dann ist alles so, wie es alle wollen.

Ich schluckte schwer, als ich ihm die Zahl nannte, die ich mir vorgestellt hatte.

Er zeigte keine Regung. Bis wann ich es bräuchte, fragte er. Er müsse es erst besorgen.

Das verstand ich natürlich, und doch hatte ich nicht viel Zeit.

Bis zu meinem Geburtstag. Bis zum Königinnensonntag um ein Uhr morgens an der alten Eiche am See. Es muss ziemlich theatralisch geklungen haben, aber irgendwie fand ich es passend. Wie in einem Film. Außerdem dachte ich, dass es ihm entgegenkommen würde. Schließlich würde er dann keine Geschäfte mit einer Minderjährigen machen. Das finde ich irgendwie

ermutigend. Schließlich will ich ihm ja nichts Böses. Oh
Mann, ich klinge wie in einem schlechten Mafiafilm.

Er sagte, er könne seine Frau im Moment nicht allein
lassen, es gehe ihr nicht so gut.

Meine Entschlossenheit bröckelte. Dennoch konnte
ich nicht zurück. »Wenn Ihnen das vorher schon mal
aufgefallen wäre, würden wir uns jetzt nicht an diesem Punkt befinden«, sagte ich.

»Also, viertausend Mark. Um ein Uhr morgens, oder
jeder erfährt es. Und dann kriegen Sie Ihre beschissene
Statue wieder«, habe ich gesagt, auch wenn ich nicht
sicher bin, ob er darauf überhaupt Wert legt. Ich kann
es mir eigentlich nicht vorstellen. Dann verschwand
ich so schnell, wie ich gekommen war. Mit klopfendem
Herzen und einem schrecklich schlechten Gewissen.

KAPITEL 38

Florians Worte beschäftigten mich mehr als das Gefühl, das seine Lippen auf meinen hinterlassen hatten. Ich wusste nicht, wieso ich so dringend das Verlangen hatte, in diesen Ermittlungen weiterzukommen. Vielleicht gerade, weil es einfacher schien, fremder Leute Probleme zu lösen als meine eigenen. Vielleicht war ich ja deshalb so gerne Ärztin. Um mich mit den Problemen anderer Leute zu beladen, um meine eigenen gar nicht erst zu sehen.

Es konnte nicht von ungefähr kommen, dass ich noch keinen Gedanken daran verschwendet hatte, dass mein Verlobter mich verlassen, ich jeglichen Kontakt zu all meinen Kollegen abgebrochen und mein ganzes vorheriges Leben zurückgelassen hatte. Wenn ich nicht weitermachte, würde mich das alles einholen, da war ich mir sicher. Aber nicht nur das.

Denn an diesem Donnerstagvormittag half ich erneut in der Praxis aus. Ein willkommenes Ritual, solange sowohl Patientenkontakt als auch die zu behandelnde Beschwerde oberflächlich blieben. Aber dennoch spürte ich, dass dieser ungeklärte Fall, dieses Schreckliche, das den Ort damals zerstört hatte, nach wie vor an allen nagte. War es da fair, Informationen zurückzuhalten? Und wie Florian schon richtig gesagt hatte: Vermutlich wussten die Ermittler es bereits. Wer sagte denn, dass wir besser waren als sie? Und trotzdem: Allein die Erkenntnis, mit Ulrich diskutieren zu können, dass es sich bei Jo um Carli Hansen handelte, dass er zu Hauke an den See gefahren war, während dieser mit Frederika zusammenstand, hätte mir viel bedeutet. Obwohl ich mir sicher war, dass ihm kaum etwas fernerlag, als seine Gedanken hierzu mit mir zu teilen.

Am Nachmittag erledigte mein Vater Hausbesuche und ich hatte es mir allein auf der Terrasse gemütlich gemacht. Margitta und Kitty waren zu der Radtour durch die Heide aufgebrochen, nach der Frederika Herrn Johanning vor all diesen Jahren erpresst hatte.

Es war unglaublich, welche Bilder sich über diese letzten zwei Wochen von Frederika abgezeichnet hatten. Von dem durchtriebenen Mädchen, das eine geheime Affäre gehabt und den Lehrer erpresst hatte, über einen wütenden Teenager, der fälschlicherweise beschuldigt worden war, das Theater in Brand gesetzt zu haben. Ein verträumtes Mädchen mit großer Hoffnung bis hin zu einer jungen, besonnenen Frau, die versucht hatte, alle Ungerechtigkeiten hinter sich zu lassen und sich ein neues Leben aufzubauen. Und noch immer hatte ich keine Ahnung, wer Frederika wirklich gewesen war.

Ich hatte den Laptop mit auf die Terrasse genommen, um die Abrechnungsziffern zu überprüfen. Zuvor hatte ich Lisa überreden wollen, sich zu mir zu gesellen. Die Luft war angenehm, schwitzen würde sie nicht. Doch sie wollte einfach nicht aufstehen, lag weiter unter der Treppe, die zur Praxis führte, und atmete langsam mit geschlossenen Augen. Ich wollte einfach nicht wahrhaben, dass sie abbaute. Ich musste daran denken, wie stolz sie früher gewesen war, wenn sie mir ihre Geschenke gebracht hatte. Fast wie eine Katze. Irgendwie musste ich dabei an Carli Hansen denken, bei dem der Verfall genauso offensichtlich war wie bei Lisa. Da kam mir eine Idee.

Ich öffnete die Patientenakte von Carli Hansen. Carl Joachim Hansen. Was war das eigentlich, die Sache mit seinem Krebs? Mir schien, als wüsste jeder ein bisschen davon, doch wie krank war er wirklich?

Zwar war er in Behandlung bei mehreren Spezialisten, aber bei einem Hausarzt liefen alle Fäden zusammen. Das war das Schöne an diesem Beruf. Man behandelte tatsächlich den ganzen Menschen, nicht bloß eine Gallenblase. Ich scrollte durch die letzten Befunde. Er litt also an einem fortgeschrittenen Prostatakarzinom mit Knochenmetastasen in Wirbelsäule, Hüfte und Oberschenkel. Daher das Humpeln. Und dann sah ich es: Unter verschiedenen Therapien war der Krebs in den letzten Wochen weiter fortgeschritten, es gab keine Optionen. Ich erinnerte mich an mein erstes Zusammentreffen mit Florian. Hatte er nicht gesagt, die Ärzte hätten von einem »guten Krebs« gesprochen? Wenn man einen haben müsste, dann diesen? Entweder Carli Hansen hatte seine Kinder absichtlich nicht davon in Kenntnis gesetzt oder er verdrängte die Gedanken an seine Krankheit. Zwar war ich kein Urologe, aber dennoch konnte ich diesen wenigen Zeilen entnehmen, dass bei Carli Hansen alle Möglichkeiten ausgeschöpft waren. Er stand kurz vor dem Ende. Hätte Hauke Maria im nächsten Jahr betrogen und sie daraufhin das Tagebuch deponiert, hätte Carli die neuen Ermittlungen vermutlich nicht mehr mitbekommen.

Ich vernahm Klappern aus dem Inneren des Hauses. Eiswürfel in einem Glas. Papa war sicherlich zurück. Schnell schloss ich die Praxissoftware. Kurz darauf stand er mit zwei Gläsern, in denen je ein Stück Zitronenschale in einer bräunlichen Flüssigkeit schwamm, in der offenen Fliegentür.

»Feierabend«, sagte er lächelnd. »Whiskey sour?« Er hielt mir ein Glas entgegen.

Skeptisch kniff ich die Augen zusammen. »Mit oder ohne?«

»Eiweiß? Na, hör mal, für wen hältst du mich? Wie soll ich sonst auf die nötigen Proteine kommen, die mein athletischer Körper braucht?«

Ich musste laut lachen, was guttat. Dankend nahm ich das Getränk entgegen.

Wir stießen an, dann setzte er sich. »Auf die Zusammenarbeit«, sagte er. »Hat auch was Gutes, dass die Mädels so viel um die Ohren haben mit dem Fest. So haben wir ein bisschen mehr Zeit für uns.«

Ich bemühte mich um ein Lächeln, das nicht so recht gelingen wollte. Stattdessen nickte ich und nahm einen großen Schluck.

»Na, wo drückt der Schuh?«, fragte er, während er mich über den Rand seiner goldenen Brille ansah. Diese mir so vertraute Geste ließ mich erneut schmunzeln, als ich an die Proteine für seinen ach so athletischen Körper dachte.

Ich nahm einen Schluck, ohne dass ich selbst so recht in Worte fassen konnte, was es war. »Was, wenn dich jemand aus guten und verständlichen Gründen bittet, das offensichtlich Falsche zu tun?«

Auch er trank zunächst einen Schluck. »Du redest über deinen Chef und die Sache mit dem Krankenhaus? Ich dachte, ihr hättet das alles geklärt.«

Ich überlegte. Es stimmte, irgendwo war es jetzt die gleiche Situation. In der ich nicht das Richtige getan hatte. Florian, der mich bat, der Polizei möglicherweise wichtige Informationen vorzuenthalten. Vermutlich hatte ich das Gefühl, etwas wiedergutmachen zu müssen. Ich ent-

schied, diese Unterhaltung mit diesem Szenario weiter-
laufen zu lassen. Es war einfacher.

»Ich sehe es so«, fing Papa an. »Dadurch, dass du gekündigt hast, hast du keinerlei Verpflichtungen mehr. Aber
ehrlicherweise hat es nichts mit deiner Kündigung zu tun.
Vermutlich hätte ich dir auch so den gleichen Rat gegeben.
Du kannst tun und lassen, was du willst. Nein, anders, du
musst das tun, was du meinst. Und wenn es ist, die Sache
zu vergessen, dann ist das dein gutes Recht. Du hast es
nicht mit Absicht gemacht. Aber wenn du glaubst, dass
die Welt ein Stückchen besser würde, wenn du doch etwas
sagst, und dich dieser Gedanke einfach nicht loslässt, dann
ist das dein Weg. Du musst dir nur sicher über das sein,
was du vielleicht opferst. Die Frage ist letztlich immer die
gleiche: Kannst du mit den Konsequenzen deiner Hand-
lung leben?«

Ich nahm einen weiteren Schluck, dachte an die Worte
Herrn Johannings. *Es ist die Schuld, sie frisst einen auf.*

Und ich wusste, dass ich nicht damit würde leben
können. Nicht noch einmal zwanzig Jahre Ungewissheit.
Das würde niemand aushalten. »Danke, Papa«, sagte ich,
obwohl ich wusste, dass er mir nichts Neues erzählt hatte.

»Und nur, dass du es auch sicher weißt … Hier ist immer
ein Platz für dich, egal was passiert. Beruflich. Und als
meine Tochter sowieso. Aber das muss ich dir nicht sagen.
Die Patienten finden dich übrigens auch super. Manche
verlangen sogar explizit nach dir. Sollte mir wehtun, aber
stattdessen erfüllt es mich mit Stolz.« Er zwinkerte mir zu.

»Hör zu, Papa …«

Doch gerade als ich ihm sagen wollte, dass er sich keine
Hoffnungen machen sollte, dass ich aus so vielen Gründen nicht in seiner Praxis arbeiten konnte, nicht zuletzt,

weil ich noch gar nicht wusste, ob ich überhaupt je wieder ohne Selbstzweifel würde arbeiten können, öffnete sich das Gartentor und Kitty kam auf uns zugerannt. Margitta folgte in gemäßigtem Schritttempo.

»Kommen wir also richtig zur Happy Hour? Nice!« Kitty nahm Papas Glas und trank einen Schluck. Verzog das Gesicht. »Was ist das denn für eine seltsame Konsistenz?«

»Eiweiß«, sagten wir gemeinsam und lächelten uns zu. Wir waren eben doch Vater und Tochter.

Dann sah ich Kitty genauer an. Ich konnte es erst nicht in Worte fassen, doch an irgendetwas erinnerte sie mich mit diesem bunten Seidentuch in den Haaren. So hatte ich sie noch nie gesehen.

»Kitty, du siehst …«, setzte mein Vater an, denn auch ihm war die Veränderung aufgefallen, die auf das Tuch und die eng anliegende hochgeschlossene Kleidung zurückzuführen waren.

»… aus wie Audrey Hepburn?«, beendete Margitta den Satz leicht genervt, als sie bei uns angekommen war. »Du bist nicht der Erste, der das heute sagt.«

Kitty lächelte triumphierend.

Ich glaubte nicht an Schicksal. Dafür war ich zu sehr Wissenschaftlerin. Aber als ich am frühen Abend einen Spaziergang durch den Ort machte, um meinen Kopf freizukriegen, und dabei am *Heidjerkrug* vorbeikam, in dem das Ende der Radtour traditionell gefeiert wurde, sah ich draußen etwas abseits ein skurriles Trio an einem Stehtisch. Zumindest zwei von ihnen schienen nicht hierherzugehören: Mertens und Koslowski. Ulrich hingegen stand dort, einen Ellenbogen auf dem Tisch abgelegt, in der anderen einen Krug Bier, als gehörte er zum Bestand. Diese Szene hatte etwas von einem Spionagefilm – fehlten Trenchcoats und Hüte –, in dem über die restlichen Anwesenden spekuliert wurde. Irgendwie seltsam.

Instinktiv steuerte ich auf die drei zu. »Ich wusste gar nicht, dass Sie sich auch für unsere Kultur interessieren«, sagte ich übertrieben höflich, wobei mir auffiel, dass ich »unsere« gesagt hatte.

Mertens hob sein Glas, prostete mir zu. »Gar nicht so übel, dieses Heidebier. Es ist ja nicht so, dass wir es nicht kennen, aber mit dem richtigen Flair schmeckt es umso besser.«

»Ich wollte den Burschen einfach mal zeigen, worum es hier geht. Die haben ja so gar keine Ahnung, wieso uns das alles so wichtig ist. Nichts für ungut, aber ihr seid ja doch eher die Schreibtischkommissare.«

Koslowski klopfte Ulrich auf die Schultern. »Wir verstehen schon. Wir kalten Jungspunde aus der Stadt mit englischem Hochschulabschluss.«

Ich wusste nicht, was hier vor sich ging, aber die Stimmung der drei wirkte verändert. Vielleicht hatten sie doch viel Zeit zusammen verbracht, Spuren verfolgt und widerlegt, vielleicht schweißte das zusammen.

Einige Touristen drängten sich um Bierzeltgarnituren und Stehtische, zwischendrin war der halbe Ort versammelt. Kinder spielten auf dem kopfsteingepflasterten Platz. Vermutlich würden sogar mein Vater und Margitta später dazustoßen. Und zwischen all diesen Menschen sah ich ein schlankes Mädchen, fast eine Frau, das in einem leichten Sommerkleid lächelnd Smalltalk hielt. Die derzeitige Heidekönigin, die mich von den Plakaten im Ort angelächelt hatte. Ihren Namen kannte ich nicht. Und obwohl sie ihren Samtumhang abgelegt hatte und doch eigentlich eine gewöhnliche, wenn auch hübsche junge Frau war, schien jeder mit ihr sprechen zu wollen. Selbst aus der Ferne konnte ich sehen, wie bewundernd die kleinen Mädchen zu ihr aufblickten. Wieder musste ich an Kitty denken und konnte ihren Reiz an der Kandidatur verstehen. Wenn man nicht hinter jedem Wort eine Doppeldeutigkeit vermutete, nicht hinter jedem Blick ein Geheimnis, dann musste es wirklich schön sein, Teil von allem hier zu sein.

Und dann erkannte ich auf seinen Stock gestützt in der Menge unweit der Königin Carli Hansen. Unsere Blicke trafen sich. Susanne und Hauke konnte ich nicht sehen. Was mich wunderte. Vielleicht hatte Hauke nach seinem gestrigen Auftritt keine Lust, sich vor allen blicken zu lassen, die ihn in die Büsche hatten kotzen sehen. Ich konnte es ihm nicht verdenken.

Carli sah weg, sagte zu laut und zu fröhlich etwas zu einem Mann, der bereits rote Backen hatte und breit grinste. Ich erkannte ihn als Herrn Kruse.

Eine Toilettenspülung riss mich aus meinen Gedanken und ich bemerkte erst jetzt, dass sich der Tisch, an dem wir standen, direkt neben einem Toilettenwagen befand. Dieser war schon in weiser Voraussicht für die morgige Wahl zum Heidekönig aufgestellt worden, die hier auf dem Platz stattfinden würde. Irgendwo hier musste Frederika Herrn Johanning damals aufgelauert haben.

Ich löste meinen Blick von Carli Hansen und trat näher an den Tisch zu den drei Kommissaren. Ich meinte, die Blicke der anderen Besucher auf mir zu spüren. Was die wohl über mein Zusammentreffen mit den Kommissaren dachten? Ich hoffte inständig, dass keine Reporter da wären, sonst würde dieses Foto vermutlich morgen die

Titelseite des *Morgenkuriers* zieren. »Ärztin und Kommissare beraten sich – kann der Zusammenschluss den Mord aufklären?«. Ich sah die Schlagzeile buchstäblich vor mir.

»Bist du zum Biertrinken hier oder was können wir sonst für dich tun, Nina?«, fragte Ulrich und leerte sein Glas.

Kurz überlegte ich, ob ich mich auf eine Bierlänge einladen sollte, aber ich wollte tatsächlich nicht so wirken, als würde ich mit der Polizei konspirieren. Daher kam ich direkt zum Punkt, ohne noch einmal darüber nachzudenken.

»Ich glaube, ich weiß, wer die Affäre aus dem Tagebuch ist.«

Die drei Männer sahen sich an. »Das haben wir bereits geklärt.« Koslowski.

»Was?«

»Hören Sie zu, Frau Wedemeyer. Wir sind dankbar, dass Sie sich so interessieren, aber wir schaffen es auch ganz gut ohne Sie. Auch wenn die Presse da anderer Meinung ist. Außerdem gab es keine wirkliche Affäre.«

»Doch, ich …« Ich habe das Tagebuch auf illegale Weise bekommen und bin mir sicher? Ich ruderte zurück. »Gut, richtig, in dem Sinne war es vielleicht keine, aber ich weiß, mit wem Frederika sich getroffen hat. Ich weiß, wer Jo ist.«

»Wir doch auch.« Ulrich. Neutral.

Da war ich platt.

»Aber die Spur ist eine Sackgasse.«

»Carli Hansen?«

»Wir dürfen nicht drüber reden, das verstehen Sie sicher«, sagte Mertens.

Aber Ulrich nickte mir zu. »Er beteuert, Frederika nicht gesehen zu haben in der Nacht.«

»Wir müssen ihr das nicht sagen. Sollten wir nicht. Und Sie haben uns auch versprochen, es nicht mehr zu tun.« Koslowski.

»Stimmt«, erwiderte Ulrich. »Aber erfahrungsgemäß ist es besser, wenn Sie Fakten hat, sonst läuft sie mit ihrem Halbwissen Amok.« Er zog die Augenbrauen hoch, als er mich ansah. Dann fuhr er fort. »Also, er fuhr zwar zum See ...«

»Weil er einen Anruf von Hauke erhalten hatte.«

»Richtig. Und da wollte er sich erst mal einen Überblick verschaffen. Mehrere Leute, unter anderem Heinzi Bruns, haben ihn gesehen.«

Koslowski schnaufte. Er war sicherlich unzufrieden damit, dass Ulrich mir diese Information gab.

Hinter uns die Klospülung in unregelmäßigen Abständen.

»Eigentlich hatte ich auch nicht gemeint, dass es ihn zum Verdächtigen macht. Ich habe mich vielmehr gefragt, ob dieses Wissen nicht jemand anders ein Motiv liefert«, versuchte ich es aus einem anderen Winkel.

Die Männer sahen sich wieder an, Mertens hielt sich an seinem Glas fest, setzte es ab. »Ich will nicht unhöflich sein. Und ich weiß, dass vor allem Cold Cases einen immensen persönlichen Druck für die Beteiligten mit sich bringen. Das merken wir nicht das erste Mal. Allerdings ... Wir würden uns freuen, wenn Sie uns unsere Arbeit machen lassen würden. Allein.« Er wandte sich ab, für ihn schien das Gespräch beendet.

»Was sagt denn Hauke Hansen dazu, dass er der Letzte war, der Frederika gesehen hat?«

»Was meinst du?«, fragte Ulrich.

»Ich meine, dass Hauke gegen ein Uhr mit Frederika im Arm am See gesehen wurde. Haben Sie ihn mal gefragt, wieso er die so betrunkene Frederika zurückgelassen hat, die anscheinend nicht einmal mehr stehen konnte? Oder was er dort mit ihr gemacht hat?«

Ulrich, der sein Bier gerade hatte leeren wollen, stellte seinen Krug entgeistert auf dem Tisch ab. »Woher hast du denn diese Information?«

Hatte er es ihnen wirklich nicht gesagt? »Von Albert Johanning. Er hat sie doch gesehen.«

Drei Augenpaare sahen mich an. Eine Klospülung durchbrach die Stille, bevor sich die Augenpaare von mir abwandten, um etwas hinter mir zu fokussieren.

Ich drehte mich um und sah Carli Hansen, der gerade aus dem Toilettenwagen gekommen war. Ich hätte schwören können, dass ihm sein Pokerface zum ersten Mal in seinem Leben entglitt.

FREDERIKA, 13.08.1999 –
»THRONFOLGERFREITAG«

Ich hatte keine Ahnung, wie ich mich heute verhalten sollte. Sollte ich hingehen? Hauke unterstützen, wie ich es mal versprochen habe, auch wenn ich weiß, dass ich Sonntag nicht mehr hier sein werde?

Nachdem er mich am Dienstagabend aufgesucht und wir die Nacht zusammen verbracht hatten, erst recht nicht. Aber dann war da ja Mittwoch gewesen, der Mittwoch, seit dem neue Regeln gelten. Es kann nur funktionieren, wenn wir uns alle an unsere Abmachung halten. Es ist nur so schwer, diejenige zu sein, die als Erste am Zug ist. Jo meint, während der Blüten-festwoche wäre es fast unmöglich für ihn, seinen Teil der Abmachung einzuhalten. Vielleicht sollte ich ihn trotzdem noch einmal erinnern, was auf dem Spiel steht.

Und bis dahin wollte ich mich wie immer verhalten, auch, um kein Aufsehen zu erregen. Deshalb wollte ich doch hingehen, mich sehen lassen, aber mich im Hin-tergrund halten.

Vielleicht war der ausschlaggebende Punkt für diese Entscheidung ja auch der Anruf, den ich vorhin von Kommissar Ulrich erhalten habe: Die Ermittlungen zur Brandursache der Bühne wurden eingestellt. Gegen mich liegt kein weiterer Verdacht vor.

Da war ich aber baff. Wie immer Herr Johanning das hinbekommen hat! Ein Riesenstein fiel mir vom Herzen. Und doch änderte es natürlich nichts am gro-ßen Ganzen.

Ich bin mit Maria und Johanna hingegangen. Zur Wahl. Was irgendwie komisch war. Johanna trägt immer noch lange Ärmel, obwohl ich das ja schon eine Weile abgelegt habe. Der könnte ich vermutlich wirklich alles erzählen. Hauke und Jan waren natürlich vorher beschäftigt. Die würden wir – abgesehen von ihrem Platz auf der Bühne – heute nicht zu sehen kriegen, was mir nur recht war.

Alles in allem war es ein echt schöner Abend. Die Choreografien der Jungs waren wirklich cool und Hauke hat sich mit seiner Michael-Jackson-Nummer selbst übertroffen. Kein Wunder, dass er gewählt wurde. Ich bin mir sicher, dass es absolut nichts mit mir zu tun hat, das hätte er auch geschafft, wenn wir uns schon vorher getrennt hätten.

Aber mir ist heute Abend auch aufgefallen, dass diese Trennung so oder so unvermeidbar ist. Denn als er da so auf der Bühne stand, seine Krone und das Zepter verliehen bekam, konnte ich sehen, dass ihm dieser Moment mehr wert war als alle Momente, die wir je zusammen hatten. Und so jemanden will man natürlich nicht für immer an seiner Seite haben. Irgendwann will man doch den einen Partner finden, der nichts über einen stellt. Und irgendwann werde ich das. Aber Hauke wird vermutlich nie und nimmer für irgendjemanden diese Person sein. Genauso wenig wie Jo. Das habe ich heute in Haukes Blick gesehen.

Erst spät, als schon fast alles vorbei war, kam Hauke angeschwipst und glücklich von hinter der Bühne zu uns – nicht ohne sich durch die restliche Menge feiern zu lassen. Da fragte er, was wir denn morgen zur Feier an meinem Geburtstag machen würden. Zur Nacht auf den Königinnensonntag. Ich konnte ihm ja schlecht sagen, dass ich mich eigentlich mit Herrn Johanning verabredet hatte, und auch Maria wusste davon natürlich nichts.

»Sollen wir nicht die Nacht im Schwimmbad verbringen?«, fragte Maria. Ich erinnere mich nicht, dass sie vorher je einen eigenen Vorschlag gemacht hat. Wahrscheinlich erhoffte sie sich nur, Hauke wenig bekleidet näherzukommen. Erst zögerte ich, aber es war besser als eine private Party, schließlich musste ich mich gegen ein Uhr wegstehlen. Und das Schwimmbad lag dicht an dem Treffpunkt am See.

»Ja, wir sollten den Sommer enden lassen, wie wir ihn begonnen haben«, sagte ich.

Kurz überlegte Hauke, aber da er ohnehin so euphorisch war, schien auch ihm die Vorstellung zu gefallen. »Wir machen diesmal eine große Party draus. Mit allen. Klasse!«

»Mit allen?«, fragte ich. »Aber was, wenn wir doch von der Bürgerwehr erwischt werden?«

»Na hör mal, ich bin jetzt König«, war seine Antwort, was immer das heißen sollte.

Und dann kam mir die Idee, wie ich Herrn Johanning treffen könnte, ohne dass es auffiel. Die Bürgerwehr musste von unserer geplanten Party erfahren. Ein exzellentes Ablenkungsmanöver.

KAPITEL 39

Als ich aufwachte, fiel mir zuerst Carli Hansens Blick ein, als er aus dem Toilettenwagen gekommen war. Er hatte mich gehört, daran bestand kein Zweifel. Daher würde Florian zwangsläufig davon erfahren, dass ich mich gegen seinen Wunsch mit den Kommissaren getroffen und ihnen von Haukes und Frederikas letztem Aufeinandertreffen berichtet hatte. Man musste mit den Konsequenzen seiner Handlungen leben können, hatte Papa gesagt. Zwar hatte ich ein komisches Gefühl, aber ich wusste, dass ich es konnte. Ich hatte das Richtige getan, da war ich mir sicher. Denn schließlich war die Information, dass Hauke Frederika noch am See gesehen hatte, eindeutig neu gewesen. Wieso hatte Hauke es verschwiegen? Wieso hatte Herr Johanning es den Beamten verschwiegen, aber mir gesagt? Er war sich doch sicher gewesen. Fünfundneunzigprozentig, hatte er gesagt. Ich jedenfalls fand diese Prozentzahl ausreichend, um den Ex-Freund mit Motiv und fehlendem Alibi erneut unter die Lupe zu nehmen.

Heute Abend würde die Wahl zum Heidekönig stattfinden. Jonas, Kittys Freund, war heißester Kandidat. Ich konnte verstehen, wieso Kitty so eine Obsession entwickelt hatte. Von außen betrachtet fand sie sich tatsächlich in ähnlicher Situation wie die legendäre Frederika wieder: Hauptrolle im Theater, die Schönheit, die Krone, ihr Freund der angesehene Lopauthaler, der König.

Und ich musste zugeben, dass ich mich, je mehr Zeit ich in der Praxis meines Vaters verbrachte und je mehr Kontakt ich zu den Menschen hatte, die mir früher einmal etwas bedeutet hatten, immer wohler fühlte. Alles in allem war die Blütenfestzeit tatsächlich eine magische Woche. Eine andere Welt, in der nur das Schöne existierte. Wenn nicht gerade ein oder zwei Morde dazwischenkamen, das war mir klar. Und genau diese Tatsache hatte diese Magie für mich zerstört. Ich fragte mich, was passieren würde, wenn der Mord an Frederika ein für alle Mal geklärt würde. Würde der Ort diese Magie für mich wiedererhalten können oder würde die Realität trotzdem ein für alle Mal gewinnen?

Seit die Zeitungen vermehrt vom Fest berichteten und den Fall aufgrund mangelnder neuer Erkenntnisse vernachlässigten, schien sich Kittys Laune deutlich gebessert zu haben. Schließlich war sie mit der derzeitigen Heidekönigin auf einem vertraut wirkenden Foto bei der Radtour abgelichtet und auf der Titelseite abgebildet worden. Beim heutigen Frühstück war sie so aufgeregt, redete ohne Punkt und Komma über die anstehende Wahl zum Heidekönig am Abend und von Jonas, der offenbar eine Choreografie zu *Suspicious Minds* von Elvis einstudiert hatte.

Ich hatte heute noch nichts von Florian gehört. Irgendwie fand ich es schön, dass dieser Kuss nicht alles verändert zu haben schien, jedoch erinnerte mein Gewissen mich jede Stunde mindestens einmal daran, dass ich mich über seinen ausdrücklichen Wunsch, den Kommissaren nichts zu erzählen, hinweggesetzt hatte.

Gestern Nachmittag hatte ich die letzte Nachricht von ihm bekommen, als er mich gefragt hatte, ob wir zusammen zur Wahl des Heidekönigs gehen wollten. Gegen fünf

Uhr sollte ich ihn abholen. Nicht zuletzt, weil die Zeit dann schneller verfliegen würde, ging ich am Vormittag hoch in die Praxis, um Papa zu unterstützen.

Als ich zu Gundel an den Tresen trat, um sie fast schon wie ein alter Hase zu fragen, in welchem Sprechzimmer ich aushelfen könnte, stockte sie. »Ähm, ich glaube, heute ist nicht so viel los und du kannst dir einen freien Tag erlauben.« Sie lächelte mir befangen zu. Ich hatte bereits beim Hochkommen gesehen, dass das Sprechzimmer übervoll war.

Irgendetwas stimmte nicht. »Was ist denn los?«

Sie verlagerte ihr üppiges Gewicht von einem Fuß auf den anderen, sah von dem Bildschirm vor sich immer wieder auf die Tür der Praxis.

»Na los, rück schon raus mit der Sprache.«

»Es ist …« Sie atmete hörbar aus. »Mehrere Patienten aus der Notfallsprechstunde heute Morgen haben explizit gefragt, ob du heute da bist.«

»Ja, hier bin ich«, sagte ich übertrieben enthusiastisch und breitete meine Arme aus, wie um mich selbst zu präsentieren. Sofort kam ich mir albern vor und ließ die Arme sinken.

»Na ja, sie haben gesagt, sie möchten explizit nicht von dir behandelt werden.«

Ich stockte. Mein eben noch vorhandenes Selbstvertrauen kam mir nun peinlich vor. »Aber wieso?«

Die Schiebetür der Praxis öffnete sich hinter mir, als ein neuer Patient eintrat. »Ich weiß nicht, Nina. Ich muss jetzt weitermachen. Sorry.« Gundel wandte sich dem Neuankömmling zu, während sie sanft über meinen Arm streichelte. Ich ging mit einem wachsenden unguten Gefühl zurück in unsere Wohnung.

Nachdem ich mich mehrfach umgezogen hatte, hatte ich mich für Jeans und ein einfaches T-Shirt entschieden, um nicht als verliebter Teenager durchzugehen. Ich zügelte diesen Gedanken. Ich war nicht verliebt. Das kam alles viel zu schnell und überhaupt, wer sagte mir denn, dass er mich nicht nur geküsst hatte, weil auch seine Emotionen bezüglich allem gerade Achterbahn fuhren?

Und dann war da dieses weitere schlechte Gefühl. Wieso wollten die Patienten nicht mehr von mir behandelt werden? Was hatte ich falsch gemacht?

Margitta kam in mein Zimmer, als ich mir gerade die Wimpern tuschte. »Hey, oh du machst dich schon fertig für heute Abend … Sag mal, hast du heute schon was von Florian gehört? Da willst du doch gleich sicher hin, oder?« Sie setzte sich auf mein Bett.

Ich war verwundert ob der Frage, hielt in meiner Bewegung inne. »Nein, heute habe ich nichts von ihm gehört, wieso? Ich war gerade auf dem Weg dahin.«

»Verstehe.« Die Art und Weise, wie das Wort ihre Lippen verließ, deutete darauf hin, dass noch mehr kommen würde. »Ich habe Susanne vorhin getroffen. Sie … Sie war ganz außer sich. Die Polizei … Sie hat Hauke heute zur Befragung mit aufs Revier genommen.«

Mir stockte der Atem. »W-was?« Nun bekam das Schweigen meines Handys am heutigen Tag eine neue Bedeutung. Nicht, dass Florian es langsam mit uns angehen wollte, sondern … Er musste glauben, dass die Befragung von Hauke mit mir zusammenhing. Schließlich hatte Carli mich mit den Polizisten gesehen, vermutlich sogar meine Worte gehört.

»Ja, sie sagte, es wären neue Informationen ans Licht gekommen, dass er Frederika vielleicht doch noch einmal gesehen hatte. Da wäre ein Zeuge.«

»Und?«

»Was meinst du mit ›und‹?«

»Heißt das, sie haben Hauke verhaftet?«

»Ich weiß es nicht.«

»Okay, danke, Margitta«, sagte ich, richtete meinen Blick wieder auf den Spiegel, aus dem mir ein albern halb geschminktes Mädchen entgegenblickte. Schnell wandte ich mich ab. »Ich muss los.« Auf einmal kam Rouge mir wie das Nebensächlichste der Welt vor.

Ich war eine Stunde zu früh. Die Garage stand bis auf einen so gut wie fertigen Heidebären leer. Keine Arbeiter. Was mich wunderte. Schließlich müsste übermorgen alles perfekt sein und ich erinnerte mich, dass sich gerne alle vor diesen wichtigen Veranstaltungen der Woche trafen, um gemeinsam nach getaner Arbeit den Abend dort ausklingen zu lassen. Kein Licht brannte im Haus, gut, es war hell, aber dennoch kam es mir verlassen vor.

Traurig.

Mir zitterten die Knie, als ich mein Fahrrad an die Hauswand lehnte, und ich wusste nicht recht, wieso. Schließlich hatte ich mir doch eingeredet, das Richtige getan zu haben.

Dann klingelte das Handy in meiner Hosentasche und ich zog es hervor. Kommissar Ulrich. Ich nahm ab.

Keine Begrüßung. Er kam direkt zur Sache. »Nicht, dass ich glaube, dir eine Erklärung schuldig zu sein, aber vermutlich ist der netten Seite an mir doch daran gelegen, dass auch du deinen Frieden mit der Sache findest. Wenn auch nur, damit ich wieder mit deinem Vater Tennis spielen kann.«

Ich wusste nicht, ob dies als Scherz gemeint war, entschied mich, trotz der Pause nichts zu erwidern.

»Also, jedenfalls wollte ich dir mitteilen, wirklich nur mitteilen, dass Frederikas Mörder sich gerade gestellt hat.«

So viele Emotionen liefen auf einmal in mir ab. Hauke hatte sich gestellt? Er hatte gestanden? Ich konnte es kaum fassen, und doch schien alles Sinn zu ergeben. Die nassen Klamotten, das freiwillige Stellen bei der Bürgerwehr, sein Verhalten in den letzten Wochen. Sein Motiv.

»Bist du noch dran?«

»Äh, ja.« Er holte mich aus meinen Gedanken zurück, die dabei endeten, was das Ganze nun mit Florian anstellen würde. Ich blickte zu seinem Zimmerfenster hoch, in dem es dunkel war. Keine Regung.

»Ja … War eine ziemliche Überraschung für uns alle, muss ich sagen. Ich kann auch nicht sagen, dass ich sonderlich glücklich mit dieser Entwicklung bin. Ich meine, wie sieht das denn nach außen hin aus? Na ja, das ist nichts, was ich noch ändern könnte. Aber wie es scheint, ist der Fall jetzt endlich geklärt.«

Meine Gedanken kreisten weiter, sodass ich seine Worte nur schwer begreifen konnte. Wieso war er überrascht? Hatte er mir gegenüber nicht selbst gesagt, dass er eigentlich Hauke im Verdacht hatte?

»Tja, vielleicht war es also doch mehr als nur eine kleine Affäre. Carli Hansen, ein Mörder. Ich fass es noch immer nicht.«

Ich ließ das Handy sinken, konnte mich nicht verabschieden, konnte nichts sagen. In dem Moment fuhr der BMW in die Einfahrt. Wie in Trance drehte ich mich um, die Scheinwerfer trafen meine Augen, trotz der Helligkeit des Tages wurde ich geblendet und fühlte mich selbst wie auf einer Anklagebank, wie mit dem Flutlicht auf einer dunklen Wiese überführt.

Es dauerte eine Weile, bis Licht und Motor ausgeschaltet wurden und sich Autotüren öffneten. Erst eine, dann eine zweite, dann eine dritte. Die vierte fehlte. Die Person, die sonst hinter der vierten Tür saß, hatte sich gerade für einen Mord gestellt.

Ich stand reglos dort, wusste nicht, was jetzt passieren würde, wusste nicht, was ich sagen sollte.

Sie kamen auf mich zu wie eine vereinte Front. Susanne, die kein Lächeln mehr übrig hatte, die noch kleiner wirkte als sonst. Augenringe und Falten. Eine gebrochene Frau. Hauke rechts von ihr, dessen Haare eine Wäsche vertragen hätten. Der mich mit einem Blick ansah, der mir zeigte, dass er mich für alles verantwortlich machte. Auf der anderen Seite wurde Susanne von ihrem jüngeren Sohn gestützt, dessen Lippen ich noch gestern auf meinen gespürt hatte.

»Was willst du denn hier? Hast du nicht schon genug angerichtet?« Hauke funkelte mich fast fiebrig an. Wer wusste schon, was er eben auf dem Revier hatte ertragen müssen? Wegen mir?

Hilfesuchend wandte ich mich an Florian, wobei mir klar war, dass das erbärmlich war. Ich hatte mich entschieden, die Büchse der Pandora zu öffnen, also sollte ich mich nicht über das wundern, was da soeben rausgekommen war.

Florian sah strikt auf den Boden, als er Susanne Richtung Haustür geleitete.

»Ich ...«, stammelte ich. »Es tut mir leid.«

Es tat mir leid? Was denn eigentlich? Dass nach all den Nachforschungen rauskam, dass tatsächlich jemand aus dieser Familie, in deren Haus ich als Kind ein und aus gegangen war, an Frederikas Tod schuld war? Die Polizei hätte das auch ohne mich herausgefunden. Oder etwa nicht?

Wobei irgendwas für mich trotzdem noch nicht zusammenpasste.

»Was tut dir denn leid?«, fragte Hauke die Frage, die vermutlich eher eine Floskel aus meinem Mund gewesen war. »Dass du unsere Familie zerstört hast? Schon die zweite dieses Jahr, wie ich höre. Oder hast du nicht einen Patienten umgebracht und bist nur deshalb hier, um dich zu verstecken?«

»Ist gut, Hauke, lass uns reingehen«, sagte Susanne und würdigte mich keines Blickes.

Sie gingen mit einem Abstand an mir vorbei, der auch bei einer tödlichen Infektionskrankheit ausreichend gewesen wäre.

»Florian, ich …«, entfloh es mir. Ich streckte meinen Arm in dem Wissen aus, dass ich ihn nie erreichen würde.

Er blieb stehen, reichte den Arm seiner Mutter weiter an Hauke, der Susanne zur Hintertür führte, die, wie immer, nicht verschlossen war. Seine Augen waren müde. Trüb fast. »Er hat einen Punkt, Nina. Du hast es zu weit getrieben. Ich hoffe, du bist endlich zufrieden und wirst damit glücklich. Aber vielleicht solltest du dich echt mal damit auseinandersetzen, wieso du das alles machst. Was bei dir nicht stimmt. Kümmere dich vielleicht erst einmal um dich selbst und lass uns in Ruhe, okay? Das wird für alle das Beste sein.« Dann setzte auch er seinen Weg fort.

Er sah sich nicht mehr um, bevor die Tür ins Schloss fiel. Ich konnte hören, wie sich im Inneren ein Schlüssel drehte, und blieb allein zurück.

Der Fall war geklärt. Nach zwanzig Jahren. Und doch kam das Ganze zu plötzlich.

So stand ich vor dem Haus dieser mir so vertrauten Familie und konnte das Gefühl nicht abschütteln, dass sie alle weiterhin ein Geheimnis umgab. Ein Geheimnis, das vielleicht jeder von ihnen bereit war, mit in sein Grab zu nehmen. Oder es zumindest neben den Sarg des Vaters in die kalte Erde zu betten.

KAPITEL 40

Das Nächste, an das ich mich erinnerte, war Lisas Fell, in das ich mein Gesicht vergrub.

Sie hob ihren Kopf nicht, als ich mich auf sie stürzte. Und dann waren es meine Tränen, die auf ihren Körper niederregneten, und ich war ihr dankbar für ihre Ruhe und die Geborgenheit, die sie mir schenkte.

»Oh Nina, es tut mir so leid, aber sie ist eben ein alter Hund.«

Ich fuhr herum, wischte mir die Tränen aus den Augen und meine laufende Nase am Arm ab. Mein Vater stand vor mir und machte ein so bedrücktes Gesicht, wie ich mich fühlte.

Mein Herz blieb einen Moment stehen. Ein instinktiver Blick zu Lisa und ich zählte die Sekunden mit angehaltenem Atem, bis ich erleichtert sah, wie sich ihr Brustkorb hob. »Wieso? W-was ist mit ihr?«

»Ich war eben mit ihr beim Tierarzt. Er musste ihr den Magen auspumpen. Sie hat eine Vergiftung. Vermutlich Rattengift. Am ehesten von einer Maus, die irgendwo an einem Köder geknabbert hat. Darum hat sie nicht mehr gegessen.«

»Mäuse? Rattengift? Scheiße. Wird sie wieder gesund?«

»Das wissen wir nicht. Wir müssen abwarten. Man kann nicht mehr tun, sie ist einfach zu alt. Wir haben uns entschieden, sie wieder mit nach Hause zu nehmen und es ihr so leicht wie möglich zu machen. Wir können nur hoffen, dass sich ihr Zustand bessert, aber ...«

Ich schloss die Augen und sah Sterne tanzen.

Mein Vater kam einen Schritt auf mich zu, ging ebenfalls in die Hocke, legte mir eine Hand auf den Rücken. »Du hast geweint. Ich dachte, du wüsstest …«

Schnell stand ich auf, blinzelte den aufkommenden Schwindel und die Übelkeit weg. »Ich bin nur müde oder muss was essen, das wird sich zeigen.« Mir lag nichts ferner, als auch nur irgendeinen Bissen anzurühren, da ging es mir ganz wie der armen Lisa. Ich zwang mich zu einem Lächeln, das meinem am Boden sitzenden Vater galt, der liebevoll über Lisas nun feuchtes Fell strich. »Carli Hansen hat den Mord an Frederika gestanden.«

Mein Vater nickte. »Harald hat mich informiert. Wie geht es dir damit?«

»Ich weiß gar nichts mehr.«

»Vielleicht musst du das auch nicht. Vielleicht liegt es nicht mehr in deiner Verantwortung. Vielleicht aber hat es das auch noch nie getan.«

Ich versuchte, meine erneut aufsteigenden Tränen zu unterdrücken. »Gundel hat mich heute Morgen aus der Praxis geschickt.«

Er zögerte. »Es hat ein paar Beschwerden gegeben, ja. Na ja, nicht Beschwerden im eigentlichen Sinne, aber offenbar wurdest du gestern mit der Polizei bei einem Bier gesehen. Harald hat mir davon erzählt. Und nun fürchten die Leute, dass alles, was sie dir gegenüber erwähnen, dorthin weitergeleitet wird. Und dann wurde auch noch gesehen, wie Hauke abgeholt wurde. Da dachten sie offenbar, dass alles zusammenhängt und du tatsächlich nur hier bist, um einen Mörder zu finden. Nicht, weil du dich wirklich für die Leute interessierst. Daher wollte sich keiner heute von dir behandeln lassen.«

»Aber …«

»Hör zu, ich weiß, dass es nicht so ist. Und ich bin dir dankbar für die Hilfe in der letzten Woche. Aber ich glaube, im Moment ist es tatsächlich besser, wenn wir das erst mal dabei belassen. Gerade jetzt mit Carlis Geständnis. Und auch mit der Königwahl heute … Ich schätze, Kitty wäre es lieber, wenn du zu Hause bleibst. Schließlich werden die Leute denken, dass Carlis Verhaftung etwas mit dir zu tun hat, wo du gestern so vertraut mit der Polizei gesehen wurdest. Ich kann es dir natürlich nicht verbieten, aber vielleicht sollte Jonas heute Abend im Mittelpunkt stehen, nicht du.«

Ich sah in das liebevolle Gesicht meines Vaters. Sah die tiefen Furchen, die goldene Brille, den weißen Bart. Ein Gesicht, das für mich der Inbegriff von Weisheit, Geborgenheit und unendlicher Liebe war. Doch jetzt sah ich noch etwas anderes darin: Schmerz. Ein Schmerz, der von der Enttäuschung über mich herrührte.

Ich schloss mich in meinem Zimmer ein. Setzte mich an den Sekretär, öffnete die Schublade und nahm dieses verdammte Tagebuch in die Hand. Alles hatte damit begonnen. Vielleicht auch schon viel früher. Vielleicht mit meinem Fehler bei der Arbeit. Damit, nicht zu mir und meinem Bauchgefühl gestanden zu haben.

Zumindest das hatte ich geändert. In Bezug auf diesen Fall. Und was hatte es mir gebracht, aus meinen Fehlern zu lernen? Ich sah mich in diesem Zimmer um, in dem ich mich nicht mehr willkommen fühlte. Sah auf die Tagesdecke mit den zarten Blümchen, das Foto meiner Mutter auf der Kommode mit mir auf dem Arm. Meine Tränen liefen erneut, die Buchstaben vor meinen Augen verschwammen, als ich auf Frederikas Worte blickte.

Ich hatte tatsächlich alles auf eine Karte gesetzt. Meine Karriere, mein Leben, meine Familie, alles, um diesen Fall, diese Ungerechtigkeit von damals zu beheben. Und ich war damit auf die Nase gefallen. Ich hatte alles verloren. Im Moment selbst die Achtung meines Vaters. Obwohl sich ein Mörder gestellt hatte. Diese Erkenntnis gehörte in eine Welt, in der keine Blümchentagesdecken existierten, in der es kein Heideblütenfest gab, in der Regenbögen verboten waren und die Sonne nicht schien. Eine Welt, in der Hunde starben.

Meine Welt.

Und dann dachte ich an Susanne Hansen, diese einst lebensfrohe Person, die heute noch viel mehr verloren hatte als ich. Ich musste aufhören, mich zu bemitleiden. Ihr ging es weitaus schlechter. Frau Behrens und ihrer Tochter ging es weitaus schlechter. Ich schloss die Augen, rieb die Tränen aus meinem Gesicht und atmete tief durch. Langsam beruhigte sich mein Atem und mit ihm meine wirren Gedanken, die sich bemühten, sich zu sortieren.

Carli Hansen sollte Frederika getötet haben. Wann? Und vor allem, warum? Hauke hatte ihn angerufen und er war erst dann zum See gefahren. Da war Hauke noch mit Frederika zusammen gewesen. Was geschah danach? Vermutlich würde ich das nie erfahren. Was war zwischen Frederika und Carli vorgefallen an diesem Mittwoch? Bei dem Treffen, das Frederika nicht in ihrem Tagebuch erwähnt hatte, nachdem sie jedoch entschlossen hatte, Herrn Johanning um Geld zu erpressen?

Woher stammten ihre blauen Flecken? War es Carli gewesen, der wütend geworden war? Jeder wusste von der gelegentlichen Züchtigung seiner Söhne.

Wer hatte in ihrem Tagebuch in meinem Zimmer gelesen und mir die Drohbriefe hinterlassen? Ich konnte mir kaum vorstellen, dass es Carli gewesen war, der Angst gehabt hatte, dass ich ihm auf die Spur kam. Zwar hatte ich geglaubt, es könnte nur jemand sein, der sich durch meine Ermittlungen bedroht gefühlt hatte, nur war ich doch gar nicht auf seiner Fährte gewesen. Die toten Mäuse.

So vieles war noch ungeklärt.

Moment mal … Die Mäuse. Ich dachte an die arme Lisa, die mit Rattengift in Berührung gekommen war. Und daran, wie sie mir als junger Hund Reste von kleinen Vögeln und Mäusen in meinen Schuhen hinterlassen hatte. Als Geschenk. Wie eine Katze.

Ich hielt inne. Konnte es sein, dass …? Ich dachte an die Maus, die in meinem Schuh gelegen hatte, eine vor der Tür, eine hier drinnen vor der Treppe. In unserem Haus. Bei verschlossener Tür. Ich hatte es als Drohung von außen angesehen, denn jemand hatte parallel im Tagebuch gelesen. Meine Gedanken wanderten weiter. Plötzlich tauchte das Bild von Kitty vor meinen Augen auf, verkleidet als Audrey Hepburn. Verkleidet wie … Frederika an dem Tag, an dem sie sich in den *Heidjerkrug* geschlichen hatte, um Herrn Johanning zu erpressen. Ein Tag, an dem sie sonst niemand gesehen hatte. Niemand, der das Tagebuch nicht kannte, wusste, dass sie je so ein Tuch getragen hatte.

Ich dachte an die Nachrichten, dass ich verschwinden solle, die immer gekommen waren, wenn die Ermittlungen die Zeitungen beherrscht hatten. Die Ermittlungen, nicht das Fest. Nicht Kitty.

Ich nahm die kopierten Seiten des Buches, die ich fast auswendig kannte, schaute auf die unzähligen Eselsohren, die ich beim Lesen hinterlassen hatte. Und plötzlich war ich mir sicher: Kitty hatte in ihrer Besessenheit über Frederika, über das Fest, in diesem Tagebuch gelesen. Sie hatte sich so in all das hineingesteigert, dass sie mich für das Aufrollen des Falles in den Medien verantwortlich machte. Ich hatte ihr in ihren Augen die Show gestohlen. Es machte Sinn.

Vielleicht hatte ich tatsächlich falschgelegen, alles als großes kompliziertes Ganzes zu sehen. Vielleicht waren alles bloß kleine Puzzleteilchen, die irgendwann ein Gesamtbild ergeben würden. Und dennoch, ohne dieses Gespräch, das Carli und Frederika gehabt hatten, konnte ich nicht verstehen, wieso er ein Motiv haben sollte, sie umzubringen.

Ich blätterte zurück an die Stelle, als Frederika plante, Carli am Olympiamittwoch zu sehen. Und dann weiter zu ihrem nächsten Eintrag. Ab dem Frederika einen Plan gefasst hatte. Ich strich behutsam über diese kindliche Schrift, die gar nicht zu den Worten passen wollte.

Was war das denn für ein kranker Scheiß? Ich fühl mich so gedemütigt, so erniedrigt. Aber ist es mein Fehler, dass ich dachte, er wäre anders? Vielleicht ist einfach niemand anders. Niemand besser. Alle machen Fehler. Und das ist der Sinn von allem. Und trotzdem: Mir bleibt keine andere Wahl, wenn ich nicht will, dass das alles rauskommt. Dann muss ich gehen. Aber wie, ohne Geld?

Die ganze Zeit frage ich mich schon, wie es gelaufen wäre, wenn uns niemand gesehen hätte. Vermutlich bin ich sogar froh, dass es so gewesen ist. So wird doch irgendwie alles seine Lösung finden.

Plötzlich hielt ich inne. Und dann sah ich sie: die kleine schwarze Linie am linken Seitenrand, fein gezackt. Als hätten zwei Seiten beim Kopieren übereinandergelegen, von denen die obere herausgerissen worden war. Genau an dem Tag, an dem Frederika Jo hatte treffen wollen.

Und dann las ich den Absatz noch mal. *Die ganze Zeit frage ich mich schon, wie es gelaufen wäre, wenn uns niemand gesehen hätte.* Ich hatte diesen wichtigsten aller Einwände einfach überlesen. Jemand hatte sie gesehen. Die beiden. Als sie sich getroffen hatten. Als sie das besprochen hatten, was womöglich zum Mordmotiv für Carli Hansen geworden war. Eine Seite war entfernt worden. Und ich war mir sicher, dass die Person, die Frederika und Carli überrascht hatte, in dem entfernten Eintrag namentlich genannt worden war. Es musste so sein.

Und ich konnte an einer Hand abzählen, welche Person eine Gelegenheit dazu gehabt hätte, diesen Eintrag zu entfernen, bevor er publik geworden wäre.

KAPITEL 41

Die Glocke über der Tür durchbrach die Stille. Der gleiche Lavendelgeruch, eine andere Stimmung. Wurde ich letztes Mal noch freundlich und fröhlich begrüßt, fand ich mich nun wie in einem seltsamen Vakuum wieder. Kein Kunde. Keine Empfangsdame.

Maria steckte den Kopf aus einer Tür mit der Aufschrift *privat*. Ihre Wimperntusche war verlaufen. Sie hatte eindeutig geweint. Als sie mich erkannte, setzte sie vorsichtig erst einen, dann den zweiten Fuß aus dem Türeingang und bewegte sich langsam auf mich zu. Sie zog ein Taschentuch hervor und schnäuzte sich dezent, bevor sie ein Lächeln aufsetzte, das ihren in der Mitte verblassten Lippenstift betonte.

»Du scheinst die Einzige zu sein, die sich noch zu mir traut. Alle anderen halten mich für eine Verräterin. Vor allem natürlich meine Schwiegereltern.« Eine Träne lief ihr über das Gesicht.

»Du hast es schon gehört.«

»Ja. Hauke. Er hat mich angerufen und mir die Schuld gegeben. Weil ich das Tagebuch veröffentlicht habe.«

»Interessant. So ein ähnliches Gespräch hatte ich auch mit ihm. Es ist immer einfacher, die anderen zur Verantwortung zu ziehen.«

Sie zuckte mit den Schultern. »Vielleicht. Vielleicht hat er aber auch recht. Was kann ich für dich tun? Wegen eines Haarschnitts bist du wohl nicht hier.«

»Nein.« Wieder strich ich eine imaginäre Strähne hinter mein Ohr.

»Ich kann es nicht fassen. Das mit Carli, meine ich«, fuhr sie fort, ohne den Grund meines Besuchs abzuwarten. »Es ist so unwirklich. Und das alles nur, weil ich dieses Buch auf diese Bühne gelegt habe. Natürlich wollte ich, dass man denjenigen findet, aber eigentlich habe ich nicht daran geglaubt, dass es tatsächlich klappen würde. Und schon gar nicht Carli. Ich wollte …« Sie seufzte. »Ich wollte doch nur, dass man Hauke von seinem hohen Ross runterholt. Dass es kurz unangenehm für ihn wird. Eigentlich habe ich nicht wirklich gedacht, dass er etwas damit zu tun hat. Aber Carli … Es scheint mir so unmöglich. So sinnlos und falsch. Möchtest du vielleicht einen Kaffee?« Sie ging hinter den Tresen, wo ein moderner Kaffeeautomat stand, der Ulrich in Grauen versetzt hätte, schaltete ihn mit dem Rücken zu mir ein und griff nach einer danebenstehenden Glastasse.

»Du wusstest von ihnen.« Ich polterte einfach damit heraus. Was brachte es schon, um den heißen Brei herumzureden?

Sie hielt in ihrer Bewegung inne, bevor sie die Tasse erreicht hatte. Drehte sich nicht um.

»Du hast die beiden gesehen, als sie sich am See getroffen haben. Am Olympiamittwoch.«

Weiterhin keine Reaktion.

»Was ist zwischen den beiden vorgefallen, Maria?«

Langsam fuhr sie herum, der Automat hinter ihr schnaufte heiße Luft aus einer Düse. »W-wie kommst du darauf?« Ich konnte den Ausdruck in ihren Augen nicht deuten.

»Weil du den Eintrag entfernt hast.« Ich holte die Kopie des Tagebuchs aus meiner Tasche, ging auf sie zu und legte die entsprechende Seite mit dem Kopierschatten auf den Tresen. »Sie hat ihn in dem Eintrag erwähnt, richtig? Deinen Namen. Daher musstest du ihn entfernen, bevor das Buch an die Öffentlichkeit gelangte.«

Sie starrte ungläubig auf die Seite des Tagebuchs.

»Jemand hat sie gesehen. Sie und Carli. Und ich glaube, dass du es warst. Florian sagte mal, du hättest eine sehr besondere Beziehung zu Carli gehabt. Er wusste, dass er sich gut mit dir zu stellen hätte, weil du es wusstest, richtig?«

Sie sah mich an, schüttelte den Kopf, als erwartete sie, gleich aus einem schlechten Traum aufzuwachen.

»Aber was war an diesem Tag passiert? Was war so schlimm, dass Frederika Familie Johanning erpressen musste, um Lopauthal so schnell wie möglich verlassen zu können? Was hast du gesehen, Maria?«, wiederholte ich meine Frage.

Sie schloss die Augen. Drehte sich wieder zu der Kaffeemaschine um, nahm die Tasse und drückte auf einen Knopf. Bohnen wurden durch ein Mahlwerk geschoben, ein Zischen ertönte, die dunkle Flüssigkeit rann in das Glas. Als der Kaffee fertig war, blieb Maria stehen, wo sie war. Sprach mit leiser Stimme und von mir abgewandt weiter. »Du musst verstehen, ich dachte nicht, dass es etwas Schlimmes wäre. Ich wollte nichts vertuschen oder so, aber ich dachte, dass wir ja eigentlich alle von der Sache profitieren würden. Also habe ich damals mitgemacht.« Sie fuhr herum. »Ich hätte nie gedacht, dass sie deshalb sterben musste.«

Die Härchen auf meinen Unterarmen stellten sich auf. »Weshalb?« Meine Stimme war fast ein Flüstern.

»Es … es war wegen ihrem Vater. Sie wollte ihm seinen Job wiederbeschaffen. Du hast es ja sicher gelesen, ihre Familie stand kurz vor dem Bankrott.«

Ich nickte.

»Wie hast du von dem Treffen erfahren?«

»Sie war ja vorher am Sportplatz. Und da habe ich nur gesehen, wie sie sehr angespannt mit Carli geredet hat. Er hat sich immer wieder umgedreht, als wollte er nicht mit ihr gesehen werden. Was ich komisch fand. Schließlich war sie doch die Freundin seines Sohnes. Und auch sie hat so komisch getan, nachdem sie das Gespräch beendet hatte. Und dann … Na ja, da bin ich ihr gefolgt. Ich kann nicht genau sagen, wieso. Vielleicht wegen dieser Heimlichtuerei, die sie schon die ganze Zeit umgab. Ich wollte endlich wissen, was es damit auf sich hatte.«

»Du bist ihr also zum See gefolgt.«

»Ja, sie haben sich unter der Eiche getroffen, auf dieser versteckten Bank. Ich habe sie belauscht, erst aus einiger Entfernung. Ich schäme mich, aber diese ganze Situation war einfach so seltsam.« Maria hatte den Kaffee vor der Maschine vergessen.

»Also hat Frederika ihn gebeten, ihrem Vater seinen Job wiederzugeben. Und Carli? Wie hat er reagiert?«

Maria nahm einen Kugelschreiber zur Hand, der auf dem Tresen lag, und ließ ihn zwischen ihre Finger gleiten. »Er …« Sie atmete hörbar aus. »Er hat …«

»Er hat was?«

Der Stift fiel mit einem Klacken auf das Holz.

»Ich glaube, es gibt nichts Schlimmeres als das Geständnis eines Mordes. Was kann er da schon so Schlimmes gemacht haben?«

Sie schloss die Augen. Ihre Stimme beschleunigte sich, als wollte sie die Worte einfach hinter sich bringen. »Ich habe es nicht gleich gesehen. Ich habe ein Klappern gehört. Wie von einer Gürtelschnalle. Und er sagte etwas von wegen ... Na, sie könne sich ja mal nützlich machen, wenn sie schon etwas von ihm wollte, und anschließend könne man sicherlich über alles reden. Es hörte sich so seltsam an, daher bin ich näher herangegangen und habe gerade noch gesehen, wie sie dabei war, sich ganz langsam, ganz zögerlich über seinen Schritt zu beugen. Angewidert. Es war ... Es hatte nichts Freiwilliges. Ich weiß, ich kenne das Buch ja auch und irgendwie müssen sie sich ja mal gemocht haben. Aber in dem Moment ... Das war wirklich nichts Einvernehmliches.« Sie schlug mit der flachen Hand auf den Tisch. »Verdammt, mein Schwiegervater hat Frederika dazu genötigt, ihm einen zu blasen, damit er ihrem Vater seinen Job wiedergibt.«

Ich war sprachlos. Der feine Herr Bürgermeister. »Was hast du gemacht?«

»Ich bin natürlich auf sie zugesprungen, bevor Frederika etwas tat, was sie bereut hätte. Habe gesagt, sie sollen aufhören. Sie ist aufgesprungen und er ... er wurde kreidebleich und zog die Hose so schnell hoch, dass ich sicher bin, dass er sich gewisse Teile im Reißverschluss geklemmt hat.«

Eine skurrile Szene, die sich da vor meinen Augen abspielte. Ich konnte es kaum glauben, aber es ergab vermutlich Sinn. »Und dann?«

Nun drehte sie sich doch zurück, nahm den Kaffee, stellte ihn vor mir ab und griff nach einer zweiten Tasse. »Weißt du, Carli ist ein eiskalter Businessmann. Schon immer gewesen.« Die Maschine ertönte von Neuem, Maria schwieg, bis sie fertig war. Dann drehte sie sich um, hielt sich an der heißen Tasse fest. »Wir haben einen Deal gemacht. Glaub mir, ich bin nicht stolz drauf. Jeder hatte etwas, was der andere brauchte. Wollte. Also ging es ganz gut auf. Es schien nur logisch und nicht so, als würde jemand dadurch verlieren. Und schon gar nicht, als würde man damit jemanden umbringen.«

»Frederika wollte, dass ihr Vater seinen Job zurückbekam, Carli wollte diese perverse Angelegenheit totschweigen, das ist mir klar. Aber was wolltest du, Maria?«

Sie sah mich mit dem Blick einer Patientin an, die verstanden hatte, dass sie den Kampf gegen ihre Krankheit nicht gewinnen konnte. »Die Heidekrone. Hauke. Alles. Ich wollte Frederikas Leben.«

Daher hatte Frederika weggewollt. Sie hatte Platz für Maria machen, sicherstellen wollen, dass sich jeder an seinen Teil der Abmachung hielt. Und Maria hatte es tatsächlich bekommen: das Leben, das für Frederika bestimmt gewesen war. An dem Schmerz in ihren Augen erkannte ich, dass auch Marias Leben an diesem Abend eine unvorhergesehene, schicksalhafte Wendung genommen hatte.

Mit gebrochener Stimme fügte sie hinzu: »Aber ich wollte ihr Leben doch nicht wirklich.«

»Wieso hat sie ihr Tagebuch einfach dort im Schwimmbad liegen lassen? Sie ist vor allen aus dem Schwimmbad gegangen. Sie wusste von dem Eingreifen der Bürgerwehr und hätte ganz in Ruhe ihre Sachen packen und alles mitnehmen können. Wieso hat sie das nicht gemacht? So hätte doch jeder von alldem erfahren können. Hatte sie das so gewollt?«

Maria hatte sich gesammelt. Schüttelte den Kopf. »Nein. Das war Teil der Abmachung. Sie hat mir ihr Tagebuch gegeben. Als Pfand. Sie sagte zwar, sie würde nicht kandidieren, sie würde weggehen, aber ich wusste ja selbst, dass man einen Flug nach Amerika nicht so mir nichts, dir nichts organisiert. Nicht damals. Und ich hatte Angst, dass sie es sich anders überlegt. Sie hat mir das Versprechen abgenommen, es ihr nach meiner Wahl wiederzugeben, ohne hineinzusehen. Es hatte dieses Schloss. Wenn ich es doch gelesen hätte, was sie daran bemerkt hätte, dass das Schloss beschädigt wurde, hätte sie Carli und mich auffliegen lassen, dass er geholfen hatte, meine Wahl zu türken.«

»Deine Wahl zu türken?«

»Ja. Er war damals in der Jury. Und er hat einige Leute davon überzeugt, für mich zu stimmen. Ich weiß nicht, wie viele. Ich wollte es nicht wissen.«

»Das heißt, du bist gar nicht mehr zurück ins Schwimmbad gegangen, wo du ihre Jacke gefunden hast? Du hast das Buch schon gehabt?«

»Doch, das bin ich. Und ihre Jacke lag da noch, nur das Buch nicht. Das hatte ich schon. Ich habe sie mitgenommen und wollte ihr tatsächlich beides wiedergeben. Erst am See und dann oben am Postschuppen. Weil ich mich so mies fühlte. Als wäre ich selbst eine Erpresserin. Aber dann ist sie gestorben und alles wurde anders.«

Ich schob den unangetasteten Kaffee von mir weg. Es blieb nichts mehr zu sagen. Auch Maria fühlte eine tiefe Schuld und ich konnte nicht umhin, einen Ekel für Carli Hansen zu spüren. Vielleicht war es gut, dass er für alles zur Rechenschaft gezogen wurde, obwohl er nur noch so kurz zu leben hatte.

Aber eins wollte ich noch klären. »Wieso hast du eigentlich damals die Nachrichten zwischen Carli und Frederika verschwinden lassen, sodass sie sich nicht mehr treffen konnten? Hätte es dir nicht in die Karten gespielt, dass Frederika und Carli sich weiter näherkommen und Hauke sich von ihr trennt, so wirr dieser Gedanke auch ist?«

»Du meinst die Nachrichten im Baum, die sie im Buch beschreibt? Die einfach nicht mehr da waren?«

»Genau.«

»Das war ich nicht. Ich habe erst an diesem Tag damals von den beiden erfahren. Ich frage mich seitdem, wer es gewesen sein könnte. Wer sonst noch von ihnen wusste.«

FREDERIKA, 14.08.1999 –
»SOMMERNACHTSSAMSTAG«

Der Anruf kam heute Morgen. Papa hat seinen Job wieder. Die Stimmung zu Hause ist dementsprechend endlich besser. Wenigstens das hat sich also gelohnt. Natürlich hat niemand eine Ahnung, wie es sein kann. Vor allem Papa scheint noch ungläubig. Mama hat die vorsichtige Äußerung gewagt, dass sie das Haus dann vielleicht halten können. Tränen standen ihr dabei in den Augen. »Aber wie ...«, sagte Papa nur wiederholt am Frühstückstisch, während er in seinen Haferflocken rührte. Und irgendwie hat er mich so angesehen, als ob er ahnte, dass es nicht mit rechten Dingen zuging. Aber zum ersten Mal seit Langem haben Mama und Papa sich wieder in den Arm genommen. Zärtlich, als meinten sie es so. Und die Flasche Korn blieb unter Verschluss. Vielleicht nimmt ja doch alles ein gutes Ende.

Heute Abend ist dann noch die Ehrenbockverleihung. So ein Schwachsinn. Da muss ich immer wieder an die Statue in der Eiche denken. Die kriegt Herr Johanning heute Nacht wieder. Und ich werde endlich volljährig. Dann habe ich das Geld und kann alles hier hinter mir lassen und einen Neustart versuchen. Irgendwo, wo meine Vergangenheit noch nicht so verkorkst ist wie hier. Dann ist alles wieder in der richtigen Bahn. Mein Reisepass ist noch gültig seit der letzten Kursfahrt, das ist natürlich super. Und einen Flug kriege ich auch schnell gebucht. Morgen rufe ich in Amerika an. Morgen mache ich alles klar. Heute muss ich nur sichergehen, dass alles mit dem Geld klappt, und dann ist der ganze Scheiß hier endlich vorbei.

Wir sitzen im Schwimmbad, eigentlich lief alles nach Plan. Bis eben. Ich habe es Hauke gesagt. Dass ich mich von ihm trennen muss und morgen nicht kandidieren werde. Dass ich Lopauthal verlassen werde.

Er war so ungläubig, als hätte ich ihm erzählt, dass Ponys fliegen könnten. Und dann, als er endlich verstanden hatte, ist alles aus ihm rausgebrochen, was sich in den letzten Wochen aufgestaut hat. Die ganze Wut, die ganze Verletztheit. Er hat mir Dinge an den Kopf geworfen, Beschimpfungen, die ich nicht einmal wiederholen kann. Ist völlig ausgerastet. Was ich damit meinte, ob ich jemand anderen hätte, mit wem ich wegwollte. Kurz glaubte ich, vielleicht hätte sie etwas gesagt, aber das wäre ja zu dämlich. Oder?

Aber so sauer habe ich ihn noch nie gesehen. Er war nicht verletzt, er war voller Hass.

Nun sitzt er mir hier gegenüber auf der anderen Seite dieses Schwimmbeckens, aber es ist eher, als würde uns ein Ozean trennen.

Wenn alles nach Plan läuft, dann müsste die Bürgerwehr demnächst auftauchen und ich …

Scheiße. Was war das da grad?

Habe ich mich tatsächlich geirrt? Weiß er von uns? Oh Gott, das würde so viel erklären. Scheiße! Wenn er es weitersagt, droht der ganze Plan zu kippen. Ich muss los. Muss alles daransetzen, dass es vorher über die Bühne geht. Für meine Familie, für meine Zukunft.

KAPITEL 42

Ich war nicht zur Krönung des neuen Königs gegangen, wie Papa es mir nahegelegt hatte. Jonas hatte es geschafft, und so wie ich die Sache bei dem ersten Morgenkaffee von Margitta erfahren hatte, hatte er seine Elvis-Performance mit Bravour gemeistert.

Nichtsdestotrotz beherrschte natürlich ein ganz anderes Thema die Überschriften der regionalen Tageszeitungen; nicht nur des *Morgenkuriers*. »Mörder gesteht nach zwanzig Jahren«, »Ehemaliger Bürgermeister des Mordes angeklagt – Autorität in Lopauthal kriminell«, »Druck zu hoch – Mörder gesteht zum Jahrestag«.

Jonas wurde nur heimlich, still und leise in einer Randnotiz ohne Foto erwähnt, worüber Kitty sich mehr als lautstark ausgelassen hatte, als sie von der Nacht, die sie mit dem neuen König verbracht hatte, nach Hause kam.

Mich ließ ihre Laune kalt, denn ich überlegte und überlegte nach dem Gespräch mit Maria die ganze Zeit, wer sonst von Frederika und Carli gewusst haben konnte. Dieser letzte Absatz in Frederikas Tagebuch. Es musste Hauke sein. Es passte alles zusammen. Dieser Hass in seinen Augen, den sie beschrieben hatte.

Doch als Kitty sich weiterhin über die Berichterstattung der Medien äußerte, rutschte mir der Satz trotzdem heraus, während ich mein Müsli kaute. »Diesmal ist es nicht meine Schuld, Kitty. Herr Hansen hat sich allein gestellt, ich hatte nichts damit zu tun. Du kannst deine wütende

Nachricht also ruhig jemand anders zustecken oder es besser ganz sein lassen.«

Sowohl Papa als auch Margitta sahen mich verwundert an, aber Kitty verschluckte sich fast an ihrem Kaffee und lief mit hochrotem Kopf in ihr Zimmer. Ich hatte richtiggelegen. Kitty hatte mir die Nachrichten hinterlassen und in Frederikas Tagebuch gelesen. Enttäuschung und Erleichterung in meiner Brust hielten sich die Waage.

»Was war das denn?«, fragte Margitta.

»Kitty weiß schon«, sagte ich nur und griff nach einem Stückchen Fleischwurst auf dem Frühstückstisch, das ich Lisa unter den Tisch hielt. Ihr Zustand hatte sich tatsächlich etwas gebessert. Zwar war sie noch sehr wackelig auf den Beinen, aber immerhin schien ihr Appetit langsam wiederzukommen. Zudem suchte sie unsere Nähe, was ich als gutes Zeichen deutete. Vielleicht aber war ihr auch klar geworden, dass sich ihr Leben dem Ende zuneigte, und sie wollte ihre letzte Zeit mit ihren Liebsten verbringen. Ich konnte sehen, wie sich ihre Nase auf dem Boden langsam schnüffelnd bewegte, bis sie sich dem Duft entgegenreckte und ihre feuchte Schnauze die Wurst in meiner Hand fand.

»Nina, dein Vater ist ja für den Ehrenbock nominiert, der heute Abend verliehen wird.«

Nun war ich diejenige, die sich fast verschluckt hätte. Als ich aufblickte, konnte ich sehen, wie mein Vater sich hinter der Zeitung versteckte. »Wieso hast du nichts gesagt, Papa?«

Margitta schien verwirrt.

»Weil ich weiß, dass du es albern findest.«

»Ich … nein. Herzlichen Glückwunsch, Papa!«

»Danke, meine Kleine.«

»Jedenfalls«, fuhr Margitta fort, »wollen wir Lisa im Moment nur sehr ungerne allein lassen. Daher habe ich mich gefragt, ob du deinen Vater heute Abend statt meiner begleiten könntest?«

Nun sah mein Vater ebenso verwundert aus.

»Aber ... Ich kann doch gerne hier bei Lisa bleiben«, sagte ich.

»Ich glaube, das ist etwas, was Vater und Tochter zusammen erleben sollten. Macht ihr euch doch einen schönen Abend.«

Ich sah Papa fragend an. Nach unserer letzten Unterhaltung war ich mir nicht sicher, ob er mit mir zusammen in der Öffentlichkeit gesehen werden wollte.

»So machen wir es. Eine hervorragende Idee, mein Schatz, danke. Ich würde mich freuen, Nina.« Er stand auf und gab Margitta einen Kuss.

Mein Schicksal war besiegelt. Heute Abend würde ich den *Sommernachtsabend* mit meinem Papa besuchen.

Traditionell wurde der *Sommernachtsabend* im Rathaus begonnen. Als wir den festlich geschmückten Saal betraten, hätte ich schwören können, dass das laute Geplapper der geladenen Gäste verstummte, bevor es in ein leiseres Tuscheln überging. Papa ließ sich von alldem nicht beirren und begrüßte die bekannten Gesichter und noch bekannteren Patienten herzlich wie immer. Mir hingegen nickten die meisten nur stumm zu. Immerhin.

Nachdem dieser Teil des Abends, der bekanntlich nur alle fünf Jahre zur Verleihung der Auszeichnung stattfand, vorüber wäre, würde vor dem Rathaus auf dem Kirmesplatz eine kleine Disco stattfinden. »Sommernachtsabend« klang so vornehm, allerdings war es vermutlich eher ein Straßenfest.

Nachdem sich die etwa fünfzig geladenen Gäste im Saal eingefunden und einen Sekt zur Begrüßung getrunken hatten, trat Herr Kruse vor die Menge, die auf den abgezählten Stühlen Platz genommen hatte, und eröffnete die Veranstaltung. Vermutlich wäre er nach beendigter Festwoche heiser. Ich war froh, nicht mehr vor Smalltalk fliehen zu müssen.

»Diese traditionelle Auszeichnung ist seit Jahrzehnten fester Bestandteil des Blütenfestes«, begann er seine Ansprache. »Dieses Jahr hat uns alle ein sehr dunkler Schatten verfolgt. Sie wissen natürlich, wovon ich rede. Lange wurde diskutiert, ob wir diesen Teil der Woche aus gegebenem Anlass absagen. Doch kann ich Ihnen heute Abend anvertrauen, dass offiziellen Berichten zufolge nicht bewiesen werden konnte, dass die hier verliehene Statue überhaupt etwas mit dem Tod von Frederika Petersen zu tun hatte. Diese Information stammt aus sicherer polizeilicher Quelle, sodass wir uns entschlossen haben, ruhigen Gewissens zur diesjährigen Verleihung überzugehen.«

Eine kurze Pause, anschließend begeistertes Klatschen. Mein Vater nahm meine Hand.

Die Untersuchung war also abgeschlossen und Frederikas DNA konnte nicht an der gefundenen Statue sichergestellt werden. Das wunderte mich nicht. Dieser angebliche Schuldfreispruch der Statue bewies also gar nichts.

Das Licht im Raum verdunkelte sich, nachdem der Applaus abgeebbt war. Hinter Herrn Kruse wurde eine Leinwand durch einen Beamer beleuchtet.

»Ich will Sie gar nicht lange auf die Folter spannen. Daher mache ich es kurz: Den Ehrenbock verleiht der Ort Lopauthal in diesem Jahr nach reiflicher Überlegung erstmalig an …«

Tosender Applaus. Doch ich konnte nichts mehr hören, nichts anderes mehr sehen. Hatte nur noch Augen für das Bild der goldenen Heidebockstatue, das nun die gesamte Leinwand erfüllte. Darunter in Blockbuchstaben ein Name: Henriette Hummel.

Doch die Person, die sich in die Reihe der angeblichen Ehrenbürger Lopauthals eingliederte, war nicht der Grund dafür, dass mein Atem schneller ging und ich nicht mehr wusste, wo oben oder unten war. Denn die Ehrenbockstatue, die dort abgebildet war, hatte eindeutig asymmetrische Augen, die eine Pupille weiter zur Schnauze gerichtet als die andere, sodass sie mich mit einem wahnsinnigen, einem alles durchdringenden Blick anstarrte, der mich zu verhöhnen schien. Genau wie Hans Bremer es gesagt hatte.

Papa klatschte neben mir, während Hennie in einem Abendgewand nach vorne ging, um ihre Auszeichnung entgegenzunehmen, als handelte es sich um einen Oscar. Ich strich über Papas Arm, er lächelte mich an. Mechanisch klatschten meine Hände ebenfalls, bis Henriette Hummel ihre Statue nahm, sich bei allen bedankte, wofür auch immer. Ihre genauen Worte konnte ich nicht mehr wahrnehmen. Denn ich erkannte eindeutig, dass der Statue, die sie in der Hand hielt, ebendieser Blick fehlte. Genau wie der Statue auf den Bildern, die auf meinem Handy waren. Der Bilder der angeblichen Tatwaffe.

»Du, Papa«, flüsterte ich, während die Leute wieder klatschten. »Die Statue auf dem Bild sieht doch eindeutig verrückt aus im Gegensatz zu der, die Hennie da in den Händen hält, oder bin ich bescheuert?«

Mein Vater musste lachen. Er schien gar nicht verärgert darüber, dass die Besitzerin der Eisdiele diese Auszeichnung gewonnen hatte. »Ach das, ja. Da hast du recht. Ich glaube, sie haben das Design nach dem ersten Mal etwas geändert, weil viele dem Blick dieses Bocks nicht standhalten konnten. Vermutlich zeigen sie dieses alte Bild nur aus nostalgischen Gründen. Oder Faulheit. Aber du hast recht, sie hat tatsächlich etwas Beängstigendes.«

Nach dem ersten Mal das Design gewechselt. Moment mal, aber Hans Bremer hatte doch gesagt, dass die Statue, mit der sie geprobt hatten, diesen Blick gehabt hatte. Und Albert Johanning hatte die erste Ehrenbockstatue Lopauthals erhalten. Ganz sicher.

Ich nahm mein Handy aus der Hosentasche und scrollte zu dem abfotografierten Bericht. Aus dem Augenwinkel konnte ich sehen, wie mein Vater skeptisch eine Augenbraue hob.

»Papa, halt mich für verrückt: Aber das hier«, ich hielt ihm das vergrößerte Foto der Frontalaufnahme der gefundenen Statue hin, die angeblich Herrn Johanning gehören sollte, »ist doch eindeutig nicht dieselbe Statue wie die da oben auf dem Bild, oder?«

Er rutschte seine goldene Brille auf seiner Nase zurecht und betrachtete das Bild. »Nein«, sagte er dann. »Ich glaube, da hast du recht.«

KAPITEL 43

Die Leute drängten nach draußen, wo uns eine frische Sommerbrise, der Geruch nach Bratwurst und feierliche Musik empfingen. Henriette Hummel schritt allen voran und nahm Blumensträuße und lobende Worte entgegen, als wären sie ihr Lebenselixier.

»Trinkst du noch ein Bier mit mir?«, fragte Papa, während ich einen Blick in die Menschenmenge warf, jedoch nichts als das wirre Gesicht dieser Statue vor mir sehen konnte.

»Klar«, ich folgte ihm zu einem Bierwagen, der bereits gut besucht war. Während Papa auf unsere Getränke wartete, sah ich, wie ihm jemand von hinten auf die Schulter klopfte.

»Nichts für ungut. Ich glaube, aus Frauenquotengründen konnte es nicht anders laufen.« Kommissar Ulrich. Mein Vater drehte sich zu ihm um, nahm seine Trostworte entgegen. Die beiden wirkten so vertraut zusammen. Die Freundschaft kam mir seltsam vor, weil für mich beide von verschiedenen Sternen stammten.

»Alles gut, stört mich nicht«, sagte Papa und deutete der Bedienung, ein weiteres Pils zu zapfen.

Dann drehten sich beide zu mir um, Papa hielt mir ein eiskaltes Bier hin.

»Nina, hallo. Schön, dass du deinen Vater unterstützt hast.« Ulrich prostete mir stumm zu.

»Also dann«, sagte Papa. »Prost.«

»Auf das Ende und den Neuanfang«, sagte Ulrich. Wir alle tranken einen Schluck. »Ich habe mit meiner Frau gesprochen, und wenn alles gut geht, setze ich mich früher zur Ruhe. Jetzt, wo alles in trockenen Tüchern ist.«

»Das freut mich für dich, das hast du dir verdient, Harald.«

»Was ist mit dir, Martin? Bist du nicht auch langsam müde? Wir könnten unser Tennispensum steigern und welche von diesen neumodischen fitten Alten werden, was meinst du?«

Papa lachte ein herzliches Lachen. »Klingt gut, aber ich brauche noch einen Nachfolger für meine Praxis, sonst ist für mich nicht an Ruhestand zu denken.« Er nahm einen Schluck, ohne mich dabei anzusehen.

»Kommissar Ulrich«, mischte ich mich ein, nicht zuletzt, um das Thema zu wechseln. »Dürfte ich noch eine Frage stellen?« Vermutlich war ich nur so höflich, weil Papa neben mir stand.

Er seufzte. »Ich hätte es wissen müssen. Gern«, sagte er dann übertrieben freundlich.

»Was sagt Carli Hansen zur Mordwaffe?«

»Wie meinst du das?«

»Es will nicht ganz in meinen Kopf, und das Motiv verstehe ich auch nicht.«

Ulrich setzte zu einer Äußerung an, doch ich kam ihm zuvor.

»Ich weiß, dass Sie mir sagen werden, dass es auch nicht meine Aufgabe ist, das Motiv zu verstehen, aber Sie haben Ihren Abschluss mit der Sache gefunden, nun würde ich mich freuen, wenn Sie mir helfen, das auch für mich zu tun. Sagt er, er hätte Frederika mit der Ehrenbockstatue, die sie dabeihatte, erschlagen? Der Statue von Albert Johanning?«

Mein Vater warf mir einen vielsagenden Blick zu, er wusste, nachdem er das Bild eben gesehen hatte, dass ich vermutete, dass etwas nicht stimmte. Dann sah er ebenso interessiert zu Ulrich, was vermutlich der ausschlaggebende Punkt war, weswegen ich eine Antwort erhielt.

Ulrich seufzte, sah sich um, ob wir auch nicht belauscht wurden, und stellte sein Bier auf den Tresen des Wagens. Mit gesenkter Stimme fuhr er fort. »Er sagte, er wäre auf der Suche nach Hauke am See gewesen, weil dieser ihn ja angerufen hatte, und fand stattdessen nur Frederika. Sie war betrunken, verletzt und sauer, weil er zuvor dieses Techtelmechtel zwischen den beiden beendet hatte. Und da hätte sie gedroht, mit allem an die Öffentlichkeit zu gehen, hätte ihn beleidigt und zutiefst beschimpft, und da er seine Bürgermeisterschaft in Gefahr sah, sah er rot. Er griff nach der Statue, die neben ihr im Gras lag, und schlug ihr im Affekt auf den Kopf. Auch wenn man keine DNA an der Statue finden konnte, war sie tatsächlich die Tatwaffe. Frederika fiel ins Wasser, er dachte, sie wäre tot. Er überlegte, was er tun sollte, in der Zeit muss sie ertrunken sein. Und dann wartete er, verfrachtete ihre Leiche in seinem Kofferraum und brachte sie später ins Schwimmbad.«

»Hätten die Taucher die Statue dann nicht damals schon finden müssen?«

»Der See ist groß. Trüb. Sie hätten sie einfach übersehen haben können.«

»Carli hat Hauke doch später von der Bürgerwehr abgeholt.«

»Ja, während die Leiche in seinem Kofferraum lag.« Die Nüchternheit dieser Aussage schockierte mich zutiefst. Der blaue Wagen, der für Frederika Freiheit bedeutet hatte.

»Seine Klamotten«, überlegte ich weiter, »hätten komplett nass sein müssen, wenn er die leblose Frederika aus dem See gezogen hat, oder nicht?«

Ulrich öffnete den Mund, doch nichts kam heraus.

»Das hätte jemandem auffallen müssen, als er Hauke abgeholt hat«, sagte ich nachdrücklich.

Nun griff Ulrich nach seinem Glas, trank einen Schluck. »Wieso sollte er lügen, Nina?«

»Um jemand anderen zu schützen? Jemanden, der tatsächlich nasse Klamotten hatte und ebenfalls zur gleichen Zeit am See war? Jemanden mit Motiv?«

»Nun mach aber mal 'nen Punkt.«

Ich hielt Ulrichs Blick stand und war nicht sicher, ob ich einen Zweifel in seinen Augen entdecken konnte oder nicht.

»Das Gleiche wollte ich Ihnen gerade sagen.«

»Wollen wir noch eine Bratwurst essen, Nina?«, fragte mein Vater, um einen Streit zwischen uns abzuwenden.

»Weißt du, ich glaube, Margitta wird erfahren wollen, wie es ausgegangen ist. Ich löse sie zu Hause bei Lisa ab und schick sie dir her, in Ordnung?«

Er nickte mir zu, strich mit der freien Hand über meinen Arm. »Danke, dass du mitgekommen bist, meine Kleine.«

»Du, Nina ... Ich verstehe, was du sagst. Die Indizien. Aber du warst nicht dabei, bei der Vernehmung der beiden. Glaub mir, ich weiß, was in dir vorgeht. Aber Hauke Hansen ... Er war es nicht, dafür lege ich meine Hand ins Feuer. Und glaub mir, er hat genug Beschissenes erlebt. Er hat es nicht verdient, weiter von dir verdächtigt zu werden.«

Ich drehte mich um, sah in die Augen von Harald Ulrich, die vollkommen ruhig waren. Er schien das Gesagte tatsächlich zu glauben. »Aber was ist mit der Statue?«

»Was soll mit der Statue sein?«

»Ich glaube, die Statue, die gefunden wurde, gehört nicht Albert Johanning.«

Ulrich zog eine Augenbraue hoch. »Dann ist ja schon seltsam, dass sein Name draufsteht, oder?« Das Lachen, das er ausstieß, hätte mich an meinem eigenen Verstand zweifeln lassen, wenn ich mir nicht so sicher gewesen wäre.

»Jemand muss sie vertauscht haben.«

»Und wer soll das gewesen sein? Und wieso?«

»Ich glaube, das ist eines der letzten verbleibenden Rätsel in diesem Fall.«

Nachdem ich mich vergewissert hatte, dass Lisas Zustand unverändert war, und ich Margitta zum Fest geschickt hatte, setzte ich mich an den Sekretär in meinem Zimmer. Lisa war mir gefolgt, von Kitty war ohnehin keine Spur. Vermutlich steckte sie vor irgendeinem Spiegel bei Jonas und probte ihre Ansprache für die morgige Wahl. Wieder und wieder musste ich an Florian denken. Was er wohl machte? Und auch Hauke: Für ihn musste es das erste Jahr sein, dass er einer dieser Veranstaltungen in der Blütenfestwoche fernblieb. Wie konnte Ulrich sich so sicher sein, dass Hauke tatsächlich nichts mit dem Ganzen zu tun hatte? Deutete nicht alles auf ihn als Täter hin?

Ich vergrub meine nackten Füße in Lisas Fell unter dem Sekretär und nahm den Stapel Tagebuchblätter aus der Schublade. Motiv und Gelegenheit, kam es mir wieder in den Sinn. Ich hatte das Gefühl, dass Carli Hansen weder noch hatte. Insbesondere nach dem Gespräch mit Maria. Alles schien doch nach Plan gelaufen zu sein, jeder hätte profitiert, wenn sich nichts an der Durchführung der Abmachung geändert hätte. Carli hatte seinen Teil der Abmachung bereits erfüllt: Frederikas Vater hatte seinen Job wiederbekommen. In meinen Augen gab es keinen Grund für Carli, Frederika umzubringen. Das hatte auch Maria gesagt.

Ich las wieder und wieder den letzten Absatz, die letzten Worte, die Frederika – mit meinem Füller – in ihr Tagebuch geschrieben hatte. Die dickere Linie, die andere Führung des Stiftes konnte man genau erkennen. Was das Ganze nur noch skurriler machte.

Habe ich mich tatsächlich geirrt? Weiß er auch von uns? Oh Gott, das würde so viel erklären. Scheiße! Wenn er es weitersagt, droht der ganze Plan zu kippen. Ich muss los. Muss alles daransetzen, dass es vorher über die Bühne geht. Für meine Familie, für meine Zukunft.

Ich griff nach einem Kugelschreiber in meiner Schublade und fing an, auf den Rest der letzten Seite zu kritzeln, einfach nur, um meine Gedanken zu sortieren. Ich schrieb den zeitlichen Ablauf auf, Hauke, der zum See gegangen war, Maria, die Frederika und mich aus der Ferne gesehen hatte. Herr Johanning, der anschließend Frederika und Hauke gesehen hatte. Das Platschen und die Rufe, die Hennie gegen halb eins gehört hatte. Haukes Worte. Da war ich mir sicher. »Nein, nein!« Das hatte mir Hennies Blick verraten, den sie Susanne zugeworfen hatte. Aber wieso? Weil er Frederika im Affekt getötet und erst dann realisierte hatte, was er getan hatte? Der Anruf, den er dann tätigte. Sein Vater, der kam. Der nun kein Jahr mehr zu leben hatte. Der seinen Sohn decken wollte. Hauke, der sich immer seltsamer verhielt, der Realität nicht ins Auge blicken konnte. Und dann diese Statue … Ein diabolisch dreinblickendes Gespenst, das nur dazu diente, alle zu verwirren.

Ich wusste, dass ich nicht würde lockerlassen können, bis ich Hauke damit konfrontiert hatte. Egal, was Ulrich glaubte. Ich sah auf den Ablauf der Mordnacht, den ich aufgezeichnet hatte. Der in meinen Augen eindeutig darauf hindeutete, dass Hauke Frederikas Mörder sein musste und Carli Hansen, der sein Leben gelebt hatte, seinen Sohn deckte. Denn nur so ergaben alle Spuren einen Sinn. Ich konnte nicht fassen, dass Ulrich das nicht so sah. Aber vielleicht wusste er auch nicht von dem Deal, den Maria, Carli und Frederika an jenem Abend eingegangen waren. Was hatte Hauke bloß zu Ulrich gesagt, als er vernommen wurde, das ihn in dessen Augen so eindeutig freisprach?

Mir war ebenso klar, dass meine Hartnäckigkeit an diesem Fall eigentlich mit etwas ganz anderem zu tun hatte. Der Tatsache, dass ich mich meinem eigenen Fehler bisher nicht gestellt hatte. Und ich wusste, dass die Leute recht hatten: Ich musste mein Leben auf die Reihe kriegen. Ganz sicher sogar.

Aber eins nach dem anderen. Ich würde nicht die nächsten zwanzig Jahre wieder damit verbringen, Florian hinterherzutrauern, nur weil wir uns nicht ausgesprochen hatten, und ich würde wissen müssen, was Hauke zu sagen hatte.

Ich dachte an den kleinen Schatten der Arterie von Herrn Behrens. Der mich gestört hatte. Nein, diesmal konnte ich nicht lockerlassen. Ich musste endlich alle Fakten haben, nichts Halbes mehr machen. Und schon gar nicht aufhören nachzufragen, wenn sich dieses Gefühl bemerkbar machte, das mir sagen wollte, dass etwas nicht stimmte.

Ich legte das Tagebuch zurück in die Schublade. Lisa hob ihren Kopf, als sie meine Bewegung spürte. Ihre

Augen wirkten wacher. Es war, als wollte sie mir deuten, dass ich das Richtige tat.

Ich griff zu meinem Handy und schrieb Kitty eine kurze Nachricht. Dass ich kurz wegmusste und ob sie für eine Stunde nach Lisa sehen konnte. Dann wäre ich wieder da. Eine Antwort wartete ich nicht ab. Ich fand, sie schuldete es mir.

KAPITEL 44

Ich wusste, dass Florian nicht da sein würde. Schon letzte Woche hatte er mir gesagt, dass er an diesem Wochenende zurück nach Hamburg musste, weil es eine Theaterveranstaltung von seiner Schule aus gab. Nur wusste ich natürlich nicht, ob er diese auch unter den jetzigen Umständen wahrnehmen würde. Ich konnte es mir eigentlich kaum vorstellen. Überhaupt wollte mir einfach nicht in den Kopf, wie das Leben dieser Familie nun weitergehen würde.

Eine seltsame Stimmung lag in der Luft, als ich an diesem Abend durch den Ort fuhr. Es war etwa acht Uhr, die Sonne entschied sich langsam, aber sicher, den Tag zu beenden, während die Geräusche und die Musik aus dem Ortszentrum von einem Fest zeugten, das zum ersten Mal seit Ewigkeiten mit einem geständigen Mörder in Haft gefeiert wurde.

Als ich in die Einfahrt des Hansen-Hauses einbog, war mir mulmig zumute. All die Wochen hatte ich darauf gewartet, Hauke konfrontieren zu können. Aber dennoch hatte ich nichts weiter als meine Theorie. Ich hatte keine Beweise. Nur dieses Gefühl.

Die Hintertür war wie immer offen, im Gegensatz zum Garagentor. Die Wagenbauer hatten aus Respekt gegenüber Susanne ihre Werkstätte in einer anderen Garage eröffnet.

Susanne. Um sie tat es mir am meisten leid in dem ganzen Spektakel. Nicht nur hatte sie von einer Affäre ihres

Mannes erfahren, die so ein schreckliches Ende hatte nehmen sollen, sondern wenn ich richtiglag, würde sie bald erfahren, dass ihr Mann nur aufgrund des schlechten Gewissens und einer todbringenden Erkrankung seinen Sohn in Schutz genommen hatte.

Ich bekam eine Gänsehaut. Ich musste das Ganze hinter mich bringen, ich musste einfach. Und erst dann würde ich Florian wieder unter die Augen treten können. Auch er musste doch einsehen, dass sich der wahre Mörder verantworten musste. Vielleicht aber auch hasste Florian seinen Vater mehr als Hauke nach all den Schikanen und Schlägen. Vielleicht dachte er, er verdiente den Knast mehr als sein Bruder.

Ob Carli Frederika auch geschlagen hatte? Woher sonst die blauen Flecken?

Das Haus war dunkel, nur im Wohnzimmer, das ich von der Einfahrt aus hatte sehen können, brannte Licht. Vielleicht war Florian doch gefahren. Vielleicht, überlegte ich, würde ich nur Susanne treffen. Was, wenn Hauke nicht da war?

Ich drehte den Türknauf, passierte Garderobe und Schuhe, sog den bekannten Geruch ein. Vielleicht würde ich nie wieder hierhin zurückkehren.

»Hallo?« Meine Stimme klang zögerlich, als sie durch den Flur hallte. »Hauke, ich bin's, Nina, ich muss mit dir reden.«

Keine Antwort.

An der doppelten Milchglastür des Wohnbereichs vorbei wollte ich aus Reflex in Richtung Treppe gehen. Florian und ich hatten uns nie im Wohnzimmer getroffen. Früher nicht und jetzt auch nicht. Ich konnte an einer Hand abzählen, wie oft ich diesen Raum betreten hatte.

Irgendwie war ich automatisch davon ausgegangen, dass sich auch Hauke in seinem alten Kinderzimmer aufhalten würde. Daher zuckte ich zusammen, als ich nun schemenhafte Bewegungen hinter der Milchglastür wahrnahm.

Mit einem Ruck öffnete sie sich und ein wütender Hauke starrte mir entgegen. »Kannst du uns nicht endlich in Ruhe lassen?«

Plötzlich kam ich mir töricht vor. Wieso um alles in der Welt sollte Hauke mir gestehen, was er getan hatte? Wenn er es getan hatte? Offiziell war alles vorbei. Carli Hansen alias Jo hatte seine Tat gestanden, Frau Johanning hatte einen Unfall gehabt. Alles schien gelöst zu sein.

Hatte er geweint? Er war blass und sein Gesicht schien grau. Seine Haare waren seit mehreren Tagen nicht gewaschen, altes Wachs hing klebrig in den wüsten Strähnen.

»Nina, es passt grad nicht, okay? Florian ist nicht da. Und ich …«

»Ich … ich weiß, dass er nicht da ist. Ich wollte zu dir.«

Er öffnete die Tür einen Spalt breiter, richtete sich auf und seufzte tief. Er trug Jeansjacke und Schuhe. War er gerade auf dem Sprung?

»Er hat sich echt bei dir gemeldet? Das wundert mich.«

»Was meinst du mit gemeldet?« Ich stand noch immer im Flur, Hauke im Wohnzimmer. An ihm vorbei konnte ich das makellose Wohnzimmer erblicken.

»Es ist wegen Mama. Sie hatte einen Schwächeanfall. Es ist zu viel für sie. Er bringt sie gerade ins Krankenhaus.«

Ich schloss die Augen. Scheiße. Schmerz breitete sich in meiner Brust aus. Was stimmte nur mit mir nicht? Natürlich gab es hier gerade andere Probleme als meine Anschuldigungen. Meine Entschlossenheit bröckelte, doch Hauke nahm mir meine Entscheidung umzudrehen ab.

»Okay, dann komm eben rein. Aber ich habe nicht viel Zeit und schon gar nicht für irgendeinen Scheiß, ja?«

Definiere Scheiß, dachte ich und trat ins Wohnzimmer, als er zur Seite ging.

Hauke leitete mich nach rechts in die Wohnzimmerecke und deutete auf einen Platz auf der hellen Sofalandschaft.

Er setzte sich mir gegenüber auf die Lehne eines Sessels, seine Finger friemelten an den Fingernägeln der anderen Hand, die bereits blutig waren. Als er sah, dass sich mein Blick darauf richtete, steckte er seine Hände in die Hosentaschen.

Ich dachte an den Tag in der Eisdiele, als ich das geschmolzene Eis an seiner Hand hatte herunterlaufen sehen. An diese zerstörten Fingernägel hätte ich mich erinnert.

»Also?«

Ich atmete tief durch und schloss kurz die Augen. Hatte ich genug in der Hand? Als ich Hauke ansah, glitzerten seine Augen erneut, als würden sich Tränen darin sammeln. Kurzum entschied ich mich für einen anderen Einstieg, als ich ihn mir noch vorher ausgemalt hatte. »Es tut mir leid mit deinem Vater, Hauke. Ich weiß, dass ihr nicht das beste Verhältnis zu ihm habt, aber das muss wahnsinnig hart für dich sein.«

Ein Laut erklang, der ein ungläubiges Lachen darstellen sollte. Bis es in ein echtes Lachen überging. Verrückt irgendwie. Es gruselte mich bei dem Anblick. Eine Träne löste sich und rann ihm über die Wange.

»Auf dein Mitleid kann ich gut verzichten, danke. Wenn das alles ist …« Er erhob sich und strich seine Hose glatt.

Okay, also anders. »Nein. Das ist nicht alles. Ich weiß, dass dein Vater Frederika nicht getötet hat.«

Er drehte sich um, sah mich durchbohrend an. »Und woher willst du das wissen?«

»Weil ich weiß, wer es war.«

»Ach, das ist ja super. Dass du es endlich herausgefunden hast. Also bitte, Nina, lass es einfach gut sein, ja? Wir haben wirklich Wichtigeres …«

Keine Zeit mehr für Ausflüchte. »Du warst es, Hauke. Du bist der Letzte, mit dem sie lebend gesehen wurde. Du wusstest von ihrer Affäre. Du warst derjenige, der so sauer auf sie war, weil sie dich im Stich lassen wollte. Und was ist dann passiert? Hast die Statue genommen, sie ihr über den Kopf gezogen und Frederika dann in den See fallen lassen?«

»Halt. Den. Mund.« Wie ein Löwe bewegte er sich auf mich zu. Angriffslustig. Aber das machte nichts. Ich war zum Kampf bereit. Meinem Endkampf, auf den ich mich vorbereitet hatte. Ich erhob mich, machte ebenfalls einen Schritt am Couchtisch vorbei auf ihn zu, um ihm das zu signalisieren. Nun standen wir in der Mitte des Wohnzimmers auf dem alten Perserteppich wie zwei Boxer im Ring.

Der nächste Schlag lag an mir und ich machte mich bereit. »Hast du kalte Füße bekommen, als sie sich plötzlich nicht mehr bewegt hat? Vielleicht wolltest du ja gar nicht so doll zuschlagen. Und dann bist du in Panik geraten. Denn du hast gemerkt, dass du sie tatsächlich umgebracht hast. Wie lange hast du sie im See liegen lassen? Bis sie ertrunken war, meine ich. So etwas braucht schon eine gewisse Zeit, fünf Minuten, sechs? Lag sie gleich mit dem Gesicht unter Wasser oder hast du nachgeholfen? Weißt du, was ja das Schlimmste ist? Wenn du nicht ein solcher Feigling gewesen wärst und sie dort hättest liegen lassen, um dir deinen grandiosen Plan auszuhecken, wenn du einfach die Eier gehabt hättest, sie aus dem Wasser zu ziehen ...«

Mit einem Sprung war er bei mir, packte mich an meinem T-Shirt und schmiss mich auf das Sofa.

Mein Herz begann zu stolpern. Rasende Wut brannte in Haukes Augen, tränenüberströmt. Sein Gewicht auf meinem, das Atmen fiel mir schwer, aber ich hielt seinem Blick stand. Ich war auf der richtigen Spur. Ihm auf der Spur und er wusste es.

»Du weißt gar nichts, Nina, nichts weißt du!« Ich spürte feine Tröpfchen Spucke in meinem Gesicht, als er die Worte mit einem Knurren durch seine zusammengebissenen Zähne quetschte.

Und so plötzlich wie die Attacke begonnen hatte, war sie auch wieder vorbei. Er ließ von mir ab, das Gewicht auf meinem Brustkorb verschwand mit einem Mal und ich bemühte mich, nicht zu angestrengt zu atmen, als ich mich langsam aufrichtete. Er stand mit dem Rücken zu mir, schien an die Decke zu blicken, vielleicht schloss er auch die Augen.

Und dann geschah etwas Unerwartetes. Zunächst dachte ich an eine optische Täuschung, zu wenig Sauerstoff, den mein Gehirn soeben bekommen hatte. Ich richtete mich auf, nein, es geschah tatsächlich. Hauke wurde immer kleiner, immer schlaffer, und letztlich sackte er inmitten des Wohnzimmerbodens in sich zusammen. Und dann hörte ich es, sein Schluchzen.

KAPITEL 45

»Ich habe Frederika nicht getötet. Nicht mit einer Statue und nicht mit sonst irgendetwas. Ich ... Ich habe sie nur ...«

Nun brachen alle Dämme. Er weinte und schien nicht damit aufhören zu können. Ich wusste nicht weiter. Instinktiv kroch ich auf den Knien zu ihm und legte zögernd einen Arm um seine Schultern. Sein Nacken war schweißgebadet. Wie sich an einer Rettungsleine festhaltend, erwiderte er meine Berührung und legte seinen Kopf gegen mich, als wollte er gehalten werden wie ein kleines Kind.

Und ich tat es. Seine Tränen liefen mir auf das T-Shirt, ebenso sein Rotz und ich wusste nicht weiter. Daher wartete ich, immer noch schlug mein Herz mir bis zum Hals, mit einer schnellen Bewegung könnte er mich erneut zu Boden drücken und überwältigen. Niemand anders war hier.

Sein Schluchzen wurde leiser, sein Atem beruhigte sich. Aber er machte keine Anstalten, sich zu bewegen, blieb einfach liegen. »Ich wusste nicht, was ich tun sollte. Ich war so verzweifelt.«

Ich schloss die Augen. Ein heißes Gefühl stieg in meiner Brust auf. Ich war mir sicher, dass es jetzt kommen würde. Sein Geständnis. Kurz überlegte ich, mein Handy auf Aufnahme zu stellen, aber es war in meiner Hosentasche und Haukes Kopf lag mehr oder minder ziemlich genau darüber.

»Und dann war sein Vorschlag, sie einfach zurück ins Schwimmbad zu bringen, damit …« Das Schluchzen ging wieder los. »… damit …«

Automatisch wanderte meine Hand auf seinen Kopf und strich ihm über die wachsartigen Haare.

»… damit genau das nicht passiert. Er hat es gesagt, hat gesagt, dass sie alle mich verdächtigen würden. Und es hat gar nichts gebracht, wir haben uns nur mitschuldig gemacht. Und ich habe sie, oh Gott … meine arme, meine Frederika, oh Gott, bitte verzeih mir.«

Seine Hände griffen nun nach meinen Oberschenkeln, seine Finger gruben sich trotz abgebrochener Nägel tief in meine Haut, als er wieder anfing zu weinen.

Erst jetzt verstand ich, was ich gerade gehört hatte. Und ich sprach es aus. »Er?«

Sein Beben ebbte wieder ab, es kam und ging wie die Gezeiten. Dann ließ er von mir ab, abrupt setzte er sich auf und ich blieb mit meiner Hand, die ich abwesend noch immer auf seinen Haaren gehabt hatte, an seinem Ohr hängen, aber er schien es nicht zu bemerken.

Nun saß er mir gegenüber, die Nase lief, die Augen waren verquollen, sein Gesicht gerötet. Ich unterdrückte den Impuls, meine Hand an meiner Hose abzuwischen.

»Du redest von deinem Vater«, sagte ich und hoffte, dass ich ihn damit nicht zum Schweigen bringen würde. Vielleicht musste er die Geschichte auf seine Art, in seinem Tempo erzählen.

Einen Moment hielt er inne und ich bemerkte, dass ich absolut keine Ahnung hatte, was als Nächstes kommen würde. Ich war nicht vorbereitet. Offenbar hatte ich doch noch nicht einmal die Hälfte verstanden.

»Weißt du, ich begreife es erst jetzt.« Wieder ein kurzes Lachen, ein kurzes, verrücktes Lachen. »Dass er offenbar wirklich geglaubt hatte, dass ich es war. All die Jahre. Dass er dachte, ich hätte Frederika umgebracht. Wieso sonst hätte er sich stellen sollen?«

Wieder eine Erschütterung an den Grundfesten meiner Überzeugung. Was ging hier vor?

Er schloss die Augen. Atmete zitternd aus. Räusperte sich. »Ich habe sie gesucht. Wir ... wir haben uns gezofft, wirklich ordentlich. Sie hat mir gesagt, dass sie Lopauthal verlassen möchte, dass sie nach Kalifornien gehen möchte, um Schauspielerin zu werden. Sie wollte sich nicht mehr zur Wahl aufstellen lassen, sie wollte ... Sie wollte uns alle im Stich lassen. Das hat sie mir gesagt.«

Ich unterdrückte den Impuls zu sagen, dass das ein exquisites Motiv für den behandelten Mord sei, und schwieg stattdessen.

»Und als die Bürgerwehr kam, da war sie irgendwie schon weg. Ich wollte mit ihr zusammen wegrennen, aber niemand hatte sie gesehen. Ich wusste, dass sie diesen einen Platz am See liebte, bei der alten Eiche, und dass sie mit Sicherheit nicht nach Hause gehen würde.«

Ich zuckte zusammen, genau dort hatten wir zusammengesessen und gesprochen. Das war er also wirklich, der Ort, an dem sie gestorben war? Eine Gänsehaut breitete sich auf meinen Unterarmen aus und nun war ich diejenige, die die Arme zum Schutz vor der Erinnerung um den Körper schlang.

»Ich rief nach ihr, aber sie antwortete nicht. Ich wurde fast krank vor Sorge, als hätte ich gewusst, dass irgendetwas nicht stimmte. Aber dann war mir einer auf den Fersen, also musste ich mich ruhig verhalten und mich verstecken. Ich weiß nicht, wie lange. Auch in der Zeit habe ich sie nicht gehört, nur die Rufe der anderen.«

»Und dann hast du sie doch gefunden?«, schlug ich vor, als er nicht weitersprach.

Er kniff die Augen zusammen. »Und dann habe ich erst Maria gesehen, die mir sagte, Frederika wäre auf der anderen Seite des Sees. Mit irgendjemandem. Ich bin hin. Aber als ich ankam, war da keiner. Aber dann … Dann habe ich sie gefunden und wünschte, ich hätte es nie getan. Ich werde das Bild nie wieder los. Wie ein Wassergespenst, ihr Kleid fast durchsichtig im Mondlicht, ihre Haare ausgebreitet im Wasser. Kopfüber. Ich konnte ihr Gesicht nicht sehen. Ich rannte hin, sprang durch das Wasser, hechtete auf sie zu. Es war so laut. Dieses Geräusch des Wassers in einem Tunnel, in dem ich mich befand. Ich höre es noch immer nachts, wenn der Regen an mein Fenster prasselt oder wenn ich unter der Dusche stehe. Aber nichts gegen das leblose Gesicht mit den blauen Lippen und ihre starren Augen, die mich ansahen, als ich sie umdrehte.« Er vergrub sein Gesicht in den Händen und schwieg.

Es dauerte eine Weile, bis ich begriff. Und die Erkenntnis wog schwer. »Sie … Sie war schon tot, als du sie gefunden hast.«

»Ja.« Er atmete hörbar aus. Das Platschen, das er erwähnte, das muss es sein, dass Tante Hennie als Entenschwarm bezeichnet hatte. »Nein, nein!« Haukes Rufe der Verzweiflung, als er ins Wasser sprintete, um die leblose Liebe seines Lebens zu retten. Ein Schmerz breitete sich in meiner Brust aus. Ich dachte an Carli Hansen, der einen Mord gestanden hatte, an die Anrufe, die Hauke in jener Nacht von seinem Handy gemacht hatte. Auf absurde Weise machte es Sinn. Aber … »Und dann hast du deinen Vater angerufen, weil du nicht wusstest, was du tun solltest.«

»Ja. Und ich bereue es seitdem. Ich hätte es einfach melden sollen. Ich …«

»Wieso habt ihr das nicht gemacht? Dein Vater ist zum See gekommen und dann?«

»Er … er hat gesagt, dass niemand wissen dürfte, dass ich am See war. Er sagte, jeder würde mich für den Täter halten und ich müsste verschwinden, mir ein Alibi verschaffen. Niemand dürfte uns mit dem Mord in Verbindung bringen. Damals schien es logisch, ich meine, ich war im Schock und auch mir dämmerte es, dass nach dem Streit, den jeder gesehen hat, jeder denken müsste, dass ich es war. Aber … aber jetzt weiß ich, was in meinem Vater vorgegangen sein muss. Es war sein Verhältnis zu ihr. Er muss geglaubt haben, dass ich es rausbekommen und ihr vielleicht tatsächlich etwas angetan hatte.« Er sah mich an, Schmerz war in seinem Gesicht geschrieben.

»Du wusstest es wirklich nicht?«

»Was? Nein, woher?«

Er hatte es damals nicht gespielt, aber ich verstand nicht. Wer hatte die Nachrichten dann verschwinden lassen? Maria war es nicht gewesen, Hauke auch nicht.

»Verstehst du, was das bedeutet?«, fuhr Hauke fort und riss mich aus meinen Gedanken. »Mein eigener Vater glaubt seit zwanzig Jahren, ich hätte Frederika tatsächlich getötet, und daher hat er mir ein Alibi verschafft. Ich habe sie aus dem Wasser gezogen, bevor Papa kam. Sie gehalten, ihren Kopf auf meinem Schoß. Ich weiß nicht, wie lange er gebraucht hat, zu mir zu kommen. Lange kann es nicht gewesen sein. Aber mir kam es wie eine Ewigkeit vor. Dann die Geräusche der anderen. Alle riefen und lachten. Für sie war es ein Spiel. Dann diese Glocke. Und als Papa kam … Dieser Blick in seinem Gesicht. Es war Trauer, jetzt weiß ich es. Aber nicht um mich. Nicht, weil er glaubte, ich hätte mich schuldig gemacht. Sondern weil auch er sie wirklich mochte. Aber dann hat sein altes Selbst gesiegt. Der Geschäftsmann. Er hat gleich eine Lösung gesucht, statt zu hinterfragen. Er hat mich nicht einmal gefragt, was passiert ist. Nicht ein einziges Mal seitdem. Denn er ist gleich vom Schlimmsten ausgegangen. So viel hält mein Vater von mir.« Er schüttelte den Kopf. »Er wollte sie zu seinem Auto bringen, doch es ging nicht. Ich stand unter Schock, ich konnte nicht. Ich glaube, am liebsten hätte er mich angeschrien, aber es war plötzlich so still überall. Er wollte nicht gehört werden. Also hat er sie aufgerichtet und mir ihren leblosen Arm um meine Schulter gelegt. Und so stand ich mit ihr in der Dunkelheit, während mein Vater das Auto holte. Er wollte sie ins Schwimmbad bringen. Aber das ging ja noch nicht, weil die Bürgerwehr .... Aber er hat mich einfach so mit ihr da stehen lassen.«

Diese Grausamkeit war enorm, seinen Sohn mit einer Leiche im Arm in der Dunkelheit zurücklassen, anstatt den rechten Weg zur Polizei zu gehen. Und dann dämmerte es mir: Das war es, was Herr Johanning gesehen hatte. Hauke, wie er mit der toten Frederika am See stand. Sie war nicht betrunken, sie war tot gewesen.

»Und dann sollte ich mich der Bürgerwehr stellen, um ein Alibi zu haben. Und er ... er hat sie in unseren Kofferraum gelegt und dann später in der Nacht, als die Luft rein war ...« Wieder brachen alle Dämme, als er diese Ungeheuerlichkeit aussprach.

»Hat er sie später allein dort hingebracht?«

Er nickte.

»Daher die beiden Anrufe in jener Nacht. Der erste, der, bei dem man dachte, du wolltest ihn nur von den

Plänen der Bürgerwehr informieren, um deine Haut zu retten, der war ein Hilfeschrei und der zweite öffentliche Hilfeschrei als du verhaftet wurdest, der war tatsächlich geplant.«

Er schloss die Augen. »Ja. Ist das nicht schrecklich? Er denkt immer noch, dass ich es war. Und weil sich die Indizien verdichteten, hat er … er hat sich gestellt, weil sie mich zur Befragung mitgenommen haben. Man könnte es als Akt der Güte verstehen, aber jetzt, da ich von der Affäre weiß, weiß ich, dass es nur sein Gewissen ist, weil er denkt, dass ich sie nur darum tatsächlich getötet habe, dass er einen Mörder aus seinem Sohn gemacht hat. Und weißt du, was das Schlimme ist? Es brauchte eine todbringende Krankheit, damit er das einsieht. Ich wünschte, ich hätte nie von seiner Affäre erfahren, dann hätte ich einmal in meinem Leben vielleicht tatsächlich gedacht, dass es meinem Vater nur um mich geht, dass er mich schützen will, wenn auch für eine ungeheuerliche Tat, die ich niemals begangen habe.«

Ich brauchte einen Moment, um diese obskure Logik zu verstehen.

Frederika war bereits tot gewesen, als Hauke sie fand.

Hatte Florian tatsächlich richtiggelegen? War alles nur ein blöder Unfall gewesen? Alles, was ich hier erfahren hatte, war eine wahnsinnige Familientragödie und ich wollte mir nicht ausmalen, was es für deren weitere Leben bedeutete, aber stimmte es vielleicht wirklich? Hatte ich mir alles nur eingebildet, weil ich mir etwas beweisen musste? Dass es etwas gab, das ich wieder richtigstellen konnte, weil ich zu feige war, das mit dem zu tun, was mit meinem eigenen Leben nicht stimmte? Das war es, was Ulrich gemeint hatte. Hauke hatte es schwer, weil er eine Schuld mit sich zu tragen gehabt hatte. Doch sie hatte nichts mit Frederikas Mord zu tun. Der vielleicht gar keiner war.

Hauke riss mich aus meinen Gedanken. »Ich weiß nicht, was damals passiert ist, ich weiß es wirklich nicht.«

»Ulrich weiß, was ihr getan habt?«

»Ja.«

»Aber wie kann er glauben, dass es dein Vater war? Wenn du ihn zu Hause angerufen hast, dann hatte er doch gar keine Gelegenheit.«

Er seufzte. »Nein. Papa kann es nicht gewesen sein. Er hat definitiv geschlafen, bevor ich ihn anrief. Aber während der Vernehmung hat er mir den Mund verboten. Ich konnte nichts sagen. Ich durfte nicht. Ich wollte, aber es kam nichts raus. Aber ich weiß, dass ich es nicht dabei belassen kann. Ich war gerade auf dem Weg zu Kommissar Ulrich. Er muss es wissen, ich kann es so nicht stehen lassen. Mein Vater ist kein Mörder.«

So wie offensichtlich niemand in diesem Ort.

»Du findest ja selbst raus, Nina. Ich, sorry, aber ich kann nicht mehr damit warten.« Er wischte sich über die verquollenen Augen und strich sich durch das zerzauste Haar. Dann ließ er mich in diesem Wohnzimmer zurück, in dem all die Jahre so viele Geheimnisse, Vorwürfe und Verschwiegenheiten in den Wänden auf den heutigen Tag gewartet hatten.

Kommissar Ulrich ging also davon aus, dass Carli Hansen Frederika getötet hatte und Hauke ihre Leiche zufällig im Anschluss fand. Dass er dann wiederum seinen Vater um Hilfe bat, der inzwischen wieder zu Hause war. Doch das konnte nicht sein, schließlich hatte ich bis kurz vor Mitternacht bei ihr gesessen. Die Zeit dazwischen schien mir kaum zu reichen, um vom Hansen-Haus zum See zu fahren, Frederika zu töten und wieder zurückzufahren. Außerdem hatte sie nie vorgehabt, Carli, Jo, an diesem Abend noch zu treffen.

Vielleicht hatte Florian tatsächlich recht gehabt. Vielleicht hatte Frederika einen schrecklichen Unfall erlitten und Hauke hatte sie nur gefunden. Und nur, weil ich Hauke weiter verdächtigt hatte, woraufhin er mit zur Befragung genommen worden war, hatte sich sein todkranker Vater für einen Mord gestellt, den er nie begangen hatte, und seine Mutter war körperlich und seelisch so am Ende, dass sie heute im Krankenhaus gelandet war.

Ich nahm mein Handy aus der Hosentasche und wählte Florians Nummer. Er ging nicht ran. Ich hinterließ ihm eine Nachricht, dass ich ihn sehen musste und er sich melden sollte. Dann sah ich eine knappe Nachricht von Kitty, die sich beschwerte, dass ich noch nicht zu Hause war, mir aber versprach, solange auf Lisa aufzupassen.

Ich fühlte mich allein gelassen. Was sollte ich machen? Auf Florian warten? Aber es würde noch dauern, bis er wiederkäme, da war ich sicher.

Ich entschied mich, in sein Zimmer zu gehen, um ihm eine Nachricht zu schreiben. Auf Papier, wie damals. Irgendwie schien es mir persönlicher. Denn es würde eine Entschuldigung werden. Eine Entschuldigung für alles und eine Erklärung darüber, dass er recht gehabt hatte. Dass ich erst einmal mein eigenes Leben auf die Reihe bekommen musste und nur zu feige gewesen war. Und dass er und seine Familie in diesem Fall die Leidtragenden gewesen waren. Ich musste ihm sagen, dass ich nicht plante, auch die nächsten zwanzig Jahre Funkstille zwischen uns zu haben. Im Gegenteil.

Ich hatte einen Plan. Also setzte ich mich in Bewegung. Drehte mich um, wollte dringend aus diesem Wohnzimmer raus, in dem ich mich wie ein Eindringling, ein Zerstörer, fühlte. Doch plötzlich hielt ich inne. Denn da, auf dem Regal über der Doppelflügeltür, stand sie: die Ehrenbockstatue, die ein Schild mit Carl Joachim Hansens Namen trug. Und mich mit einem höhnischen, teuflischen Grinsen anzustarren schien, als hüte sie seit zwanzig Jahren ein dunkles Geheimnis.

KAPITEL 46

Das war Schwachsinn, oder? Natürlich war es Schwach-sinn. Natürlich konnte das gruselige Gesicht einer Statue nicht beweisen, dass Frederika tatsächlich ermordet wor-den war, wo sonst alles, was Hauke eben gesagt hatte, einen Sinn ergab, oder? Die ganze Theorie, dass es Johannings Statue sein musste, die einen seltsamen Gesichtsausdruck hatte, stammte von Hans Bremer, der mit ebendieser Sta-tue unter einer ebenso gruseligen Theaterleiterin geprobt hatte. Es war kein Beweis. Außerdem trug diese Statue eindeutig Carli Hansens Namen. Auf einer Plakette, die man ohne Schwierigkeiten hätte abschrauben und vertau-schen können. Meine Knie zitterten.

Ohne darüber nachzudenken, hatten sie sich mecha-nisch die Treppe hinauf in Florians Zimmer bewegt, nicht, ohne die vierte Stufe von unten auszusparen. Es war selt-sam, ohne ihn hier zu sein, und doch fühlte ich mich nicht fremd. Ich setzte mich auf den Schreibtischstuhl und legte mein Handy aus der Hand. Weiterhin keine Nachricht.

Ich meinte, langsam durchzudrehen.

Wie ging es nun weiter? Ich musste mit Florian reden, mich mit ihm besprechen, auch wenn ich gar nichts mehr wusste. Jemand musste meine Gedanken ordnen, wenn ich es offenbar nichts selbst schaffte. Ich nahm den Notizblock, der fein säuberlich in der oberen Ecke seines Schreibti-sches lag, und wischte eine Staubschicht davon. Vermut-lich stammte er noch aus seiner Schulzeit. Dem Ende seiner Schulzeit, von dem ich nichts mehr mitbekommen hatte, nachdem er die Schule gewechselt hatte. Wegen mir.

Dann griff ich nach einem Kugelschreiber, der danebengelegen hatte, wollte ansetzen zu schreiben, drückte die Miene auf das Papier. Aber nichts wollte entstehen. Welche Worte waren denn die richtigen?

Mein Blick glitt durch den Raum, blieb am gekippten Fenster hängen, durch das mir die Abendsonne entgegenschien. Vielleicht würde Frischluft helfen. Ich stand auf, ging darauf zu und blickte in die Ferne. Dann runter auf den Vorgarten, in dem einmal ein Wetterhahn gestanden haben musste, der zum Ankündigen der Nachrichten zwischen Frederika und Jo verwendet worden war. Keine Spur mehr davon.

Wer hatte von den beiden gewusst, wenn nicht Hauke? Auf einmal raschelte der Vorhang durch einen hereinziehenden Windhauch und ich schlang die Arme enger um meinen Körper. Dann kamen mir Frederikas Worte in den Sinn.

Aber heute, als ich den Hahn vor seinem Haus wieder umdrehte, um Jo zu zeigen, dass ich seine Nachricht gefunden hatte, meinte ich, gesehen zu haben, wie sich ein Vorhang im oberen Fenster des Hauses bewegte. Ach, vermutlich steckt er mich nur einfach an mit seiner Paranoia. Denn eigentlich wusste ich, dass niemand zu Hause war.

Mein Herz schlug schneller. Doch das war töricht. Es hätte ebenso gut ein Windhauch gewesen sein können. Damals wie eben. Ich wandte den Blick vom Fenster ab, ging zurück zum Schreibtisch. Dabei fiel mein Blick auf die kleine hölzerne Dose mit den eingeschnitzten Spielkarten, die nun auf Florians Nachttisch stand. Da waren wir drin, Nina und Florian, die von damals. Ich lächelte, als ich auf die Dose zuging und sie behutsam, fast ehrfürchtig in die Hände nahm. Instinktiv schüttelte ich die Dose, so wie Florian es beim letzten Mal getan hatte, um unsere Armbänder zu hören. Mich zu versichern, dass sie noch da waren. Dass wir noch da waren.

Ein Klopfen ertönte im Inneren, ein dunkles Klopfen gegen den hölzernen Deckel, und ich erinnerte mich, dass ich mich schon das letzte Mal darüber gewundert hatte. Ich zögerte.

Zwei Nylonarmbänder konnten dieses Geräusch kaum hinterlassen. Plötzlich war ich neugierig. Was bewahrte er noch neben unseren Armbändern auf?

Ich drehte die Holzkiste um, klopfte einmal auf den Boden, sodass sich der unsichtbare Verschlussmechanismus im Inneren verstellte und sich der Deckel öffnen ließ. Früher war ich davon ausgegangen, diese Dose wäre lediglich ein Dekoobjekt, denn ich hatte es einfach nicht hinbekommen, sie zu öffnen, bis Florian mir diesen Trick gezeigt hatte.

Zaghaft öffnete ich den Deckel, fast, als erwartete ich, eine Staubwolke emporsteigen zu sehen. Oder einen Dämon. Doch nichts geschah.

Ich beugte mich vor, um hineinzusehen. Und da waren sie, gräulich statt bunt. Tot statt kindlich. Gerade als ich die Armbänder herausnehmen wollte, sprang mir etwas ganz anderes ins Auge.

Etwas, was das Klopfen in der Kiste verursacht hatte. Etwas, was ich nur allzu gut kannte und auf den Tag genau vor zwanzig Jahren das letzte Mal gesehen hatte: einen mit Margeriten verzierten Füller.

Mein Daumen fuhr über die Gravur, die in diesem Dosengrab keinen Tag gealtert schien. *N. W., Journalistin.* Stand dort.

Meine Augen füllten sich mit Tränen, ohne dass ich etwas dagegen tun konnte. Weiße Blüten mischten sich mit mumifizierten Armbändern vor einem Hintergrund aus Holz. Ich blinzelte. Doch die Tränen wollten nicht verschwinden. Nicht, weil ich solch eine emotionale Bindung zu diesem Geschenk gehabt hätte, das mein Vater mir vor all diesen Jahren gemacht hatte. Nicht, weil ich wusste, wer die letzten Worte seines Lebens mit diesem Stift geschrieben hatte.

Sondern, weil ich wusste, dass nur eine Person im Besitz dieses Füllers sein konnte. Und sich derjenige seiner Bedeutung offenbar so bewusst war, dass er ihn zwanzig Jahre in einem Geheimversteck deponiert hatte.

Derjenige, der Frederika tatsächlich zuletzt gesehen hatte.

Mein Handy klingelte. Wie in Trance starrte ich auf Florians Namen, der auf meinem Display aufleuchtete. Instinktiv nahm ich das Gespräch entgegen. Scheiße, wieso hatte ich das getan? Mein Kopf war so leer, so leicht, als hätte er gerade das letzte bisschen lebensnotwendigen Zucker verbraucht, um zu einer Erkenntnis zu kommen, die langsam, heftig und tödlich auf mich einhämmerte. Ich hielt mich an seinem Schreibtisch fest.

»Hallo?«

»Hey, du hast gesagt du willst mich dringend sehen. Ist alles okay? Ich war gerade mit Mama im Krankenhaus.«

»Ich …« Ich starrte auf den Füller. »Ja, danke für deinen Rückruf. Es … es hat Zeit bis morgen. Ich hoffe, es geht Susanne besser.«

Er zögerte.

»Sicher, dass alles in Ordnung ist? Du klingst seltsam.«

»Klar, es ist nichts. Also, wir reden morgen, okay?«

Doch gerade als ich im Begriff war aufzulegen, schlug es einundzwanzig Uhr und der nostalgische Hahnwecker auf Florians Nachtschrank gab sein typisches Gackern von sich. Ich schloss die Augen.

»Moment mal, war das mein Wecker? Bist du bei mir zu Hause?«

Scheiße. »Ja, ich … Ich habe dich gesucht, aber …«

»Ach, das ist gut, bleib doch kurz. Ich biege gerade in unsere Straße ein.«

KAPITEL 47

Ich hatte keine Zeit zu überlegen, denn gleich darauf drang das Geräusch von sich über die Einfahrt schleppenden Autoreifen durch das geöffnete Fenster. Der Motor erlosch.

Schnell steckte ich den Füller in meine Hosentasche, schloss die Kiste, die ich zurück auf den Nachtschrank stellte, und verließ das Zimmer. Und gerade als ich die oberste Treppenstufe erreichte, hörte ich, wie eine Autotür erst geöffnet und dann geschlossen wurde. Ich hielt inne. Doch nichts. Nur eine Autotür. Eine einzige. Florian kam allein.

Ich hechtete die Treppenstufen herunter, übersprang die vierte von unten. Ich wusste nicht, wieso. Schließlich hatte ihm sein Wecker bereits verraten, dass ich in seinem Zimmer gewesen war. Das Adrenalin in meinem Kreislauf machte es mir unmöglich, strukturiert zu denken.

»Nina?« Die Hintertür öffnete sich und ich vernahm Schritte. Die Schuhe zog er nicht aus. Ich blieb im Flur stehen, in dem es bereits deutlich dunkler wurde. Was jetzt?

»Hi«, rief ich und ging ihm entgegen. Möglichst normal wirken. Was auch sonst? »Wie geht es deiner Mutter?«

Er kam mir im Halbdunkeln entgegen, ich konnte seinen Gesichtsausdruck kaum ausmachen, aber das Gewicht auf seinen Schultern wirkte schwer, sodass sie schlapp herunterhingen. »Es war zu viel für sie. Alles. Ich musste sie zur Beobachtung im Krankenhaus lassen. Sie hat ein Beruhigungsmittel bekommen.«

»Vielleicht ist das auch besser so.« Obwohl ich mir gerade nichts sehnlicher wünschte als Susannes Anwesenheit.

»Ja, vielleicht. Du, sorry, aber …« Er ging an mir vorbei, streifte meinen Arm mit seiner Hand, sodass sich die feinen Härchen darauf aufstellten. »Heute ist so ein Ausnahmetag … Ich brauche ein Bier.«

Er bog Richtung Küche ab, ich folgte ihm. Er nahm zwei Flaschen Bier aus dem Kühlschrank, öffnete sie und hielt mir eine entgegen.

Mir kam das Bild des unbeholfenen Jungen in den Kopf, der am Beckenrand im Schwimmbad saß und sich darüber ausließ, dass Bierflaschen so schwierig zu öffnen waren. Dieser Mann vor mir hatte nichts von dieser Unbeholfenheit mehr an sich.

Um all deine Intrigen darin festzuhalten? Weiß doch bald eh jeder, hörte ich den kleinen betrunkenen Jungen mit verwaschener Sprache sagen, als Frederika nach einem Stift gefragt hatte.

Die kalte Bierflasche berührte meine Hand und beförderte mich ins Hier und Jetzt.

Florian prostete mir zu und trank das Bier halb leer. »Interessant, schmeckt immer noch nicht«, kommentierte er trocken, setzte erneut an und nahm einen weiteren Schluck. »So, warum bist du hier? Was wolltest du besprechen?«

Ich traute mich nicht zu trinken, obwohl mein Mund staubtrocken war. Ich musste einen klaren Kopf behalten.

»Ich wollte …« Vielleicht bei der Wahrheit bleiben. Damit sich meine Stimmlage nicht veränderte. Außerdem … Was glaubte ich eigentlich gerade zu wissen? »Ich wollte mich bei dir entschuldigen.«

Er zog einen Stuhl vom Küchentisch zurück und wollte sich gerade daraufsetzen. Mein Blick fiel auf den Messerblock, der neben dem Kühlschrank stand. Mein Magen zog sich unwillkürlich zusammen. Albern.

»Wollen wir nicht rausgehen? In den Apfelhain?«, fragte ich trotzdem. Gleich neben dem Kirmesplatz, wo sich viele Menschen befanden.

Er hielt in seiner Bewegung inne, überlegte kurz, nickte dann. »Gute Idee«, er drehte um, setzte die Bierflasche erneut an und leerte sie. »Brauchst du auch noch ein Wegbier?«

»Nein, danke, ich hab noch.« Ich zwang mich zu einem Lächeln.

Jemand musste mich sehen, dachte ich, als wir die Einfahrt verließen. Mein Fahrrad blieb an der Hauswand angelehnt zurück. Instinktiv bog ich rechts in Richtung Ortszentrum ab, aber Florian lief nach links. »Ich würde gern ein bisschen spazieren, wenn es okay ist. Dieses Warten in der Notaufnahme … Ich brauch Bewegung.«

Ich schloss die Augen. »Klar, gehen wir spazieren.« Ich folgte ihm.

Zunächst gingen wir eine Weile schweigsam nebeneinander, beide mit einer Flasche Bier in der Hand, seine wieder halb geleert. Ich war so in Gedanken, dass ich mich kaum aufs Gehen konzentrieren konnte und gelegentlich gegen Florian stieß. Vielleicht aber stieß er auch gegen mich, denn ich konnte mir nur vorstellen, was zwei geexte Flaschen Bier nach zwanzigjähriger Abstinenz mit einem machten.

Florian hatte Frederikas Füller. Meinen Füller. Wann hatte er ihn gefunden? Und wo? Das war die alles entscheidende Frage. War er derjenige, der von Carli und Frederika gewusst hatte? Na, und wenn schon. Was hätte es ihn groß kümmern sollen? Das war doch noch lange kein Motiv.

Die Luft war noch warm, kühlte langsam ab. Eine Jacke wäre schön gewesen. Eine Jacke, Klarheit und ein sicherer, stiller Ort zum Nachdenken. Der Bass der Musik vom Straßenfest drang an unsere Ohren, dumpfes Gemurmel durch die Lautsprecher des Autoscooters. Immer ferner, immer leiser.

»Wofür wolltest du dich entschuldigen?« Florians Stimme klang fremd. Das Wort »entschuldigen« nuschelte er. Ich schreckte hoch, sah ihn an, und erst als ich die Bäume und den Spielplatz im Hintergrund ausmachte, erkannte ich, wo wir inzwischen angekommen waren.

»Ich dachte, wir gehen zum Apfelhain?«

»Ach, da ist es doch so laut, jetzt mit dem Fest. Ich dachte, am See stört uns keiner.«

Ich richtete meinen Blick geradeaus und konnte in der Ferne das dunkle Wasser des von Margitta erschaffenen Bassins sehen. Der schmale Waldweg dorthin wurde von hohen Kiefern gesäumt, die ungeheuerliche Schatten warfen.

»Nina? Du sagst ja gar nichts.«

»Doch, ich … Ich wollte mich bei dir entschuldigen, weil … Weil es mir so leidtut, dass ihr in all das reingezogen wurdet. Du hattest recht, ich hab mich vermutlich so reingehängt, um vor meinem eigenen Problem wegzulaufen. Weil …« Hier zögerte ich, versuchte, so viel Bedeutung wie möglich in meine Worte zu legen. »Weil ich ein Menschenleben auf dem Gewissen habe. Und nicht wusste, ob ich damit umgehen kann. Aber das muss ich. Und daher muss ich mich dem Ganzen stellen. Anders geht es nicht, das ist mir jetzt klar. Nur deshalb habe ich mich hinter dieser Ermittlung versteckt, weil es mir einfacher erschien. Aber glaub mir, ich habe nicht im Entferntesten geahnt, dass das alles bei deinem Vater endet, eure Familie so zerstört. Es tut mir wirklich leid.«

Florian hatte keine Ahnung von meinem Besuch bei Maria. Davon, dass ich von dem Plan der drei wusste. Davon, dass ich mir gar kein Motiv vorstellen konnte, aus dem Carli Frederika hätte umbringen sollen. Oder von dem, was Hauke mir erzählt hatte. Das konnte vorerst so bleiben.

Ich sah ihn nicht an, aber ich konnte hören, wie er mit seinen Fingerknöcheln knackte. Hatte ich eine Saite zum Schwingen gebracht, indem ich davon gesprochen hatte, dass ich schuld am Tod eines Menschen war?

Ein abfälliges Pfeifen ertönte durch Florians Zähne. Er leerte sein zweites Bier, warf die Flasche einfach ins Gebüsch. Im Normalfall hätte ich protestiert, ihn gezwungen, sie wiederzuholen. Aber ich tat es nicht. Ich spürte die Anspannung in jedem seiner Schritte. Und vielleicht wusste er deshalb, dass etwas nicht stimmte. Weil ich dazu nichts gesagt hatte. Eine Art Provokation.

Wir hatten den See erreicht. Es wurde heller, als wir das Dach aus Bäumen des Weges verließen. Der Mond war aufgegangen. Klar und leuchtend. Wie damals.

Mein Handy vibrierte in meiner Tasche und ließ mich zusammenfahren. Florian schien keine Notiz davon zu nehmen, war mit sich selbst und seinen Gedanken beschäftigt. Kurz überlegte ich, ob ich demjenigen am anderen Ende sagen musste, wo ich war. Ob ich mich tatsächlich in Gefahr befand, verwarf den Gedanken aber, weil es einfach zu absurd klang.

Florian schlug den Weg nach rechts ein, vorbei an der Wiese, auf der die Eröffnungsveranstaltung vor einer Woche stattgefunden hatte, über die kleine Brücke, unter der einmal ein Fluss geflossen war, der sich unweigerlich irgendwann wieder füllen würde.

»Ich weiß nicht, was ich davon halten soll.«

»Wovon? Dass dein Vater Frederika getötet hat? Ja, es ist schwer zu begreifen.«

»Mh.«

Keine Ahnung, was dieser Ausdruck bedeuten sollte.

»Trinkst du dein Bier noch?« Er streckte seine Hand danach aus und nahm es an sich. Es war keine Frage gewesen. »Wird ja langsam warm.« Er trank gierig, das mulmige Gefühl, das ich eben noch ignoriert hatte, wuchs. Das Vibrieren in meiner Tasche war verstummt.

Dann erreichten wir das gegenüberliegende Ufer des Sees unterhalb der alten Eiche. Das Ufer, an dem die Scheinwerfer installiert worden waren. Im aufgewühlten Waldboden, auf den wir uns setzten, konnte man noch Spuren der Arbeiten erkennen. Das Ufer, an dem Frederika und ich heute vor zwanzig Jahren gesessen hatten.

»Was hat dein Vater denn zu euch gesagt? Hat er es euch erklärt?«

»Sei mir nicht böse, aber ich möchte heute eigentlich nicht mehr darüber reden.«

»Ja, das kann ich verstehen.«

»Und vielleicht … Vielleicht hat Papa ja einmal in seinem Leben alles richtig gemacht, indem er sich gestellt hat. Einmal für seine Fehler geradestehen. Du weißt ja, wie er war.«

Vielleicht glaubte er das wirklich. Dass alles so seine Gerechtigkeit gefunden hatte. Vielleicht glaubten das alle in seiner Familie.

»Weißt du, ich habe die ganze Zeit nicht verstanden, wieso die Tatwaffe nicht gefunden wurde, als die Taucher kamen«, tastete ich mich vor.

»Ich dachte, man konnte nie beweisen, dass es wirklich die Tatwaffe war.«

»Nee, diese nicht, da hast du schon recht. Und doch ist es ja auffällig, dass man die Statue bei der Suche damals nicht gefunden hat. Aber eben später.«

»Ist das jetzt echt noch wichtig?«

Trotzdem fuhr ich fort. »Irgendwie müsste sie an jenem Abend im See gelandet sein, schließlich hatte Frederika sie dabeigehabt und Herr Johanning hat sie nie wiederbekommen. Oder aber jemand anders hat sie mitgenommen.«

»Oder die Taucher haben einfach nicht gründlich genug gesucht.«

»Ich glaube, dass die Statue erst nachträglich entsorgt wurde. Dass der Mörder Frederika erschlagen und die Statue anschließend mitgenommen hat.« Zu dem Entschluss war ich gekommen. Das musste das Geheimnis sein, das diese grässliche Statue im Wohnzimmer der Hansens all die Jahre für sich behalten hatte. Ich dachte an meinen Rucksack, in dem wir Dirty Harry in Florians Trinkflasche transportiert hatten. Den Rucksack, den er in aller Windeseile gegriffen und hinter mir durch das Loch im Zaun geschoben hatte. Den ich anschließend nie mehr wiedergesehen hatte.

»Nina, ich hab gesagt, ich will heute nicht mehr drüber diskutieren, okay? Außerdem, wenn du schon von dem Mörder redest, kannst du ruhig aussprechen, dass es mein Vater war. Abgesehen davon wäre es hirnrissig, die Statue genau dahin zu werfen, wo der Mord geschehen ist.«

»Nein, ganz im Gegenteil. Ist doch schlau, sie dahin zu bringen, wo schon gesucht wurde. Außerdem ... Hat er nicht die echte Tatwaffe dorthin geworfen, glaube ich. Er hat sie vertauscht. Die Statuen und Plaketten mit den Namen. Es ging ihm nicht darum, die Tatwaffe, sondern vielmehr eine überzählige Statue loszuwerden.«

Er dachte eine Weile nach. »Du meinst, die eigentliche Mordwaffe steht zu Hause bei uns im Regal?«

»Ich glaube schon. Aber was ich dann nicht verstehe, ist, wieso Carli das nicht der Polizei gesagt hat. Weißt du? Er stellt sich, gibt den Mord zu. Würde es dann nicht naheliegen, dass er sagt, ach, und die Mordwaffe findet ihr übrigens über meiner Wohnzimmertür? Ich meine, ich habe schon den ein oder anderen Krimi gesehen und meistens fangen Geständnisse mit der Mordwaffe an.«

»Vielleicht irrst du dich ja auch. Vielleicht wurde sie nicht vertauscht. Dass er die Statue nicht erwähnt hat, ist, glaube ich, kein Beweis dafür, dass Papa nicht schuldig ist.«

»Suchen wir den denn?«

»Wen?«

»Den Beweis für die Unschuld deines Vaters?«

Wieder trank er einen großen Schluck Bier und sah leeren Blickes in die Ferne.

Das Handy in meiner Hosentasche vibrierte erneut, diesmal bekam er es mit. Ich nahm es zögerlich heraus, alles andere wäre seltsam gewesen.

»Wer ist das?«, fragte Florian und sah in schnellem Wechsel auf mein Handydisplay und zu mir.

»Kitty.« Sicher. Es war fast zehn Uhr, sie erwartete mich schon lange.

»Was will sie?«

Ich setzte ein unschuldiges Lächeln auf und rollte theatralisch mit den Augen. »Wenn ich das wüsste … Vermutlich ein Kleidernotfall für morgen oder so.«

Schnell klickte ich auf den Lautstärkeknopf, um Kittys Stimme so leise wie möglich zu stellen. Dann ging ich ran.

Eine Chance. Ich hatte eine Chance, Kitty zu sagen, wo ich war, ohne dass Florian daraus schließen konnte, welchen Verdacht ich hatte.

»Mann, Nina, ich warte und warte ... Wo bist du, verdammt?«, hörte ich ihre Stimme in meinem Ohr.

Ich sah zu Florian, der mich ebenfalls gespannt beäugte.

»Mensch, Kitty, alles dazu steht doch auf dem letzten Blatt des Manuskripts.«

»Manuskript? Wovon redest du?«

»In meinem Zimmer. Du hast es dort vergessen. Ich hab's in die Schreibtischschublade getan. Guck eben nach, dann weißt du es wieder, du hast es doch schon so oft gelesen. Auf der letzten Seite steht alles.«

»Was soll das? Komm gefälligst endlich nach Hause. Ich muss zum Straßenfest. Wenn ich da nicht gesehen werde ...«

Ich sah, wie Florian ungeduldig auf seinem Hosenboden hin und her rutschte.

»Wenn du nicht weißt, was du morgen anziehen sollst, dann zieh einfach das Kleid an, was du am See getragen hast.« Das Wort See betonte ich überdeutlich.

»Am See?«

»Ja, am See.«

Plötzlich Florians kaltschweißige Hand auf meiner, mein Handy wurde mir aus der Hand gerissen. Er beendete den Anruf und legte das Telefon neben sich ab.

»Ich glaube, ihr Notfall kann warten. Wir wollen uns doch in Ruhe unterhalten.« Seine Augen kalt wie blaues Eis.

Ich schluckte meine Angst weg. Das ungute Gefühl, das

mich überkam. Ich sah zu meinem Handy, das zwar nur wenige Zentimeter neben Florian im Gras lag, für mich aber unerreichbar schien.

»Was wollte sie?«

»Ach, es geht darum, was sie morgen bei der Wahl sagen will. Hatten wir uns zusammen überlegt und in dieses Theatermanuskript geschrieben. Kitty wollte es so, theatralisch wie sie ist, aber jetzt konnte sie es nicht finden. Sie hat es aber in meinem Zimmer gelassen.«

Er schwieg. Ich war mir nicht sicher, was er darüber dachte. Und noch weniger wusste ich, ob Kitty verstanden hatte, was ich ihr hatte sagen wollen. Die Notizen, die ich gemacht hatte über den Ablauf der Mordnacht. In Frederikas Tagebuch, das in meiner Schreibtischschublade lag. Jenem Manuskript, das sie bereits unzählige Male gelesen hatte. Ich konnte nur hoffen, dass sie verstehen würde, dass der falsche Mörder in Haft saß. Denn da war ich sicher. Viel wahrscheinlicher aber war, dass sie sich nur noch mehr über mich ärgern und ihren Schönheitsschlaf für morgen einleiten würde.

»Solche Probleme müsste man haben«, sagte Florian. Anschließend schwiegen wir, bis das Vibrieren meines Handys erneut die Stille durchbrach. Kitty, die wieder anrief. Florian reagierte nicht darauf. Ich schloss die Augen.

Dann begann er. »Es gibt so viele Versionen von dem, was sich damals abgespielt haben soll. Wahrheit und Fiktion. Als wäre dieser ganze Fall eine verdammte *X-Factor*-Episode. Ist das nicht grotesk? Und niemand wird je rausfinden, wie es wirklich war.«

»Ihr Jonathan Frakes«, versuchte ich die Situation zu entschärfen.

Ein müdes Lachen von Florian. Abfällig vielleicht.

»Wollen wir es versuchen?«, fragte ich vorsichtig. »Zusammenzupuzzeln, wie es wirklich war?«

Er schwieg.

»Ich glaube nämlich, ich weiß, was sich in jener Nacht zugetragen hat.«

Er sah mich nicht an.

Zögerlich fuhr ich fort. »Ich war gestern noch einmal bei Maria. Denn wir haben etwas in Frederikas Tagebuch übersehen: Maria hat einen Eintrag entfernt, bevor sie das Tagebuch an den See gelegt hat. Dieser Eintrag hätte offenbart, dass sie von dem, was zwischen Frederika und deinem Vater war, gewusst hatte. Sie hat sie gesehen. Und die drei haben anschließend eine Vereinbarung getroffen, niemandem zu sagen, was dort vor sich gegangen ist.« Ich wartete auf eine Reaktion, doch nichts geschah. Ich sah mein Handy im Gras neben Florian aufblinken. Kitty, die eine Nachricht schrieb. Ich widerstand dem Drang, danach zu greifen. »Maria war aber nicht diejenige, die die Nachrichten der beiden in der Eiche hatte verschwinden lassen.« Der Eiche, die sich etwa fünf Meter hinter uns befand, in deren Schutz wir unter dem Sternenhimmel saßen. »Es gab also noch jemand anderen, der von den Treffen wusste. Ich dachte, es wäre Hauke gewesen, aber das stimmt nicht.« Ich schloss die Augen. »Du warst es.«

Nun war auch das dritte Bier geleert, die Flasche landete mit einem Platschen im Wasser. Ein Entenpärchen flatterte empört in die Luft. Immer größer werdende Kreise zogen sich durch das dunkle Wasser, bis sie wieder verschwanden.

»Wahrheit«, sagte Florian tonlos, ohne mich anzusehen. Ich atmete aus. Sammelte mich.

»Weitere Erkenntnisse?«, fragte er fast neckisch.

»Nachdem das zwischen uns war damals. Nachdem du versucht hattest ...« Jetzt auf die richtige Wortwahl achten. »... mich zu küssen ... Da bist du auch noch einmal zum See gegangen, richtig? Du hast Frederika noch einmal gesehen. Hast sie gesucht, weil ... « Ich hatte es nicht verstanden, es nicht gesehen, dabei hatte sie es mir gesagt. Jetzt war es mir klar.

Es gibt einfach zu viele Idioten, die über uns bestimmen wollen. Glauben, dass sie alles mit uns machen können ... Aber das können sie nicht. Dürfen sie nicht. Okay? Niemand darf das. Und schon gar kein vermeintlicher Freund.

Sie war es gewesen. Der Schatten, das Rascheln, das Florian abgelenkt hatte. Der Grund, wieso ich mich losreißen konnte. Sie hatte gesehen, was Florian mit mir gemacht hatte. Und daher war sie so verständnisvoll gewesen. Daher hatte sie gewusst, wie sie mir Trost spenden konnte, und daher hatte sie ... Ich wagte kaum zu glauben, dass es so war. Daher hatte sie sterben müssen. »Du hast sie gesucht, weil sie uns gesehen hat. Du wolltest mir ihr reden.«

Er hauchte die Buchstaben wie eine laue Sommerbrise, doch in mir hinterließen sie das Gefühl eines Eissturms. »Wahrheit.«

Ich war mir sicher, dass er wusste, dass ich es wusste. Doch war niemandem von uns klar, was als Nächstes passieren würde. Vielleicht machten wir daher einfach weiter. Damit wir nicht über den Ausweg aus dieser Situation nachdenken mussten.

»Es ist nicht wegen dem, was zwischen uns vorgefallen ist an jenem Abend, dass du nicht mehr trinkst und jeglichen Kontakt zu mir abgebrochen hast. Jeglichen Kontakt zu allen. Es ist wegen dem, was mit Frederika geschehen ist.«

Die Antwort kam prompt. Noch immer blickte er auf das dunkle Wasser vor uns, anstatt mich anzusehen. »Wahrheit.«

Ich hatte alle Puzzleteile zusammen. Ich wusste, dass ich richtiglag. Florian wusste etwas von Frederikas Tod, war dabei gewesen. Doch ich konnte mir einfach nicht vorstellen, dass er es mit Absicht getan hatte. Dass er sie hatte umbringen wollen. Denn wieso? Es konnte immer noch ein Unfall gewesen sein. Florian war mein Freund gewesen, verdammt, er war es immer noch. Mehr als das. Ich schuldete ihm, dass er sich erklären konnte. So wie ich es mir gewünscht hätte. Ich hatte mich erklären wollen, nachdem ich diesen schrecklichen Fehler in Herrn Behrens' Operation begangen hatte, aber niemand hatte mich hören wollen. Das musste jetzt anders sein.

Da er weiterhin schwieg, versuchte ich es für ihn. »Es war so, wie du gesagt hast, richtig? Es war ein Unfall. Ihr wart betrunken, ihr habt gestritten und dann …« Ich schloss die Augen. »Dann ist sie gestolpert und auf die Statue gefallen.« Ich wusste, dass das nicht zu dem Verletzungsmuster passte, von dem ich im Obduktionsbericht gelesen hatte. Trotzdem fuhr ich fort, vermutlich, weil ich mir wünschte, dass es so gewesen war. »Du wolltest ihr ja nicht wehtun. Du hast selbst beim Königinnenlauf gesagt, dass alles ein Unfall gewesen sein könnte. Eine ungünstige Verkettung schrecklicher Entscheidungen. Du hast das gesagt, weil du es wusstest. Du wolltest das nicht, sie fiel ins Wasser, du hattest Angst. Und dann kam Hauke, das konntest du sehen. Da hast du schnell die Statue gegriffen.

Aus Reflex. Und du musstest dich verstecken. Aber als Hauke sie dann fand, war es zu spät. Sie war tot. Vielleicht hast du dich hier oben hinter der Eiche versteckt. Aber du hattest ja die Statue. Was solltest du damit machen? Und da hast du sie einfach in den Rucksack gesteckt und mit nach Hause genommen. Vielleicht kam dir die Idee, die Statuen zu vertauschen, ja auch erst ein paar Tage später. Als die Obduktion ergeben hatte, dass sie nicht im Schwimmbad gestorben war. Der Plan deines Vaters, sie dorthin zu bringen, hatte ja gut geklungen. Aber ihr hattet alle nicht wissen können, dass sie noch lebte, als sie ins Wasser gefallen war. Aber ich weiß, dass du es nicht wolltest. Ich meine, auch ich habe Blut an meinen Händen kleben, ich weiß, wie sich das anfühlt. Aber ... aber du musst die Wahrheit zulassen, Florian, es macht dich kaputt.« Ich redete mich in Rage, während er ganz ruhig dasaß.

»Nina?«

Doch ich redete weiter. »Du wolltest das nicht, das wird jeder verstehen. Und ich weiß, dass du es bereust.«

»Nina?« Er legte einen Arm um meine Schulter und zwang mich dadurch, ihm in seine Augen zu sehen. Jene glasige, unberechenbare Version seiner Augen, die ich erst einmal in meinem Leben gesehen hatte. Als ich vor zwanzig Jahren mit meinem Rücken an einen Baumstamm gepresst stand und seine Faust auf mich zurasen sah. Seine Stimme klang seltsam fremd und fern. Tödlich. »Fiktion.«

KAPITEL 48

Der Schlag in meinem Nacken kam so hart und plötzlich, dass ich sofort die Orientierung verlor. Alle Luft entwich aus meinen Lungen. Die Luft, die ich so dringend
gebraucht hätte, denn das Nächste, was ich merkte, als ich
zu Boden gedrückt wurde, war kalte, modrige Flüssigkeit,
die mir in mein Gesicht, meine Nase, meinen ungläubig
offen stehenden Mund lief. Von Wasser konnte kaum die
Rede sein. Nicht so dicht am Ufer, umgeben von Schilf,
Schlamm, Entendreck und vermoderten Blättern.

Ich schloss die Augen. Es war ein Reflex, keine bewusste
Entscheidung. Vielleicht wollte ich mein Ende nicht sehen.
Oder nicht mit angststarren offenen Augen gefunden werden. Nicht so wie Frederika, deren lebloser Blick Hauke
bis heute im Traum verfolgte.

Sofort dachte ich an Papa. Der mich verlieren würde. So
wie Mama. Ich dachte an Stefan, der vielleicht denken würde,
dass es mir recht geschah, weil ich nicht hatte lockerlassen
können. An Frederikas Mutter, die niemals erfahren würde,
was wirklich mit ihrer Tochter geschehen war. An Lopauthal. Diesen Ort, den ich für etwas verflucht hatte, obwohl er
auch die schönsten Erinnerungen meines bisherigen Lebens
umfasste. Daran, dass ich mich nie wieder mit ihm gutstellen konnte, dass er für immer verflucht bleiben würde.

So viele Gedanken in einer einzigen Minute, oder waren
es nur Sekunden? Vielleicht stimmte das auch nicht. Vielleicht dachte ich gar nichts.

Aber ich wusste, dass ich nicht mehr lange hatte, denn meine Lungen brannten wie Feuer. Der Geschmack des Todes lag auf meiner Zunge, verursacht durch Millionen Mikroorganismen, die alles Lebende im Wasser zersetzten.

Bald würde ich meinem Atemreflex unterliegen, der allem Verstand zum Trotz einsetzen und meine Lungen mit Stauseewasser füllen würde. So wie sich Frederikas Lungen vor zwanzig Jahren mit Stauseewasser gefüllt hatten. Und dann wäre es vorbei.

Ich spürte Florians Körper über mir, so dicht. Reflexartig schlug ich mit meinen nach hinten gestreckten Händen nach ihm, versuchte, etwas zu fassen zu kriegen, einen Stock, einen Stein. Da, etwas Hartes. Mein Handy, es musste mein Handy sein, das er neben sich ins Gras gelegt hatte. Ich fingerte danach, kam nicht richtig ran, schob es immer weiter in eine Richtung, bis es mir entglitt und ich es nicht mehr zu fassen bekam.

Und wieder spürte ich ihn lauern, diesen verdammten Drang nach Luft, der sich in meiner Brust ausbreitete, wie ein Vakuum, das immer größer wurde, zu platzen drohte und bald alles um sich herum einsaugen würde.

Doch dann änderte sich der Griff seiner Hände um meine Schultern. Lockerte sich. Er zog mich aus dem Wasser. Ich öffnete die Augen, konnte es kaum glauben, gab dem Atmen nach, sog alle Luft zusammen mit den Schlammlawinen ein, die sich aus meinen Haaren ergossen. Sauerstoff stieg direkt in mein Hirn und schüttete dort Glückshormone aus, die mich wissen ließen, dass Wissenschaft und Menschlichkeit vielleicht tatsächlich zwei verschiedene Dinge waren. Denn Glückshormone waren in dieser Situation eindeutig fehl am Platz. Ich atmete so heftig, so schnell, dass mir schwindelig wurde, aber ich konnte nicht aufhören. Zu groß die Angst, dass es gleich von vorne losgehen würde. Doch dann zog er mich weiter hoch, drehte mich um und drückte mich nach hinten, sodass ich mit dem Rücken auf der Böschung zu liegen kam.

Ich wollte aufspringen, weglaufen, nach einem Stein greifen, ein Messer finden, um bloß hier wegzukommen. Doch mein Körper gab sich damit zufrieden, lediglich ein- und auszuatmen. Ich wischte mir den Schlamm aus den Augen, öffnete sie, sah Sterne und wusste nicht, ob sie real waren.

Ich meinte, den Boden unter mir vibrieren zu spüren. Vielleicht von der Musik des Straßenfestes, vielleicht von den Motoren der Autos auf der Bundesstraße am anderen Ende des Sees. Doch hier bei uns absolute Stille. Niemand war da. Ich wusste nicht, wie lange ich dort lag, bis ich versuchte, mich aufzusetzen – und mitten in meiner Bewegung wurde ich gestoppt. Denn plötzlich spürte ich wieder Florians Gewicht auf mir, als er sich rittlings auf meinen Bauch setzte, meine Arme wie in einer Schraubzwinge unter seinen Knien begrub. Es war noch nicht vorbei.

»Du bist genau wie sie.« Er presste die Worte durch seine Lippen.

Ich atmete gegen das Gewicht auf meiner Brust an.

»Mich verurteilen, wo ihr doch alle viel mehr Dreck am Stecken habt. Du hast auch Blut an den Fingern, sagst du? Ein Menschenleben auf dem Gewissen. Soll das heißen, dass es für uns zwei Wahrheiten gibt? Du darfst töten und ich soll dafür ins Gefängnis? Wer entscheidet das denn? Wer ist der Richter darüber, wenn nie jemand weiß, was genau der auslösende Faktor für den so von dir genannten Fehler war?«

»Nein, das meinte ich nicht, ich ...« Das Sprechen war schwer, nicht genug Luft dazu da. Doch offensichtlich war er jetzt derjenige, der sprechen wollte.

»Sagt sie mir, ich wäre ein kleiner Spanner. Ein Perverser, genau wie mein Vater. Nur, weil sie nackt vor unserer Dusche steht und sich vor meinen Augen mit meinem Vater treffen muss. Ich hab gesehen, wie sie sich bei uns zu Hause vor allen angesehen haben. Es war widerlich. Und dann Hauke, der von allem keine Ahnung hatte. Diese Sache mit dem Hahn, wie auffällig kann man denn sein?« Er sah mich nicht an, sah nur auf seine Hände, die er nervös knetete.

»Weißt du, sie hat mich einen Vergewaltiger genannt. Nur, weil ich dich küssen wollte. Sie hat ja gar nicht richtig gesehen, wie es war. Sie ...«

»Es war kein normaler Kuss und das weißt du.«

Er lachte, überging meinen Einwand. »Dabei ist sie auch nicht besser. Die Scheinheilige, die die arme alte Johanning für diesen Brand verantwortlich gemacht hat. Aber sie selbst hat doch die Bühne angesteckt. Ich hab sie gesehen. Natürlich schreibt sie davon nichts in ihrem Buch, du weißt ja, alles für den Schein. Aber sie war es. Nachdem die Johanning von der Bühne gegangen ist, ist sie hin und hat das Petroleum aus den Lampen verschüttet und die Bühne in Brand gesteckt. Dabei hat sie gelacht. Ich hab es damals nicht verstanden, aber jetzt, nachdem ich das Tagebuch kenne, weiß ich, dass es auch nur ein brutales urmenschliches Motiv dafür gab: Rache.«

»Du ...« Ich musste ein Husten unterdrücken. »Du hast sie gesehen?«

»Ja. Ich war an dem Tag auch am See. Ich hab von dem Treffen von Frederika und Papa erfahren und wollte wissen, wie sie darauf reagieren würden, wenn sie erfahren, dass jemand ihre Nachrichten abgefangen hat. Nicht gut offenbar, schließlich hat Frederika die Bühne in Brand gesteckt, nachdem Papa die Sache zwischen ihnen beendet hatte.«

Meine Gedanken rasten: Was war es dann, weswegen sie Herrn Johanning erpresst hatte? Und tat das gerade etwas zur Sache? Ich bezweifelte, dass ich es je rausfinden würde. Ich überlegte zu schreien, aber wer sollte mich schon hören? Und dennoch wollte, nein, musste ich das einzig Wichtige klären.

»Warum hast du sie umgebracht?«

Nun blickte er in die Ferne, als betrachtete er die Szene von damals erneut vor sich. Ein schauriges Grummeln entwich seiner Kehle und stieg in den Nachthimmel. Er sprach langsam. »Ich habe euch gesehen. Ich bin dir gefolgt, ich wollte mich entschuldigen. Ich … ich habe dich geliebt, weißt du, schon die ganze Zeit. Aber dann habe ich euch gesehen, sie und dich, wie ihr hier saßt, über mich gelästert habt. Musstest ihr gleich alles brühwarm erzählen, obwohl ihr euch nicht mal kanntet. Ihr habt mich einfach verurteilt, euch gegen uns alle verbündet. Dabei war sie doch die, die Papa einen blasen wollte, und du warst die, die sich nie getraut hat, deine Gefühle mir gegenüber zuzugeben.«

»Wir haben nicht über dich geredet.« Hatten wir doch, das war mir nun klar geworden. Zumindest sie hatte es getan.

»Ach nein? Ihr wart so vertraut, habt euch über mich lustig gemacht, so wie sie später dann auch noch. Weißt du, sie dachte immer, sie wüsste alles, hätte alles unter Kontrolle. Als wäre sie besser als wir alle. Ich konnte es kaum ertragen, euch da so zu sehen. Es tat zu doll weh. Wie ihr mich gedemütigt habt. Aber dann bist du wie durch ein Wunder aufgestanden und losgegangen. Und plötzlich war sie allein. Ich wollte ihr sagen, dass sie sich mal an die eigene Nase fassen und sich aus meinen Sachen raushalten sollte. Aber dann ... dann hat sie mich angegriffen, mir gesagt, ich wäre ein feiges Würstchen wie alle Männer in meiner Familie. Ein Krimineller wie mein Vater. Dass es kein Wunder wäre, dass mich nie ein Mädchen angucken würde. Nicht einmal du. Dass ich ihr ja auch hinterherspionieren würde und nicht genug bekommen könnte, seit ich sie unter der Dusche gesehen hätte. Dass aus mir nichts werden könnte, dass ich enden würde wie Papa. Und dann ... dann konnte ich nicht anders. Ich weiß nicht, wie es dazu kam. Sie hat mich ausgelacht, die ganze Zeit dieses Lachen. Und die Statue lag da und ich habe sie einfach aufgehoben und sie ihr gegen den Kopf gehauen. Ich wollte nur, dass es endlich ruhig wird. Und dann ist sie ins Wasser gefallen und hat sich nicht bewegt. Ich habe ihr zugeguckt, dann habe ich überlegt, ob ich sie wieder rausholen sollte. Wollte ich. Hätte ich vielleicht sogar. Bestimmt. Aber dann habe ich Hauke gehört. Er hat nach ihr gerufen und ich musste weg. Hab mich versteckt und alles gesehen. Gehört, wie mein großer Bruder heulend um Hilfe bei meinem Vater bettelte, ohne zu wissen, dass der überhaupt erst schuld daran war, dass sie von ihm wegwollte. Wie sie sich zusammen einen Plan überlegten, Frederika loszuwerden. Nur, weil jeder seine eigene Schuld vertuschen wollte. Nur deshalb ist all das so lange nicht geklärt worden, ist dir das eigentlich klar? Weil jeder dachte, er wäre ein schlechterer Mensch als der andere. Und das stimmt ja auch.«

»Dir ist eine Sicherung durchgebrannt. Du warst betrunken, sie hat dich provoziert.«

Seine Zähne knirschten. Seine Augen glänzten fiebrig. »Nein. Sie hat es nicht anders verdient. Ich war froh, als ich hörte, dass sie tot war. Dass sie sich nicht mehr weiter über mich lustig machen würde, dass all ihre Lügen endlich ein Ende haben würden.«

Er war die kleinere Person gewesen, die Maria gesehen hatte. Nicht ich. Der kleine, nette Bruder von Hauke. Frederikas Mörder.

»Was hast du jetzt vor?«

»Ich bin es leid, von euch Mädchen verurteilt zu werden. Du bist nicht besser als sie. Du mit deinen zwei Wahrheiten. Du läufst ja selbst vor allem davon. Und nun hat sich auch noch der Ort gegen dich verschworen. Dein Vater, dein Verlobter, ich. Du hast es einfach nicht mehr geschafft, so weiterzuleben, das versteht jeder. Daher …«

Mein Herz raste, diese Worte. Ich konnte sie nicht begreifen, aber ich wusste, was zwangsläufig passieren würde. Musste. Anders konnte es nicht ausgehen und ich fragte mich, ob mir das vielleicht klar gewesen war, als ich mit ihm allein hier zum See gegangen war. Hatte er recht? War ein Teil von mir müde? Doch ich konnte gar nicht mehr denken, denn gerade als ich etwas sagen wollte, spürte ich, wie sich seine eben noch weich gekneteten Hände um meine Kehle schlossen und mir wieder schwarz vor Augen wurde.

Dann ließ er wieder locker. Eine Machtdemonstration.

»So sieht kein Selbstmord der Welt aus. Sie werden es wissen«, versuchte ich es heiser.

»Lass das mal meine Sorge sein.« Eine Träne in seinen Augen. Ich konnte sie sehen. In diesen leblosen Augen.

Und da erkannte ich, dass ich keine Chance hatte. Er würde mich aus dem Weg räumen. Und die perfekte Version unserer selbst würde für immer in dieser Kiste in seinem Zimmer weiterleben. Als einziger Beweis dafür, dass wir je zusammen auf dieser Erde existiert hatten.

»Eine letzte Frage habe ich aber noch, Nina.« Die Art und Weise, wie er diese Worte aussprach, ließ keinen Zweifel daran, dass er es so meinte. »Was hat mich verraten?«

»Der Füller. Ich habe ihn gefunden.«

Er lächelte. »Ich hatte mir damals schon gedacht, dass es riskant wäre, ihn mitzunehmen. Er muss ihr irgendwie aus der Tasche ihres Kleides gefallen sein, als sie gestürzt ist. Ich konnte ihn nicht liegen lassen. Vielleicht, weil es deiner war. Aber ich habe gewusst, dass du seine Bedeutung kennen könntest. Dass nur du mir je gefährlich werden könntest. Weil du die Einzige bist, die alle Umstände kennt. Daher wollte ich ja auch sehen, wie du mit diesen Ermittlungen vorankommst. Eigentlich hatte ich nicht geglaubt, dass du mir auf die Schliche kommst. Erst recht nicht, seit Papa gestanden hat. Nur um Hauke zu schützen. Wenn der wüsste, dass er eigentlich seinen anderen Sohn deckt … Aber du musstest ja immer weitermachen. Also ist es so vorherbestimmt. Du hast dir dein eigenes Grab geschaufelt.« Die Träne rollte über seine Wange. »Du hast uns unser Grab geschaufelt, Nina.«

Dann wurde der Druck auf meinem Brustkorb fast unerträglich, Florians Gewicht verlagerte sich nach vorne, seine Knie weiter fest auf meinen Armen, und ich verstand erst, was passierte, als er es tat. Er küsste mich. Sein linkes Knie rutschte dabei von meinem Unterarm ab, quetschte die Haut zwischen Boden und Knie ein. Mit einem stechenden Schmerz zog ich meine Haut unter seinem Knie hervor.

Mein Arm, er war frei. Das war meine Chance und ich wusste es. Meine einzige. Nur was sollte ich tun?

Florians Lippen pressten sich immer noch auf meine, ich musste einen Würgereiz unterdrücken.

Der Füller, hallte es in meinem Kopf nach. Der Beweis für seine Schuld. Schnell glitt meine nun freie Hand zu meiner Hosentasche und fingerte ihn heraus. Schob den Deckel mit dem Daumen ab.

Ich dachte an Herrn Behrens und an alles, was ich noch richtigstellen musste. Ich konnte jetzt nicht gehen. Ich musste etwas tun.

Und genau in dem Moment ließ Florian von meinen Lippen ab, richtete sich auf und gab meinem Arm weiteren Spielraum, sodass ich ihn unter ihm hervorziehen konnte.

Er bemerkte es, blieb trotzdem ruhig. Er wusste, dass er die Oberhand hatte. »Es tut mir leid, Nina«, sagte er, als er seine Hände um meinen Hals legte, langsam, fast bedächtig wie eine Würgeschlange. Mit seinem Bein versuchte er, meinen freien Arm einzufangen. »Auch, dass wir keine zweite Chance bekommen haben.« Und dann drückte er zu. Ein letztes Mal.

Jetzt war der Moment gekommen. Noch bevor sein Bein meinen Arm auf den Boden zwingen konnte, noch bevor mir schwarz vor Augen wurde, holte ich aus. Den Füller fest in meiner Faust, rammte ich ihm die metallene Feder mit aller Kraft in seinen Brustkorb. Betete in diesem Bruchteil einer Sekunde, dass ich die Rippe verfehlen würde. Dass die Feder hart genug wäre, um die Muskeln dazwischen zu durchbohren. Seine Lunge zu erreichen. Nur dann hätte ich eine Chance. Und dann spürte ich ihn, diesen dumpfen Widerstand, als der Schaft des Füllers die Haut zerquetschte, das vertraute Gefühl, als er durch die

Muskeln schnitt. Kein Knochen im Weg. Die erste Hürde war genommen.

Ein Aufschrei Florians. Sein Gewicht auf mir, das sich veränderte, zur Seite verlagerte. Der Druck um meinen Hals ließ nach.

Und dann zog ich den Füller heraus. Das Letzte, was Frederika, Florian und mich verband. Das Letzte, was Florians Lunge davor bewahrte zu kollabieren.

Sofort rang er nach Luft, so wie ich es soeben noch getan hatte. Seine Augen panisch geweitet. Er sank in sich zusammen, sah ungläubig auf den Füller in meiner Hand, auf mich. Dann kippte er von mir herunter. Dabei trat sein Knie mit voller Wucht gegen meinen Kiefer, sodass mir schwarz vor Augen wurde. Ich sammelte mich. Blinzelte. Kein Gewicht mehr auf meiner Brust. Nun lag er auf dem Rücken neben mir, japste nach Luft. Das Blatt hatte sich gewendet.

Ich richtete mich auf, drehte ihn auf die Seite, sah, wie das Blut sein T-Shirt durchtränkte, dort, wo eben noch der Füller gesteckt hatte. Ich zog das T-Shirt hoch, legte meinen Finger auf das blutende Loch.

Er atmete ein. Keuchte, wimmerte. Die Außenluft strömte an meinem Finger vorbei über die Wunde in seinen Brustkorb. Verdrängte die Lunge. Ich wartete, schloss die Augen. Betete, dass die Luft wieder an meinem Fingern vorbeiströmen würde, wenn er ausatmete. Doch nichts. Sie blieb drin. Scheiße. Ein Spannungspneumothorax.

Die eindringende Luft sammelte sich in seinem Brustkorb, doch fand den Weg nicht wieder nach außen. Ein Ventilmechanismus. Mit jedem Atemzug würde sich weitere Luft ansammeln, bis kein Platz mehr da war. Nicht für seinen Lungenflügel, nicht für das Blut, das zu seinem Herzen zurückmusste. Ein Notfall. Ein echter Notfall, der dringend behandelt werden musste. Sonst würde er sterben.

Ich richtete ihn auf meinem Schoß auf. Hoffte, dass sich die Muskelschichten dabei so verschieben würden, dass die Luft wieder entweichen konnte. Doch nichts.

Sein Puls raste, sein Atem wurde flacher. Wir brauchten einen Notarzt. Dringend. Seine Hand suchte meine, die ihm diesen Schmerz soeben erst zugefügt hatte, fand sie, drückte panisch. Sein Kopf lag gegen meine Schulter gebettet, sein Gesicht neben meinem mit starrem Blick.

Tränen schossen mir in die Augen. Tränen der Verzweiflung, der Erleichterung, der Ungläubigkeit. Florian hatte Frederika getötet. Scheiße noch mal, er hatte soeben versucht, mich zu töten.

»Lass mich gehen«, röchelte er mir zu. Ganz leise, ganz zaghaft. Fast dachte ich, ich hätte mir seine Worte eingebildet. Hätte sie mir nur gewünscht. Denn es wäre das Einfachste. Hier sitzen zu bleiben und zu warten, bis es vorbei wäre. Für immer.

Der Druck seiner Hand wurde schwächer. Es würde nicht mehr lange dauern. Ich hob meinen Kopf und sah in den Nachthimmel. Wusste nicht, ob ich auf eine Eingebung wartete oder ob ich mich seinem angsterfüllten Blick entziehen wollte. Da waren all die Sterne und der helle Mond. Genau wie damals. Die Sterne, die sich in unzähligen Bildern auf der Oberfläche dieses kleinen Wasserlochs spiegelten, mit dem alles angefangen hatte. Ich konnte nicht glauben, wie schön es hier auf dieser Erde war, auf der so schreckliche Dinge passierten. Mein Gesicht brannte wie Feuer, da, wo sein Knie mir gegen den Kiefer getreten hatte. Ich spürte, wie Florians Atembewegungen immer flacher wurden. Sah, wie sich seine Gesichtszüge entspannten, die Augen schlossen, die Venen an seinem Hals stauten.

Ein Ruck durchfuhr meinen Körper. Scheiße, was machte ich hier eigentlich? Ich konnte ihn doch nicht sterben lassen. Nein, ich war kein Mörder.

Ich blinzelte meine Tränen weg. Schüttelte meinen Kopf. Wie, um mir diese Hilflosigkeit, diese morbiden Gedanken, auszutreiben.

Suchend sah ich mich um. Mein Handy, wo war es? Ich konnte es nicht finden. Es musste ins Wasser gefallen sein, als ich versucht hatte, es zu fassen zu kriegen. Ich durchsuchte seine Hosentaschen, meine Bewegungen erschwerten ihm das Atmen. Seine Hand wurde kälter, seine Finger bläulich. Nichts. Seine Taschen waren leer.

Ich schloss die Augen fest, öffnete sie wieder. Hob den Kopf. Niemand war da. Keine Hilfe würde kommen. Nur der Mond und die Sterne und die Bewohner des Bruchwaldes, die nun das zweite Mal Zeuge eines Todeskampfes wurden.

Dann spürte ich einen kühlen Luftzug in meinem Gesicht, vernahm, wie oben im Ort die sanfte Musik des Sommerfestes an meine Ohren getragen wurde, die sich so grotesk von dieser Szene hier unterschied. Ich dachte daran, wie leid es mir tat, dass Florian das alles nie wieder würde sehen, fühlen, hören können. So wie Frederika. Dass sie alle Träume, die sie gehabt, alle Pläne, die sie geschmiedet hatte, nicht mehr in die Tat hatte umsetzen können. Nicht zuletzt wegen mir. Mein Blick glitt weiter entlang des Waldrandes, denn etwas hatte meine Aufmerksamkeit gefordert und wurde vom Mond angeleuchtet. Kurz glaubte ich zu träumen.

Denn dort, am Ende des kleinen Waldwegs, der zum Schwimmbad führte, keine zwanzig Meter entfernt, stand sie. Diese Grazie, dieses weiße Kleid. Mein Blick glitt weiter an der Gestalt empor und dann sah ich dichtes, dunkles Haar über die Schultern fallen. Nein. Es war nicht Frederika. Ich halluzinierte nicht.

Sie sah mich an, kam auf mich zu, ihr Handy am Ohr. Bei dem Klang ihrer ungewöhnlich ruhigen Stimme verspürte ich eine größere Erleichterung, als ich je für möglich gehalten hatte. »Ja, Kommissar Ulrich, am See. Der Notarzt ist bereits unterwegs und machen Sie schnell. Genau, hier spricht Kitty Wedemeyer.«

Sie hatte uns gefunden. Ich sah runter zu Florian, zu seinem Brustkorb, der sich kaum noch hob. Seine Lippen waren blau. Ihm fehlte die Luft. Der Sauerstoff. So würde er es nicht schaffen. Selbst wenn der Notarzt wirklich bereits unterwegs war.

»Nein«, sagte ich entschlossen und wusste nicht, woher ich diese Entschlossenheit nahm. »Ich lasse dich nicht gehen, das wäre zu einfach. Für uns beide.« Ich nahm seinen schlaffen Oberkörper, legte ihn neben mir auf den Boden. Drehte ihn auf die Seite, suchte die Wunde, betastete sie mit meinem Finger. Er regte sich kaum noch. Seine Gesichtszüge waren schlaff, wirkten fast erleichtert.

So durfte, so würde es nicht enden. Ich nahm den Füller erneut aus dem Gras neben mir. Mit der kaum verbogenen Feder fuhr ich den Wundkanal nach. Versuchte mit aller Kraft, die Wunde zu vergrößern. Die Luft musste aus seinem Brustkorb heraus. Egal wie. Ich bohrte und hörte sein Stöhnen, wie aus einer anderen Welt. Spürte, wie sich Muskeln teilten, wie Bindegewebe durchstoßen wurde, wie er sich im Schmerz unter mir wand. Zog den Stift mit einem Schmatzen heraus, nahm nun meinen kleinen Finger, dann meinen Zeigefinger hinzu, bis die Wunde immer größer wurde. Bis Muskeln rissen. Bis ich endlich das alles entscheidende Geräusch hören konnte: die Luft, die sich ihren Weg an meinen Fingern vorbei in den kühlen Nachthimmel bahnte. Und dann, ein Martinshorn in der Ferne.

KAPITEL 49

»Ich muss das allein machen, aber danke, Papa.«

»Du kannst doch gar nicht fahren. Du stehst unter Schock. Ich kann verstehen, dass du wieder wegwillst nach allem, aber ...«

Ich legte meine Hand auf seine, mit der er seine Kaffee-tasse umklammert hielt, so wie er es unzählige Male bei mir getan hatte. »Ob du es glaubst oder nicht, aber ich fühle mich eher, als hätte ich meinen Schock erstmals überwunden. Und das hier muss ich jetzt aber noch tun.« Ich zwang mich zu einem Lächeln, sodass sich mein Kiefer erneut anfühlte, als befände er sich nicht an der richtigen Stelle.

Schon gestern Nacht hatte ich ihnen alles mitgeteilt. Nachdem Koslowski und Mertens aus dem Bett geworfen worden waren und Ulrich ihnen mit fast väterlichem Stolz von meinem sogenannten Erfolg berichtet hatte. Der sich nicht so anfühlte. Sie hatten mich überreden wollen, eben-falls ins Krankenhaus zu fahren, aber ich wusste, dass ich den für mich besten Arzt ohnehin bei mir zu Hause tref-fen würde. Also hatte ich wieder und wieder zu Protokoll gegeben, was geschehen war. Was Florian mir gestanden hatte. Bis ich endlich hatte heimgehen können. Und so hatte es sich angefühlt, als ich in Papas Arme gesunken war.

Die Nacht war dementsprechend kurz gewesen, nach-dem ich meine Geschichte dargelegt hatte und die Beweis-stücke inklusive der Statue über der Doppelflügeltür der Hansens sichergestellt worden waren.

Mein Hals fühlte sich noch immer eng an, meine Schultern waren verspannt, als hätte ich den Mount Everest mit dreißig Kilo Gepäck erklimmen wollen, aber aufgrund von Luftnot durch Moderwasser in der Lunge umkehren müssen. Von meinem lila schimmernden Unterkiefer ganz zu schweigen.

Und nun saßen wir bei einem frühen Frühstück, obwohl ich bezweifelte, dass je wieder ein Stück Brötchen durch meinen zu eng scheinenden Hals passen würde.

Kitty war bereits die ganze Zeit seltsam still gewesen, obwohl sie wirklich etwas zu prahlen gehabt hätte, und beschwerte sich nicht über den mangelnden Schönheitsschlaf so kurz vor der Wahl, was ich ihr hoch anrechnete. Sie hatte meine kodierte Nachricht am Telefon tatsächlich fast verstanden. Zumindest hatte sie meine Notizen in Frederikas Tagebuch gelesen, woraufhin sie zu den Hansens gegangen war – wenn sie auch noch keine Ahnung gehabt hatte, auf was sie sich da einlassen würde. Nachdem mein Fahrrad dort verlassen an der Wand gestanden und niemand geöffnet hatte und Papa von Haukes Geständnis gegenüber Kommissar Ulrich erfahren hatte, hatte Kitty nicht lockergelassen, bis sie sich zusammengereimt hatte, dass ich nur am See sein konnte. Sie hatte mich gerettet. Uns.

Margitta hatte mir nach einer Dusche den restlichen Schlamm aus meinem kurzen Haar gekämmt, so wie ich es mir immer von meiner Mutter gewünscht hätte, was sie vielleicht mehr beruhigt hatte als mich.

Das Schlimmste, was von der gestrigen Nacht zurückgeblieben war, war allerdings nicht der physische Schmerz. Es war das, was sich in meiner Brust gesammelt hatte. Stauseewasser gemischt mit meinen Erinnerungen, für immer in mir begraben, bis mein Körper irgendwann dazu in der

Lage wäre, auch den letzten Rest zu resorbieren, damit er ein Teil von mir werden würde. Und dann, irgendwann – wenn die Lungenentzündung, die ich mir prophezeite, abgeklungen war, wenn der Husten weniger wurde und das Fieber versiegte – dann würde ich darüber nachdenken können, was da eigentlich genau passiert war. Gestern Nacht. In der Nacht vor zwanzig Jahren.

Florian hatte Frederika getötet. Nicht zuletzt, weil er glaubte, gesehen zu haben, wie wir uns gegen ihn verbündet hatten. Zwei Mädchen, die ihn für etwas verurteilten, was sein Vater irgendwann einmal begonnen hatte.

Nachdem der Notarzt eingetroffen war und ihm eine Drainage in den Brustkorb gelegt hatte, hatte sich seine Lage stabilisiert. Gerade noch rechtzeitig. Er würde überleben.

Auch die Medien hatten noch nicht von der Sache berichtet. Ich konnte nur mutmaßen, dass die gestrigen Offenbarungen einfach zu frisch, zu schrecklich waren, sodass niemand, der wirklich etwas zu sagen hatte, etwas durchsickern ließ. Aber das würde natürlich noch kommen. Fürs Erste jedoch war ich glücklich und dankbar darüber – nicht zuletzt für Haukes und Susannes geistige Gesundheit. Ich wusste, dass das, was sie jetzt brauchten, zwei Dinge waren: Kraft und Zeit. Und selbst dann war ich nicht sicher, wie man nach einer solchen Tragödie weitermachen konnte. Aber ich hatte auch gelernt, dass es ging. Irgendwie. Irgendwann.

Und so würde heute trotz allem, wie seit unzähligen Jahren, das Heideblütenfest seinen gebührenden Abschluss mit der Königinnenwahl finden. Vielleicht auch nur, um endlich diesen schrecklichen Bann von damals zu brechen und ein neues Kapitel aufzuschlagen.

Ich für meinen Teil wusste trotz der Leere, die in meinem Inneren zurückgeblieben war, genau, was ich heute zu tun hatte.

»Ich kann dich fahren«, wiederholte mein Vater, während ich nach dem Frühstück, das für mich aus Kaffee bestanden hatte, auf der Treppe saß und meine Turnschuhe überstreifte. »Ich sollte dich fahren. Du kannst nach alldem nicht …«

»Doch, Papa, ich schaffe das wirklich, danke. Es gibt manche Dinge, die muss man einfach allein machen.«

»Aber das ist es ja gerade, das musst du eben nicht. Du hast uns.«

Ich lächelte.

Er fuhr fort. »Ich … Ich habe Angst, dass du nach alldem nicht mehr wiederkommst. Dass es das nun endgültig war, was dich von alldem hier trennt. Bitte, lauf nicht wieder weg.«

Ich sah ihn an, nahm seine warmen, großen Hände. »Nie mehr. Ich komme wieder, gleich heute Nachmittag, ich verspreche es dir. Ich will Kittys großen Siegeszug nicht verpassen. Und Papa … Vielleicht siehst du ja noch eine Möglichkeit für mich, dass wir beide zusammenarbeiten. Dauerhaft, meine ich. Wenn Gras über die Sache gewachsen ist und du das Gefühl hast, ich vergraule deine Patienten nicht mehr. Ich glaube, ich habe dem Ort einiges zurückzugeben. Etwa die letzten zwanzig Jahre meines Lebens.«

In der Morgensonne sah ich das wärmste Lächeln meines Vaters, bevor er mich fest in die Arme schloss. »Selbstverständlich. Ich bin stolz auf dich«

Ich nahm meine Tasche, versicherte mich, dass der Ring, den ich endlich wiedergefunden hatte, wirklich darin war, und ging zum Auto.

Kitty und Margitta standen in der Tür, während mein Vater mir noch immer folgte. Selbst Lisa hatte sich in den Türrahmen gedrängt, als wollte sie nichts verpassen.

Ich drehte mich um. »Sei später einfach du selbst, Kitty, es kann nichts schiefgehen. Du selbst und niemand sonst. Du brauchst keine Version einer vermeintlichen Ikone zu sein, schließlich bist du so schon eine Legende. Für mich allemal. Danke für alles.«

Sie lächelte mir zu.

»Wieso nimmst du eigentlich nicht deinen Mini?«, fragte Papa, als ich in den Volvo stieg. »Ist der nicht sicherer?«

Ich sah zu dem kleinen Auto auf dem Parkplatz, das ich in den letzten Wochen missachtet hatte. »Vielleicht schenken wir ihn Margitta«, sagte ich augenzwinkernd. »Hiermit fühle ich mich wohler.«

Ich stieg ein, startete den Motor und legte quietschend den Rückwärtsgang ein, um mit einem mulmigen Gefühl den Weg nach Hannover einzuschlagen, wo ich zwei Dinge zu erledigen hatte, bevor ich wieder nach Hause zurückkehren konnte. Vielleicht für immer.

KAPITEL 50

Lopauthal. Wie ein ewiger Sommer.

Das Banner mit den anpreisenden Worten in diesem speziellen Lila der Heideblüte wurde im Rückspiegel langsam kleiner. Die Hauptstraße war bereits für den traditionellen Umzug gesperrt, die Umleitungsschilder waren aufgestellt worden. Ich plante ohnehin nicht, den direkten Weg zum *Krönungshügel* zu nehmen. Mir blieb eine Stunde Zeit und ich hatte eine letzte Sache zu klären. Also bog ich vor dem großen Blumenfeld mit angrenzendem Maislabyrinth links in den kleinen Sandweg ein, von wo aus ich die Heideflächen bereits am Horizont aufleuchten sehen konnte.

Stefan hatte verständnisvoll reagiert, aber auch ein wenig besorgt. Und doch waren wir beide eindeutig froh darüber gewesen, dass wir uns noch einmal hatten aussprechen können. Den Ring, den ich ihm wiedergab, legte er in die Schublade einer Kommode, die einmal auch meine gewesen war. Doch dort würde er nicht lange bleiben. Stefan hatte den Zuschlag für die Altbauwohnung, die so gut zu ihm passte, erhalten und freute sich schon darauf. Wir beide würden also einen Neustart bekommen. Wenn auch jeder für sich.

Auch die Obduktionsberichte gab ich ihm zurück. Ich hatte keine Verwendung mehr dafür. Der Fall war endgültig abgeschlossen. Es fühlte sich seltsam an.

»Du hättest vielleicht auch Rechtsmedizinerin werden sollen«, sagte er. »Oder Ermittlerin.«

Ich nahm es als Kompliment. »Nicht das erste Mal, dass ich das höre.«

Wir umarmten uns

»Bis bald, Nina.«

»Bis bald und danke für alles.«

Er hatte die Akten in die Hand genommen, sie hochgehalten, als ich mich über die Steinstufen entfernte. »Wenn du mal wieder etwas brauchen solltest, weißt du ja, wo du mich findest.«

»Allzu bald hoffe ich nicht«, hatte ich lächelnd geantwortet. Es fühlte sich gut an.

Ich stellte das Auto neben dem Fahrzeug einer Gärtnerei mit einem leeren Anhänger ab und wunderte mich. Es war doch Sonntag?

Vor einer Woche war ich das letzte Mal hier gewesen. So viel hatte sich seitdem verändert. Vielleicht tat es nichts mehr zur Sache, aber damit ich endlich mit allem abschließen konnte, musste ich erfahren, wieso Herr Johanning gelogen hatte.

Die Sonne stand hoch am Himmel, einige harmlose Wölkchen bedeckten sie von Zeit zu Zeit. Ein perfekter Tag für den Festumzug. Ich ging zur Tür, klopfte und öffnete sie anschließend mit diesem lauten Quietschen, das ebenfalls einen Einfluss auf den Lauf der Dinge in der Nacht vor zwanzig Jahren gehabt hatte. Wie so viele Details, die jeweils ihren Beitrag dazu geleistet hatten.

Herr Johanning saß wie gewohnt in seinem Sessel, hatte mir den Rücken zugewandt und blickte durch die Fensterfront auf das Spektakel, das sich in seinem Garten abspielte.

Das Motorengeräusch des Baggers drang dumpf in den Raum.

»Wieso haben Sie mir nicht die Wahrheit gesagt?«, fragte ich, als ich mich neben ihm auf das Sofa setzte.

»Weil ich mich schämte«, sagte er, ohne mich anzusehen. Wieder dieses Pfeifen in seiner Lunge. Und doch musste ich feststellen, dass er etwas besser aussah. Ein wenig mehr Farbe im Gesicht hatte.

»Es war nicht Ihre Frau, die das Theater angezündet hat. Es war Frederika.«

Er nickte.

Zeit der Wahrheit. Der absoluten Wahrheit. »Hat Ihre Frau Ihnen auch wehgetan?«

»Sie hat es nicht mit Absicht getan.«

»Ich weiß, das war Teil ihrer Krankheit. Sie konnte nichts dafür.«

»Ich hätte Frederika besser beschützen müssen. Ich … Ich hatte so eine Ahnung, aber ich habe es nicht wahrhaben wollen. Bis sie mir die blauen Flecken an ihren Armen gezeigt hat.«

»Das war der eigentliche Grund, weswegen sie Sie erpresst hat. Sie wollte dem Ort erzählen, was Ihre Frau ihr bei den Proben angetan hat.«

Er seufzte. »Ja. Sie … Sie wusste ja nichts von Ingrids Krankheit. Sie dachte, meine Frau wäre einfach ein böser Mensch. Ist das nicht schrecklich? Es tat mir so leid. Denn sie war der liebenswürdigste Mensch, den es je gab. Nur ihre Krankheit hat sie so verändert. Ich wollte …« Nun wandte er den Blick von seinem Garten ab, sah mich erstmals an. Seine Augen waren wach, obwohl er selbst müde aussah. So müde.

»Es hat die Ermittlungen in die Irre geführt. Die blauen Flecken. Der Brand.«

»Ich weiß.«

»Wussten Sie denn, dass es Frederika gewesen war? Die Sache mit der Bühne?«

»Ja. Ingrid … Sie hat Frederika gesehen. Und sie hat es Kommissar Ulrich gesagt. Sie war außer sich.«

»Und Sie haben Ulrich stattdessen gesagt, es wäre Ihre kranke Frau gewesen. Weil Sie Frederika nun schützen wollten. Weil Sie ein schlechtes Gewissen hatten und Frederika Sie darum gebeten hat. Sie dachten, wenn Sie die Krankheit Ihrer Frau als Vorwand nehmen, würde Ulrich die Sache eher zu den Akten legen, richtig?«

»Ja. Er war ein guter Freund. Harald Ulrich. Und er hat mir diesen Gefallen getan, sodass die Ermittlungen zur Brandursache im Sande verlaufen sind. Schließlich hätte es keinen Unterschied gemacht. Aber das hat es Harald erschwert, diesen Fall ganz neutral zu betrachten, schätze ich. Irgendwann hat er wohl gedacht, dass ich nicht der Einzige gewesen bin, der ihn angelogen hat.«

»Hat Ihre Frau herausgefunden, dass Sie sie beschuldigt und Frederika in Schutz genommen haben?«

»Ja.« Er schloss die Augen, senkte den Kopf. »Und daher wird für mich immer die Frage bleiben, ob ihr Tod tatsächlich ein Unfall war. Ob sie in jener Nacht einer ihrer Dämonen gejagt hat, als ich die Tür offen ließ, oder ob ich der Dämon war, der sie in den Tod getrieben hat. Weil ich sie verraten habe. Und das alles nur, um sie zu beschützen.«

Selbst in ihrem Tod versuchte er es noch. Daher hatte er nichts gesagt. Eine grenzenlose Liebe.

Nun sah er mich wieder an, ich wandte meinen Blick nach draußen.

»Was ist mit deinem Kiefer passiert?«, fragte er, als er mich von der Seite ansah.

»Es ist eine lange Geschichte, die ohnehin zu schnell die Runde machen wird.«

»Es stimmt also wirklich. Dass Florian Hansen Frederika das angetan hat. Und dir.«

Die Nachricht hatte sich offenbar schneller verbreitet als gedacht. Und dennoch hatte offensichtlich jeder dichtgehalten. Zumindest vor der Presse. Wenn es drauf ankam, hielten die Leute hier zusammen. Eine wahre Gemeinschaft. Und ich wusste, dass ich alles versuchen würde, um Teil davon zu werden. Wieder. Oder zum ersten Mal.

Ich nickte. »Und glauben Sie, dass es gut ist? Dass die Wahrheit nun endlich ans Licht kam?«

»Ich glaube, dass ein tiefer Schmerz notwendig ist, damit eine Heilung überhaupt die Chance hat einzusetzen. Dass jedoch jeder für sich selbst entscheiden muss, ob er bereit ist, diesen Schmerz zuzulassen. Ich für meinen Teil bin mir noch nicht sicher. Alte Gewohnheiten sind schwer abzulegen. Vor allem, wenn man so ein Greis ist wie ich. Aber wem sage ich das, ich bin kein Arzt.« Er zwinkerte mir zu und zum ersten Mal seit Langem fühlte ich wieder so etwas wie Stolz bei dem Gedanken an meine Berufung.

»Was ist eigentlich aus deinem Problem geworden? Das du bei der Arbeit hattest?«

Es war seltsam. Nach allem, was hinter uns lag, saßen wir hier in seinem Wohnzimmer und unterhielten uns wie bei einem Kaffeekränzchen. Fehlte nur das Scrabbleboard.

»Die erste Hälfte habe ich eben geklärt.« Ich erzählte ihm in kurzen Sätzen davon. Und darüber, wie mir dieses kleine Mädchen mit Zahnlücke die Haustür geöffnet hatte. Sie hatte einen Badeanzug und eine Taucherbrille getragen, während sie dabei gewesen war, ein Handtuch in einen Turnbeutel zu stopfen.

Herr Johanning hatte uns inzwischen, vermutlich eher aus Gewohnheit als aus dringendem Bedarf, zwei Gläser Sherry hingestellt. Seine Bewegungen waren wieder etwas sicherer. Keiner von uns rührte sein Getränk an.

»Hat seine Frau dir vergeben?«, fragte er, als er erneut in seinem Sessel Platz nahm.

»Ich weiß es nicht. Und ich verstehe, wenn sie es niemals kann. Sie wird sich immer fragen, ob ihr Mann noch leben würde, wenn jemand anders als ich ihn an diesem Tag operiert hätte, und das werde ich ebenso. Aber es war wichtig, mit ihr zu sprechen. Sie hat gesagt, dass nicht jeder bereit wäre, eine solche Verantwortung zu übernehmen wie ein Arzt, und dass es eben keine Garantie gäbe, eine Operation unbeschadet zu überleben. Dass die Menschheit nur inzwischen denken würde, dass Ärzte und Operationsmethoden so unfehlbar seien wie der beste Computer. Dabei wäre doch das, was einen guten Arzt ausmachte, Menschlichkeit.«

Ich dachte an ihre Worte zurück, die ich nie vergessen würde: »Ich bin dankbar, dass es Menschen wie Sie gibt, die es trotz aller Widerstände versuchen.«

Und dann hatte ich bei der Zeitung angerufen. Ihnen eine neue Story präsentiert, die nichts mit Lopauthal, nichts mit Florian zu tun hatte. Von einem Krankenhaus, das Fehler verschwieg, um Zahlen zu optimieren, und Ärzte dazu zwang, das letzte bisschen Menschlichkeit zu opfern. Anonym. Mir war versprochen worden, dass diese Story zunächst gründlich recherchiert würde und Kitty so genug Zeit hätte, in ihrem Ruhm als neue Heidekönigin zu baden. Sie hatte es sich verdient.

»Ich bin stolz auf dich, dass du diese Lösung gefunden hast. Und nicht dein ganzes Leben lang dafür gebraucht hast.« Er nickte mir lächelnd zu. »Ich frage mich bis heute, was aus Frederika geworden wäre, wenn sie ihren Plan in die Realität hätte umsetzen können.«

»Das werden wir nie erfahren. Aber eines, was sie wollte, hat sie auf traurigste Weise doch erreicht. Sie ist eine Legende geworden.«

Und so saßen wir da, ein alter Lehrer und seine Schülerin, an diesem Königinnensonntag. Es ließ sich nicht abstreiten, dass jede noch so gut gemeinte Lüge, jede noch so kleine Vertuschung ihre Konsequenzen mit sich zog.

»Ich muss jetzt los«, sagte ich und erhob mich.

»Du willst zum Fest?«

Ich nickte und merkte, dass ich es wirklich wollte.

»Und glaubst du, Kitty wird sich freuen, wenn du ihr die Show stiehlst?« Er grinste sein schiefes Grinsen, dass ich vor so vielen Jahren zuletzt gesehen hatte.

»Das habe ich nicht vor. Ich will nur nicht aus Feigheit den Anfang meines neuen Lebens verpassen.«

Er nickte. Dann wandte er den Blick ab, nahm einen Schluck Sherry und sah wieder aus der Glasfront seines Wohnzimmers. Ich tat es ihm gleich. Wir blickten noch einen Moment lang gemeinsam in den Garten der Sonne entgegen und sahen dem Bagger dabei zu, wie er den kleinen Teich Schaufel um Schaufel zuschüttete, bis alles so aussehen würde, als wäre nie etwas geschehen.

Im Hintergrund konnte ich die lila Blüten der Heide ausmachen, die sich der Sonne entgegenreckten. Eine Hirschkuh äste am Waldrand und ließ sich weder von dem lautstarken Bagger noch von all den Lügen und Geheimnissen stören, die sie umgaben. Als lebte sie an einem Ort, der so war wie jeder andere auf der Welt.

ENDE

ICH DANKE

Meiner Lektorin Teresa Storkenmaier, die mir die schönste E-Mail geschrieben hat, die eine angehende Schriftstellerin erhalten kann.

Tanja Steinlechner, wegen der diese E-Mail überhaupt verfasst werden konnte, weil sie dem Schreiben ein Zuhause schenkt.

Astrid Ule, die »Königinnensonntag« zu dem gemacht hat, was es geworden ist und mich immer in die richtige Zeit zurückgeholt hat.

Dem Team des Gmeiner-Verlags, das an der Entstehung dieses Buches mitgewirkt hat.

Alexander Kaltenborn, der nicht gezweifelt hat, seit dieses Mädchen vor all den Jahren verkündete, es wolle Schriftstellerin werden.

Denise Gwiasda, von der das bisher größte Kompliment stammt (»Liest sich wie jedes andere Buch.«).

Karin und Bernd Gwiasda. Mehr Unterstützung kann kein »erwachsenes« Kind von seinen Eltern bekommen.

Kimberly Bühler, die für alle wirren Einfälle bereitstand (»Heute Nacht kam mir die Idee, dass eigentlich XYZ der Mörder sein sollte.« »Spinnst du?!«).

Jörgen Nielsen, der mir den Schlüssel für die Tür zur Geschichtenwelt in die Hand gedrückt hat.

Emmi, mit der die Freiheit kam.

Schreiben ist *nicht* einsam. Aber Gelesenwerden ist beängstigend.

Hardy Pundt
Memmertsand
Historischer Roman
384 Seiten, 13,5 x 21 cm,
Klappenbroschur
ISBN 978-3-8392-0712-3

Als der Volksschullehrer Otto Leege 1888 die Juist
vorgelagerte Sandbank Memmertsand betritt, ahnt
er noch nicht, dass ihn dieser Ort sein Leben lang
begleiten wird. Fasziniert von der Ruhe und Weite
fasst er den Plan, Memmertsand dem Vogelschutz
zu widmen. Jede freie Minute opfern er und seine
Familie der Entwicklung der Dünen mit dem Ziel,
die entstehende Insel gegen alle Widerstände unter
Schutz zu stellen. Ein Roman über den Vorreiter
des Nationalparks Wattenmeer und seinen Weg vom
Lehrer auf Juist zum engagierten Naturschützer und
international anerkannten Wissenschaftler.

GMEINER SPANNUNG

WWW.GMEINER-VERLAG.DE
Wir machen's spannend